dtv

P9-ASL-401

Ein altes Ehepaar wird auf seinem Bauernhof brutal ermordet. Die letzten Worte der sterbenden Frau waren »Ausländer, Ausländer!« – Kommissar Wallander weiß, daß diese Information unter gar keinen Umständen an die Presse gelangen darf. Denn das Klima im Lande hat sich gewandelt, und die Möglichkeit, daß Ausländer an der Tat beteiligt waren, genügt möglicherweise, um eine Welle ausländerfeindlicher Gewalt auszulösen. Doch plötzlich gehen die Ermittlungen in eine ganz andere Richtung: Der Ermordete hat offenbar ein Doppelleben geführt ...

Henning Mankell

Mörder ohne Gesicht

Roman

Aus dem Schwedischen von
Barbara Sirges und Paul Berf

Deutscher Taschenbuch Verlag

Kurt Wallanders Fälle in chronologischer Folge:

Überarbeitete Neuausgabe
April 1999
14. Auflage November 2001
Deutscher Taschenbuch Verlag GmbH & Co. KG,
München
www.dtv.de
© 1991 Henning Mankell
Titel der schwedischen Originalausgabe:
›Mördare utan ansikte‹ (Ordfront Verlag, Stockholm 1991)
© 1993 der deutschsprachigen Ausgabe:
edition q Verlags-GmbH, Berlin
Umschlagkonzept: Balk & Brumshagen
Umschlaggestaltung unter Verwendung eines Freskos
von Giambattista Tiepolo
Satz: KCS GmbH, Buchholz/Hamburg
Gesetzt aus der Aldus 10/11,75˙ (QuarkXPress)
Druck und Bindung: Druckerei C. H. Beck, Nördlingen
Gedruckt auf säurefreiem, chlorfrei gebleichtem Papier
Printed in Germany · ISBN 3-423-20232-7

1

Etwas hat er vergessen, das weiß er genau, als er aufwacht. Etwas, das er geträumt hat in dieser Nacht. Etwas, an das er sich erinnern sollte.

Er versucht, sich zu erinnern. Aber der Schlaf ist wie ein schwarzes Loch. Ein Brunnen, der nichts von seinem Inhalt preisgibt.

Dabei habe ich nicht von den Stieren geträumt, denkt er. Da müßte ich jetzt verschwitzt sein, so als hätte ich während der Nacht ein Fieber ausgeschwitzt. Diese Nacht haben mich die Stiere in Ruhe gelassen.

Er liegt regungslos in der Dunkelheit und horcht. Die Atemzüge seiner Frau an seiner Seite sind so schwach, daß er sie kaum wahrnehmen kann.

Eines Morgens wird sie tot neben mir liegen, ohne daß ich es merke, denkt er. Oder ich werde tot sein. Einer von uns vor dem anderen. Irgendeine Morgendämmerung wird die Bedeutung haben, daß einer von uns einsam übriggeblieben ist.

Er sieht auf die Uhr, die auf dem Tisch neben dem Bett steht. Die Zeiger leuchten und zeigen auf Viertel vor fünf.

Warum bin ich aufgewacht, denkt er. Normalerweise schlafe ich bis halb sechs. So habe ich es über vierzig Jahre lang gemacht. Warum wache ich jetzt auf?

Er horcht in die Dunkelheit hinaus und ist plötzlich hellwach.

Irgend etwas ist anders. Etwas ist nicht mehr so, wie es bisher war.

Vorsichtig tastet er mit der einen Hand, bis er das Gesicht seiner Frau erreicht. Mit den Fingerspitzen fühlt er, daß sie warm ist. Es ist also nicht sie, die gestorben ist. Noch ist keiner von ihnen einsam zurückgeblieben.

Er horcht in die Dunkelheit hinaus.

Das Pferd, fährt es ihm durch den Kopf. Es wiehert nicht. Deshalb bin ich aufgewacht. Die Stute wiehert sonst immer nachts. Das höre ich, ohne wirklich wach davon zu werden, und in meinem Unterbewußtsein weiß ich, daß ich weiterschlafen kann.

Vorsichtig steht er aus dem knarrenden Bett auf. Vierzig Jahre lang haben sie es schon. Es war das einzige Möbelstück, das sie kauften, als sie geheiratet haben. Und es ist das einzige Bett, das sie in ihrem Leben besitzen werden.

Während er über den Holzboden zum Fenster geht, spürt er, wie ihm das linke Knie weh tut.

Ich bin alt, denkt er. Alt und verbraucht. Jeden Morgen bin ich beim Aufwachen wieder aufs neue überrascht, daß ich schon siebzig Jahre alt bin.

Er sieht in die Winternacht hinaus. Man schreibt den 8. Januar 1990, und Schnee ist in diesem Winter in Schonen noch nicht gefallen. Die Außenlampe an der Küchentür wirft ihr Licht über den Garten, die kahlen Kastanienbäume und die dahinter liegenden Felder. Er schaut blinzelnd zum Nachbarhof hinüber, auf dem Lövgrens wohnen. Das weiße, niedrige und langgestreckte Haus ist dunkel. Am Stall, der im rechten Winkel zum Wohnhaus liegt, hängt über der schwarzen Stalltür eine Lampe, die ein milchiges Licht verbreitet. Dort steht die Stute in ihrer Box, und dort wiehert sie plötzlich unruhig in den Nächten.

Er horcht in die Dunkelheit hinaus.

Im Bett hinter ihm knarrt es.

»Was machst du?« murmelt seine Frau.

»Schlaf weiter«, antwortet er. »Ich vertret' mir nur etwas die Beine.«

»Hast du Schmerzen?«

»Nein.«

»Dann schlaf weiter. Steh nicht da und hol dir eine Erkältung.«

Er hört, wie sie sich auf die andere Seite dreht.

Wir haben uns einmal geliebt, denkt er. Aber er wehrt sich gegen den eigenen Gedanken. Das ist ein viel zu feines Wort. Lieben. Das ist nichts für Leute wie uns. Ein Mensch, der über vierzig Jahre lang Bauer gewesen ist, immer gebeugt über den schweren schonischen Lehmboden, nimmt das Wort »Lieben« nicht in den Mund, wenn er von seiner Frau spricht. In unserem Leben ist die Liebe immer etwas ganz anderes gewesen …

Er betrachtet das Nachbarhaus, kneift die Augen zusammen, versucht, das Dunkel der Winternacht zu durchdringen.

Wiehere, denkt er. Wiehere in deiner Box, damit ich weiß, daß alles wie immer ist. Damit ich mich noch ein Weilchen in die Federn verkriechen kann. Der Tag eines pensionierten und schmerzgeplagten Landwirts ist auch so schon lang und trostlos genug.

Auf einmal merkt er, daß er das Küchenfenster des Nachbarhauses betrachtet. Irgend etwas ist anders. In all den Jahren hat er ab und zu ein Auge auf die Fenster der Nachbarn geworfen. Jetzt gibt es da plötzlich etwas, das anders aussieht. Oder ist es nur die Dunkelheit, die ihn verwirrt? Er schließt seine Augen und zählt bis zwanzig, um sie auszuruhen. Dann schaut er erneut zum Fenster und ist sich jetzt sicher, daß es offensteht. Ein Fenster, das immer nachts geschlossen war, steht plötzlich offen. Und die Stute hat nicht gewiehert …

Die Stute hat nicht gewiehert, weil der alte Lövgren nicht seinen gewohnten Nachtspaziergang zum Stall gemacht hat, als sich die Prostata gemeldet und ihn aus dem warmen Bett gejagt hat …

Das ist doch alles Einbildung, sagt er zu sich selbst. Meine Augen sehen einfach nicht mehr richtig. Alles ist wie immer. Was soll denn eigentlich hier schon passieren? In dem kleinen Dorf Lenarp, gleich oberhalb des Kadesees, an der Straße zum schönen Krageholmsee, mitten im Herzen von Schonen? Hier geschieht nichts. Die Zeit steht still in diesem kleinen Dorf, in dem das Leben wie ein Bach ohne Energie und Willen dahinfließt. Hier wohnen ein paar alte Bauern, die ihr Land an andere verkauft oder verpachtet haben. Hier wohnen wir und warten auf das Unausweichliche …

Wieder betrachtet er das Küchenfenster und denkt, daß weder Maria noch Johannes Lövgren vergessen würden, es zu schließen. Mit dem Alter geht eine schleichende Angst einher, es werden mehr und mehr Schlösser eingebaut, und niemand vergißt, ein Fenster zu schließen, bevor sich die Nacht herabsenkt. Alt zu werden bedeutet, sich zu ängstigen. Die Angst vor etwas Bedrohlichem, die man als Kind hatte, kehrt zurück, wenn man alt wird …

Ich kann mich anziehen und hinausgehen, denkt er. Mit dem eiskalten Wind im Gesicht durch den Garten humpeln, bis zu dem Zaun, der unsere Grundstücke voneinander trennt. Ich kann mich mit eigenen Augen davon überzeugen, daß ich mir alles nur eingebildet habe.

Aber er beschließt, stehenzubleiben. Bald wird Johannes aus dem Bett aufstehen, um Kaffee zu kochen. Erst macht er das Licht auf der Toilette an, dann die Lampe in der Küche. Alles wird so sein wie immer …

Er steht am Fenster und merkt, daß er friert. Es ist die Alterskälte, die kriechend herankommt, selbst in den wärmsten Räumen.

Er denkt an Maria und Johannes. Mit ihnen waren wir auch verheiratet, denkt er, als Nachbarn und Bauern. Wir haben einander geholfen, die Mühen und die schlechten Jahre geteilt.

Aber wir haben auch die guten Zeiten miteinander genossen. Zusammen haben wir Mittsommer und Weihnachten gefeiert. Unsere Kinder sind zwischen den beiden Höfen hin- und hergelaufen, als gehörten sie zu beiden. Und jetzt teilen wir die lange, ausgedehnte Zeit des Alters …

Ohne zu wissen warum, öffnet er das Fenster, vorsichtig, um die schlafende Hanna nicht zu wecken. Er hält den Fensterhaken gut fest, damit der kalte, böige Wind ihm das Fenster nicht aus der Hand reißt. Aber es ist völlig windstill, und jetzt erinnert er sich auch, daß der Wetterbericht im Radio nichts von einem heranziehenden Unwetter über der schonischen Ebene gemeldet hat.

Der Sternenhimmel ist klar, und es ist sehr kalt. Er will das Fenster gerade wieder schließen, als er glaubt, ein Geräusch zu hören. Er horcht und dreht das linke Ohr nach draußen. Es ist sein gutes Ohr, im Gegensatz zum rechten, das all die Zeit auf engen und lärmenden Traktoren nicht unbeschadet überstanden hat. Ein Vogel, fährt es ihm durch den Kopf. Ein schreiender Nachtvogel.

Dann bekommt er Angst. Die Angst kommt aus dem Nichts und ergreift Besitz von ihm.

Es klingt wie der Schrei eines Menschen. Verzweifelt, um zu anderen Menschen durchzudringen.

Eine Stimme, die weiß, daß sie durch dicke Steinwände dringen muß, um die Aufmerksamkeit ihrer Nachbarn zu wecken ...

Ich bilde mir das nur ein, denkt er. Da ist niemand, der schreit. Wer sollte das denn auch sein?

Er schließt das Fenster mit einem Ruck, so daß ein Blumentopf scheppert und Hanna wach wird.

»Was machst du?« fragt sie, und er hört ihr an, daß sie verstört ist.

Als er antworten will, ist er sich seiner Sache plötzlich sicher.

Seine Angst ist berechtigt.

»Die Stute wiehert nicht«, sagt er und setzt sich auf die Bettkante. »Und das Küchenfenster bei Lövgrens steht offen. Und ich glaube, jemand schreit.«

Sie setzt sich im Bett auf.

»Was sagst du da?«

Er will nicht antworten, aber jetzt ist er sich sicher, daß es kein Vogel war, den er gehört hat.

»Johannes oder Maria«, sagt er. »Einer von ihnen ruft um Hilfe!«

Sie steigt aus dem Bett und geht zum Fenster. Groß und breit steht sie dort in ihrem Nachthemd und schaut in die Dunkelheit hinaus.

»Das Küchenfenster steht nicht offen«, flüstert sie. »Es ist eingeschlagen worden.«

Er geht zu ihr und friert jetzt so, daß er am ganzen Körper bebt.

»Da ruft jemand um Hilfe«, sagt sie, und ihre Stimme zittert.

»Was sollen wir tun?« fragt er.

»Geh hin«, antwortet sie. »Beeil dich!«

»Und wenn es gefährlich ist?«

»Sollen wir etwa unseren besten Freunden nicht helfen, wenn ihnen etwas zugestoßen ist?«

Hastig zieht er sich an und nimmt die Taschenlampe, die im Küchenschrank neben Sicherungen und der Kaffeedose steht. Der Lehm unter seinen Füßen ist gefroren. Als er sich umdreht, sieht er Hannas Umrisse im Fenster.

Am Zaun bleibt er stehen. Alles ist still. Jetzt erkennt auch er, daß das Küchenfenster eingeschlagen worden ist. Vorsichtig klettert er über den niedrigen Zaun und nähert sich dem weißen Haus. Keine Stimme dringt zu ihm.

Ich bilde mir das ein, denkt er wieder. Ich bin ein alter Tattergreis, der nicht mehr auseinanderhalten kann, was wirklich geschieht und was nicht. Vielleicht habe ich ja doch diese Nacht von den Stieren geträumt? Den alten Traum von den Stieren, die einmal auf mich zurannten, als ich noch ein Kind war und mich begreifen ließen, daß ich eines Tages sterben würde …

Da hört er wieder das Rufen. Es ist schwach, mehr ein Jammern. Es ist Maria.

Er geht zum Schlafzimmerfenster und späht vorsichtig durch den Spalt zwischen Gardine und Fensterrahmen.

Plötzlich weiß er, daß Johannes tot ist. Er leuchtet mit der

Taschenlampe hinein und schließt heftig die Augen, bevor er sich zwingt, wieder hinzusehen.

Auf den Boden herabgerutscht sieht er dort Maria, die an einen Stuhl gefesselt ist. Ihr Gesicht ist blutig, ihr Gebiß liegt zerschlagen auf dem blutverschmierten Nachthemd.

Dann sieht er einen Fuß von Johannes. Er kann nur den Fuß sehen. Der restliche Körper wird von der Gardine verdeckt.

Er humpelt zurück und klettert wieder über den Zaun. Sein Knie schmerzt, als er verzweifelt über den gefrorenen Lehmboden stolpert.

Erst ruft er die Polizei an.

Dann holt er sein Brecheisen aus der Garderobe, in der es nach Mottenkugeln riecht.

»Bleib hier«, sagt er zu Hanna. »Ich will nicht, daß du das siehst.«

»Was ist denn passiert?« fragt sie mit Tränen der Angst in den Augen.

»Ich weiß es nicht«, sagt er. »Aber ich bin davon aufgewacht, daß die Stute diese Nacht nicht gewiehert hat. Das weiß ich genau.«

Es ist der 8. Januar 1990.

Noch keine Spur von Morgendämmerung.

2

Der Eingang des Telefongesprächs wurde von der Polizei in Ystad gegen 5.13 Uhr registriert. Entgegengenommen wurde das Gespräch von einem übernächtigten Polizisten, der seit Silvester fast ununterbrochen im Dienst war. Er hatte der stammelnden Stimme am anderen Ende der Leitung zugehört und zunächst gedacht, daß es sich wohl nur um einen verwirrten alten Mann handelte. Aber irgend etwas hatte dann doch seine Aufmerksamkeit geweckt. Er begann, Fragen zu stellen. Als das Gespräch beendet war, dachte er einen kurzen Moment lang nach, bevor er wieder nach dem Hörer griff und eine Nummer wählte, die er auswendig konnte.

Kurt Wallander schlief. Am Abend vorher war er viel zu lange aufgeblieben und hatte sich Platten von Maria Callas angehört, die ihm ein Freund aus Bulgarien zugeschickt hatte. Immer wieder hatte er ihre ›Traviata‹ aufgelegt, so daß es fast zwei war, als er sich endlich ins Bett legte.

Als ihn das Klingeln des Telefons nun jäh aus dem Schlaf riß, befand er sich mitten in einem hitzigen erotischen Traum. Als ob er sich vergewissern wollte, daß es sich wirklich nur um einen Traum gehandelt hatte, streckte er den Arm zur Seite aus und tastete das Bettuch ab. Weder seine Frau, die ihn vor drei Monaten verlassen hatte, lag neben ihm, noch die Farbige, mit der er gerade noch leidenschaftlich geschlafen hatte.

Er sah auf die Uhr, während er sich gleichzeitig nach dem Hörer reckte. Ein Autounfall, schoß es ihm durch den Kopf. Glatteis und dann wieder einer, der trotzdem zu schnell gefahren und von der E 14 abgekommen ist. Oder Ärger mit den

Asylsuchenden, die mit der Nachtfähre aus Polen rübergekommen sind.

Er setzte sich im Bett auf und klemmte den Hörer zwischen Schulter und Kinn, auf dem die Bartstoppeln brannten.

»Wallander!«

»Hoffentlich habe ich dich nicht geweckt?«

»Blödsinn, ich war wach.«

Warum lügt man? dachte er. Warum sage ich nicht einfach, wie es wirklich gewesen ist. Daß ich am liebsten auf der Stelle wieder einschlafen würde, um den entschwundenen Traum von einer nackten Frau wieder einzufangen?

»Ich fand, daß es besser sei, dich anzurufen.«

»Autounfall?«

»Nein, das nicht gerade. Ein alter Bauer hat angerufen, gesagt, daß er Nyström heißt und in Lenarp wohnt. Er behauptet, daß eine Nachbarin gefesselt auf der Erde sitzt und daß jemand umgekommen ist.«

Wallander überlegte kurz, wo Lenarp genau lag. Nicht allzu weit weg von Marsvinsholm, in einem für schonische Verhältnisse relativ hügeligen Gebiet.

»Es klang ernst. Ich dachte, es wäre das beste, dich direkt anzurufen.«

»Wen hast du im Moment alles auf dem Präsidium?«

»Peters und Noren sind gerade draußen und suchen nach einem, der beim ›Continental‹ eine Scheibe eingeworfen hat. Soll ich sie anfunken?«

»Sag ihnen, sie sollen zur Kreuzung zwischen Kadesjö und Katslösa kommen und dort auf mich warten. Gib ihnen die Adresse durch. Wann kam der Anruf?«

»Vor ein paar Minuten.«

»Bist du sicher, daß es nicht doch nur ein Besoffener war?«

»Es klang nicht danach.«

»Na schön.«

Er zog sich hastig an, ohne zu duschen, goß sich eine Tasse lauwarmen Kaffee ein, der noch in der Thermoskanne übrig war und sah aus dem Fenster. Er wohnte in der Mariastraße, im Zentrum von Ystad, und die Häuserfassade gegenüber war rissig und grau. Einen Moment lang überlegte er, ob es in diesem Winter in Schonen wohl noch schneien würde, und hoffte, daß dies nicht der Fall sein würde. Mit den schonischen Schneestürmen kam unweigerlich eine Zeit unaufhörlicher Plackerei. Autounfälle, eingeschneite Frauen, die bald gebären würden, von der Außenwelt abgeschnittene, isolierte Rentner und heruntergestürzte Hochspannungsleitungen. Mit den Schneestürmen kam das Chaos, und er dachte, daß er in diesem Winter für eine Begegnung mit dem Chaos schlecht gerüstet war. Immer noch brannte in ihm die Angst, die ihn gepackt hatte, weil seine Frau ihn verlassen hatte.

Er fuhr die Regementsstraße entlang, bis er zur östlichen Umgehungsstraße kam. An der Dragonstraße mußte er bei Rot anhalten, und er schaltete das Autoradio ein, um die Nachrichten zu hören. Eine aufgeregte Stimme berichtete von einem Flugzeugabsturz über einem fernen Kontinent.

Leben hat seine Zeit, und Sterben hat seine Zeit, dachte er, während er sich den Schlaf aus den Augen rieb. Diese Beschwörungsformel hatte er sich vor vielen Jahren selbst ausgedacht. Damals war er noch ein junger Polizist gewesen, der auf den Straßen seiner Heimatstadt Malmö Streife ging. Eines Tages hatte ein Betrunkener ein großes Schlachtermesser gezogen, als sie ihn vom Pildammspark wegfahren wollten. Wallander hatte einen tiefen Schnitt direkt neben dem Herzen abbekommen. Nur wenige Millimeter hatten ihn von einem vorzeitigen Tod getrennt. Er war gerade dreiundzwanzig Jahre alt und hatte mit tödlichem Ernst begreifen müssen, was es bedeutete, ein Polizist zu sein. Die Beschwörungsformel war seine Art, sich gegen das Bild aus der Erinnerung zu wehren.

Er fuhr aus der Stadt hinaus, passierte das neugebaute Möbelhaus am Stadtrand und sah für einen flüchtigen Moment lang das Meer dahinter. Es war grau und lag doch eigentümlich still da, wenn man bedachte, daß es mitten im

Winter war. Weit draußen am Horizont zeichnete sich ein Schiff ab, das nach Osten steuerte.

Die Schneestürme werden kommen, dachte er.

Früher oder später brechen sie über uns herein.

Er schaltete das Autoradio ab und versuchte, sich auf das Kommende zu konzentrieren.

Was wußte er eigentlich bisher?

Eine alte Frau, festgebunden auf der Erde sitzend? Ein alter Mann, der behauptet, sie gesehen zu haben? Er beschleunigte, als er die Abfahrt nach Bjäresjö passierte, und beschloß, daß es sich wohl nur um einen alten Mann handeln würde, der von plötzlich auftauchender Senilität gepackt worden war. In all den Jahren, die er schon bei der Polizei war, hatte er mehr als einmal erleben müssen, wie alte und isolierte Menschen das Rufen der Polizei als einen letzten, verzweifelten Hilferuf angewandt hatten.

Der Streifenwagen wartete an der Abfahrt nach Kadesjö auf ihn. Peters war ausgestiegen und beobachtete einen Hasen, der ziellos auf einem Acker hin und her lief.

Als er Wallander in seinem blauen Peugeot kommen sah, hob er die Hand zur Begrüßung und setzte sich ans Steuer. Der gefrorene Schotter knirschte unter den Reifen. Kurt Wallander folgte dem Streifenwagen. Sie passierten die Abzweigung nach Trunnerup, fuhren weiter einige steile Hügel hinauf und kamen schließlich nach Lenarp. Dort bogen sie in einen schmalen Feldweg ein, der kaum mehr war als eine ausgefahrene Traktorspur. Nach etwa einem Kilometer waren sie dann am Ziel. Zwei nebeneinanderliegende Höfe, zwei weißgetünchte, langgestreckte Gebäude mit liebevoll gepflegten Gärten davor.

Ein alter Mann kam ihnen entgegengelaufen. Kurt Wallander fiel auf, daß er humpelte, als habe er Schmerzen im Knie.

Als er aus dem Auto stieg, merkte er, daß Wind aufgekommen war. Vielleicht würde es ja doch bald Schnee geben?

Sobald er den Mann sah, wußte er, daß ihn an diesem Ort etwas wirklich Furchtbares erwartete. In den Augen des

Mannes funkelte eine Angst, die nicht aus der Einbildung erwuchs.

»Ich hab' die Tür aufgebrochen«, wiederholte er immer wieder aufgeregt. »Ich hab' die Tür aufgebrochen, denn ich mußte doch nachsehen. Aber sie ist auch bald tot, sie auch.«

Durch die aufgebrochene Tür traten sie ins Haus. Kurt Wallander spürte, wie ihm ein herber Alte-Leute-Geruch entgegenschlug. Die Tapeten waren altmodisch, und er mußte die Augen zusammenkneifen, um in der Dunkelheit etwas erkennen zu können.

»Was ist denn eigentlich passiert?« fragte er.

»Da drinnen«, antwortete ihm der alte Mann.

Dann begann er zu weinen.

Die drei Polizisten sahen sich an.

Kurt Wallander stieß mit dem Fuß die Tür auf.

Es war schlimmer, als er sich vorgestellt hatte. Viel schlimmer. Später würde er sagen, daß es das Schlimmste war, was er je gesehen hatte. Und dabei hatte er weiß Gott viel gesehen.

Das Schlafzimmer des alten Paares war über und über mit Blut verschmiert. Es war sogar bis an die Porzellanlampe hinaufgespritzt, die an der Decke hing. Bäuchlings lag ein alter Mann mit nacktem Oberkörper und heruntergerutschter Unterhose auf dem Bett. Sein Gesicht war bis zur völligen Unkenntlichkeit deformiert. Es sah aus, als habe jemand versucht, ihm die Nase abzuschneiden. Seine Hände waren auf den Rücken gebunden, und der linke Oberschenkel war gebrochen. Der weiße Knochen setzte sich deutlich von dem ihn umgebenden Rot ab.

»Oh, mein Gott«, hörte er Noren hinter sich stöhnen und merkte selber, wie ein Brechreiz in ihm hochstieg.

»Krankenwagen«, sagte er schluckend. »Schnell, schnell …«

Dann beugte er sich über die Frau, die, an einen Stuhl gefesselt, halb auf der Erde lag. Außer den Fesseln an den Händen hatte man ihr zusätzlich mit einer Schlinge den Hals zugezogen. Sie atmete noch schwach, und Wallander schrie Peters zu, er solle nach einem Messer suchen. Sie durchtrennten das dünne Seil, das sich tief in ihre Handgelenke und ihren Hals eingegraben hatte, und legten sie dann vorsichtig auf den Boden. Wallander hielt ihren Kopf in seinem Schoß.

Er sah Peters an und begriff, daß sie beide dasselbe dachten. Wer konnte nur so brutal sein, so etwas fertigzubringen? Einer alten, hilflosen Frau mit einer Schlinge den Hals zuzuziehen?

»Warte draußen«, sagte Kurt Wallander zu dem Alten, der nach wie vor im Türrahmen stand. »Warte draußen und rühr hier nichts an.«

Er hörte, daß seine Stimme aggressiv klang.

Ich brülle, weil ich Angst habe, dachte er. Was ist das nur für eine Welt, in der wir leben?

Es dauerte fast zwanzig Minuten, bis der Krankenwagen endlich kam. Die Atemzüge der Frau waren unterdessen immer unregelmäßiger geworden, und bei Kurt Wallander war ständig die Sorge gewachsen, daß jede Hilfe zu spät kommen würde.

Er erkannte den Fahrer des Krankenwagens, der Antonson hieß. Sein Beifahrer war ein junger Mann, den er noch nie zuvor gesehen hatte.

»Hallo«, grüßte Wallander. »Er ist tot. Aber sie lebt noch. Versucht, sie am Leben zu halten.«

»Was ist passiert?« fragte Antonson.

»Ich hoffe, das kann ich beantworten, wenn sie am Leben bleibt. Beeilt euch!«

Als der Krankenwagen auf dem Schotterweg verschwunden war, gingen Kurt Wallander und Peters hinaus. Noren trocknete sich mit einem Taschentuch den Schweiß von der Stirn. Fast unmerklich war in der Zwischenzeit die Morgendämmerung hereingebrochen. Kurt Wallander sah auf seine Armbanduhr. Zwei Minuten vor halb acht.

»Das ist ja der reinste Schlachthof«, meinte Peters.

»Schlimmer«, gab Wallander zurück. »Ruf an und laß die

ganze Mannschaft ausrücken. Noren soll alles absperren. Ich rede in der Zwischenzeit mal mit dem alten Mann.«

Im selben Augenblick, in dem er dies gesagt hatte, hörte er etwas, was wie ein Schrei klang. Er zuckte zusammen, während der Schrei sich gleichzeitig wiederholte.

Es war das Wiehern eines Pferdes.

Sie gingen zum Stall hinüber und öffneten das Tor. In der Dunkelheit scharrte ein Pferd unruhig in seiner Box. Es roch nach warmem Dung und Urin.

»Gib dem Pferd etwas Wasser und Heu«, sagte Kurt Wallander. »Vielleicht gibt es hier auch noch andere Tiere.«

Als er wieder aus dem Stall herauskam, durchschauderte es ihn kalt. Schwarze Vögel lärmten in einem einsamen Baum, der weit entfernt auf einem Feld stand. Er sog die kühle Luft in seine Lungen und merkte, daß der Wind weiter aufgefrischt hatte.

»Sie heißen Nyström«, sagte er zu dem Mann, der jetzt aufgehört hatte zu weinen. »Jetzt müssen Sie mir alles erzählen, was hier geschehen ist. Wenn ich recht verstehe, wohnen Sie im Nachbarhaus?«

Der Mann nickte.

»Was ist denn nur passiert?« fragte er mit zitternder Stimme.

»Das hoffe ich eigentlich von Ihnen zu erfahren«, erwiderte Kurt Wallander. »Können wir vielleicht zu Ihnen hineingehen?«

In der Küche saß eine weinende Frau in altmodischem Morgenrock zusammengesunken auf einem Stuhl. Aber sobald Kurt Wallander sich vorgestellt hatte, erhob sie sich und kochte Kaffee. Sie setzten sich an den Küchentisch. Wallander betrachtete den Weihnachtsschmuck, der noch an der Fensterscheibe hing. Am Fenster lag eine alte Katze, die ihn keine Sekunde aus den Augen ließ. Er streckte die Hand nach ihr aus, um sie zu streicheln.

»Sie beißt«, sagte Nyström. »Sie ist keine Menschen gewöhnt; außer Hanna und mir natürlich.«

Kurt Wallander dachte an seine eigene Frau, die ihn verlassen hatte, und versuchte sich klar darüber zu werden, an welchem Punkt er anfangen sollte. Ein bestialischer Mord, dachte er. Und wenn wir richtiges Pech haben, dann haben wir es hier sogar bald mit einem Doppelmord zu tun.

Plötzlich fiel ihm etwas ein. Er klopfte gegen die Fensterscheibe und winkte Noren zu sich heran.

»Entschuldigen Sie mich bitte einen Augenblick«, sagte er und erhob sich.

»Das Pferd hatte genug Wasser und Heu. Andere Tiere gab es nicht.«

»Sorg dafür, daß jemand ins Krankenhaus fährt«, erwiderte Kurt Wallander. »Für den Fall, daß sie aufwacht und etwas sagen will. Sie muß ja alles mit angesehen haben.«

Noren nickte.

»Schick jemanden mit guten Ohren«, fügte Kurt Wallander hinzu. »Oder noch besser jemanden, der von den Lippen lesen kann.«

Als er in die Küche zurückkam, zog er seinen Mantel aus und legte ihn auf die Küchenbank.

»Erzählen Sie«, sagte er. »Erzählen Sie jetzt, und lassen Sie nichts aus. Lassen Sie sich Zeit.«

Nach zwei Tassen ziemlich dünnem Kaffee begriff er, daß weder Nyström noch seine Frau etwas von Bedeutung zu berichten hatten. Alles, was er herausbekam, waren ein paar Uhrzeiten und die Lebensgeschichte des überfallenen Paares.

Zwei Fragen standen noch aus.

»Wissen Sie, ob die beiden größere Summen Geld zu Hause aufbewahrten?« wollte er als erstes wissen.

»Nein«, antwortete Nyström. »Sie haben alles auf die Bank gebracht. Die Rente auch. Und reich waren sie auch nicht. Als sie das Land, die Tiere und die Maschinen verkauft haben, haben sie das Geld den Kindern gegeben.«

Die zweite Frage erschien ihm von vornherein sinnlos. Aber er stellte sie trotzdem. In der augenblicklichen Situation hatte er keine andere Wahl.

»Wissen Sie, ob die beiden Feinde hatten?« wollte er wissen.

»Feinde?«

»Jemanden, der das hier möglicherweise getan haben könnte.«

Sie schienen die Frage nicht verstanden zu haben.

Er wiederholte sie.

Die beiden Alten sahen ihn verständnislos an.

»Solche wie wir haben keine Feinde«, antwortete schließlich der Mann. Wallander konnte aus dem Tonfall heraushören, daß er sich ein wenig angegriffen fühlte. »Es kann schon einmal vorkommen, daß wir Meinungsverschiedenheiten haben. Über die Unterhaltskosten für einen Feldweg, oder darüber, wo genau die Flurgrenze verläuft. Aber deshalb bringen wir uns bestimmt nicht gegenseitig um.«

Wallander nickte.

»Ich werde bald wieder von mir hören lassen«, sagte er abschließend und erhob sich mit dem Mantel in der Hand. »Und wenn Ihnen doch noch etwas einfallen sollte, zögern Sie nicht, uns anzurufen. Fragen Sie nach Kurt Wallander.«

»Und wenn die zurückkommen …?« fragte die alte Frau.

Kurt Wallander schüttelte den Kopf.

»Das wird nicht passieren«, erwiderte er. »Sicher waren es Einbrecher. Die kommen nie zurück. Sie brauchen keine Angst zu haben.«

Ihm war, als müsse er sich noch etwas einfallen lassen, um sie zu beruhigen. Aber was sollte er schon sagen? Wie konnte er Menschen Sicherheit schenken, die soeben miterleben mußten, wie ihr nächster Nachbar brutal ermordet worden war? Und die nichts anderes tun konnten, als auf den Tod eines weiteren Menschen zu warten?

»Das Pferd«, sagte er. »Wer gibt ihm Heu?«

»Das machen wir schon«, antwortete der alte Mann. »Es soll bekommen, was es braucht.«

Wallander trat in die kalte Morgendämmerung hinaus. Der Wind war stärker geworden, und er duckte sich, als er zu seinem Auto ging. Eigentlich sollte er dableiben und den Kriminaltechnikern zur Hand gehen. Aber er fror, ihm war schlecht, und er wollte deshalb nicht länger bleiben als unbedingt notwendig. Außerdem hatte er durchs Fenster sehen können, daß Rydberg mit dem Einsatzwagen rausgekommen war. Das bedeutete, daß die Techniker nicht eher ihre Arbeit beenden würden, bis sie jeden einzelnen Lehmklumpen am Tatort umgedreht und untersucht hatten. Rydberg, der in wenigen Jahren pensioniert werden würde, war ein leidenschaftlicher Polizist. Auch wenn er mitunter ein wenig pedantisch und allzu langsam erscheinen mochte, so war er doch ein Garant dafür, daß die Untersuchung eines Tatorts mit der erforderlichen Gründlichkeit vorgenommen wurde.

Rydberg war Rheumatiker und mußte deshalb einen Stock benutzen. In diesem Moment kam er ihm hinkend über den Hof hinweg entgegen.

»Das war wahrlich kein schöner Anblick«, meinte er. »Da drinnen sieht's ja aus wie in einem Schlachthof.«

»Du bist nicht der erste, der das sagt«, erwiderte Kurt Wallander.

Rydberg sah ernst aus.

»Haben wir irgendeinen Anhaltspunkt, dem wir nachgehen können?«

Kurt Wallander schüttelte den Kopf.

»Absolut gar nichts?« Es lag etwas Flehendes in Rydbergs Stimme.

»Die Nachbarn haben weder etwas gesehen noch gehört. Ich glaube, daß es ganz normale Einbrecher waren.«

»Nennst du diese wahnsinnige Brutalität etwa normal?«

Rydberg war erregt, und Wallander bereute seine Wortwahl.

»Ich meine natürlich, daß wir es in diesem Fall mit selten widerwärtigen Personen zu tun haben, von der Sorte, die davon lebt, daß sie abgelegene Höfe aufsucht, auf denen einsame, alte Menschen wohnen.«

»Die hier müssen wir unbedingt schnappen«, sagte Rydberg. »Bevor sie wieder zuschlagen.«

»Ja«, antwortete Kurt Wallander. »Selbst wenn wir in diesem Jahr keinen anderen schnappen sollten; die hier müssen wir finden.«

Er setzte sich in den Wagen und fuhr davon. Auf dem schmalen Feldweg wäre er in einer Kurve fast mit einem anderen Auto kollidiert, das ihm mit zu hoher Geschwindigkeit entgegenkam. Er erkannte den Fahrer. Es handelte sich um einen Journalisten, der für eine der großen Tageszeitungen arbeitete und immer dann auftauchte, wenn etwas von überregionalem Interesse in der Gegend um Ystad geschah.

Wallander fuhr ein paarmal kreuz und quer durch Lenarp. In den Fenstern brannte Licht, aber es waren noch keine Menschen auf den Straßen.

Was werden sie wohl denken, wenn sie es erfahren? grübelte er.

Er war niedergeschlagen. Der Anblick dieser alten Frau mit der Schlinge um den Hals ließ ihm keine Ruhe. Er konnte diese Art von Grausamkeit einfach nicht fassen. Wer konnte so etwas nur getan haben? Warum dann nicht einfach der alten Frau mit einer Axt den Schädel einschlagen, so daß alles innerhalb einer Sekunde vorüber war? Warum statt dessen diese Tortur?

Er versuchte, sich den Gang der Ermittlungen im Kopf zurechtzulegen, während er durch das kleine Dorf fuhr. An der Straßenkreuzung in Richtung Blentarp hielt er den Wagen an, drehte bei laufendem Motor die Heizung auf, weil er fror, und betrachtete dann völlig unbeweglich dasitzend den Horizont.

Er war derjenige, der die Ermittlungsarbeiten leiten würde, das wußte er. Ein anderer kam wohl kaum in Frage. Neben Rydberg war er der Kriminalpolizist mit der größten Erfahrung in Ystad, obwohl er erst zweiundvierzig Jahre alt war.

Ein Großteil der Ermittlungen würde Routine sein. Die Untersuchung des Tatorts, die Befragung der Leute, die in Lenarp und entlang der Straßen wohnten, die als mögliche Fluchtwege für die Einbrecher in Frage kamen. Hat jemand etwas Verdächtiges bemerkt? Etwas Ungewöhnliches? Die üblichen Fragen gingen ihm durch den Kopf.

Aber Kurt Wallander wußte nur zu gut, daß Raubüberfälle auf dem flachen Land oft nur schwer zu lösen waren.

Das einzige, worauf sich momentan hoffen ließ, war das Überleben der alten Frau.

Sie hatte alles gesehen. Sie *mußte* etwas wissen.

Aber im Falle ihres Todes würde der Doppelmord nur schwer zu lösen sein.

Er war beunruhigt.

Im allgemeinen spornte ihn seine Entrüstung dazu an, große Energie und Tatkraft zu entwickeln. Weil diese Eigenschaften die Voraussetzungen für jegliche Polizeiarbeit darstellten, war er immer davon ausgegangen, daß er ein guter Polizist war. Aber diesmal fühlte er sich verunsichert und müde.

Er zwang sich, den ersten Gang einzulegen. Das Auto rollte ein paar Meter. Dann brachte er den Wagen wieder zum Stehen. Ihm schien, als habe er erst in diesem Augenblick wirklich begriffen, was er an diesem eisigen Wintermorgen erlebt hatte.

Das Besinnungslose und Grausame an diesem Überfall auf ein altes, wehrloses Paar machte ihm angst. Es war etwas geschehen, was in dieser Gegend einfach nicht hätte geschehen dürfen.

Er sah aus dem Fenster. Der Wind pfiff durch die Ritzen der Autotüren.

Ich muß jetzt anfangen, dachte er.

Es ist schon genau so, wie Rydberg gesagt hat.

Die das hier getan haben, müssen unbedingt geschnappt werden.

Er fuhr auf direktem Weg zum Krankenhaus von Ystad und nahm den Aufzug zur Intensivstation. Auf dem Gang entdeckte er den jungen Polizeiaspiranten Martinsson, der auf einem Stuhl neben der Tür saß.

Kurt Wallander merkte, daß Ärger in ihm aufstieg.

Gab es denn wirklich niemand anderen als einen jungen, unerfahrenen Polizeiaspiranten, den man zum Krankenhaus schicken konnte? Und warum saß er hier draußen vor der Tür? Warum saß er nicht auf der Bettkante, immer darauf gefaßt, auch das leiseste Flüstern der mißhandelten Frau aufzufangen?

»Hallo«, sagte Kurt Wallander. »Wie sieht es aus?«

»Sie ist bewußtlos«, antwortete Martinsson. »Die Ärzte scheinen nicht allzuviel Hoffnung zu haben.«

»Warum sitzt du hier draußen? Warum bist du nicht da drinnen?«

»Sie sagen Bescheid, wenn etwas ist.«

Kurt Wallander merkte, daß Martinsson unsicher geworden war.

Ich höre mich an wie ein alter, mürrischer Oberlehrer, dachte er.

Vorsichtig öffnete er die Tür einen Spaltbreit und lugte hinein. Im Warteraum des Todes seufzten und pumpten eine Reihe von Maschinen. Schläuche schlängelten sich wie durchsichtige Würmer die Wände entlang. Eine Krankenschwester war gerade dabei, ein Diagramm abzulesen, als er die Tür öffnete.

»Hier dürfen Sie nicht herein«, sagte sie mit strenger Stimme.

»Ich bin Polizist«, antwortete Wallander unbeholfen. »Ich möchte mich nur danach erkundigen, wie es ihr geht.«

»Ihnen ist bereits gesagt worden, daß Sie draußen warten sollen«, gab die Krankenschwester zurück.

Noch bevor Wallander etwas erwidern konnte, betrat ein Arzt mit schnellen Schritten das Zimmer. Er fand, daß der Arzt erstaunlich jung aussah.

»Unbefugten ist es eigentlich nicht gestattet, sich hier aufzuhalten«, sagte der junge Arzt, als sein Blick auf Wallander fiel.

»Ich bin gleich wieder weg. Ich möchte ja nur hören, wie es ihr geht. Ich heiße Wallander und bin Polizist. Kriminalpolizei«, fügte er hinzu, unsicher, ob dies einen Unterschied machte. »Ich leite die Ermittlungen nach der oder den Personen, die hierfür verantwortlich sind. Wie ist ihr Zustand?«

»Es ist ein Wunder, daß sie überhaupt noch lebt«, sagte der Arzt und bedeutete mit einem Nicken, ihm ans Bett zu folgen. »Welche inneren Schäden sie davongetragen hat, können wir noch nicht sagen. Erst einmal geht es nur darum, daß sie überlebt. Aber die Kehle ist stark deformiert. Als habe jemand versucht, sie zu erwürgen.«

»Genau das ist geschehen«, kommentierte Wallander und betrachtete das magere Gesicht, das von Decken und Schläuchen eingerahmt war.

»Eigentlich dürfte sie gar nicht mehr leben«, meinte der Arzt.

»Ich hoffe, sie überlebt«, gab Wallander zurück. »Sie ist die einzige Zeugin, die wir haben.«

»Wir hoffen eigentlich, daß alle unsere Patienten überleben«, antwortete der Arzt abweisend und studierte einen Bildschirm, auf dem grüne Linien eine endlose Wellenlinie beschrieben.

Kurt Wallander verließ den Raum, nachdem der Arzt ihm noch einmal gesagt hatte, daß sich vorerst noch nichts Genaueres sagen ließe. Der Ausgang der Sache war ungewiß. Es war durchaus möglich, daß Maria Lövgren starb, ohne das Bewußtsein wiedererlangt zu haben. Niemand konnte das wissen.

»Kannst du von den Lippen ablesen?« wollte er von Martinsson wissen.

»Nein«, antwortete dieser verdutzt.

»Schade«, sagte Wallander und ging.

Vom Krankenhaus aus fuhr er auf direktem Weg zu dem braunen Polizeipräsidium an der östlichen Ausfallstraße der Stadt.

Er setzte sich an seinen Schreibtisch und sah zum Fenster hinaus, zu dem alten, roten Wasserturm hinüber.

Vielleicht braucht die heutige Zeit eine andere Art von Polizisten, dachte er. Polizisten, die keine Miene verziehen, wenn sie an einem frühen Januarmorgen gezwungen sind, einen menschlichen Schlachthof in der südschwedischen Provinz zu betreten?

Polizisten, die dann nicht, wie ich, von Unsicherheit und Angst erfaßt werden?

Seine Gedankengänge wurden durch das Klingeln des Telefons unterbrochen.

Das Krankenhaus, dachte er blitzschnell.

Jetzt rufen sie an, um mitzuteilen, daß Maria Lövgren gestorben ist. Ob sie noch einmal zu Bewußtsein gekommen ist? Ob sie etwas gesagt hat?

Er starrte auf das klingelnde Telefon.

Scheiße, dachte er. Scheiße.

Alles, nur das nicht.

Aber als er den Hörer abnahm, war es seine Tochter. Er war so überrascht, daß er fast das Telefon vom Schreibtisch gerissen hätte.

»Papa«, sagte sie, und er hörte, wie die Münze durchfiel.

»Hallo«, antwortete er. »Von wo aus rufst du an?«

Hauptsache, es ist nicht Lima, dachte er. Oder Katmandu. Oder Kinshasa.

»Ich bin in Ystad.«

Das machte ihn froh. Es bedeutete, daß er sie sehen konnte.

»Ich wollte dich eigentlich besuchen kommen«, sagte sie. »Aber ich habe es mir anders überlegt. Ich bin jetzt auf dem Bahnhof. Ich fahr' jetzt wieder. Ich wollte dir bloß noch sagen, daß ich dich wirklich sehen wollte.«

Dann wurde die Leitung unterbrochen, und er saß da, mit dem Telefonhörer in der Hand.

Es war ihm, als sei etwas gestorben, als sei etwas abgehackt worden, das er gerade noch in der Hand gehalten hatte.

Verdammte Göre, dachte er. Warum tut sie so etwas?

Seine Tochter, die Linda hieß, war jetzt neunzehn Jahre alt. Bis zum Alter von fünfzehn war ihr Verhältnis gut gewesen. Wenn sie in Schwierigkeiten war oder gerne etwas haben wollte, um das sie sich nicht zu fragen traute, war sie immer zu ihm gekommen und nicht zu ihrer Mutter. Er hatte gesehen, wie sie sich von einem pummeligen Kind zu einer jungen Frau von trotziger Schönheit entwickelt hatte. Bevor sie fünfzehn geworden war, hatte sie nie enthüllt, daß es in ihr verborgene Dämonen gab, die sie eines Tages in eine trügerische und geheimnisvolle Landschaft hinaustreiben würden.

An einem Frühlingstag, kurz nach ihrem fünfzehnten Geburtstag, hatte sie dann plötzlich, ohne die leiseste Vorwarnung, versucht, sich das Leben zu nehmen. Es war an einem Samstagnachmittag. Kurt Wallander war gerade dabei, einen der Gartenstühle zu reparieren, während seine Frau die Fenster putzte. Er hatte den Hammer beiseite gelegt und war ins Haus gegangen, getrieben von einer plötzlichen inneren Unruhe. Sie lag in ihrem Zimmer auf dem Bett und hatte versucht, sich mit einer Rasierklinge die Pulsadern und die Halsschlagader aufzuschneiden. Später, als alles vorbei war, hatte der Arzt ihm eröffnet, daß sie gestorben wäre, wenn er nicht dazugekommen wäre und die Geistesgegenwart gehabt hätte, Druckverbände anzulegen.

Er hatte den Schock nie wirklich überwunden. Das Verhältnis zwischen ihm und Linda war seitdem gestört. Sie zog sich von ihm zurück, und ihm war es nie wirklich gelungen zu verstehen, was sie eigentlich zu diesem Selbstmordversuch getrieben hatte. Sie brach die Schule ab, nahm Gelegenheitsjobs an, und es konnte vorkommen, daß sie für längere Zeit verschwand. Zweimal hatte seine Frau ihn dazu gedrängt, sie als vermißt zu melden und nach ihr zu suchen. Seine Kollegen hatten ihm den Schmerz darüber angesehen, daß Linda zum Gegenstand seiner eigenen Ermittlungsarbeit geworden war. Aber eines Tages kam sie dann zurück, und er konnte nur noch durch heimliches Durchstöbern ihrer Taschen und Blättern in ihrem Paß die Reisen nachvollziehen.

Zum Teufel, dachte er. Warum bleibst du nicht hier? Warum überlegst du es dir jetzt anders?

Das Telefon klingelte wieder, und er riß den Hörer ans Ohr.

»Hallo, hier ist Papa«, meldete er sich, ohne zu zögern.

»Was soll das?« gab sein Vater zurück. »Warum meldest du dich mit Papa am Telefon? Ich dachte, du wärst Polizist?«

»Ich habe jetzt keine Zeit, mit dir zu reden. Kann ich dich später zurückrufen?«

»Nein, das kannst du nicht. Was gibt es denn so Wichtiges?«

»Heute morgen ist etwas Schlimmes passiert. Ich rufe dich an.«

»Was ist denn passiert?«

Sein greiser Vater rief ihn fast täglich an. An einigen Tagen hatte er der Telefonzentrale die Anweisung erteilt, keine Anrufe mehr von ihm durchzustellen. Aber mit dieser Taktik hatte er Schiffbruch erlitten, denn sein Vater hatte begonnen, unterschiedliche Namen anzugeben und seine Stimme zu verstellen, um die Telefonistinnen zu täuschen.

Kurt Wallander sah nur eine Möglichkeit, ihn jetzt wieder loszuwerden.

»Ich komme dich heute abend besuchen«, sagte er. »Dann können wir reden.«

Widerwillig gab sein Vater schließlich nach.

»Komm um sieben. Da habe ich Zeit, dich zu empfangen.«

»Gut, bis um sieben. Wiederhören.«

Er legte den Hörer auf und sperrte das Telefon für alle eingehenden Telefonate.

Einen Moment lang dachte er daran, das Auto zu nehmen, zum Bahnhof hinunterzufahren und dort seine Tochter zu suchen. Mit ihr zu reden, das gute Verhältnis wieder zum Leben zu erwecken, das auf so geheimnisvolle Art und Weise verlorengegangen war. Aber er wußte, daß er das nicht durfte. Er wollte nicht riskieren, daß seine Tochter sich für immer von ihm abwandte.

Die Tür wurde geöffnet, und Näslund steckte den Kopf herein.

»Hallo«, sagte er. »Soll ich ihn hereinholen?«

»Wen hereinholen?«

Näslund sah auf seine Uhr.

»Es ist neun Uhr«, sagte er. »Gestern hast du gesagt, daß du Klas Månsson um diese Zeit zum Verhör hier haben willst.«

»Welchen Klas Månsson?«

»Na den, der das Geschäft an der östlichen Umgehungsstraße ausgeraubt hat. Hast du den etwa vergessen?«

Jetzt erinnerte er sich und begriff gleichzeitig, daß Näslund offensichtlich noch nichts von dem Mord wußte, der während der Nacht begangen worden war.

»Du mußt Månsson übernehmen. Wir hatten einen Mord diese Nacht, draußen in Lenarp. Vielleicht sogar einen Doppelmord. Ein altes Ehepaar. Du mußt Månsson allein übernehmen. Aber verschieb das erst mal. Das Wichtigste momentan ist, die Fahndung im Lenarp-Fall zu planen.«

»Månssons Anwalt ist schon gekommen«, erwiderte Näslund. »Wenn ich den jetzt wieder nach Hause schicke, gibt es ziemlichen Ärger.«

»Mach eine Beweisaufnahme«, antwortete Wallander. »Wenn der Anwalt dann meckert, kann ich es auch nicht ändern. Setz eine Lagebesprechung für zehn Uhr in meinem Büro an. Alle sollen dabeisein.«

Plötzlich war er auf Touren gekommen. Jetzt war er wieder Polizist. Die Ängste wegen seiner Tochter und seiner Frau mußten warten. Jetzt würde er erst einmal mit der mühevollen Suche nach einem Mörder beginnen.

Er räumte ein paar Aktenbündel von seinem Schreibtisch, zerriß einen Totoschein, den er aus Zeitmangel doch nicht ausfüllen würde, ging hinaus in die Kantine und goß sich einen Kaffee ein.

Um zehn hatten sich alle in seinem Büro versammelt. Rydberg war vom Tatort abkommandiert worden und saß auf einem Stuhl am Fenster. Sitzende und stehende Polizisten füllten den Raum, insgesamt waren sie zu siebt. Wallander rief im Krankenhaus an, und es gelang ihm schließlich zu erfahren, daß der Zustand der alten Frau unverändert kritisch war.

Dann berichtete er im einzelnen, was geschehen war.

»Es sah dort schlimmer aus, als ihr euch vorstellen könnt«, sagte er. »Oder was meinst du, Rydberg?«

»Stimmt«, antwortete Rydberg. »Wie in einem amerikanischen Film. Es roch sogar nach Blut. Das habe ich noch nie erlebt.«

»Wir *müssen* sie schnappen«, beendete Kurt Wallander seine Berichterstattung. »Wir dürfen solche Wahnsinnigen nicht frei herumlaufen lassen!«

Es wurde still im Raum. Rydberg trommelte mit den Fingern auf der Stuhllehne herum. Vom Flur her konnte man das Lachen einer Frau hören.

Kurt Wallander sah sich um. Sie alle hier waren seine Mitarbeiter. Mit keinem von ihnen war er eng befreundet. Aber sie gehörten zusammen.

»Also«, meinte er, »wie gehen wir vor? Wir sollten endlich anfangen.«

Es war zwanzig Minuten vor elf.

3

Nachmittags um Viertel vor vier merkte Kurt Wallander, daß er hungrig war. Er hatte es nicht geschafft, zu Mittag zu essen. Nach der Fahndungsbesprechung am Morgen war er die ganze Zeit damit beschäftigt, die Jagd nach den Mördern von Lenarp einzuleiten. Irgendwie mußte er ständig an mehr als nur einen Täter denken. Er konnte sich nicht vorstellen, daß ein Mensch allein dieses Blutbad angerichtet haben konnte.

Draußen war es schon dunkel, als er hinter seinem Schreibtisch in den Stuhl sank und versuchte, eine Pressemitteilung zu formulieren. Auf dem Schreibtisch lagen eine Menge Telefonzettel, die eine der Telefonistinnen dort hingelegt hatte. Nachdem er zwischen den Zetteln vergeblich nach dem Namen seiner Tochter gesucht hatte, legte er sie auf einen Haufen in das Post-Eingangskörbchen. Um dem Unbehagen zu entgehen, vor den Fernsehkameras der Regionalnachrichten zu stehen und zu sagen, daß die Polizei im Moment keine Spur hatte von dem oder den Tätern, die den brutalen Mord an den alten Menschen begangen hatten, bat er Rydberg inständig, sich dieser Aufgabe anzunehmen. Immerhin: die Pressemitteilung würde er selbst aufsetzen. Aber was sollte er schreiben? Die Arbeit des Tages hatte kaum etwas anderes ergeben als eine große Ansammlung von Fragezeichen.

Es war ein Tag des Wartens gewesen. Auf der Intensivstation lag die alte Frau, die die Schlinge um ihren Hals überlebt hatte, und kämpfte um ihr Leben.

Würden sie jemals erfahren, was sie in jener fürchterlichen Nacht auf dem abgelegenen Hof gesehen hatte? Oder würde sie sterben, noch bevor sie etwas erzählen konnte?

Kurt Wallander sah aus dem Fenster hinaus in die Dunkelheit.

An Stelle der Pressemitteilung begann er, eine Zusammenfassung dessen zu erstellen, was tagsüber unternommen worden und von welchen Anhaltspunkten auszugehen war.

Nichts, dachte er, als er fertig war. Zwei alte Menschen, ohne Feinde, ohne verstecktes Geld, werden brutal niedergeschlagen, gefoltert. Die Nachbarn haben nichts gehört. Erst als die Täter verschwunden sind, haben sie den Hilferuf der alten Frau gehört und bemerkt, daß ein Fenster eingeschlagen worden ist. Rydberg hatte noch keine Spuren gefunden. Das war alles.

Alte Menschen auf isolierten Höfen sind seit jeher bevorzugte Opfer von Raubüberfällen geworden. Dabei sind sie auch gefesselt, geschlagen und manchmal auch getötet worden.

Aber dieser Fall liegt anders, dachte Kurt Wallander. Diese Schlinge erzählt ihre düstere Geschichte von Brutalität und Haß, vielleicht auch von Rache.

Irgend etwas stimmte bei diesem Raubüberfall nicht.

Nun konnte man nur hoffen. Den ganzen Tag über hatten mehrere Polizeistreifen mit den Einwohnern von Lenarp geredet. Vielleicht hatte jemand etwas gesehen? Oftmals kundschafteten die Täter vor Überfällen auf alte, isoliert wohnende Menschen die Gegend aus, bevor sie zuschlugen. Und vielleicht konnte Rydberg trotz allem am Tatort doch noch einige Spuren finden?

Kurt Wallander sah auf die Uhr. Wann hatte er das letzte Mal im Krankenhaus angerufen? Vor fünfundvierzig Minuten? Einer Stunde?

Er beschloß zu warten, bis er seine Pressemitteilung fertig hatte.

Er setzte den Kopfhörer des kleinen Kassettenrecorders auf und legte eine Kassette mit Jussi Björling ein. Der kratzende Laut der Aufnahme aus den dreißiger Jahren konnte die Schönheit der Musik aus ›Rigoletto‹ nicht übertönen.

Die Pressemitteilung wurde acht Zeilen lang. Kurt Wallander ging zu einer Sekretärin und bat sie, den Text zu schreiben und Kopien davon zu machen. Währenddessen las er einen Fragebogen, der mit der Post an alle geschickt werden sollte, die in der Gegend um Lenarp wohnten. Hatte man etwas Ungewöhnliches gesehen? Etwas, das mit dem brutalen Überfall in Verbindung stehen konnte? Er traute dem Formular nicht viel mehr zu, als daß es zusätzliche Arbeit machen würde. Er wußte, daß die Telefone ununterbrochen klingeln und zwei Polizisten den ganzen Tag damit beschäftigt sein würden, sich Beobachtungen anzuhören, die für die Aufklärung des Falles nicht von Bedeutung waren.

Trotzdem muß es gemacht werden, dachte er. Dann wissen wir zumindest, daß niemand etwas gesehen hat.

Er ging in sein Zimmer zurück und rief erneut im Krankenhaus an. Aber die Lage war unverändert; die alte Frau kämpfte nach wie vor um ihr Leben.

Gerade als er den Hörer aufgelegt hatte, kam Näslund in sein Zimmer.

»Ich hatte recht«, sagte er.

»Recht?«

»Månssons Anwalt war wütend.«

Kurt Wallander zuckte mit den Schultern.

»Damit müssen wir leben.«

Näslund kratzte sich am Kopf und fragte, ob sie vorankamen.

»Bisher haben wir noch nichts. Aber wir haben alles angeleiert. Das war's erst mal.«

»Ich habe gesehen, daß der vorläufige gerichtsmedizinische Bericht gekommen ist.«

Kurt Wallander hob die Augenbrauen.

»Warum weiß ich davon nichts?«

»Er lag bei Hansson.«

»Da liegt er ja gerade richtig!«

Kurt Wallander stand auf und ging in den Flur. Es ist immer dasselbe, dachte er. Papiere landen nie da, wo sie hingehören.

Auch wenn ein immer größerer Anteil der Polizeiarbeit durch Computer gesteuert wurde, landeten wichtige Papiere nach wie vor an der falschen Adresse.

Hansson telefonierte, als Kurt Wallander klopfte und hereinkam. Er sah, daß der Tisch vor Hansson mit schlecht versteckten Spielscheinen und Programmen von unterschiedlichen Trabrennbahnen im Land bedeckt war. Im Polizeipräsidium war allgemein bekannt, daß Hansson den größten Teil seiner Arbeitszeit damit verbrachte, unterschiedliche Trainer anzurufen, um Stalltips zu erfragen. Die Abende benutzte er dann dazu, sich die verrücktesten Spielsysteme auszudenken, die ihm den großen Gewinn garantieren sollten. Es kursierte auch das Gerücht, daß Hansson irgendwann einmal einen großen Gewinn gemacht hatte. Aber keiner wußte Genaueres. Und Hansson lebte nicht gerade auf großem Fuß.

Als Kurt Wallander hereinkam, hielt Hansson die Hand vor den Hörer.

»Der gerichtsmedizinische Bericht«, sagte Kurt Wallander. »Hast du den?«

Hansson schob ein Rennprogramm aus Jägersro zur Seite.

»Ich wollte gerade damit zu dir kommen.«

»Nummer vier im siebten Rennen ist ein sicherer Tip«, sagte Kurt Wallander und nahm die Mappe mit den Unterlagen vom Tisch.

»Was meinst du damit?«

»Ich meine, daß es ein sicherer Tip ist.«

Kurt Wallander ging und ließ Hansson mit offenem Mund zurück. Auf der Uhr im Flur sah er, daß er bis zur Pressekonferenz noch eine halbe Stunde Zeit hatte. Er ging in sein Zimmer und las den Bericht sorgfältig durch.

Die Brutalität des Mordes wurde ihm, soweit das überhaupt möglich war, noch bewußter als heute morgen in Lenarp.

Bei einer ersten oberflächlichen Untersuchung der Leiche hatte der Arzt die eigentliche Todesursache nicht feststellen können.

Es gab einfach zu viele Möglichkeiten.

Mit einem gezähnten oder scharfen Gegenstand waren dem Körper acht tiefe Hiebe oder Stiche zugefügt worden. Der Arzt schlug eine Stichsäge vor. Außerdem war der rechte Oberschenkelknochen durchschlagen, genauso wie der linke Oberarm und das Handgelenk. Der Körper wies Anzeichen von Brandverletzungen auf, der Hodensack war angeschwollen und das Stirnbein eingedrückt. Die eigentliche Todesursache konnte noch nicht definitiv festgestellt werden.

Der Arzt hatte neben dem offiziellen Bericht eine Randnotiz gemacht.

»Eine Wahnsinnstat«, schrieb er. »Diesem Mann ist so viel Gewalt angetan worden, daß es gereicht hätte, vier oder fünf Personen umzubringen.«

Kurt Wallander legte den Bericht zur Seite.

Er fühlte sich immer elender.

Irgend etwas stimmte an diesem Fall nicht.

Einbrecher, die alte Menschen überfielen, waren in der Regel nicht so haßerfüllt. Sie waren auf Geld aus.

Warum diese unsinnige Gewalt?

Als er einsehen mußte, daß er sich selbst keine befriedigende Antwort auf diese Frage geben konnte, las er noch einmal die Zusammenfassung, die er geschrieben hatte. Hatte er etwas vergessen? Hatte er ein Detail außer acht gelassen, von dem sich später herausstellen würde, daß es von Bedeutung war? Auch wenn die Polizeiarbeit zum größten Teil eine Frage von geduldigem Suchen nach kombinierbaren Fakten war, wußte er doch aus Erfahrung, daß der erste Eindruck vom Tatort wichtig war. Besonders dann, wenn die Polizei unter den allerersten war, die zum Tatort kamen, nachdem ein Verbrechen begangen worden war.

In der Zusammenfassung, die er geschrieben hatte, gab es etwas, das ihn nachdenklich stimmte. Hatte er nicht doch ein Detail übersehen?

Er blieb lange sitzen, ohne darauf zu kommen, was es war.

Die Sekretärin öffnete die Tür und brachte ihm die getippte und kopierte Pressemitteilung. Auf dem Weg zur Pressekonferenz ging er auf die Toilette und betrachtete sich im Spiegel. Er mußte zum Friseur. Das braune Haar stand an den Ohren ab. Außerdem mußte er abnehmen. Seit seine Frau ihn verlassen hatte, hatte er sieben Kilo zugenommen. In der unerträglichen Einsamkeit hatte er nichts anderes als Fertiggerichte, Pizza, fettige Hamburger und Blätterteigteilchen gegessen.

»Du fetter Sack«, sagte er laut zu sich selbst. »Willst du wirklich jetzt schon wie ein schlapper alter Mann aussehen?«

Er beschloß, sofort seine Eßgewohnheiten zu ändern. Er überlegte sogar, notfalls wieder mit dem Rauchen anzufangen, um abzunehmen.

Er fragte sich, woran es eigentlich lag. Daß jeder zweite Polizist geschieden war. Daß die Frauen ihre Männer verließen? Als er einmal einen Krimi gelesen hatte, mußte er seufzend feststellen, daß es da nicht anders aussah: Polizisten waren geschieden. Und damit basta …

Der Raum, in dem die Pressekonferenz stattfinden sollte, war bereits voller Menschen. Die meisten Journalisten kannte er. Aber es gab auch unbekannte Gesichter. Ein junges Mädchen mit pickeligem Gesicht warf ihm lüsterne Blicke zu, während sie ihren Kassettenrecorder anstellte.

Kurt Wallander teilte die dürftige Pressemitteilung aus und setzte sich auf ein kleines Podest in einer Ecke des Raumes. Eigentlich hätte auch der Chef der Ystader Polizei dabeisein sollen, aber er war im Winterurlaub in Spanien. Rydberg hatte versprochen zu kommen, sobald er mit den Leuten vom Fernsehen fertig war. Aber ansonsten war Kurt Wallander allein.

»Die Pressemitteilung haben Sie bekommen«, fing er an. »Mehr habe ich zur Zeit eigentlich nicht zu sagen.«

»Dürfen wir Fragen stellen?« sagte ein Journalist, den Kurt Wallander als Lokalredakteur der Zeitung ›Arbete‹ wiedererkannte.

»Deshalb bin ich hier«, antwortete Kurt Wallander.

»Um ehrlich zu sein, finde ich diese Pressemitteilung ungewöhnlich dürftig«, meinte der Journalist. »Etwas mehr sollten Sie schon mitzuteilen haben.«

»Von den Tätern haben wir bisher keine Spur«, erwiderte Kurt Wallander.

»Es war also mehr als einer?«

»Wahrscheinlich.«

»Wie kommen Sie darauf?«

»Wir nehmen es an. Aber wir wissen es nicht.«

Der Journalist verzog das Gesicht, und Kurt Wallander nickte einem anderen Journalisten zu, den er kannte.

»Wie wurde er getötet?«

»Durch äußere Gewalt.«

»Das kann viel bedeuten!«

»Wir wissen es nicht. Die Ärzte haben die gerichtsmedizinische Untersuchung noch nicht abgeschlossen. Es dauert noch ein paar Tage.«

Der Journalist hatte noch weitere Fragen, wurde aber von dem pickeligen Mädchen mit dem Kassettenrecorder unterbrochen. Am Deckel konnte Kurt Wallander erkennen, daß sie vom Lokalradio kam.

»Was haben die Einbrecher mitgenommen?«

»Das wissen wir nicht«, antwortete Kurt Wallander. »Wir wissen nicht einmal, ob es überhaupt ein Einbruch war.«

»Was sollte es sonst gewesen sein?«

»Das können wir noch nicht sagen.«

»Gibt es etwas, was dagegen spricht, daß es sich um einen Einbruch gehandelt hat?«

»Nein.«

Wallander spürte, daß er in dem engen Raum schwitzte. Er erinnerte sich, wie er als junger Polizist davon geträumt hatte,

Pressekonferenzen zu leiten. In seinen Träumen war das allerdings nie so eng und verschwitzt gewesen.

»Ich habe eine Frage gestellt«, hörte er einen Journalisten am anderen Ende des Raumes sagen.

»Ich konnte sie nicht verstehen«, sagte Kurt Wallander.

»Glaubt die Polizei, daß es sich um ein wichtiges Verbrechen handelt?« fragte der Journalist.

Wallander wunderte sich über die Frage.

»Natürlich ist es wichtig, daß wir diesen Mordfall lösen«, sagte er. »Warum sollte es das nicht sein?«

»Werden Sie zusätzliche Ressourcen beantragen?«

»Es ist noch zu früh, um darüber etwas sagen zu können. Wir hoffen natürlich auf eine baldige Aufklärung. Ich verstehe wohl immer noch nicht Ihre Frage.«

Der Journalist, der noch sehr jung war und eine starke Brille trug, drängelte sich nach vorne durch. Kurt Wallander hatte ihn noch nie zuvor gesehen.

»Was ich meine, ist: Im heutigen Schweden interessiert sich ja doch keiner mehr für alte Menschen.«

»*Wir* tun es«, antwortete Kurt Wallander. »Wir werden tun, was in unserer Macht steht, um die Täter zu fassen. In Schonen wohnen viele alte und einsame Menschen auf abgelegenen Höfen. Sie können auf jeden Fall davon ausgehen, daß wir alles uns Mögliche unternehmen werden.«

Er stand auf.

»Wir werden Sie benachrichtigen, wenn wir mehr zu berichten haben«, sagte er. »Danke, daß Sie gekommen sind.«

Das Mädchen vom Lokalradio versperrte ihm den Weg, als er den Raum verlassen wollte.

»Ich habe nichts hinzuzufügen«, sagte er.

»Ich kenne Ihre Tochter Linda«, erwiderte das Mädchen.

Kurt Wallander blieb stehen.

»Du kennst sie?« fragte er. »Woher?«

»Wir haben uns ab und zu mal getroffen.«

Kurt Wallander versuchte herauszufinden, ob er sie irgendwoher kannte. Waren sie vielleicht Schulkameradinnen gewesen?

Sie schüttelte den Kopf, als ob sie seine Gedanken gelesen hätte.

»Wir sind uns noch nie begegnet«, sagte sie. »Sie kennen mich nicht. Linda und ich haben uns zufällig in Malmö kennengelernt.«

»Ach so«, sagte Kurt Wallander. »Das freut mich.«

»Ich mag sie schrecklich gern. Darf ich Ihnen nun ein paar Fragen stellen?«

Kurt Wallander wiederholte in ihr Mikrofon hinein, was er vorher bereits gesagt hatte. Am liebsten hätte er über Linda geredet, aber er traute sich nicht.

»Bestellen Sie ihr Grüße«, sagte sie, als sie ihren Kassettenrecorder einpackte. »Grüße von Cathrin. Oder Cattis.«

»Ich werde es ausrichten«, sagte Kurt Wallander. »Ich verspreche es.«

Als er in sein Zimmer zurückging, bemerkte er ein Ziehen im Magen. Aber war das Hunger? Oder Unruhe?

Ich muß mit mir selbst ins reine kommen, dachte er. Ich muß akzeptieren, daß meine Frau mich verlassen hat. Ich muß akzeptieren, daß ich nur warten kann, bis Linda von sich aus Kontakt zu mir sucht. Ich muß akzeptieren, daß mein Leben nun einmal so aussieht, wie es im Moment der Fall ist …

Kurz vor sechs versammelten sich die Polizeibeamten wieder zu einer Besprechung. Aus dem Krankenhaus gab es keine Neuigkeiten. Kurt Wallander entwarf schnell ein Ablösungsschema für die Nacht.

»Ist das wirklich notwendig«, fragte Hansson. »Stell doch einfach einen Kassettenrecorder auf. Den kann jede Schwester anstellen, wenn die alte Frau aufwacht.«

»Es ist notwendig«, gab Kurt Wallander zurück. »Ich kann selbst von Mitternacht bis sechs übernehmen. Gibt es bis dahin einen Freiwilligen?«

Rydberg nickte.

»Ich kann genausogut im Krankenhaus sitzen wie anders-
wo«, meinte er.

Kurt Wallander sah in die Runde. In dem Licht der Neon-
röhre an der Decke sahen alle käsig aus.

»Sind wir weitergekommen?« fragte er.

»Mit Lenarp sind wir fertig«, sagte Peters, der die Türklopf-
Aktion geleitet hatte. »Keiner hat etwas gesehen. Aber normalerweise dauert es ja ein paar Tage, bis die Leute nachgedacht
haben. Ansonsten haben die Menschen da oben Angst. Es ist so
verdammt unheimlich. Fast nur alte Leute. Und eine aufgeschreckte junge Familie aus Polen, die sich vermutlich illegal
hier aufhält. Aber ich habe sie in Ruhe gelassen. Wir machen
morgen weiter.«

Kurt Wallander nickte und sah zu Rydberg hinüber.

»Es gibt massenhaft Fingerabdrücke«, sagte er. »Vielleicht
bringt das was. Ansonsten ist es vor allen Dingen ein Knoten,
der mich interessiert.«

Kurt Wallander sah ihn forschend an.

»Ein Knoten?«

»Der Knoten in der Schlinge.«

»Was ist damit?«

»Er ist ungewöhnlich. So einen Knoten habe ich vorher
noch nie gesehen.«

»Hast du überhaupt schon einmal eine solche Schlinge gesehen?« warf Hansson ein, der ungeduldig an der Tür stand und
gehen wollte.

»Ja«, antwortete Rydberg. »Das habe ich. Wir werden ja
sehen, was dieser Knoten hergibt.«

Kurt Wallander wußte, daß Rydberg im Moment nicht
mehr sagen wollte. Aber wenn der Knoten ihn interessierte,
dann deshalb, weil er von Bedeutung sein konnte.

»Ich fahre morgen früh wieder zu den Nachbarn«, sagte
Kurt Wallander. »Sind eigentlich Lövgrens Kinder schon be-
nachrichtigt worden?«

»Martinsson war dabei«, antwortete Hansson.

»Martinsson war doch im Krankenhaus?« erwiderte Kurt Wallander verwundert.

»Er ist von Svedlund abgelöst worden.«

»Wo zum Teufel ist er jetzt?«

Keiner wußte, wo Martinsson steckte. Kurt Wallander rief in der Zentrale an und erhielt die Nachricht, daß Martinsson eine Stunde früher gegangen war.

»Ruf ihn zu Hause an«, sagte Kurt Wallander.

Dann sah er auf seine Armbanduhr.

»Morgen um zehn treffen wir uns zur Besprechung«, sagte er. »Das war's für heute.«

Er war gerade allein in seinem Zimmer, als die Zentrale das Gespräch mit Martinsson durchstellte.

»Tut mir leid«, sagte Martinsson. »Ich habe die Besprechung völlig vergessen.«

»Was ist mit den Kindern?«

»Weiß der Teufel, ob Rickard nicht die Windpocken hat.«

»Ich meine Lövgrens Kinder. Die beiden Töchter.«

Martinsson klang überrascht, als er antwortete.

»Hast du meine Mitteilung nicht bekommen?«

»Ich habe gar nichts bekommen.«

»Ich habe sie einem der Mädchen in der Zentrale gegeben.«

»Muß ich nachsehen. Aber erzähl erst mal.«

»Die eine Tochter, die fünfzig ist, lebt in Kanada. Winnipeg, wo immer das liegt. Ich habe total vergessen, daß es für sie mitten in der Nacht war, als ich dort angerufen habe. Sie wollte zuerst nicht begreifen, was ich ihr sagte. Erst als ihr Mann ans Telefon kam, haben sie begriffen, was passiert ist. Er ist übrigens Polizist. Ein richtiger kanadischer, berittener Polizist. Wir sollen uns morgen wieder melden. Aber sie fliegt nach Hause, das steht fest. Mit der anderen Tochter war es schwieriger, obwohl sie in Schweden lebt. Sie ist siebenundvierzig Jahre alt und als Kaltmamsell im Rubin in Göteborg angestellt. Sie trainiert eine Handballmannschaft, die zur Zeit in Skien, in Norwegen ist. Aber sie haben versprochen, sie über das, was passiert ist, zu benachrichtigen. Außerdem habe ich eine Liste mit Lövgrens übrigen Verwandten in der Zentrale abgegeben. Es sind ziemlich viele. Die meisten wohnen in Schonen. Vielleicht melden sich morgen noch mehr, nachdem sie die Zeitung gelesen haben.«

»Das klingt gut«, sagte Kurt Wallander. »Kannst du mich morgen früh um sechs im Krankenhaus ablösen? Wenn sie bis dahin nicht stirbt.«

»Ich komme. Aber meinst du eigentlich, es ist eine gute Idee, daß ausgerechnet du da sitzt?«

»Warum nicht?«

»Du mußt schließlich die Ermittlungen leiten. Und ein bißchen Schlaf wäre da sicherlich nicht schlecht.«

»Eine Nacht halte ich schon durch«, sagte Kurt Wallander und beendete das Gespräch.

Er saß regungslos da und starrte vor sich hin.

Können wir das überhaupt schaffen? dachte er.

Oder haben die schon einen viel zu großen Vorsprung?

Er zog seinen Mantel an, knipste die Schreibtischlampe aus und verließ das Zimmer. Der Flur, der zur Zentrale führte, war verlassen. Er steckte den Kopf in den Glaskasten, in dem die diensthabende Telefonistin saß und in einer Zeitung blätterte. Er sah, daß es ein Rennprogramm war. Setzen hier neuerdings alle auf Pferde? dachte er.

»Martinsson soll hier einige Papiere für mich hinterlegt haben«, sagte er.

Die Telefonistin, die Ebba hieß und seit über dreißig Jahren bei der Polizei war, nickte freundlich und zeigte auf den Tisch.

»Wir haben ein Mädchen vom Jugendarbeitsamt hier. Süß und lieb und total unfähig. Hat sie vielleicht vergessen, dir die Sachen zu geben?«

Wallander nickte.

»Ich gehe jetzt«, sagte er. »Ich bin wohl in ein paar Stunden zu Hause. Falls etwas passiert, kannst du bei meinem Vater anrufen.«

»Du denkst an die arme Frau, die im Krankenhaus liegt«, meinte Ebba.

Kurt Wallander nickte.

»Schreckliche Geschichte.«

»Ja«, antwortete Kurt Wallander. »Ich frage mich manchmal, was eigentlich momentan mit diesem Land geschieht.«

Als er durch die Glastüren des Polizeipräsidiums trat, schlug ihm der Wind entgegen. Er war kalt und beißend, so daß Wallander sich duckte, als er zum Parkplatz eilte. Hoffentlich schneit es nicht, dachte er.

Nicht bevor wir die gefaßt haben, die in Lenarp zu Besuch waren.

Er stieg ins Auto und suchte lange zwischen den Kassetten, die er im Handschuhfach aufbewahrte. Ohne sich richtig entscheiden zu können, schob er Verdis ›Requiem‹ in den Kassettenrecorder. Er hatte teure Boxen im Auto einbauen lassen, und die mächtigen Töne schlugen an seine Ohren. Er bog nach rechts ab und fuhr die Dragonstraße hinunter, in Richtung östliche Umgehungsstraße. Einzelne Blätter wirbelten über die Straße, und ein Fahrradfahrer kämpfte gegen den Wind an. Die Uhr im Auto zeigte auf sechs. Der Hunger packte ihn wieder, er überquerte die Hauptstraße und hielt bei »OKs Cafeteria« an. Meine Eßgewohnheiten ändere ich ab morgen, dachte er. Komme ich auch nur eine Minute nach sieben bei Vater an, muß ich mir erst wieder die Litanei davon anhören, daß ich ihn vergessen habe.

Er aß einen Hamburger mit Pommes frites.

Er aß so schnell, daß er Durchfall bekam.

Als er auf der Toilette saß, stellte er fest, daß er mal wieder die Unterhose wechseln könnte.

Plötzlich spürte er, wie müde er war.

Erst als es an der Tür klopfte, stand er auf.

Er tankte, fuhr durch Sandskogen nach Osten und bog auf die Straße nach Kåseberga ein. Sein Vater wohnte in einem kleinen Haus, das zwischen dem Meer und Löderup im Grünen lag.

Es war vier Minuten vor sieben, als er auf den kiesbedeckten Hof vor dem Haus einbog.

Der kiesbedeckte Hof war die Ursache für den letzten und längsten Streit zwischen ihm und seinem Vater gewesen. Früher hatte der Hof Kopfsteinpflaster gehabt, das genauso alt war wie das Haus, in dem sein Vater wohnte. Eines Tages hatte er sich plötzlich überlegt, den ganzen Hof mit Kies abzudecken. Als Kurt Wallander protestiert hatte, war sein Vater rasend geworden. »Ich brauche keinen Vormund!« hatte er gebrüllt.

»Warum willst du das schöne Kopfsteinpflaster zerstören?« hatte Kurt Wallander gefragt.

Danach hatten sie sich heftig gestritten.

Und nun war der Hof von grauen Kieseln bedeckt, die unter den Reifen knirschten.

Er sah, daß im Nebengebäude Licht brannte.

Beim nächsten Mal kann es mein Vater sein, fuhr es ihm plötzlich durch den Kopf.

Nächtliche Mörder, die ihn für ein geeignetes Opfer eines Überfalls, vielleicht eines Mordes halten.

Niemand würde seine Hilferufe hören. Nicht bei diesem Wind und mit fünfhundert Meter Abstand bis zum nächsten Nachbarn, der auch schon ein alter Mann war.

Er hörte das ›Dies Irae‹ zu Ende, bevor er aus dem Auto stieg und den Rücken streckte.

Er ging durch die Tür des Nebengebäudes, in dem das Atelier seines Vaters lag. Dort malte er seine Bilder, so wie er es immer getan hatte.

Dies war eine von Kurt Wallanders frühesten Kindheitserinnerungen. Wie sein Vater immer nach Terpentin und Öl gerochen hatte. Und wie er ständig in einem dunkelblauen Overall und abgeschnittenen Gummistiefeln vor seiner beklecksten Staffelei gestanden hatte.

Erst als Kurt Wallander fünf oder sechs Jahre alt geworden war, hatte er begriffen, daß sein Vater nicht all die Jahre an ein und demselben Bild malte.

Es war nur das Motiv, das sich nie änderte.

Er malte eine melancholische Herbstlandschaft mit einem spiegelblanken See, einem gekrümmten Baum mit entlaubten Zweigen im Vordergrund, und ganz hinten am Horizont waren flüchtig in Wolken gehüllte Gebirgsketten zu erkennen, die in einer unrealistisch grellen Abendsonne schimmerten.

Von Zeit zu Zeit fügte er auf der linken Seite des Bildes einen auf einem Baumstumpf sitzenden Auerhahn hinzu.

In regelmäßigen Abständen wurde ihr Heim dann von Männern in Seidenanzügen und mit dicken Goldringen an den Fingern aufgesucht. Sie kamen in rostigen Lieferwagen oder in glänzenden amerikanischen Straßenkreuzern und kauften die Bilder, ob mit oder ohne Auerhahn.

So hatte sein Vater das ganze Leben ein und dasselbe Motiv gemalt. Durch seine Bilder, die auf Märkten oder Auktionen verkauft wurden, hatten sie ihr Auskommen gehabt.

Sie hatten außerhalb von Malmö, in Klagshamn, in einer alten umgebauten Schmiede gewohnt. Dort war Kurt Wallander mit seiner Schwester Kristina aufgewachsen, und ihre Kindheit war immer von einem satten Terpentingeruch umweht gewesen.

Erst als sein Vater Witwer geworden war, hatte er die alte Schmiede verkauft und war aufs Land gezogen. Den Grund dafür hatte Kurt Wallander eigentlich nie verstanden, da sein Vater ständig über die Einsamkeit klagte.

Kurt Wallander öffnete die Tür zum Nebengebäude und sah, daß sein Vater an einem Bild malte, auf dem der Auerhahn fehlte. Jetzt malte er gerade den Baum im Vordergrund. Er brummte eine Begrüßung und setzte seine Malerei fort.

Kurt Wallander goß sich aus der schmutzigen Kanne, die auf einem qualmenden Spirituskocher stand, eine Tasse Kaffee ein.

Er sah seinen fast achtzig Jahre alten Vater an. Er war klein und zusammengesunken, strahlte aber trotzdem Energie und Willenskraft aus.

Werde ich genauso aussehen wie er, wenn ich alt bin? dachte er.

Als Kind sah ich meiner Mutter ähnlich. Jetzt ähnele ich meinem Großvater. Vielleicht sehe ich aus wie mein Vater, wenn ich alt bin?

»Nimm dir eine Tasse Kaffee«, sagte sein Vater. »Ich bin gleich fertig.«

»Das habe ich schon«, erwiderte Kurt Wallander.

»Dann nimm dir eben noch eine«, sagte der Vater.

Aha, schlechte Laune, dachte Kurt Wallander. Sein unberechenbares Temperament macht ihn zu einem Tyrannen. Was hat er eigentlich gegen mich?

»Ich habe viel zu tun«, sagte Kurt Wallander, »muß die ganze Nacht arbeiten. Ich habe es so verstanden, als ob du etwas Bestimmtes wolltest.«

»Warum mußt du die ganze Nacht arbeiten?«

»Ich muß im Krankenhaus Wache halten.«

»Warum? Wer ist krank?«

Kurt Wallander seufzte. Obwohl er selbst schon Hunderte von Verhören durchgeführt hatte, würde er die Beharrlichkeit, mit der sein Vater ihn ausfragte, niemals erreichen. Und das, obwohl sein Vater nicht eine Spur von Interesse an seinem Beruf als Polizist zeigte. Kurt Wallander wußte, daß es seinen Vater tief enttäuscht hatte, als er sich mit achtzehn Jahren entschlossen hatte, Polizist zu werden. Aber es war ihm nie gelungen zu ergründen, welche Erwartungen sein Vater eigentlich an ihn gehabt hatte.

Er hatte versucht, mit ihm darüber zu reden, aber es hatte nie funktioniert.

Bei den seltenen Gelegenheiten, bei denen er seine Schwester Kristina traf – sie wohnte in Stockholm und führte einen Damenfrisiersalon –, hatte er versucht, sie auszufragen, weil er wußte, daß sie und sein Vater in gutem Kontakt zueinander standen. Aber auch sie wußte keine Antwort.

Er trank den lauwarmen Kaffee und dachte, daß sein Vater

sich insgeheim gewünscht hatte, er möge eines Tages den Pinsel übernehmen und noch eine Generation lang dasselbe Motiv malen.

Plötzlich legte sein Vater den Pinsel weg und wischte sich die Hände an einem dreckigen Lappen ab. Als er seinem Sohn näher kam, um sich eine Tasse Kaffee einzugießen, bemerkte dieser, daß sein Vater ungewaschen und nach schmutzigen Kleidern roch.

Wie sagt man seinem Vater, daß er stinkt? dachte Kurt Wallander.

Vielleicht ist er inzwischen tatsächlich so alt, daß er nicht mehr alleine zurechtkommt?

Und was mache ich dann?

Ich kann ihn nicht zu mir nehmen, das geht nicht. Wir würden uns gegenseitig umbringen.

Er beobachtete seinen Vater, der sich mit der einen Hand über die Nase strich und gleichzeitig seinen Kaffee schlürfte.

»Du hast mich lange nicht mehr besucht«, sagte er vorwurfsvoll.

»Ich war doch erst vorgestern hier.«

»Eine halbe Stunde!«

»Aber ich war hier.«

»Warum willst du mich nicht treffen?«

»Das will ich ja! Aber manchmal habe ich einfach viel zu tun.«

Der Vater setzte sich auf einen alten, kaputten Schlitten, der unter seinem Gewicht knarrte.

»Ich wollte dir nur erzählen, daß deine Tochter mich gestern besucht hat.«

Kurt Wallander staunte nicht schlecht.

»Linda war hier?«

»Hörst du mir nicht zu?«

»Warum?«

»Sie wollte ein Bild haben.«

»Ein Bild?«

»Im Gegensatz zu dir weiß sie meine Arbeit zu schätzen.«

Kurt Wallander traute seinen Ohren nicht mehr.

Linda hatte, außer als sie noch ganz klein war, nie besonderes Interesse an ihrem Großvater gezeigt.

»Was wollte sie?«

»Ein Bild, hab' ich doch gerade gesagt! Hörst du mir eigentlich gar nicht zu?«

»Ich höre zu! Woher kam sie? Wohin wollte sie? Wie zum Teufel ist sie hergekommen? Muß ich dir denn alles aus der Nase ziehen?«

»Sie kam im Auto«, sagte der Vater. »Ein junger Mann mit schwarzem Gesicht fuhr sie.«

»Was meinst du damit? Schwarz?«

»Hast du schon mal was von Negern gehört? Er war sehr höflich und sprach ausgezeichnet Schwedisch. Ich gab ihr das Bild, und dann sind sie wieder gefahren. Ich dachte, es würde dich vielleicht interessieren, wo ihr doch so wenig Kontakt zueinander habt.«

»Wohin sind sie gefahren?«

»Woher soll ich das wissen?«

Keiner von ihnen wußte, wo sie wohnt, fuhr es Kurt Wallander durch den Kopf. Manchmal übernachtete sie bei ihrer Mutter. Aber dann ging sie wieder ihre eigenen, unbekannten Wege.

Ich muß unbedingt mit Mona sprechen, dachte er. Geschieden oder nicht, wir müssen miteinander reden. So kann es einfach nicht weitergehen.

»Willst du einen Schnaps?« fragte der Vater unvermittelt.

Das war das letzte, was Kurt Wallander wollte. Aber er wußte, daß es keinen Zweck hatte, nein zu sagen.

»Ja, bitte«, sagte er.

Das Nebengebäude war durch einen Gang mit dem niedrigen und dürftig möblierten Wohnhaus verbunden. Kurt Wallander sah mit einem Blick, daß es unaufgeräumt und dreckig war.

Er sieht es nicht mehr, dachte er. Und warum habe ich nichts gemerkt?

Ich muß mit Kristina darüber reden. Er kann nicht länger alleine wohnen.

Im selben Augenblick klingelte das Telefon.

Sein Vater ging ran.

»Es ist für dich«, sagte er mit sichtlich irritierter Stimme.

Linda, dachte er. Sicher ist sie es.

Aber es war Rydberg aus dem Krankenhaus.

»Sie ist tot«, sagte er.

»Ist sie noch einmal aufgewacht?«

»Ja, das ist sie. Zehn Minuten lang. Die Ärzte glaubten, die Krise wäre vorüber. Dann ist sie gestorben.«

»Hat sie noch etwas gesagt?«

Rydbergs Stimme klang nachdenklich, als er antwortete.

»Ich glaube, es ist das beste, wenn du in die Stadt kommst.«

»Was hat sie gesagt?«

»Etwas, das dir nicht gefallen wird.«

»Ich komme zum Krankenhaus.«

»Besser ins Präsidium. Sie ist tot, sagte ich doch.«

Kurt Wallander legte den Hörer auf.

»Ich muß gehen«, sagte er.

Sein Vater sah ihn wütend an.

»Du kümmerst dich nicht um mich«, warf er ihm vor.

»Ich komme morgen wieder«, antwortete Kurt Wallander und fragte sich, wie er mit dem Stadium des Verfalls, in dem sein Vater sich befand, umgehen sollte. »Morgen komme ich bestimmt. Wir können uns zusammensetzen und unterhalten oder zusammen kochen. Danach können wir pokern, wenn du Lust hast.«

Obwohl Kurt Wallander ein lausiger Kartenspieler war, wußte er, daß dies seinen Vater besänftigen würde.

»Ich komme um sieben«, versprach er.

Danach fuhr er zurück nach Ystad.

Fünf Minuten vor acht ging er durch dieselben Glastüren,

durch die er vor zwei Stunden das Gebäude verlassen hatte.
Ebba nickte ihm zu.

»Rydberg sitzt in der Kantine«, sagte sie.

Dort saß er, über eine Tasse Kaffee gebeugt. Als Kurt Wallander sein Gesicht sah, wußte er, daß ihn etwas Unangenehmes erwartete.

4

Kurt Wallander und Rydberg waren allein in der Kantine. Aus der Ferne hörte man den Lärm eines Betrunkenen, der lautstark dagegen protestierte, daß man ihn in Gewahrsam genommen hatte. Ansonsten war alles ruhig. Nur das schwache Rauschen der Heizkörper war zu hören.

Kurt Wallander setzte sich Rydberg gegenüber.

»Zieh den Mantel aus«, sagte Rydberg. »Sonst frierst du nachher, wenn du wieder in den Wind rauskommst.«

»Erst einmal will ich hören, was du zu sagen hast, dann kann ich mir immer noch überlegen, ob ich den Mantel ausziehen soll oder nicht.«

Rydberg zuckte mit den Schultern.

»Sie ist gestorben«, sagte er.

»Das habe ich inzwischen begriffen.«

»Aber sie ist noch einmal aufgewacht, kurz bevor sie dann starb.«

»Und hat etwas gesagt?«

»Das wäre wohl zuviel gesagt. Sie hat geflüstert. Oder wenigstens geröchelt.«

»Konntest du es aufnehmen?«

Rydberg schüttelte den Kopf.

»Das wäre nicht gegangen«, antwortete er. »Es war fast unmöglich, zu verstehen, was sie sagen wollte. Das meiste war sowieso nur wirres Zeug. Aber ich habe alles aufgeschrieben, was ich genau verstanden habe.«

»Sie sagte den Namen ihres Mannes«, fing Rydberg an. »Ich glaube, sie versuchte herauszufinden, wie es ihm ging. Dann murmelte sie etwas, was ich unmöglich verstehen konnte. Und dann habe ich versucht zu fragen: Wer hat Sie diese Nacht überfallen? Kannten Sie die Täter? Wie sahen sie aus? Das waren meine Fragen. Die habe ich dann so lange wiederholt, wie sie bei Bewußtsein war. Und ich bin mir ziemlich sicher, daß sie verstanden hat, was ich gesagt habe.«

»Und was hat sie geantwortet?«

»Ich konnte nur ein einziges Wort verstehen. ›Ausländer‹.«

»›Ausländer‹?«

»Ganz genau. ›Ausländer‹.«

»Meinte sie damit, daß diejenigen, die sie und ihren Mann erschlagen haben, Ausländer waren?«

Rydberg nickte.

»Bist du sicher?«

»Sage ich sonst, daß ich einer Sache sicher bin, wenn ich es nicht bin?«

»Nein.«

»Na bitte. Nun wissen wir also, daß ihre letzte Botschaft an diese Welt das Wort Ausländer war. Als Antwort darauf, wer diese Wahnsinnstat begangen hat.«

Wallander zog den Mantel aus und holte sich eine Tasse Kaffee.

»Wie zum Teufel kann sie nur darauf gekommen sein?« murmelte er.

»Ich hab' hier gesessen und darüber nachgedacht, während ich auf dich gewartet habe«, antwortete Rydberg. »Vielleicht sahen sie nicht wie Schweden aus. Sie könnten auch eine andere Sprache gesprochen haben. Oder sie haben einen ausländischen Akzent gehabt. Es gibt eine Unzahl von Möglichkeiten.«

»Wie sieht denn einer aus, der kein Schwede ist«, fragte Wallander.

»Du weißt schon, was ich meine«, antwortete Rydberg. »Besser wäre es vielleicht zu sagen: Eigentlich kann man nur erahnen, was sie glaubte und dachte.«

»Es kann also auch pure Einbildung gewesen sein.«

Rydberg nickte.

»Das ist schon möglich.«

»Aber nicht sehr wahrscheinlich.«

»Warum sollte sie die letzten Augenblicke ihres Lebens dazu benutzen, etwas zu sagen, was nicht der Wahrheit entspricht? Alte Menschen lügen in der Regel nicht.«

Kurt Wallander trank einen Schluck von dem lauwarmen Kaffee.

»Das würde also bedeuten, daß wir anfangen müssen, nach einem oder mehreren Ausländern zu fahnden. Ich wünschte, sie hätte irgend etwas anderes gesagt.«

»Es ist wirklich verdammt unangenehm.«

Sie saßen eine Weile wortlos da, jeder von ihnen in seine eigenen Gedanken versunken.

Der Betrunkene auf dem Flur war nicht mehr zu hören.

Es war genau neunzehn vor neun.

»Kannst du dir das vorstellen«, sagte Kurt Wallander etwas später. »Die einzige Spur der Polizei auf der Jagd nach den Doppelmördern von Lenarp ist der Hinweis, daß es sich bei den Tätern höchstwahrscheinlich um Ausländer handelt.«

»Ich kann mir noch etwas viel Schlimmeres vorstellen«, antwortete Rydberg.

Kurt Wallander wußte genau, was er meinte.

Zwanzig Kilometer von Lenarp entfernt gab es ein großes Auffanglager für Asylbewerber, das schon mehrfach zum Ziel ausländerfeindlicher Anschläge geworden war. Mehrere Male waren nachts Kreuze auf dem Vorplatz verbrannt worden, Fenster mit Steinen eingeschlagen, die Fassaden mit Parolen beschmiert. Das Auffanglager in dem alten Schloß Hageholm wurde trotz massiver Proteste aus den umliegenden Gemeinden eingerichtet. Und die Proteste hatten nie aufgehört.

Die Ausländerfeindlichkeit brodelte weiter.

Kurt Wallander und Rydberg wußten außerdem noch etwas, was der Öffentlichkeit nicht bekannt war.

Einige der auf Hageholm einquartierten Asylbewerber

hatte man auf frischer Tat bei dem Versuch ertappt, in eine Firma einzubrechen, die landwirtschaftliche Maschinen verlieh. Glücklicherweise gehörte der Inhaber der Firma nicht zu den vehementesten Gegnern des Asylrechts, so daß die ganze Sache gar nicht erst an die Öffentlichkeit gelangte. Die beiden Männer, die den Einbruch begangen hatten, befanden sich außerdem schon nicht mehr im Lande, da ihr Antrag auf Asyl abgelehnt worden war.

Aber Kurt Wallander und Rydberg hatten mehrere Male darüber gesprochen, was hätte passieren können, wenn die ganze Sache publik geworden wäre.

»Ich kann mir eigentlich nicht vorstellen«, meinte Kurt Wallander, »daß asylsuchende Flüchtlinge einen Mord begangen haben sollen.«

Rydberg sah Kurt Wallander nachdenklich an.

»Erinnerst du dich daran, was ich über die Schlinge gesagt habe«, sagte er.

»Irgendwas mit dem Knoten?«

»Ich habe ihn nicht wiedererkannt. Und ich weiß eine ganze Menge über Knoten aus der Zeit, als ich noch jung war und die Sommer mit Segeln verbrachte.«

Kurt Wallander schaute Rydberg aufmerksam an.

»Worauf willst du hinaus?« wollte er wissen.

»Ich will darauf hinaus, daß dieser spezielle Knoten kaum von jemandem geknüpft worden sein kann, der einmal Mitglied bei den schwedischen Pfadfindern gewesen ist.«

»Sag mal, worauf willst du eigentlich hinaus?«

»Darauf, daß dieser Knoten von einem Ausländer gemacht wurde.«

Noch bevor Kurt Wallander ihm antworten konnte, kam Ebba in die Kantine, um sich einen Kaffee zu holen.

»Geht nach Hause und legt euch schlafen, wenn ihr morgen wieder auf dem Posten sein wollt«, sagte sie. »Es rufen übrigens ständig Journalisten an, die wollen, daß ihr euch äußert.«

»Wozu?« gab Wallander zurück. »Zum Wetter?«

»Sie scheinen herausgefunden zu haben, daß die Frau gestorben ist.«

Kurt Wallander sah Rydberg an und schüttelte den Kopf.

»Heute abend sagen wir noch nichts«, entschied er. »Wir warten bis morgen.«

Kurt Wallander stand auf und ging zum Fenster. Der Wind hatte weiter zugenommen, aber der Himmel war immer noch wolkenlos. Es würde wieder eine eisige Nacht werden.

»Es wird sich wohl auf Dauer kaum vermeiden lassen, darüber zu informieren, wie die Dinge liegen«, sagte er. »Daß sie noch dazu kam, etwas zu sagen, bevor sie starb. Und wenn wir das weitergeben, dann müssen wir auch zugeben, was sie gesagt hat. Und spätestens dann wird's Ärger geben.«

»Wir könnten zumindest versuchen, es geheim zu halten«, meinte Rydberg, stand von seinem Stuhl auf und setzte seinen Hut auf. »Aus fahndungstechnischen Gründen.«

Kurt Wallander sah ihn erstaunt an.

»Um dabei zu riskieren, daß nachher bekannt wird, wie wir der Presse absichtlich wichtige Informationen vorenthalten haben? Daß wir hingegangen sind und ihnen ausländische Täter verschwiegen haben?«

»Es sind so viele Unschuldige betroffen«, sagte Rydberg. »Was glaubst du eigentlich, was da draußen beim Auffanglager los ist, wenn erst bekannt wird, daß die Polizei nach Ausländern fahndet?«

Kurt Wallander wußte, daß Rydberg recht hatte.

Plötzlich war er sich nicht mehr sicher.

»Wir schlafen erst einmal eine Nacht drüber«, schlug er vor. »Laß uns noch einmal darüber reden, nur du und ich, morgen früh um acht. Dann entscheiden wir uns.«

Rydberg nickte und humpelte zur Tür. Dort blieb er stehen und wandte sich noch einmal zu Kurt Wallander um.

»Es gibt da noch eine Möglichkeit, die wir nicht außer acht lassen dürfen«, sagte er. »Daß es wirklich Asylanten waren.«

Kurt Wallander spülte die Kaffeetasse aus und stellte sie in den Geschirrständer.

Eigentlich wäre mir das sogar recht, dachte er. Eigentlich wäre es mir recht, wenn sich die Mörder in diesem Auffanglager finden ließen. Vielleicht würde sich dann einmal was an dieser gleichgültigen und nachlässigen Haltung gegenüber der Tatsache ändern, daß wer auch immer, aus welchen Motiven auch immer, ohne Probleme über die schwedische Grenze kommen kann.

So etwas würde er natürlich niemals Rydberg gegenüber äußern. Das war eine Ansicht, die er schön für sich zu behalten gedachte.

Er kämpfte sich gegen den Wind zu seinem Auto durch.

Obwohl er müde war, verspürte er keine Lust, nach Hause zu fahren.

Jeden Abend rief sich die Einsamkeit aufs neue in Erinnerung.

Er schaltete die Zündung ein und wechselte die Kassette. Die Klänge der Ouvertüre aus ›Fidelio‹ füllten das Wageninnere.

Es hatte ihn aus heiterem Himmel getroffen, als ihn seine Frau so plötzlich verließ. Aber ganz tief in seinem Innern mußte er sich eingestehen, daß er die Gefahr schon viel früher hätte erkennen müssen – auch wenn es ihm schwerfiel, das zu akzeptieren. Daß er in einer Ehe lebte, die dabei war, an ihrem tristen Alltag zu zerbrechen. Sie hatten sehr jung geheiratet und viel zu spät eingesehen, daß sie dabei waren, sich auseinanderzuleben. Vielleicht war es sogar so, daß Linda am deutlichsten von ihnen allen auf die Leere reagiert hatte, die sie alle umgab?

Als Mona ihm an jenem Abend im Oktober sagte, daß sie sich scheiden lassen wolle, hatte er gedacht, daß er darauf eigentlich schon lange gewartet habe. Aber weil dieser Gedanke eine solche Bedrohung in sich barg, verdrängte er ihn immer wieder und schob alles darauf, daß sie soviel zu tun hatten. Zu spät begriff er, daß sie ihren Aufbruch bis ins kleinste

Detail vorbereitet hatte. An einem Freitagabend eröffnete sie ihm, daß sie die Scheidung wolle, und schon am darauffolgenden Sonntag verließ sie ihn und zog in eine Wohnung in Malmö ein, die sie zuvor angemietet hatte. Das Gefühl, verlassen zu werden, hatte ihn gleichzeitig mit Scham und rasender Wut erfüllt. In einem ohnmächtigen Inferno – nicht mehr Herr seiner Sinne – hatte er sie ins Gesicht geschlagen.

Danach hatte es nur noch Schweigen gegeben. An den Tagen, an denen er nicht zu Hause war, holte sie einen Teil ihrer Sachen ab. Das meiste ließ sie allerdings da, und gerade das hatte ihn sehr verletzt, daß sie bereit schien, ihre gesamte Vergangenheit gegen ein Dasein einzutauschen, in dem er nicht einmal mehr als Erinnerung eine Rolle spielen würde.

Er hatte sie angerufen. Spät am Abend waren sich ihre Stimmen begegnet. Besinnungslos vor Eifersucht versuchte er herauszufinden, ob sie ihn wegen eines anderen Mannes verlassen hatte.

»Für ein anderes Leben«, hatte sie geantwortet. »Ein anderes Leben, ehe es zu spät ist.«

Er hatte sie angefleht. Er hatte versucht, sich den Anschein zu geben, völlig uninteressiert zu sein. Er bat um Verzeihung für all die nicht gezeigte Aufmerksamkeit. Aber was immer er auch sagte, nichts konnte ihren Entschluß ins Wanken bringen.

Zwei Tage vor Heiligabend waren die Scheidungsunterlagen mit der Post gekommen.

Nachdem er den Umschlag geöffnet und eingesehen hatte, daß es endgültig vorbei war, war etwas in ihm zerbrochen. Vom starken Wunsch getrieben, allem zu entfliehen, hatte er sich über die Feiertage krank schreiben lassen und sich auf eine ziellose Reise begeben, die ihn schließlich nach Dänemark führte. An der Nordseite Seelands hatte ihn ein plötzlich aufkommendes Unwetter von Schweden abgeschnitten, und er verbrachte Weihnachten in einem schlechtbeheizten Zimmer in einer Pension bei Gilleslje. Dort hatte er Mona lange Briefe geschrieben, die er dann später wieder zerriß und ins Meer streute, als eine Art symbolische Geste dafür, daß er trotz allem begonnen hatte zu akzeptieren, was geschehen war. Zwei Tage vor Silvester war er nach Ystad zurückgekehrt und hatte seinen Dienst wieder angetreten. Die Silvesternacht verbrachte er dann damit, einen Fall in Svarte zu bearbeiten, bei dem ein Mann seine Frau schwer mißhandelt hatte, was ihn zu der erschreckenden Einsicht führte, daß es sich genausogut um ihn selbst hätte handeln können, der Mona geschlagen hatte ...

Die Musik aus ›Fidelio‹ endete mit einem schneidenden Geräusch.

Das Band hatte sich verhakt. Das Radio wurde automatisch zugeschaltet, und er hörte die Zusammenfassung eines Eishockeyspiels.

Er bog vom Parkplatz aus in die Straße ein und entschied, nach Hause in die Mariastraße zu fahren.

Trotzdem fuhr er in die entgegengesetzte Richtung, hinaus auf die Küstenstraße, die nach Trelleborg und Skanör führte. Als er das alte Gefängnis passiert hatte, beschleunigte er. Beim Autofahren hatte er sich immer schon gut ablenken können ...

Auf einmal merkt er, daß er die ganze Strecke bis nach Trelleborg gefahren ist. Eine große Fähre läuft gerade in den Hafen ein, und einer plötzlichen Eingebung folgend entscheidet er sich dafür zu bleiben.

Er weiß, daß ein paar frühere Polizisten zum Grenzschutz am Fährhafen in Trelleborg gewechselt sind. Vielleicht hat einer von ihnen an diesem Abend gerade Dienst.

Er überquert das Hafengelände, das in fahles Licht getaucht ist. Ein großer LKW kommt donnernd aus einem der gespenstischen Urzeitungetüme.

Aber als er durch die Tür geht, auf der steht, daß Unbefugte keinen Zutritt haben, muß er feststellen, daß er keinen der beiden Beamten dort kennt ...

Kurt Wallander nickte und stellte sich vor. Der ältere der beiden Beamten hatte einen grauen Bart und eine Narbe auf der Stirn.

»Unangenehme Geschichte, was da bei euch passiert ist«, sagte er. »Habt ihr sie geschnappt?«

»Noch nicht«, antwortete Kurt Wallander.

Das Gespräch wurde unterbrochen, weil die Passagiere der Fähre sich der Paßkontrolle näherten. Zum größten Teil waren es heimkehrende Schweden, die die Feiertage in Berlin verlebt hatten. Aber es waren auch einige Passagiere aus der ehemaligen DDR dabei, die ihre neugewonnene Freiheit nutzten, um nach Schweden zu reisen.

Nach etwa zwanzig Minuten waren nur noch neun Passagiere übrig. Alle versuchten sie, auf unterschiedliche Art und Weise klarzumachen, daß sie in Schweden politisches Asyl beantragen wollten.

»Heute abend ist es ruhig«, meinte der jüngere der beiden Grenzbeamten. »Manchmal kommen bis zu hundert Asylanten mit ein und derselben Fähre. Da kannst du dir vorstellen, was hier los ist.«

Fünf der Asylbewerber gehörten zur gleichen äthiopischen Familie. Nur einer von ihnen hatte einen Paß, und Kurt Wallander wunderte sich, wie sie mit nur einem Paß eine solch lange Reise bewältigen und eine Reihe von Grenzen überqueren konnten. Außer der äthiopischen Familie warteten noch zwei Libanesen und zwei Iraner an der Paßkontrolle.

Kurt Wallander konnte nicht genau feststellen, ob die neun Asylbewerber nun zuversichtlich aussahen oder ob sie Angst hatten.

»Was geschieht jetzt?« fragte er.

»Die Kollegen aus Malmö kommen und holen sie ab«, antwortete der ältere Grenzbeamte. »Die haben heute abend Bereitschaft. Wir erfahren über Funk, ob die Fähren viele Leute ohne Papiere an Bord haben. Manchmal müssen wir Verstärkung anfordern.«

»Und was geschieht dann in Malmö?« fragte Wallander.

»Sie landen auf einem der Boote, die unten im Ölhafen liegen. Dort dürfen sie erst einmal bleiben, bis sie weitergeschleust werden. Das heißt, wenn sie überhaupt hierbleiben dürfen.«

»Was meinst du, was aus denen hier wird?«

Der Grenzbeamte zuckte mit den Schultern.

»Ich denke, die dürfen bleiben«, antwortete er. »Willst du noch einen Kaffee? Es dauert noch etwas, bis die nächste Fähre kommt.«

Kurt Wallander schüttelte den Kopf.

»Beim nächsten Mal. Ich muß los.«

»Ich hoffe, ihr schnappt sie euch.«

»Ja«, sagte Kurt Wallander. »Das hoffe ich auch.«

Auf dem Rückweg nach Ystad überfuhr er einen Hasen. Als er das Tier im Scheinwerferlicht sah, bremste er, aber der Hase schlug mit einem dumpfen Knall gegen das linke Vorderrad. Er hielt den Wagen nicht einmal an, um nachzusehen, ob der Hase noch lebte.

Was ist nur los mit mir? dachte er.

In dieser Nacht schlief er unruhig. Kurz nach fünf schreckte er aus dem Schlaf auf. Sein Mund war trocken, und er hatte geträumt, daß jemand versuchte, ihn zu erwürgen. Als er begriff, daß er doch nicht wieder einschlafen würde, stand er auf und kochte Kaffee.

Das Thermometer an der Außenseite des Küchenfensters zeigte sechs Grad unter Null. Die Straßenlaternen bewegten sich im Wind. Er setzte sich an den Küchentisch und dachte an das Gespräch mit Rydberg am Abend zuvor. Das, was er befürchtet hatte, war eingetroffen. Die Tote hatte nichts mehr enthüllen können, was ihnen weitergeholfen hätte. Ihre Worte über Ausländer waren allzu ungenau. Er begriff, daß sie im Grunde keine Spur hatten, die sie verfolgen konnten.

Als es halb sieben war, zog er sich an und wühlte lange, bis er endlich den dicken Pullover fand, nach dem er gesucht hatte.

Er ging auf die Straße hinaus, wo ihm der kalte und bei-ßende Wind entgegenschlug. Er fuhr auf die östliche Umge-hungsstraße und bog schließlich auf die Hauptstraße in Richtung Malmö. Bevor er um acht Uhr Rydberg treffen würde, wollte er noch einen Besuch bei den Nachbarn der Toten machen. Er wurde einfach das Gefühl nicht los, daß irgend etwas nicht stimmte. Überfälle auf einsame, alte Menschen waren selten zufällig. Ihnen gingen oft Gerüchte um verstecktes Geld voraus. Und auch wenn die Überfälle brutal waren, so waren sie doch selten von dieser methodischen Brutalität geprägt, wie er sie an diesem Tatort erlebt hatte.

Die Leute auf dem Land stehen morgens zeitig auf, dachte er, als er auf den schmalen Weg bog, der zu Nyströms Haus führte. Vielleicht haben sie noch einmal über alles nachgedacht?

Er hielt an und schaltete den Motor aus. Im gleichen Moment wurde das Licht in der Küche gelöscht.

Sie haben Angst, dachte er. Vielleicht glauben sie, daß es die Mörder sind, die zurückkommen?

Er ließ die Scheinwerfer an, als er aus dem Auto stieg, und ging über den Schotter hinüber zur Eingangstreppe.

Er ahnte das Mündungsfeuer mehr, als daß er es sah, als es aus einem Wäldchen neben dem Haus aufflammte. Der ohrenbetäubende Knall brachte ihn dazu, sich Hals über Kopf auf die Erde zu werfen. Ein Stein schürfte ihm das Gesicht auf, und einen kurzen Moment lang glaubte er, getroffen worden zu sein.

»Polizei«, schrie er. »Nicht schießen! Verdammter Mist, nicht schießen!«

Eine Taschenlampe leuchtete ihm ins Gesicht. Die Hand, die die Lampe hielt, zitterte so, daß sich der Lichtkegel flackernd hin und her bewegte. Es war Nyström, der mit einer alten Schrotflinte bewaffnet vor ihm stand.

»Sie sind es?« fragte er.

Wallander stand auf und bürstete sich den Kies von den Kleidern.

»Worauf haben Sie gezielt?« wollte er wissen.

»Ich habe in die Luft geschossen«, antwortete Nyström.

»Haben Sie einen Waffenschein?« fragte Wallander weiter. »Ansonsten könnten Sie jetzt ganz schöne Schwierigkeiten bekommen.«

»Ich habe diese Nacht Wache gestanden«, sagte Nyström. Kurt Wallander hörte, wie verwirrt der Mann war.

»Ich mache erst einmal die Scheinwerfer aus«, meinte Wallander. »Dann können wir uns weiter unterhalten, Sie und ich.«

In der Küche lagen zwei Schachteln mit Schrotpatronen auf dem Tisch. Auf der Küchenbank lagen außerdem noch ein Brecheisen und ein Vorschlaghammer. Die schwarze Katze hockte auf der Fensterbank und starrte ihn bedrohlich an, als er hineinkam. Nyströms Frau stand am Herd und kochte gerade Kaffee.

»Ich konnte doch nicht ahnen, daß es die Polizei sein würde«, sagte Nyström entschuldigend. »So früh am Morgen.«

Kurt Wallander rückte den Vorschlaghammer zur Seite und setzte sich hin.

»Ihre Nachbarin ist gestern abend gestorben«, sagte er. »Ich dachte, es sei besser, herauszufahren und es Ihnen persönlich zu sagen.«

Immer, wenn Kurt Wallander gezwungen war, die Nachricht vom Tode eines Menschen zu überbringen, überfiel ihn das gleiche Gefühl: auf eine würdevolle Art und Weise fremden Menschen beizubringen, daß ein Kind oder ein Angehöriger plötzlich ums Leben gekommen war, war einfach unmöglich. Todesfälle, von denen die Menschen durch die Polizei erfuhren, kamen immer unerwartet, meist gewaltsam und grausam. Jemand hat sich nur in sein Auto gesetzt, um kurz zum Einkaufen zu fahren, und kommt dann um. Ein radfahrendes Kind wird auf dem Heimweg vom Spielplatz überfahren. Jemand wird zusammengeschlagen oder ausgeraubt, begeht Selbstmord oder ertrinkt. Wenn die Polizei im Türrahmen steht, weigern sich die Menschen, die Nachricht zu begreifen.

Die beiden Alten in der Küche waren still. Die Frau war immer noch damit beschäftigt, den Kaffee aufzusetzen. Der Mann fingerte an der Schrotflinte herum, und Wallander zog sich unauffällig aus der Schußlinie zurück.

»Maria ist also nicht mehr«, sagte der Mann langsam.

»Die Ärzte haben getan, was sie konnten.«

»Es ist vielleicht auch besser so«, sagte die Frau vom Herd her, unerwartet heftig. »Wofür sollte sie denn noch leben, jetzt, wo er doch tot ist?«

Nyström legte das Gewehr auf den Küchentisch und stand auf. Wallander merkte wieder, daß der Mann Schmerzen im Knie hatte.

»Ich gehe mal und geb' dem Pferd etwas Heu«, meinte er und setzte sich eine alte Schirmmütze auf.

»Haben Sie etwas dagegen, wenn ich mitkomme?« fragte Wallander.

»Warum sollte ich etwas dagegen haben?« erwiderte der Mann und öffnete die Tür.

Die Stute im Stall wieherte, als sie eintraten. Es duftete nach warmem Dung, und Nyström warf mit geübter Hand eine Gabel Heu in die Box.

»Ich miste später aus«, sagte er und strich dem Pferd über die Mähne.

»Warum hielten sie sich ein Pferd?« wollte Wallander wissen.

»Ein leerer Stall ist für einen alten Milchbauern wie ein Leichenschauhaus«, antwortete Nyström. »Es war eine Art Haustier.«

Kurt Wallander dachte, daß er seine Fragen genausogut hier im Stall stellen konnte.

»Sie haben heute nacht Wache gestanden«, sagte er. »Sie haben Angst, und das kann ich gut verstehen. Sie müssen darüber nachgedacht haben, warum gerade diese beiden überfallen wurden. Sie müssen gedacht haben: Warum sie? Warum nicht wir?«

»Sie hatten kein Geld«, sagte Nyström. »Und auch nichts anderes, was sonderlich wertvoll gewesen wäre. Auf jeden Fall ist nichts weg. Das habe ich auch dem Polizisten gesagt, der gestern hier war. Er bat mich darum, einmal in den Zimmern nachzusehen. Das einzige, was vielleicht weggekommen ist, ist eine alte Wanduhr.«

»Vielleicht?«

»Es könnte auch sein, daß eine von den Töchtern sie bekommen hat. Man kann sich ja nicht an alles erinnern.«

»Kein Geld«, sagte Wallander. »Und keine Feinde.«

Plötzlich kam ihm eine Idee.

»Verwahren Sie Geld zu Hause?« fragte er. »Könnte es vielleicht möglich sein, daß sich die Täter ganz einfach im Haus geirrt haben?«

»Was wir besitzen, liegt auf der Bank«, antwortete Nyström. »Und Feinde haben wir auch keine.«

Sie gingen zum Haus zurück und tranken Kaffee. Kurt Wallander sah, daß die Frau rote Augen hatte, als habe sie geweint, während die beiden Männer draußen im Stall waren.

»Ist Ihnen in der letzten Zeit etwas Ungewöhnliches aufgefallen?« fragte er. »Zum Beispiel Besuch bei Lövgrens, den sie nicht kannten?«

Die Alten sahen sich an und schüttelten dann beide den Kopf.

»Wann haben Sie das letzte Mal mit ihnen gesprochen?«

»Vorgestern waren wir zum Kaffeetrinken drüben«, sagte Hanna. »Es war alles wie immer. Wir haben immer zusammen Kaffee getrunken, jeden Tag. Über vierzig Jahre lang.«

»Schienen sie ängstlich zu sein?« fragte Wallander. »Bekümmert?«

»Johannes war erkältet«, erwiderte Hanna. »Aber sonst war alles wie immer.«

Es schien hoffnungslos. Kurt Wallander wußte nicht mehr, was er noch fragen sollte. Jede Antwort, die er bekam, war wie eine weitere Tür, die ihm vor der Nase zugeschlagen wurde.

»Hatten sie ausländische Bekannte?« fragte er.

Der Mann hob erstaunt die Augenbrauen.

»Ausländische Bekannte?«

»Jemanden, der kein Schwede war«, versuchte Wallander zu verdeutlichen.

»Vor ein paar Jahren haben ein paar Dänen an Mittsommer auf ihrem Grundstück gezeltet.«

Kurt Wallander sah auf die Uhr. Fast halb acht. Um acht war er mit Rydberg verabredet, und er wollte nicht zu spät kommen.

»Versuchen Sie noch einmal, über alles nachzudenken«, sagte er. »Alles, was Ihnen einfällt, kann für uns von Bedeutung sein.«

Nyström begleitete ihn bis zum Auto.

»Ich habe einen Waffenschein für die Flinte«, meinte er. »Und ich habe nie auf Sie gezielt. Ich wollte nur erschrecken.«

»Das ist Ihnen gelungen«, antwortete Wallander. »Aber ich glaube, daß es besser ist, wenn Sie nachts schlafen. Die, die das hier getan haben, kommen ganz gewiß nicht zurück.«

»Könnten Sie schlafen?« fragte Nyström. »Könnten Sie schlafen, nachdem man ihre Nachbarn wie unschuldige Tiere abgeschlachtet hat?«

Da Kurt Wallander keine passende Antwort einfiel, sagte er lieber gar nichts.

»Danke für den Kaffee«, setzte er noch rasch hinzu, stieg dann ins Auto und fuhr davon.

Alles geht schief, dachte er. Keine Spur, nichts. Nur Rydbergs komischer Knoten und das Wort Ausländer. Ein altes Paar, ohne Geld unter der Matratze, ohne wertvolle Möbel, wird auf eine Art und Weise umgebracht, die vermuten läßt, daß etwas anderes dahintersteckt als ein gewöhnlicher Raubüberfall. Ein Mord aus Haß oder ein Racheakt.

Es muß noch etwas anderes geben, dachte er. Etwas, das mit dem Gewohnten und Normalen bei diesen beiden Menschen nicht zusammenpaßt.

Wenn das Pferd bloß reden könnte!

Etwas stimmte nicht mit diesem Pferd, das ihn beunruhigte. Etwas, das bisher nur eine vage Ahnung war. Aber als erfahrener Polizist wußte er, daß er dieses Gefühl der Unruhe nicht ignorieren durfte. Irgend etwas stimmte nicht mit diesem Pferd!

Vier Minuten vor acht brachte er den Wagen vor dem Polizeipräsidium in Ystad zum Stehen. Der Wind hatte weiter zugenommen und war jetzt böig. Trotzdem schien es ein paar Grad wärmer geworden zu sein.

Wenn es nur nicht schneit, dachte er. Er nickte Ebba zu, die auf ihrem Platz in der Zentrale saß.

»Ist Rydberg schon da?« fragte er.

»In seinem Büro«, antwortete Ebba. »Alle haben sie schon angerufen. Das Fernsehen, das Radio, die Presse. Und der Bezirkspolizeichef.«

»Halt sie mir noch ein bißchen vom Leib«, bat Wallander. »Ich will erst mit Rydberg sprechen.«

Er hängte die Jacke in seinem Zimmer auf und ging dann zu Rydberg hinüber, der sein Büro ein paar Türen weiter hinten auf dem gleichen Flur hatte. Als er an die Tür klopfte, bekam er ein Grummeln zur Antwort.

Rydberg stand mitten im Raum und sah zum Fenster hinaus, als er hereinkam. Wallander bemerkte, daß er nicht sonderlich ausgeschlafen wirkte.

»Hallo«, sagte Wallander. »Soll ich Kaffee holen?«

»Das wäre nett. Aber für mich keinen Zucker. Damit habe ich aufgehört.«

Wallander holte zwei Plastikbecher mit Kaffee und ging zu Rydbergs Zimmer zurück.

Vor der Tür blieb er plötzlich stehen.

Was habe ich überhaupt für eine Meinung? dachte er. Sollen wir ihre letzten Worte geheimhalten, aus fahndungstechnischen Gründen, wie wir in solchen Fällen immer sagen? Oder sollen wir sie bekanntgeben? Was habe ich eigentlich für eine Meinung?

Ich habe überhaupt keine Meinung, dachte er irritiert und stieß die Tür mit der Schuhspitze auf.

Rydberg saß hinter seinem Schreibtisch und kämmte sein schütteres Haar. Wallander sank in den Besuchersessel mit den verschlissenen Federn.

»Du solltest dir einen neuen Stuhl besorgen«, sagte er.

»Kein Geld«, antwortete Rydberg und stopfte seinen Kamm in die Schreibtischschublade.

Kurt Wallander stellte den Kaffeebecher neben dem Sessel auf die Erde.

»Ich bin heute morgen so verdammt früh aufgewacht«, sagte er. »Ich bin zu Nyströms rausgefahren und hab' noch einmal mit ihnen gesprochen. Der Alte lag in einem Gebüsch auf der Lauer und hat mit einer Schrotflinte auf mich geschossen.«

Rydberg zeigte auf Wallanders Gesicht.

»Kein Schrot«, kommentierte der. »Ich habe mich nur auf die Erde geworfen. Nyström behauptet, einen Waffenschein zu besitzen. Was weiß ich.«

»Hatten sie irgend etwas Neues zu berichten?«

»Nichts. Nichts Ungewöhnliches. Kein Geld, nichts. Wenn sie nicht lügen, versteht sich.«

»Warum sollten sie lügen?«

»Eben, warum sollten sie das tun?«

Rydberg schlürfte seinen Kaffee und verzog das Gesicht zu einer Grimasse.

»Wußtest du, daß Polizisten ungewöhnlich oft Magenkrebs bekommen?« fragte er.

»Das wußte ich nicht.«

»Wenn es stimmt, dann liegt es an all dem schlechten Kaffee, den man so trinkt.«

»Wir lösen unsere Fälle eben über Kaffeetassen.«

»Wie jetzt zum Beispiel?«

Wallander schüttelte den Kopf.

»Was haben wir eigentlich für Anhaltspunkte? Gar keine.«

»Du bist zu ungeduldig, Kurt.«

Rydberg sah ihn an, während er sich gleichzeitig über die Nase strich.

»Entschuldige bitte, daß ich mich wie ein alter Lehrer anhöre«, fuhr er fort. »Aber in diesem Fall glaube ich, daß wir nicht so schnell die Geduld verlieren dürfen.«

Sie gingen noch einmal den Stand der Ermittlungen durch. Ihre Techniker suchten nach Fingerabdrücken und verglichen sie mit den im zentralen Landesregister gespeicherten. Hansson war dabei zu überprüfen, wo sich die für Überfälle auf alte Menschen einschlägig bekannten Personen zur Zeit aufhielten, ob sie im Gefängnis saßen oder ein Alibi hatten. Die Gespräche mit den Leuten aus Lenarp würden fortgesetzt werden, der Fragebogen, den sie verschicken wollten, würde vielleicht auch neue Informationen ans Licht bringen. Sowohl Wallander als auch Rydberg wußten, daß die Polizei in Ystad ihre Arbeit sorgfältig und methodisch verrichten würde. Früher oder später würden sie auf etwas stoßen. Eine Spur, einen Anhaltspunkt. Es blieb ihnen nichts anderes übrig, als zu warten. Systematisch vorzugehen und zu warten.

»Das Motiv«, beharrte Wallander. »Wenn Geld nicht das Motiv ist. Oder ein Gerücht über verstecktes Geld. Was kann es dann sein? Oder die Schlinge? Du mußt das gleiche gedacht haben wie ich. Bei diesem Doppelmord ist Rache mit im Spiel, oder Haß. Oder beides.«

»Stell dir ein paar hinreichend verzweifelte Einbrecher vor«, gab Rydberg zurück. »Stell dir vor, daß sie absolut sicher sind, daß Lövgren Geld versteckt hat. Stell dir vor, daß sie hinreichend verzweifelt sind und ein Menschenleben für sie keine Rolle spielt. Dann ist die Folter nicht mehr so abwegig.«

»Wer könnte schon so verzweifelt sein?«

»Du weißt genausogut wie ich, daß es eine ganze Reihe von Drogen gibt, die so abhängig machen, daß Menschen bereit sind, alles nur Erdenkliche zu tun.«

Natürlich wußte Kurt Wallander das. Er hatte das Ansteigen

der Gewalt aus nächster Nähe erlebt, und fast immer spukte der Handel mit Rauschgift und die Sucht dabei im Hintergrund. Auch wenn der Polizeidistrikt Ystad noch ausgesprochen selten von den sichtbaren Folgen dieser zunehmenden Gewalt betroffen gewesen war, gab er sich doch nicht der Illusion hin, daß dies nicht alles näher und näher rücken würde.

Es gab keine friedlichen Gegenden mehr. Ein kleines verschlafenes Dorf wie Lenarp war hierfür der beste Beweis.

Er richtete sich in dem unbequemen Sessel auf.

»Was sollen wir tun?« fragte er.

»Du bist hier der Chef«, antwortete Rydberg.

»Ich will deine Meinung hören.«

Rydberg stand auf und ging zum Fenster. Mit einem Finger prüfte er die Erde in einem Blumentopf. Sie war trocken.

»Wenn du wissen willst, was ich denke, dann kannst du es ruhig hören. Aber du darfst dabei nicht vergessen, daß ich mir absolut nicht sicher bin, recht zu haben. Ich glaube nämlich, daß es, egal wie wir uns auch verhalten werden, einen Aufstand geben wird. Aber es wäre vielleicht doch klüger, es ein paar Tage für uns zu behalten. Es gibt immerhin noch einiges, was wir untersuchen können.«

»Was denn?«

»Hatten Lövgrens Bekannte aus dem Ausland?«

»Das habe ich heute morgen gefragt. Möglicherweise kannten sie ein paar Dänen.«

»Da siehst du's.«

»Ein paar zeltende Dänen werden es wohl kaum gewesen sein.«

»Warum nicht? Wie auch immer, wir müssen es untersuchen. Und es gibt ja auch noch andere Leute außer den Nachbarn, die man fragen kann. Wenn ich dich gestern recht verstanden habe, hast du gesagt, daß die Lövgrens eine große Verwandtschaft hatten.«

Kurt Wallander sah ein, daß Rydberg recht hatte. Es gab tatsächlich fahndungstechnische Gründe, zu verschweigen, daß die Polizei nach einem oder mehreren Menschen ausländischer Herkunft suchte.

»Was wissen wir eigentlich über Ausländer, die in Schweden ein Verbrechen begehen?« fragte er. »Gibt es da Statistiken?«

»Statistiken gibt es zu allem«, antwortete Rydberg. »Einer soll sich an den Computer setzen und sich in die zentralen Straftäterdateien einklinken. Vielleicht finden wir da was.«

Kurt Wallander stand auf. Rydberg sah ihn erstaunt an.

»Willst du denn gar nichts über die Schlinge wissen?« wunderte er sich.

»Die hatte ich jetzt tatsächlich vergessen.«

»Es soll da einen alten Segelmacher in Limhamn geben, der angeblich alles über Knoten und Schlingen weiß. Ich habe voriges Jahr etwas in der Zeitung über ihn gelesen. Ich hab' gedacht, daß ich mir die Zeit nehme und mal zu ihm hinfahre. Nicht weil ich sicher bin, daß es was bringt. Aber für alle Fälle.«

»Ich möchte, daß du bei der Besprechung dabei bist«, sagte Kurt Wallander. »Danach kannst du von mir aus nach Limhamn fahren.«

Gegen zehn trafen sich alle in Kurt Wallanders Büro.

Die Besprechung dauerte nicht sehr lange. Wallander berichtete, was die tote Frau gesagt hatte, bevor sie starb. Er gab die strikte Anweisung, daß dies fürs erste eine Information war, die nicht weitergegeben werden durfte. Niemand schien Einwände zu haben.

Martinsson wurde an den Computer beordert, um eine Liste der registrierten ausländischen Straftäter zu erstellen. Die Polizisten, die mit der Befragung in Lenarp fortfahren sollten, machten sich auf den Weg. Wallander teilte Svedberg dafür ein, sich besonders um die polnische Familie zu kümmern, die sich vermutlich illegal im Land aufhielt. Ihn interessierte, warum sie in Lenarp wohnten. Viertel vor elf machte sich Rydberg auf den Weg, um den Segelmacher aufzusuchen.

Als Kurt Wallander schließlich allein in seinem Büro war, stand er eine Weile da und betrachtete die Karte, die an der

Wand hing. Von woher waren die Mörder gekommen? Welchen Weg hatten sie nach der Tat genommen?

Danach setzte er sich an den Schreibtisch und bat Ebba, ihm die Gespräche durchzustellen, die sie bislang in der Zentrale abgefangen hatte. Über eine Stunde lang sprach er dann mit unterschiedlichen Journalisten. Das Mädchen vom Lokalradio ließ allerdings nichts von sich hören.

Viertel nach zwölf klopfte Noren an die Tür.

»Solltest du nicht in Lenarp sein?« fragte Wallander erstaunt.

»Doch«, sagte Noren. »Aber mir ist da noch etwas eingefallen.«

Noren setzte sich auf die äußerste Kante eines Stuhles, weil er ziemlich durchnäßt war. Es hatte angefangen zu regnen. Die Temperatur war auf einige Plusgrade gestiegen.

»Es kann natürlich sein, daß es überhaupt nichts zu sagen hat«, meinte Noren. »Es ist nur so eine Sache, die mir wieder eingefallen ist.«

»Das meiste bedeutet in der Regel etwas«, erwiderte Wallander.

»Erinnerst du dich an das Pferd?« fragte Noren.

»Natürlich erinnere ich mich an das Pferd.«

»Du hattest mir gesagt, ich sollte ihm Heu geben.«

»Und Wasser!«

»Heu und Wasser. Aber das habe ich nicht getan.«

Kurt Wallander runzelte die Stirn.

»Warum nicht?«

»Es war nicht nötig. Es hatte schon Heu. Und Wasser auch.«

Kurt Wallander saß einen Augenblick lang wortlos da und betrachtete Noren.

»Red weiter«, sagte er dann. »Du denkst doch an etwas Bestimmtes.«

Noren zuckte die Schultern.

»Wir hatten zu Hause ein Pferd, als ich noch ein Kind war«, sagte er. »Wenn es im Stall stand und Heu bekam, dann fraß es alles auf, was es bekommen hatte. Was ich meine ist, daß jemand dem Pferd Heu gegeben haben muß. Vielleicht nur ein bis zwei Stunden, bevor wir gekommen sind.«

Wallander reckte sich nach dem Telefon.

»Falls du Nyström anrufen willst – nicht nötig«, sagte Noren.

Kurt Wallander ließ die Hand sinken.

»Ich habe mit ihm gesprochen, bevor ich hierhergefahren bin. Er hat dem Pferd kein Heu gegeben.«

»Tote füttern ihre Pferde nicht«, sagte Kurt Wallander. »Wer hat es also dann getan?«

Noren erhob sich.

»Das ist schon merkwürdig«, sagte er. »Erst erschlägt jemand einen Menschen. Dann erwürgt er einen anderen Menschen mit einer Schlinge. Und dann geht er in den Stall hinaus und gibt dem Pferd etwas Heu. Wer zum Teufel macht so etwas?«

»Gute Frage«, erwiderte Kurt Wallander. »Wer macht so etwas?«

»Es hat vielleicht gar nichts zu bedeuten«, sagte Noren.

»Oder umgekehrt«, antwortete Wallander. »Es war gut, daß du gekommen bist und mir das erzählt hast.«

Noren verabschiedete sich und ging.

Kurt Wallander saß da und dachte an das, was er gerade gehört hatte.

Die Ahnung, die er mit sich herumgetragen hatte, schien sich als richtig zu erweisen. Irgend etwas war mit diesem Pferd.

Seine Gedanken wurden durch das Telefon unterbrochen. Wieder ein Journalist, der mit ihm sprechen wollte.

Um Viertel vor eins verließ er das Polizeipräsidium. Er wollte einen alten Freund besuchen, den er seit vielen, vielen Jahren nicht mehr gesehen hatte.

5

Kurt Wallander bog an der Stelle, an der ein Schild die Burgruine Stjärnsund ankündigte, von der E 14 ab. Er stieg aus und
pinkelte. Durch den Wind konnte er den Laut von beschleuni-
genden Jetmotoren auf dem Flughafen Sturup hören. Bevor er
sich wieder ins Auto setzte, kratzte er den Dreck unter seinen
Schuhsohlen weg. Der Wetterumschwung war sehr plötzlich
gekommen. Das Thermometer in seinem Wagen zeigte fünf
Grad Außentemperatur. Als er weiterfuhr, jagten zerrissene
Wolken über den Himmel.

Direkt hinter der Burgruine teilte sich der Schotterweg, und
er hielt sich links. Obwohl er den Weg vorher noch nie gefahren war, wußte er, daß er richtig war. Es war fast zehn Jahre her,
daß ihm der Weg beschrieben worden war, aber er erinnerte
sich noch an jedes Detail. Sein Gehirn schien für Landschaften
und Wege programmiert zu sein.

Nach ungefähr einem Kilometer wurde die Straße ziemlich
schlecht. Er kroch voran und fragte sich, wie es für große
Transportfahrzeuge überhaupt möglich war, hier vorwärts zu
kommen.

Der Weg fiel plötzlich steil nach unten ab, und vor ihm breitete sich ein großes Anwesen mit ausgedehnten Stallungen
aus. Er fuhr auf den großen Hof und hielt an. Als er ausstieg,
hörte er eine Schar Krähen über seinem Kopf.

Der Hof wirkte eigenartig verlassen. Eine Stalltür schlug im
Wind, und einen kurzen Augenblick lang fragte er sich, ob er
nicht doch falsch gefahren war.

Diese Einsamkeit, dachte er. Der schonische Winter mit seinen kreischenden, schwarzen Vogelscharen.

Der Lehm, der unter den Schuhen klebt.

Aus einer der Stalltüren kam plötzlich ein junges blondes Mädchen. Für einen kurzen Moment erinnerte sie ihn an Linda. Sie hatte dasselbe Haar, denselben mageren Körper und dieselben ruckartigen Bewegungen, wenn sie ging. Er betrachtete sie aufmerksam.

Das Mädchen begann, an einer zur Tenne führenden Leiter zu zerren.

Als sie ihn bemerkte, ließ sie die Leiter los und putzte sich die Hände an ihrer grauen Reithose ab.

»Hallo«, sagte Wallander. »Ich suche Sten Widen. Bin ich hier richtig?«

»Sind Sie Polizist?« fragte das Mädchen.

»Ja«, antwortete Kurt Wallander verwundert. »Wie kommen Sie darauf?«

»Das hört man an der Stimme«, sagte das Mädchen und begann wieder an der Leiter zu zerren, die sich offenbar verhakt hatte.

»Ist er zu Hause?« fragte Kurt Wallander.

»Helfen Sie mir mal mit der Leiter«, sagte das Mädchen nur.

Als er sah, daß eine der Sprossen in der Bretterverkleidung der Stallwand festsaß, packte er die Leiter und drehte sie, bis die Sprosse sich löste.

»Danke«, sagte das Mädchen. »Sten sitzt bestimmt im Büro.«

Sie zeigte auf ein rotes Ziegelgebäude, das ein Stück vom Stall entfernt lag.

»Arbeiten Sie hier?« fragte Kurt Wallander.

»Ja«, erwiderte das Mädchen und kletterte schnell die Leiter hoch. »Verschwinden Sie jetzt da unten!«

Mit überraschend starken Armen begann sie, Heuballen durch die Bodenluke zu werfen. Kurt Wallander ging auf das rote Haus zu. Gerade als er an die massive Tür klopfen wollte, kam ein Mann um die Ecke des Hauses.

Es war zehn Jahre her, daß er Sten Widen zum letzten Mal

gesehen hatte. Trotzdem schien er sich überhaupt nicht verändert zu haben. Dasselbe struppige Haar, dasselbe magere Gesicht und dasselbe rote Ekzem an der Unterlippe.

»Das ist ja eine Überraschung«, sagte der Mann mit einem nervösen Lachen. »Ich dachte, der Hufschmied wäre gekommen. Und dann bist du es! Lange her, daß wir uns gesehen haben.«

»Elf Jahre«, antwortete Kurt Wallander. »Im Sommer 1979.«

»Der Sommer, in dem alle Träume sich in Luft auflösten. Willst du Kaffee?«

Sie gingen in das rote Ziegelgebäude. Von den Wänden schlug Kurt Wallander ein Ölgeruch entgegen. Im Dunkeln stand ein rostiger Mähdrescher. Sten Widen öffnete eine weitere Tür, eine Katze sprang zur Seite, und Kurt Wallander betrat einen Raum, der eine Kombination aus Büro und Wohnung zu sein schien. An der einen Wand stand ein ungemachtes Bett. Außerdem gab es einen Fernseher und ein Videogerät, und auf einem Tisch stand eine Mikrowelle. In einem alten Sessel türmte sich ein Haufen Kleider. Der übrige Platz im Raum wurde von einem großen Schreibtisch eingenommen. Sten Widen goß Kaffee aus einer Thermoskanne ein, die neben dem Faxgerät in einer der breiten Fensternischen stand.

Kurt Wallander fielen Sten Widens enttäuschte Opernträume ein. Wie sie sich Ende der siebziger Jahre eine Zukunft ausgemalt hatten, zu der es keiner der beiden jemals bringen sollte. Kurt Wallanders Aufgabe wäre die des Impresarios gewesen, und Sten Widens Tenor sollte von den Opernbühnen der Welt ertönen.

Damals war Wallander Polizist gewesen. Das war er immer noch.

Nachdem Sten Widen eingesehen hatte, daß seine Stimme nicht ausreichte, übernahm er den heruntergewirtschafteten Rennstall seines Vaters, um Galopprennpferde zu trainieren.

Ihre frühere Freundschaft hatte der gemeinsamen Enttäuschung nicht standhalten können. Nachdem sie sich früher täglich getroffen hatten, waren nun elf Jahre seit ihrer letzten Begegnung verstrichen. Obwohl sie nicht mehr als fünfzig Kilometer voneinander entfernt wohnten.

»Du bist dicker geworden«, meinte Sten Widen und nahm einen Stapel Zeitungen von einem Stuhl.

»Du nicht«, erwiderte Kurt Wallander und spürte, daß ihn die Bemerkung irritierte.

»Galopptrainer werden selten fett«, gab Sten Widen zurück und lachte wieder sein nervöses Lachen. »Dünne Knochen und dünne Brieftaschen; außer den Erfolgstrainern natürlich. Khan oder Strasser. Die haben Geld.«

»Wie läuft es denn so?« fragte Kurt Wallander und setzte sich auf den Stuhl.

»Weder gut noch schlecht«, antwortete Sten Widen. »Ich habe weder besonderes Glück noch besonderes Pech. Ich trainiere immer ein Pferd, das sich ganz gut macht. Ich bekomme regelmäßig junge Pferde rein und komme über die Runden. Aber eigentlich …«

Er brach ab, ohne den Satz zu beenden.

Dann streckte er sich, öffnete eine Schreibtischschublade und nahm eine halbleere Whiskyflasche heraus.

»Magst du?« fragte er.

Kurt Wallander schüttelte den Kopf.

»Es macht keinen besonders guten Eindruck, wenn ein Polizist wegen Alkohol am Steuer geschnappt wird«, antwortete er.

»Trotzdem Prost«, sagte Sten Widen und nahm einen Schluck aus der Flasche.

Er nahm eine Zigarette aus der zerknitterten Packung und suchte zwischen Papieren und Rennprogrammen nach seinem Feuerzeug.

»Und wie geht es Mona?« fragte er. »Und Linda? Und deinem Vater? Wie hieß deine Schwester noch mal? Kerstin?«

»Kristina.«

»Genau. Kristina. Tja, du weißt ja: mit meinem Gedächtnis war es noch nie so gut bestellt.«

»Noten hast du aber nie vergessen.«

»Nein?«

Er nahm noch einen Schluck aus der Flasche, und Kurt Wallander sah, daß ihn etwas bedrückte. Vielleicht hätte er ihn doch nicht besuchen sollen? Vielleicht wollte er nicht an das erinnert werden, was einmal gewesen war.

»Mona und ich haben uns getrennt«, sagte er. »Und Linda hat eine eigene Wohnung. Bei Vater ist alles wie immer. Er malt seine Bilder. Aber ich befürchte, daß er anfängt, senil zu werden. Ich weiß nicht so recht, was ich mit ihm machen soll.«

»Wußtest du, daß ich geheiratet habe?« fragte Sten Widen. Wallander überkam das Gefühl, daß er ihm überhaupt nicht zugehört hatte.

»Nein, woher?«

»Ich habe ja diesen verdammten Stall übernommen. Als Vater zum Schluß einsah, daß er zu alt war, um mit Pferden arbeiten zu können, fing er richtig an zu saufen. Früher hatte er ja immer noch Kontrolle über die Mengen, die er in sich hineinschüttete. Mir wurde klar, daß ich ihn und seine Saufkumpane nicht länger ertragen konnte. Ich heiratete eines der Mädchen, die hier im Stall arbeiteten. Es war wohl auch aus dem Grund, weil sie so gut mit Vater umgehen konnte. Sie behandelte ihn wie ein altes Pferd. Mischte sich nicht in seine Gewohnheiten ein, setzte aber Grenzen. Nahm den Gummischlauch und spritzte ihn ab, wenn er dreckig war. Aber als Vater starb, war es, als habe sie angefangen, genauso zu riechen wie er. Da ließ ich mich scheiden.«

Er nahm einen weiteren Schluck aus der Flasche, und Kurt Wallander merkte, daß er langsam betrunken wurde.

»Jeden Tag spiele ich mit dem Gedanken, diesen Stall zu verkaufen«, sagte er. »Mir gehört das gesamte Anwesen. Für alles zusammen kann ich sicher eine Million bekommen. Wenn man die Schulden abzieht, bleiben mir vielleicht vierhunderttausend übrig. Dann kaufe ich mir ein Wohnmobil und fahre los.«

»Wohin denn?«

»Das ist es ja gerade. Ich weiß es nicht. Es gibt keinen Ort, an den ich fahren möchte.«

Kurt Wallander gefiel nicht, was er da hörte. Auch wenn Sten Widen nach außen hin derselbe war wie vor zehn Jahren, schienen sich in seinem Innern große Veränderungen ereignet zu haben. Es war eine Geisterstimme, die zu ihm sprach, gebrochen und verzweifelt. Vor zehn Jahren war Sten Widen fröhlich und aufgekratzt gewesen, der erste, den man auf eine Party eingeladen hätte. Heute schien jegliche Lebensfreude wie weggeblasen.

Das Mädchen, das Kurt Wallander gefragt hatte, ob er Polizist wäre, ritt am Fenster vorbei.

»Wer ist sie?« fragte Kurt Wallander. »Sie hat sofort gesehen, daß ich Polizist bin.«

»Sie heißt Louise«, antwortete Sten Widen. »Weißt du, sie erkennt einen Polizisten hundert Meter gegen den Wind. Seit sie zwölf ist, geht sie in Anstalten aus und ein. Ich bin ihr Bewährungshelfer. Sie kann gut mit Pferden umgehen. Aber sie haßt Polizisten. Sie behauptet, daß sie einmal von einem Polizisten vergewaltigt worden ist.«

Er nahm noch einen Schluck aus der Flasche und machte eine Geste zu dem ungemachten Bett.

»Sie schläft manchmal mit mir. Zumindest fühlt es sich so an. Daß sie es ist, die mit mir schläft und nicht umgekehrt. Ist das eigentlich strafbar?«

»Warum sollte es das sein? Sie ist doch nicht minderjährig?«

»Sie ist neunzehn. Aber vielleicht dürfen Bewährungshelfer nicht mit denjenigen schlafen, um die sie sich zu kümmern haben?«

Kurt Wallander glaubte zu spüren, wie Sten Widens Stimme zunehmend aggressiv wurde.

Plötzlich bereute er, überhaupt gekommen zu sein.

Obwohl er einen fahndungstechnischen Grund gehabt hatte, ihn zu besuchen, fragte er sich nun, ob dies nicht nur ein Vorwand gewesen war. Hatte er Sten Widen aufgesucht, um über Mona zu reden? Um Trost zu suchen?

Er wußte es nicht mehr.

»Ich bin hergekommen, um mit dir über Pferde zu reden«, sagte er. »Du hast vielleicht in der Zeitung gelesen, daß in der vorletzten Nacht in Lenarp ein Doppelmord verübt worden ist?«

»Ich lese keine Zeitung«, antwortete Sten Widen. »Ich lese Rennprogramme und Startlisten. Das ist alles. Ich kümmere mich nicht um das, was in der Welt geschieht.«

»Es geht um ein altes Ehepaar, das erschlagen worden ist«, fuhr Kurt Wallander fort. »Und sie hatten ein Pferd.«

»Ist das auch erschlagen worden?«

»Nein. Aber ich glaube, daß die Mörder ihm Heu gegeben haben, bevor sie verschwunden sind. Und das war es, worüber ich mit dir sprechen wollte: Wie lange braucht ein Pferd, um eine Fuhre Heu zu fressen?«

Sten Widen leerte die Flasche und zündete sich eine neue Zigarette an.

»Soll das ein Witz sein?« fragte er. »Du bist hergekommen, um mich zu fragen, wie lange ein Pferd braucht, um eine Fuhre Heu zu fressen?«

»Ich hatte dich eigentlich bitten wollen mitzukommen, um dir das Pferd einmal anzusehen«, erwiderte Kurt Wallander kurz entschlossen. Er merkte, daß er ebenfalls langsam wütend wurde.

»Ich habe keine Zeit«, gab Sten Widen zurück. »Der Hufschmied kommt heute. Außerdem habe ich sechzehn Pferde, die heute noch Vitaminspritzen bekommen sollen.«

»Und morgen?«

Sten Widen sah ihn mit glasigen Augen an.

»Springt ein Honorar dabei heraus?« fragte er.

»Du bekommst dein Geld.«

Sten Widen schrieb seine Telefonnummer auf einen schmutzigen Zettel.

»Vielleicht«, sagte er. »Ruf mich morgen früh an.«

Als sie auf den Hof hinauskamen, stellte Kurt Wallander fest, daß der Wind stärker geworden war.

Das Mädchen kam ihm auf dem Pferd entgegen.

»Schönes Pferd«, meinte er.

»Masquerade Queen«, erklärte Sten Widen. »Es wird in seinem Leben keinen einzigen Lauf gewinnen. Die Besitzerin ist die reiche Witwe eines Bauunternehmers aus Trelleborg. Ich war sogar ehrlich genug, ihr vorzuschlagen, das Pferd an eine Reitschule zu verkaufen. Aber sie glaubt daran, daß es gewinnen wird. Und ich bekomme mein Honorar. Aber es wird trotzdem keine Rennen gewinnen.«

Am Auto trennten sie sich.

»Weißt du, wie mein Vater gestorben ist?« fragte Sten Widen unvermittelt.

»Nein.«

»In einer Herbstnacht ist er zur Burgruine geirrt. Er hat oft da oben gesessen, um zu saufen. Dann ist er in den Wallgraben gestürzt und ertrunken. Es gibt ja so viele Algen da unten, daß man nichts sehen kann. Aber seine Schirmmütze ist aufgetaucht. ›Lebe das Leben‹ hat auf dem Schirm gestanden. Das war Werbung für ein Reisebüro, das Sexreisen nach Bangkok verkauft hat.«

»Es war schön, dich mal zu sehen«, sagte Kurt Wallander zum Abschied. »Ich melde mich morgen.«

»Mach, was du willst«, erwiderte Sten Widen.

Kurt Wallander fuhr los. Im Rückspiegel konnte er sehen, wie Sten Widen auf dem Hof stand und mit dem Mädchen auf dem Pferd redete.

Warum bin ich überhaupt hierhergefahren? ging es ihm wieder durch den Kopf.

Vor langer Zeit waren wir sehr befreundet. Wir teilten einen unmöglichen Traum. Als unser Traum wie eine Seifenblase geplatzt war, blieb uns nichts mehr. Möglicherweise stimmte es, daß wir beide die Oper liebten. Aber vielleicht war auch das nur eine Illusion?

Er fuhr schnell, als würden seine aufgewühlten Gefühle den Druck auf das Gaspedal steuern.

Gerade als er vor dem Stoppschild an der Hauptstraße bremste, klingelte das Autotelefon. Die Verbindung war so schlecht, daß er Mühe hatte, Hanssons Stimme am anderen Ende der Leitung erkennen zu können.

»Es ist am besten, wenn du sofort kommst«, rief Hansson. »Kannst du mich verstehen?«

»Was ist passiert?« schrie Kurt Wallander zurück.

»Hier sitzt ein Bauer aus Hagestad, der behauptet, zu wissen, wer sie erschlagen hat«, rief Hansson.

Kurt Wallander fühlte sein Herz schneller schlagen.

»Wer?« rief er aufgeregt. »Wer?«

Die Leitung war abrupt unterbrochen. Es knisterte und rauschte im Hörer.

»Mist«, sagte er laut zu sich selbst.

Er fuhr nach Ystad zurück. Viel zu schnell, dachte er. Wären Noren und Peters heute mit einer Verkehrskontrolle drangewesen, hätte ich ganz schönen Ärger bekommen.

Auf dem Abhang, der in das Stadtzentrum hinunterführte, fing der Motor plötzlich an zu stottern.

Der Tank war leer.

Die Kontrollampe, die ihn hätte warnen sollen, funktionierte anscheinend nicht mehr.

Er kam genau bis zur Tankstelle schräg gegenüber vom Krankenhaus, bevor der Motor ganz schlapp machte. Als er Geld in die Münztanksäule werfen wollte, merkte er, daß er keines bei sich hatte. Er ging zum Schlüsseldienst, dessen Werkstatt im selben Gebäude lag wie die Tankstelle und lieh sich zwanzig Kronen von dem Besitzer, der ihn von einer ein paar Jahre zurückliegenden Ermittlung im Zusammenhang mit einem Einbruch wiedererkannte.

Er bremste auf seinem Parkplatz und eilte ins Polizeipräsidium. Ebba versuchte, ihm etwas mitzuteilen, aber er winkte ab.

Die Tür zu Hanssons Zimmer stand offen, und er ging ohne anzuklopfen hinein.

Es war leer.

Im Flur stieß er auf Martinsson, der mit einem Bündel Computerstreifen daherkam.

»Dich habe ich gerade gesucht«, sagte Martinsson. »Ich habe ein bißchen Material ausgegraben, das vielleicht interessant sein könnte. Weiß der Henker, ob es nicht auch Finnen gewesen sein können, die das hier gemacht haben.«

»Wenn wir nichts wissen, behaupten wir immer, daß es Finnen waren«, gab Kurt Wallander zurück. »Ich habe jetzt keine Zeit. Weißt du, wo Hansson steckt?«

»Der geht doch nie aus seinem Zimmer?«

»Dann müssen wir ihn eben suchen. Im Moment ist er jedenfalls nicht da.«

Er sah in der Kantine nach, aber dort saß nur ein Büroangestellter, der sich ein Omelett machte.

Wo ist bloß dieser verdammte Hansson, dachte er und stieß die Tür zu seinem eigenen Zimmer auf.

Auch da nichts. Er rief Ebba in der Zentrale an.

»Wo ist Hansson?« fragte er.

»Wenn du eben nicht so schnell an mir vorbeigerauscht wärst, hätte ich es dir bereits sagen können, als du gekommen bist«, antwortete Ebba. »Er ließ ausrichten, daß er zur Raiffeisenbank wolle.«

»Was will er denn da? Hatte er jemanden bei sich?«

»Ja. Aber ich weiß nicht, wer das war.«

Kurt Wallander schmiß den Hörer auf die Gabel.

Was um alles in der Welt trieb Hansson bloß?

Er nahm den Hörer wieder auf.

»Kannst du Hansson für mich auftreiben?« bat er Ebba.

»In der Raiffeisenbank?«

»Wenn er dort ist, ja.«

Es war äußerst selten, daß er Ebba bei der Suche nach Personen, die er selbst sprechen wollte, um Hilfe bat. Er hatte sich nie an den Gedanken gewöhnen können, eine eigene Sekretärin zu haben. Wenn er etwas zu erledigen hatte, wollte er sich selbst darum kümmern. Nur die Reichen und Mächtigen konnten es sich leisten, andere zu beauftragen, für sie die Drecksarbeit zu machen. Nicht selbst in einem Telefonbuch nachschlagen oder den Telefonhörer abheben zu können war die reine Faulheit, durch nichts zu entschuldigen.

Das Klingeln des Telefons riß ihn aus seinen Gedanken. Es war Hansson, der aus der Raiffeisenbank anrief.

»Ich dachte, daß ich zurück sein würde, bevor du kommst«, sagte Hansson. »Du fragst dich vielleicht, was ich hier mache?«

»Das kann man wohl sagen!«

»Wir wollten uns mal Lövgrens Bankkonten ansehen.«

»Wer ist wir?«

»Er heißt Herdin. Aber es ist am besten, wenn du selbst mit ihm redest. Wir sind in einer halben Stunde zurück.«

Es dauerte dann doch eineinviertel Stunden, bis Kurt Wallander den Mann namens Herdin traf. Er war fast zwei Meter lang, sehnig und mager, und als Kurt Wallander ihn begrüßte, fühlte er sich wie ein Zwerg.

»Es hat doch ein bißchen länger gedauert«, entschuldigte sich Hansson. »Aber es hat etwas gebracht. Hör dir mal an, was Herdin zu sagen hat. Und was wir auf der Bank herausbekommen haben.«

Herdin saß lang und stumm auf einem Stuhl.

Kurt Wallander hatte den Eindruck, daß er sich für den Polizeibesuch seine besten Kleider angezogen hatte. Auch wenn das ein abgetragener Anzug und ein Hemd mit fransigem Kragen waren.

»Es ist wohl am besten, wenn wir von vorn anfangen«, sagte Kurt Wallander einleitend und nahm sich einen Notizblock.

Herdin warf Hansson einen erstaunten Blick zu.

»Soll ich etwa alles noch mal erzählen?« fragte er.

»Das ist wohl das beste«, gab Hansson zurück.

»Es ist eine lange Geschichte«, begann Herdin zögernd.

»Wie heißen Sie?« fragte Kurt Wallander. »Ich glaube, wir sollten damit anfangen.«

»Lars Herdin. Ich habe einen Hof von vierzig Morgen bei Hagestad. Ich versuche, meinen Lebensunterhalt mit Schlachttierhaltung zu verdienen. Aber das reicht kaum.«

»Ich habe seine persönlichen Daten«, warf Hansson ein, und Kurt Wallander hatte ihn im Verdacht, daß er es eilig hatte, zu seinen Rennprogrammen zurückzukommen.

»Wenn ich Sie richtig verstanden habe, sind Sie hierhergekommen, weil Sie meinen, zur Aufklärung des Mordes an den Eheleuten Lövgren beitragen zu können«, sagte Kurt Wallander und wünschte, daß er sich einfacher ausgedrückt hätte.

»Es ist klar, daß es wegen des Geldes war«, sagte Lars Herdin.

»Welches Geld?«

»Das ganze Geld, das sie hatten.«

»Können Sie sich etwas deutlicher ausdrücken?«

»Das Geld von den Deutschen.«

Kurt Wallander sah zu Hansson hinüber, der diskret mit den Schultern zuckte. Kurt Wallander bedeutete ihm, daß man wohl Geduld haben müsse.

»Wir müssen wohl doch etwas mehr ins Detail gehen«, meinte er. »Sie könnten nicht vielleicht etwas ausführlicher sein?«

»Lövgren und sein Vater verdienten während des Krieges 'ne Menge Geld«, erklärte Lars Herdin. »Auf ein paar Waldwiesen in Småland hielten sie heimlich Schlachtvieh. Und sie kauften ausgediente Pferde auf. Die verkauften sie dann schwarz nach Deutschland. An dem Fleisch haben sie sich eine goldene Nase verdient. Es hat sie nie irgend jemand erwischt. Und Lövgren war sowohl gierig als auch geschickt.

Er legte das Geld an, und mit den Jahren ist es immer mehr geworden.«

»Sie meinen Lövgrens Vater?«

»Er starb direkt nach dem Krieg. Ich meine Lövgren.«

»Sie behaupten also, daß Lövgrens vermögend waren?«

»Nicht die Familie. Nur Lövgren. Sie wußte nichts von dem Geld.«

»Er hat also sein Vermögen vor seiner Frau geheimgehalten?«

Lars Herdin nickte.

»Keiner ist so reingelegt worden wie meine Schwester.«

Kurt Wallander hob erstaunt die Augenbrauen.

»Maria Lövgren war meine Schwester. Sie wurde getötet, weil er ein Vermögen versteckt hat.«

Kurt Wallander hörte seine nur schlecht unterdrückte Bitterkeit. Vielleicht war doch Haß im Spiel, dachte er.

»Und dieses Geld wurde zu Hause aufbewahrt?«

»Nur manchmal«, antwortete Lars Herdin.

»Manchmal?«

»Wenn er große Beträge abgehoben hat.«

Plötzlich war es, als habe bei dem Mann in dem abgetragenen Anzug etwas das Faß zum Überlaufen gebracht.

»Johannes Lövgren war ein Schwein«, brach es aus ihm heraus. »Es ist gut, daß er jetzt tot ist. Aber daß Maria auch sterben mußte, das werde ich ihm niemals verzeihen …«

Lars Herdins Ausbruch kam so plötzlich, daß weder Hansson noch Kurt Wallander reagieren konnten. Herdin schnappte sich den dicken Glasaschenbecher, der auf dem Tisch vor ihm stand, und knallte ihn mit voller Wucht an die Wand, genau neben Wallanders Kopf. Das Glas zersplitterte, und Kurt Wallander spürte, wie eine Glasscherbe seine Oberlippe traf.

Die Stille nach dem Ausbruch war ohrenbetäubend.

Hansson war aufgestanden und schien bereit, sich auf den langen Lars Herdin zu stürzen. Aber Kurt Wallander hob abwehrend die Hand, und Hansson setzte sich wieder hin.

»Es tut mir leid«, sagte Lars Herdin. »Wenn es Schaufel und Besen gibt, fege ich das Glas zusammen. Ich werde natürlich für den Schaden aufkommen.«

»Darum kümmern sich die Putzfrauen«, antwortete Kurt Wallander. »Es ist jetzt wichtiger, daß wir weiter miteinander reden.«

Lars Herdin schien wieder ganz ruhig zu sein.

»Johannes Lövgren war ein Schwein«, wiederholte er. »Er tat so, als ob er wie jeder andere wäre. Aber er dachte nur an das Geld, das er und sein Vater während des Krieges durch krumme Machenschaften verdient hatten. Wie hat er immer gejammert, daß alles so teuer und die Bauern so arm waren. Aber er hatte sein Geld, das mehr und immer mehr wurde.«

»Und das Geld hatte er auf einem Bankkonto?«

Lars Herdin zuckte mit den Schultern.

»Auf der Bank, in Aktien, Obligationen, was weiß ich.«

»Und warum bewahrte er das Geld dann manchmal zu Hause auf?«

»Johannes Lövgren hielt sich ein Flittchen«, sagte Lars Herdin. »Er hatte ein Frauenzimmer in Kristianstad, mit der er in den fünfziger Jahren ein Kind bekam. Auch davon wußte Maria nichts. Ihr gab er jährlich mehr Geld, als er Maria während ihres ganzen Lebens gegönnt hat.«

»Um wieviel Geld handelte es sich?«

»Fünfundzwanzig-, dreißigtausend. Zwei- bis dreimal im Jahr. Er hob das Geld bar ab. Dann überlegte er sich eine passende Ausrede und fuhr nach Kristianstad.«

Kurt Wallander dachte einen kurzen Augenblick über das nach, was er da gerade gehört hatte.

Er versuchte sich darüber klarzuwerden, welche Fragen am wichtigsten waren. Es würde mehrere Stunden dauern, sämtliche Details zu überprüfen.

»Was haben sie auf der Bank gesagt?« fragte er Hansson.

»Wenn man nicht die notwendigen Durchsuchungspapiere dabeihat, gibt die Bank meistens gar keine Auskünfte«, erwiderte Hansson. »Ich durfte mir sein Guthaben nicht ansehen. Aber auf eine Frage konnte ich doch eine Antwort bekommen. Ob er in der letzten Zeit in der Bank gewesen ist.«

»Und, ist er das?«

Hansson nickte.

»Letzten Donnerstag. Drei Tage, bevor ihn jemand abgeschlachtet hat.«

»Sicher?«

»Eine der Kassiererinnen konnte sich an ihn erinnern.«

»Und er hat eine hohe Summe abgehoben?«

»Darauf wollten sie so ohne weiteres nicht antworten. Aber die Kassiererin hat genickt, als der Bankdirektor uns für einen Moment den Rücken zudrehte.«

»Nachdem wir diese Zeugenaussage hier protokolliert haben, müssen wir mit dem Staatsanwalt reden«, sagte Kurt Wallander. »Damit wir uns eine Übersicht über sein Vermögen verschaffen können.«

»Blutgeld«, warf Lars Herdin ein. Kurt Wallander befürchtete einen kurzen Augenblick, daß er wieder anfangen würde, mit Gegenständen um sich zu werfen.

»Es gibt noch viele offene Fragen«, sagte er. »Aber gerade jetzt gibt es eine Frage, die viel wichtiger ist als alle anderen. Wie kommt es, daß *Sie* das alles wissen? All das, was Johannes Lövgren nach Ihren Behauptungen vor seiner eigenen Frau geheimgehalten hat. Das wissen Sie?«

Lars Herdin beantwortete die Frage nicht.

Stumm starrte er auf den Boden.

Kurt Wallander warf Hansson einen fragenden Blick zu, woraufhin dieser mit dem Kopf schüttelte.

»Sie werden die Frage auf jeden Fall beantworten müssen«, meinte Kurt Wallander.

»Ich muß gar nichts«, erwiderte Lars Herdin. »Ich bin nicht derjenige, der sie ermordet hat. Würde ich meine eigene Schwester umbringen?«

Kurt Wallander versuchte, sich der Frage auf eine andere Art zu nähern.

»Wer weiß von dem, was Sie gerade erzählt haben?« fragte er.

Lars Herdin antwortete nicht.

»Was Sie sagen, bleibt unter uns«, fuhr Kurt Wallander fort.

Lars Herdin sah auf den Boden.

Kurt Wallander spürte instinktiv, daß er noch etwas warten sollte.

»Hol uns etwas Kaffee«, bat er Hansson. »Sieh nach, ob etwas Gebäck da ist.«

Hansson verschwand durch die Tür.

Lars Herdin starrte weiter auf den Boden, und Kurt Wallander wartete.

Hansson kam mit dem Kaffee zurück, und Lars Herdin aß ein trockenes Blätterteigteilchen.

Kurt Wallander fand, daß es an der Zeit war, die Frage noch einmal zu stellen.

»Früher oder später werden Sie doch gezwungen sein, die Frage zu beantworten«, sagte er erneut.

Lars Herdin hob den Kopf und sah ihm direkt in die Augen.

»Schon als sie geheiratet haben, spürte ich, daß Johannes Lövgren hinter der freundlichen und stillen Fassade ein anderer war. Für mich hatte er etwas Heimtückisches. Maria war meine kleine Schwester. Ich wollte, daß sie es gut hatte. Schon vom ersten Augenblick an, als Johannes Lövgren anfing, in unser Elternhaus zu kommen und um Maria zu werben, erweckte er mein Mißtrauen. Es hat mich dreißig Jahre gekostet herauszufinden, wer er wirklich war. Wie ich das angestellt habe, ist meine Sache.«

»Haben Sie Ihrer Schwester erzählt, was Sie herausgefunden hatten?«

»Niemals. Kein Wort.«

»Haben Sie jemand anderem davon erzählt? Ihrer eigenen Frau?«

»Ich bin nicht verheiratet.«

Kurt Wallander betrachtete den vor ihm sitzenden Mann. Er hatte etwas Hartes und Verbissenes. Wie ein Mann, dem die Bitterkeit schon mit der Muttermilch eingeflößt worden war.

»Jetzt noch eine letzte Frage«, sagte Kurt Wallander. »Nun wissen wir, daß Johannes Lövgren viel Geld besaß. Vielleicht hatte er auch eine hohe Summe zu Hause, als er ermordet wurde. Das werden wir feststellen können. Aber wer kann davon gewußt haben? Wer, außer Ihnen?«

Lars Herdin sah ihn an. Kurt Wallander entdeckte plötzlich einen Schimmer von Angst in seinen Augen.

»Ich wußte nichts davon«, erwiderte Lars Herdin.

Kurt Wallander nickte.

»Wir hören an diesem Punkt auf«, sagte er und schob den Schreibblock, auf dem er sich die ganze Zeit Notizen gemacht hatte, zur Seite. »Aber wir werden weiterhin Ihre Hilfe benötigen.«

»Kann ich jetzt gehen?« fragte Lars Herdin und stand auf.

»Sie können gehen«, antwortete Kurt Wallander. »Aber verreisen Sie nicht, ohne uns das vorher mitzuteilen. Und wenn Ihnen noch etwas einfällt, das Sie erzählen möchten, lassen Sie von sich hören.«

Lars Herdin blieb an der Tür stehen, als wolle er noch etwas sagen.

Dann stieß er die Tür auf und verschwand.

»Sag Martinsson, daß er ihn durchleuchten soll«, wies Kurt Wallander an. »Wir werden wohl nichts finden, aber es ist trotzdem besser, auf Nummer Sicher zu gehen.«

»Was hältst du von seiner Geschichte?« fragte Hansson.

Kurt Wallander dachte nach, bevor er antwortete.

»Er wirkte überzeugend. Ich hatte nicht den Eindruck, daß er gelogen, sich etwas eingebildet oder phantasiert hat. Ich glaube, er hat einfach die Entdeckung gemacht, daß Johannes Lövgren ein Doppelleben führte. Und ich glaube, er wollte seine Schwester schützen.«

»Kannst du dir vorstellen, daß er irgendwie darin verwickelt ist?«

Kurt Wallander war sich sicher, als er antwortete.

»Lars Herdin hat sie nicht umgebracht. Ich glaube auch nicht, daß er weiß, wer es getan hat. Ich glaube, daß er aus zwei Gründen zu uns gekommen ist. Er will uns helfen, eine oder mehrere Personen zu finden, denen er sowohl danken als auch ins Gesicht spucken kann. Diejenigen, die Johannes ermordet und seiner Meinung nach damit eine gute Tat vollbracht haben. Und diejenigen, die Maria ermordet haben und dafür öffentlich geköpft werden sollten.«

Hansson stand auf.

»Ich sage es Martinsson. Gibt es sonst noch etwas, das ich im Moment für dich tun kann?«

Kurt Wallander sah auf seine Armbanduhr.

»Wir treffen uns in einer Stunde bei mir. Sieh nach, ob du Rydberg erwischen kannst. Er wollte nach Malmö fahren, um dort jemanden zu treffen, der Segel ausbessert.«

Hansson sah ihn verständnislos an.

»Die Schlinge«, sagte Kurt Wallander. »Der Knoten. Du wirst es später begreifen.«

Hansson ging, und Wallander war allein.

Ein Durchbruch, dachte er. In allen Ermittlungen, die erfolgreich abgeschlossen werden, gibt es einen Punkt, an dem wir die Wand durchbrechen. Wir wissen nur nicht so genau, was wir dahinter zu sehen bekommen. Aber irgendwo dort wird sich die Lösung finden.

Er ging zum Fenster und sah in die Dämmerung hinaus. Von den undichten Fensterleisten zog es kalt herein, und an einer schaukelnden Straßenlaterne konnte er erkennen, daß der Wind noch stärker geworden war.

Er dachte an Nyström und seine Frau.

Ein ganzes Leben hatten sie eng mit einem Menschen zusammengewohnt, der überhaupt nicht derjenige war, für den er sich ausgegeben hatte.

Wie würden sie reagieren, wenn sie die Wahrheit erfuhren? Mit Ungläubigkeit? Bitterkeit? Erstaunen?

Er ging zum Schreibtisch zurück und setzte sich. Das erste Gefühl der Erleichterung, das sich nach einem Durchbruch in der Ermittlung einstellte, nahm in der Regel sehr schnell wieder ab. Nun gab es ein denkbares Motiv, das häufigste von allen: Geld. Aber noch immer gab es keinen sichtbaren Fingerzeig, der hinsichtlich der Täter in eine bestimmte Richtung deutete.

Es gab keinen Mörder.

Kurt Wallander warf wieder einen Blick auf die Uhr. Wenn er sich beeilte, würde er es schaffen, im Imbiß am Bahnhof noch etwas zu essen, bevor die Besprechung anfing. Auch dieser Tag ging vorüber, ohne daß er seine Eßgewohnheiten verändern würde.

Er wollte sich gerade die Jacke anziehen, als das Telefon klingelte.

Gleichzeitig klopfte es an der Tür.

Die Jacke landete auf dem Boden, als er nach dem Telefonhörer griff und »Herein!« rief.

Es war Rydberg, der in der Tür stand. In einer Hand hielt er eine große Plastiktüte.

Am Telefon hörte er Ebbas Stimme.

»Die Leute vom Fernsehen wollen dich unbedingt sprechen«, sagte sie.

Er entschied schnell, erst einmal mit Rydberg zu reden, bevor er wieder mit dem Fernsehen zu tun hatte.

»Sag, daß ich eine Besprechung habe und erst in einer halben Stunde zur Verfügung stehe«, erwiderte er.

»Sicher?«

»Was?«

»Daß du in einer halben Stunde mit ihnen sprichst? Das schwedische Fernsehen wartet nicht gern. Die setzen voraus, daß alle vor ihnen auf die Knie fallen, wenn sie von sich hören lassen.«

»Das mit dem Kniefall kannst du vergessen. Aber sprechen kann ich in einer halben Stunde mit ihnen.«

Er legte den Hörer auf.

Rydberg hatte sich auf den Stuhl am Fenster gesetzt. Er versuchte gerade, sich mit einer Papierserviette die Haare zu trocknen.

»Ich habe gute Neuigkeiten«, sagte Kurt Wallander.

Rydberg trocknete weiter seine Haare.

»Ich glaube, wir haben ein Motiv. Geld. Und ich glaube, daß die Mörder unter den Menschen zu suchen sind, die sich in Lövgrens Nähe aufgehalten haben.«

Rydberg warf die nasse Serviette in den Papierkorb.

»Ich habe einen Scheißtag gehabt. Gute Neuigkeiten sind sehr willkommen.«

Kurt Wallander brauchte fünf Minuten, um die Begegnung mit dem Landwirt Lars Herdin wiederzugeben. Rydberg betrachtete düster die Glasscherben, die auf dem Boden lagen.

»Merkwürdige Geschichte«, meinte Rydberg, als Kurt Wallander fertig war. »Und merkwürdig genug, um absolut wahr sein zu können.«

»Ich werde mal eine Zusammenfassung versuchen«, fuhr Kurt Wallander fort. »Jemand wußte, daß Johannes Lövgren von Zeit zu Zeit eine große Summe Bargeld zu Hause hatte. Insofern scheint Raub als Motiv in Frage zu kommen. Und der Raubüberfall entwickelt sich zu einem Mord. Wenn Lars Herdins Beschreibung von Johannes Lövgren in der Hinsicht stimmt, daß dieser ein selten knauseriger Mensch war, hat er sich natürlich geweigert, das Versteck des Geldes zu verraten. Maria Lövgren, die von dem, was in der letzten Nacht ihres Lebens geschehen ist, nicht allzuviel verstanden haben kann, mußte Johannes auf der letzten Reise begleiten. Die Frage ist also, wer außer Lars Herdin von den zwar unregelmäßigen, aber großen Mengen Bargeld gewußt hat. Finden wir darauf eine Antwort, dann finden wir wohl auch eine Antwort auf alles andere.«

Rydberg saß nachdenklich da, nachdem Wallander geendet hatte.

»Habe ich etwas vergessen?« fragte Wallander.

»Ich denke an das, was sie sagte, bevor sie starb«, antwortete Rydberg. »›Ausländer‹. Und ich denke an das, was ich in der Plastiktüte habe.«

Er stand auf und leerte den Inhalt der Tüte auf dem Schreibtisch aus.

Es war ein Haufen Seilenden. Jedes einzelne mit einem kunstvoll ausgeführten Knoten.

»Ich habe vier Stunden in der Wohnung des alten Segelmachers verbracht, in der es schlimmer roch, als du dir vorstellen kannst«, sagte Rydberg und verzog das Gesicht. »Es zeigte sich, daß dieser Mann fast neunzig Jahre alt und auf dem besten Weg zur kompletten Senilität ist. Ich überlege, ob ich nicht eine soziale Einrichtung einschalten soll. Der alte Mann war so verwirrt, daß er mich für seinen eigenen Sohn hielt. Einer der Nachbarn erzählte später, daß dieser Sohn schon seit dreißig Jahren tot ist. Aber Schlingen und Knoten konnte er. Als ich endlich gehen konnte, waren vier Stunden vergangen. Diese Seilenden waren ein Geschenk.«

»Hast du denn herausbekommen, was du wolltest?«

»Der alte Mann hat sich die Schlinge angesehen und gesagt, daß er den Knoten häßlich findet. Dann dauerte es drei Stunden, bis ich ihn soweit hatte, etwas über den häßlichen Knoten zu erzählen. Zwischendurch hat er geschlafen.«

Rydberg steckte die Seilenden wieder in die Plastiktüte, während er weitererzählte: »Plötzlich fing er an, von seiner Zeit auf See zu erzählen. Und dann hat er gesagt, daß er den Knoten in Argentinien gesehen hat. Argentinische Seemänner machten diese Knoten als Halsbänder für ihre Hunde.«

Kurt Wallander nickte.

»Du hattest also recht«, sagte er. »Der Knoten war etwas Besonderes. Die Frage ist jetzt nur, wie das mit Lars Herdins Erzählung zusammenhängt.«

Sie gingen auf den Flur hinaus. Rydberg verschwand in seinem Zimmer, während Kurt Wallander zu Martinsson hineinging, um dessen Computerausdruck zu studieren. Dort zeigte sich, daß es eine verblüffend umfassende Statistik über Ausländer gab, die in Schweden ein Verbrechen begangen hatten oder dessen verdächtigt wurden. Martinsson hatte auch eine Kontrolle über frühere Raubüberfälle auf alte Menschen durchgeführt. Mindestens vier unterschiedliche Personen oder Banden hatten während des letzten Jahres in Schonen Überfälle auf alte, isolierte Menschen begangen. Aber Martinsson wußte auch zu berichten, daß diese Täter im Moment alle in unterschiedlichen Strafanstalten einsaßen. Er wartete immer noch auf die Nachricht, ob jemand von ihnen an dem fraglichen Tag Urlaub gehabt hatte.

Sie hielten ihre Fahndungsbesprechung in Rydbergs Zimmer ab, weil eine der Schreibkräfte angeboten hatte, in Kurt Wallanders Büro den Boden zu saugen. Das Telefon klingelte fast ununterbrochen, aber sie ging nicht ran.

Die Fahndungsbesprechung dauerte lange. Alle waren sich darüber einig, daß Lars Herdins Schilderungen einen Durchbruch bedeuteten. Gleichzeitig gingen sie noch einmal alles durch, was bisher bei den Gesprächen mit den Einwohnern von Lenarp und mit denjenigen, die die Polizei angerufen hatten oder auf die ausgeteilten Fragebögen geantwortet hatten, herausgekommen war. Ein Auto, das in der späten Sonntagnacht ein von Lenarp nur wenige Kilometer entfernt liegendes Dorf mit hoher Geschwindigkeit passiert hatte, zog besondere Aufmerksamkeit auf sich. Ein Lastwagenfahrer, der schon um drei Uhr nachts zu einer Fahrt nach Göteborg gestartet war, war dem Auto in einer engen Kurve begegnet und fast von der Fahrbahn abgedrängt worden. Als er von dem Doppelmord erfuhr, hatte ihn das nachdenklich gemacht, woraufhin er die Polizei anrief. Nachdem er sich Bilder von unterschiedlichen Autos angesehen hatte, war er zögernd zu dem Ergebnis gekommen, daß es sich wahrscheinlich um einen Nissan gehandelt hatte.

»Vergeßt nicht die Leihwagen«, sagte Kurt Wallander. »Heutzutage sind Leute, die es eilig haben, bequem. Einbrecher leihen genausooft ein Auto, wie sie es stehlen.«

Es war sechs Uhr, als die Besprechung zu Ende war. Kurt Wallander stellte fest, daß nun alle seine Mitarbeiter in der Offensive waren. Nach Lars Herdins Besuch herrschte ein augenscheinlicher Optimismus.

Er ging in sein Büro und schrieb die Notizen, die er sich bei dem Gespräch mit Lars Herdin gemacht hatte, ins reine. Hansson hatte seine Notizen gebracht, so daß er vergleichen konnte. Er sah direkt, daß Lars Herdin sich nicht unklar ausgedrückt hatte. Die Aufzeichnungen stimmten überein.

Kurz nach sieben Uhr legte er die Papiere zur Seite. Plötzlich fiel ihm ein, daß das Fernsehen sich nicht wieder gemeldet hatte. Er telefonierte mit der Zentrale und fragte, ob Ebba eine Nachricht hinterlassen hatte, bevor sie nach Hause gegangen war. Das Mädchen, das antwortete, war eine Aushilfe.

»Hier liegt nichts«, sagte sie.

Einer Eingebung folgend, die er selbst nicht richtig verstand, ging er hinaus in die Kantine und stellte den Fernseher an. Die regionale Nachrichtensendung hatte gerade begonnen. Er lehnte sich gegen einen Tisch und sah zerstreut einen Beitrag über die schlechten Finanzen der Stadt Malmö.

Er dachte an Sten Widen.

Und Johannes Lövgren, der während des Krieges Fleisch an die Nazis verkauft hatte.

Er dachte über sich selbst nach, an seinen Bauch, der viel zu dick war.

Er wollte den Fernseher gerade wieder abstellen, als eine Reporterin anfing, über den Doppelmord von Lenarp zu berichten.

Bestürzt hörte er, daß die Polizei in Ystad ihre Arbeit auf die Suche nach bisher unbekannten ausländischen Mitbürgern konzentriere. Die Polizei sei auf jeden Fall davon überzeugt, daß es sich bei den Tätern um Ausländer handele. Es könne auch nicht ausgeschlossen werden, daß die Täter unter asylsuchenden Flüchtlingen zu suchen wären.

Zum Schluß sprach die Reporterin über Wallander.

Trotz wiederholter Anfragen sei es unmöglich gewesen, einen der verantwortlichen Fahndungsleiter zu veranlassen, die anonymen, aber aus zuverlässiger Quelle stammenden Angaben zu kommentieren.

Die Reporterin sprach vor dem Hintergrund des Ystader Polizeipräsidiums.

Danach leitete sie zum Wetter über.

Ein Unwetter nähere sich von Westen. Der Wind würde noch stärker werden. Aber es bestand keine Schneefallgefahr, die Temperaturen würden über null Grad bleiben.

Kurt Wallander stellte den Fernseher ab.

Er konnte sich nicht entscheiden, ob er entrüstet oder einfach nur müde war. Oder war es Hunger?

Es hatte also jemand von der Polizei Informationen durchsickern lassen.

Vielleicht wurde das Verbreiten von vertraulichen Informationen heutzutage gut bezahlt? Zahlte das staatliche Fernsehen Schmiergelder? Wer? dachte er.

Es kann jeder außer mir selbst gewesen sein.

Und warum?

Gab es eine andere Erklärung als Geld?

Rassismus? Angst vor Überfremdung?

Er ging zurück in sein Zimmer und konnte schon im Flur das Klingeln des Telefons hören.

Es war ein langer Tag gewesen. Am liebsten wäre er nach Hause gefahren, um etwas zu essen zu kochen. Mit einem Seufzer setzte er sich in den Stuhl und zog das Telefon zu sich heran.

Dann werde ich den Stier wohl bei den Hörnern packen müssen und die im Fernsehen ausgestrahlten Informationen dementieren, dachte er.

Und hoffen, daß in den nächsten Tagen keine neuen Holzkreuze brennen würden.

6

Während der Nacht zog ein Sturm über Schonen hinweg. Kurt Wallander saß in seiner unaufgeräumten Wohnung, während der Sturm an den Dachziegeln zerrte. Er trank Whisky und hörte sich eine deutsche Einspielung der ›Aida‹ an, als plötzlich um ihn herum alles dunkel und still wurde. Er ging ans Fenster und sah in die Dunkelheit hinaus. Der Wind heulte, und irgendwo schlug ein Reklameschild gegen eine Hauswand.

Die Leuchtzeiger seiner Armbanduhr wiesen auf zehn Minuten vor drei. Seltsamerweise war er überhaupt nicht müde. Dabei war es fast halb zwölf gewesen, als er am Abend vorher endlich aus dem Polizeipräsidium hinausgekommen war. Der letzte Anrufer war ein Mann gewesen, der seinen Namen nicht nennen wollte. Er hatte vorgeschlagen, daß die Polizei gemeinsame Sache mit den einheimischen nationalistischen Bewegungen machen und ein für allemal sämtliche Ausländer aus dem Land jagen solle. Einen kurzen Augenblick lang hatte er noch versucht, sich anzuhören, was der anonyme Anrufer sagen wollte. Dann hatte er aufgelegt, die Zentrale angerufen und alle eingehenden Telefonate gestoppt. Er löschte das Licht in seinem Büro, war in den lautlosen Flur hinausgetreten und auf direktem Wege nach Hause gefahren. Als er seine Haustür aufschloß, nahm er sich vor herauszufinden, wer innerhalb der Polizei dafür verantwortlich war, daß diese eine vertrauliche Information nach außen gedrungen war. Eigentlich war das nicht seine Sache. In Konfliktfällen innerhalb der Polizei war es die verdammte Aufgabe des Polizeichefs, einzugreifen. In ein paar Tagen würde Björk aus seinem Winterurlaub zurück sein. Dann konnte der das übernehmen. Die Wahrheit mußte auf jeden Fall herauskommen.

Aber als Kurt Wallander sein erstes Glas Whisky getrunken hatte, sah er ein, daß Björk gar nichts unternehmen würde. Auch wenn jeder einzelne Polizist an seine Schweigepflicht gebunden war, konnte es kaum als eine ungesetzliche Handlung aufgefaßt werden, wenn ein Polizist eine Kontaktperson beim schwedischen Fernsehen anrief und erzählte, was in einer internen Besprechung der Fahndungsgruppe besprochen worden war. Genausowenig würde es möglich sein, Unregelmäßigkeiten nachzuweisen, falls das Fernsehen wirklich für die geheime Information bezahlt hatte. Kurt Wallander fragte sich einen Moment lang, auf welchem Konto die Fernsehanstalt einen solchen Betrag wohl in der Regel verbuchte.

Dann war noch zu bedenken, daß Björk wohl kaum daran interessiert sein würde, mitten in einer Morduntersuchung die Loyalität der Kollegen untereinander zu gefährden.

Beim zweiten Glas Whisky war er dann doch fortgefahren, darüber nachzugrübeln, wer für das Leck verantwortlich sein könnte. Abgesehen von sich selber glaubte er, nur Rydberg mit Sicherheit von jeglicher Schuld freisprechen zu können. Aber warum sollte er bei Rydberg so sicher sein können? Konnte er tiefer in ihn hineinschauen als in die anderen?

Und jetzt hatte der Sturm auch noch den Strom ausfallen lassen, und er saß einsam in der Dunkelheit.

Die Gedanken an das ermordete Paar, an Lars Herdin und an den eigenartigen Knoten in der Schlinge vermischten sich mit Gedanken an Sten Widen und Mona, an Linda und seinen alten Vater. Irgendwo aus der Dunkelheit winkte ihm die große Sinnlosigkeit zu. Ein grinsendes Gesicht, das höhnisch über seine vergeblichen Bemühungen lächelte, sein Leben in den Griff zu bekommen …

Er wachte davon auf, daß der Strom wieder da war. Ein Blick auf die Uhr sagte ihm, daß er über eine Stunde lang geschlafen hatte. Die Schallplatte leierte wieder auf dem Plattenspieler. Er leerte sein Glas und legte sich aufs Bett.

Ich muß mit Mona reden, dachte er. Ich muß mit ihr über alles reden, was geschehen ist. Und ich muß mit meiner Tochter reden. Ich muß meinen Vater besuchen und sehen, was ich für ihn tun kann. Und zwischendurch soll ich dann möglichst auch noch einen Mörder finden …

Er mußte wieder eingeschlafen sein. Er glaubte, in seinem Büro zu sein, als das Telefon klingelte. Noch halb schlafend stolperte er in die Küche und langte nach dem Hörer. Wer konnte ihn bloß um Viertel nach vier morgens anrufen?

Es gelang ihm noch, sich zu wünschen, daß es Mona sei, die ihn anrief, bevor er sich meldete.

Im ersten Moment war ihm, als spräche der Mann am anderen Ende wie Sten Widen.

»Ihr habt jetzt genau drei Tage Zeit, es wiedergutzumachen«, sagte der Mann.

»Wer sind Sie?« fragte Kurt Wallander.

»Es spielt keine Rolle, wer ich bin«, antwortete der Mann. »Ich bin einer der ›Zehntausend Rächer‹.«

»Ich weigere mich, mit jemandem zu sprechen, von dem ich nicht einmal weiß, wie er heißt«, sagte Kurt Wallander, der jetzt hellwach war.

»Legen Sie nicht auf«, antwortete der Mann. »Von jetzt an haben Sie drei Tage Zeit, wiedergutzumachen, daß Sie der Öffentlichkeit ein paar ausländische Verbrecher verschwiegen haben. Drei Tage, nicht mehr.«

»Ich verstehe nicht, wovon Sie eigentlich sprechen«, sagte Kurt Wallander und empfand die unbekannte Stimme als unangenehm.

»Drei Tage, die Mörder zu schnappen und sie der Öffentlichkeit vorzuführen«, sagte der Mann. »Sonst übernehmen wir die Sache.«

»Was übernehmen? Wer ist wir?«

»Drei Tage. Keinen Tag länger. Dann wird es brennen.«

Der Hörer wurde aufgelegt.

Kurt Wallander schaltete das Licht in der Küche an und setzte sich an den Tisch. Auf einem alten Notizblock, den Mona für ihre Einkaufslisten verwandt hatte, schrieb er das Gespräch auf. »Brot« stand zuoberst auf dem Block. Was sie darunter geschrieben hatte, konnte er nicht entziffern.

Es war nicht das erste Mal während seiner Zeit bei der Polizei, daß Kurt Wallander eine anonyme Drohung erhielt. Ein Mann, der fand, daß er wegen Körperverletzung unschuldig verurteilt worden war, hatte ihn vor einigen Jahren mit beleidigenden Briefen und nächtlichen Telefonanrufen terrorisiert. Schließlich hatte Mona die Sache satt gehabt und von ihm eine Reaktion verlangt. Kurt Wallander hatte Svedberg mit der Botschaft zu dem Mann geschickt, daß er eine längere Gefängnisstrafe riskiere, wenn er mit seinen Aktionen nicht aufhöre. In einem anderen Fall hatte jemand seine Autoreifen aufgeschlitzt.

Aber die Botschaft dieses Mannes war von ganz anderer Art.

Daß etwas brennen werde, hatte er gesagt. Kurt Wallander begriff, daß es sich dabei um alles mögliche handeln konnte, von Unterkünften für Asylanten bis zu Restaurants oder Wohnungen, die von Ausländern bewohnt wurden.

Drei Tage. Oder auch dreimal vierundzwanzig Stunden. Das würde bedeuten Freitag, spätestens Samstag den dreizehnten.

Er legte sich wieder auf sein Bett und versuchte zu schlafen.

Der Wind zerrte und riß an den Häuserwänden.

Aber wie sollte er schlafen können, wenn er doch nur darauf wartete, daß der Mann noch einmal anrief?

Um halb sieben war er schon wieder im Polizeipräsidium. Er wechselte ein paar Worte mit dem Diensthabenden und erfuhr, daß die Nacht trotz des Sturms ruhig gewesen war. Ein Sattelschlepper war an der Ortseinfahrt von Ystad ins Schleudern geraten und umgekippt, in Skårby war ein Baugerüst vom Wind umgerissen worden. Das war alles.

Er holte Kaffee und ging in sein Büro. Mit einem alten

Rasierapparat, den er in einer der Schreibtischschubladen ver-
wahrte, kratzte er sich die Stoppeln aus dem Gesicht. Dann
ging er hinaus und holte die Tageszeitungen. Je mehr er in
ihnen blätterte, desto unzufriedener wurde er. Obwohl er am
Abend zuvor bis spät in die Nacht am Telefon mit einer Reihe
von Journalisten gesprochen hatte, waren seine Versicherun-
gen, daß sich die Polizei bei den Ermittlungen keineswegs auf
ein paar Ausländer konzentriere, nur vage und unzureichend
wiedergegeben worden. Es schien, als hätten die Zeitungen
diese Wahrheit nur äußerst widerwillig akzeptiert.

Er entschied, für den Nachmittag eine neuerliche Pressekonferenz einzuberufen und einen ausführlichen Bericht zur
Fahndungssituation zu geben. Außerdem würde er mit der
anonymen Drohung an die Öffentlichkeit treten, die er während der Nacht bekommen hatte.

Er nahm einen Ordner aus dem Regal hinter sich. In diesem
Ordner hatte er alle Angaben zu den einzelnen Unterkünften
für Asylbewerber, die es bei ihnen in der Nähe gab. Abgesehen
von dem großen Auffanglager in Ystad, gab es eine Reihe klei-
nerer Unterkünfte, die im ganzen Distrikt verstreut lagen.

Aber welchen Beweis gab es eigentlich dafür, daß die Drohung gerade einem Lager im Polizeidistrikt von Ystad galt. Keinen. Außerdem konnte sich die Drohung auch genausogut
gegen ein Restaurant oder ein Privathaus richten. Wie viele
Pizzerien gab es zum Beispiel im Umkreis von Ystad? Fünfzehn? Mehr?

Aber über eine Sache war er sich völlig im klaren. Die nächtliche Drohung mußte ernst genommen werden. Im letzten
Jahr waren allzu viele Dinge geschehen, die zeigten, daß es
mehr oder weniger organisierte Gruppen im ganzen Land gab,
die nicht zögerten, offen Gewalt gegen in Schweden lebende
ausländische Mitbürger oder asylsuchende Flüchtlinge anzuwenden.

Er sah auf die Uhr. Viertel vor acht. Er nahm den Telefonhörer und wählte die Privatnummer Rydbergs. Nach zehn

Klingelzeichen legte er wieder auf. Rydberg war schon auf dem Weg.

Martinsson steckte den Kopf zur Tür hinein.

»Hallo«, sagte er. »Wann haben wir heute Besprechung?«

»Um zehn«, antwortete Kurt Wallander.

»Was für ein Sauwetter!«

»Solange es nicht schneit, kann es meinetwegen ruhig etwas ·stürmen.«

Während er auf Rydberg wartete, suchte er nach dem Zettel, den er von Sten Widen bekommen hatte. Nach Lars Herdins Besuch begriff er, daß es trotz allem vielleicht doch nicht so merkwürdig war, daß jemand dem Pferd in jener Nacht Heu gegeben hatte. Waren die Mörder unter Johannes und Maria Lövgrens Bekannten oder sogar in ihrer Familie zu suchen, dann wußten sie natürlich von dem Pferd. Vielleicht wußten sie sogar, daß Johannes Lövgren jede Nacht zum Stall hinausging?

Von dem, was Sten Widen eigentlich in der Sache tun konnte, hatte er bloß eine ausgesprochen vage Vorstellung. Vielleicht rief er ihn auch nur an, um nicht noch einmal den Kontakt zu ihm zu verlieren?

Niemand hob ab, obwohl er es mehr als eine Minute klingeln ließ. Er legte den Hörer wieder auf und beschloß, es später noch einmal zu versuchen.

Es gab auch noch ein anderes Telefonat, das er vor Rydbergs Ankunft erledigen wollte. Er wählte die Nummer und wartete.

»Staatsanwaltschaft«, meldete sich eine gutgelaunte Frauenstimme.

»Ich bin's, Kurt Wallander. Ist Åkesson da?«

»Er hat das ganze Frühjahr frei genommen. Hast du das vergessen?«

Das hatte er in der Tat vergessen. Daß der Staatsanwalt der Stadt, Per Åkesson, an einer Fortbildungsmaßnahme teilnahm, war ihm völlig entfallen. Dabei waren sie noch Ende November gemeinsam Essen gewesen.

»Ich kann dich mit seinem Vertreter verbinden, wenn du willst«, sagte die Sekretärin.

»Ja, bitte«, antwortete Kurt Wallander.

Zu seinem Erstaunen meldete sich eine Frau.

»Anette Brolin.«

»Ich hätte gerne mit dem Staatsanwalt gesprochen«, sagte Kurt Wallander.

»Das bin ich«, antwortete die Frau. »Worum geht es?«

Kurt Wallander fiel ein, daß er sich nicht einmal vorgestellt hatte. Er sagte seinen Namen und fuhr fort: »Es geht um den Doppelmord. Ich dachte, es wäre langsam an der Zeit, der Staatsanwaltschaft über den Stand der Ermittlungen zu berichten. Ich hatte vergessen, daß Per nicht im Dienst ist.«

»Wenn Sie sich heute vormittag nicht gemeldet hätten, hätte ich sowieso von mir hören lassen«, sagte die Frau.

Kurt Wallander glaubte, einen vorwurfsvollen Ton aus ihrer Stimme heraushören zu können. Blöde Ziege, dachte er. Willst du mir etwa beibringen, wie die Polizei mit der Staatsanwaltschaft zusammenzuarbeiten hat?

»Um die Wahrheit zu sagen, gibt es von uns aus nicht viel Nennenswertes zu berichten«, sagte er und merkte gleichzeitig, daß seine Stimme abweisend klang.

»Ist in Kürze mit einer Verhaftung zu rechnen?«

»Nein. Ich hatte vor allem an eine knappe Information gedacht.«

»Schön«, erwiderte die Frau. »Wie wäre es mit elf Uhr hier bei mir? Ich habe eine Verhandlung um Viertel nach zehn. Aber um elf bin ich wieder zurück.«

»Kann sein, daß ich etwas später komme. Wir haben eine Fahndungsbesprechung um zehn. Das kann sich hinziehen.«

»Versuchen Sie bitte, es bis elf Uhr möglich zu machen.«

Sie beendeten das Gespräch, und er saß mit dem Hörer in der Hand da.

Die Zusammenarbeit zwischen der Polizei und der Staatsanwaltschaft gestaltete sich nicht immer einfach. Aber Kurt

Wallander war es gelungen, ein vertrauensvolles und unbüro-kratisches Verhältnis zu Per Åkesson aufzubauen. Sie telefo-nierten oft miteinander und fragten einander um Rat. Selten, ja fast nie, herrschte Uneinigkeit darüber, ob und wann eine Verhaftung oder eine Freilassung berechtigt war.

»Scheiße«, sagte er laut zu sich selbst. »Anette Brolin, wer ist das eigentlich?«

Im gleichen Augenblick hörte er das unverkennbare Geräusch von Rydbergs Humpeln draußen auf dem Flur. Er steckte den Kopf zur Tür hinaus und bat ihn, hereinzukom-men. Rydberg war mit einer altmodischen Pelzjacke und einer Baskenmütze bekleidet. Als er sich setzte, verzog er das Ge-sicht.

»Schmerzen?« fragte Kurt Wallander und zeigte auf das Bein.

»Regen ist kein Problem«, sagte Rydberg. »Oder Schnee. Oder auch Kälte. Aber dieses verdammte Bein verträgt einfach keinen Wind. Was willst du?«

Kurt Wallander berichtete von dem anonymen Drohanruf, den er in der Nacht bekommen hatte.

»Was glaubst du«, wollte er wissen, als er fertig war. »Ernst gemeint oder nicht?«

»Ernst gemeint. Auf jeden Fall sollten wir es so behan-deln.«

»Ich habe vor, heute nachmittag eine Pressekonferenz abzu-halten. Wir berichten über den Stand der Ermittlungen und stellen Lars Herdins Geschichte in den Mittelpunkt. Natürlich ohne seinen Namen zu nennen. Dann berichten wir über die Drohung. Und sagen, daß alle Gerüchte über irgendwelche Ausländer völlig aus der Luft gegriffen sind.«

»Aber das ist doch auch nicht die volle Wahrheit«, meinte Rydberg nachdenklich.

»Wie meinst du das?«

»Die Frau hat nun einmal gesagt, was sie gesagt hat. Und es handelt sich zudem um einen argentinischen Knoten.«

»Kannst du mir erklären, wie das mit einem Raub zusammenpaßt, der vermutlich von Menschen ausgeführt wurde, die Johannes Lövgren sehr gut kannten?«

»Nein, noch nicht. Ich finde überhaupt, daß es zu früh für Schlußfolgerungen ist. Findest du nicht?«

»Vorläufige Schlußfolgerungen«, sagte Kurt Wallander. »Die ganze Polizeiarbeit baut darauf auf, Schlüsse zu ziehen, die man anschließend wieder verwirft, oder auf die man weiter aufbaut.«

Rydberg brachte sein krankes Bein in eine andere Stellung.

»Was willst du mit unserer undichten Stelle hier machen?« fragte er.

»Ich habe vor, bei der Besprechung wütend zu werden«, antwortete Kurt Wallander. »Dann soll sich Björk der Sache annehmen, wenn er wieder zurück ist.«

»Was glaubst du, was er tun wird?«

»Nichts.«

»Genau.«

Kurt Wallander breitete in einer hilflosen Geste die Arme aus.

»Es ist wohl besser, sich von vornherein damit abzufinden. Wer auch immer dem Fernsehen die Sache gesteckt hat, er wird deshalb keins auf den Deckel bekommen. Was meinst du eigentlich, was das schwedische Fernsehen einem Polizisten, der etwas ausplaudert, bezahlt?«

»Vermutlich viel zuviel. Deshalb haben sie auch kein Geld, um mal ein ordentliches Programm zu machen …«

Rydberg stand von seinem Stuhl auf.

»Eins darfst du nicht vergessen«, sagte er, als er, die eine Hand bereits auf der Klinke, an der Tür stand. »Ein Polizist, der einmal etwas ausplaudert, kann auch wieder plaudern.«

»Was willst du damit sagen?«

»Er kann auch in Zukunft darauf bestehen, daß eine unserer Spuren Ausländer als mögliche Täter vermuten läßt. Und das entspricht ja immerhin auch der Wahrheit.«

»Das ist keine Spur«, sagte Kurt Wallander. »Das ist das letzte verwirrte Wort einer umnachteten und sterbenden alten Frau.«

Rydberg zuckte mit den Schultern.

»Du mußt wissen, was du tust«, gab er zurück. »Wir sehen uns gleich.«

Die Besprechung verlief so schlecht, wie eine solche Fahndungsbesprechung nur verlaufen konnte. Kurt Wallander hatte sich dafür entschieden, mit der undichten Stelle im Apparat anzufangen und den Konsequenzen, die nun zu befürchten waren. Dann wollte er von dem anonymen Anruf berichten, den er bekommen hatte, und dann um Vorschläge dazu bitten, was in der Zeit bis zum Ablauf des Ultimatums zu tun war. Aber als er wütend beklagte, daß jemand unter den Anwesenden offensichtlich so illoyal war, daß er vertrauliche Informationen verbreitete und vielleicht sogar Geld dafür entgegennahm, traf er auf genauso wütende Proteste. Einige der Polizisten meinten, daß das Gerücht ebensogut vom Krankenhaus aus nach außen gedrungen sein konnte. Waren denn nicht sowohl Ärzte als auch Krankenschwestern dabeigewesen, als die alte Frau ihre letzten Worte gesprochen hatte?

Kurt Wallander versuchte, diesen Einwand zu entkräften, aber daraufhin wiederholten sich nur die Proteste. Bis die Diskussion schließlich zu den Nachforschungen übergeleitet werden konnte, hatte sich eine gedrückte Stimmung im Raum breitgemacht. Der Optimismus des Vortags war einer zähen Atmosphäre gewichen. Kurt Wallander mußte einsehen, daß er die falsche Reihenfolge gewählt hatte.

Der Versuch, das Auto zu identifizieren, mit dem der Lastwagenfahrer fast zusammengestoßen war, hatte bislang zu keinem Ergebnis geführt. Um die Aussichten zu vergrößern, wurde zusätzlich ein Mann dafür abgestellt, sich um das Auto zu kümmern.

Die Untersuchungen zu Lars Herdins Vergangenheit waren noch nicht abgeschlossen. Auf den ersten Blick war nichts

Bemerkenswertes festzustellen gewesen. Lars Herdin war nicht vorbestraft und hatte offensichtlich auch keine nennenswerten Schulden.

»Er muß auf den Kopf gestellt werden«, sagte Kurt Wallander. »Über ihn müssen wir alles wissen, was in Erfahrung zu bringen ist. Ich werde gleich die Staatsanwältin treffen und dabei um die nötigen Papiere bitten, so daß wir Nachforschungen auf der Bank anstellen können.«

Peters war derjenige mit der größten Neuigkeit.

»Johannes Lövgren hatte zwei Bankschließfächer«, sagte er. »Eins bei der Raiffeisenbank und eins bei der Handelsbank. Ich bin die Schlüssel an seinem Schlüsselbund durchgegangen.«

»Gut«, sagte Kurt Wallander. »Die sehen wir uns heute noch an.«

Die Aufstellung über Lövgrens Familie, Freunde und Verwandtschaft war in Arbeit.

Man beschloß, daß sich Rydberg um die Tochter kümmern sollte, die in Kanada wohnte und am Nachmittag gegen drei mit dem Luftkissenfahrzeug in Malmö ankommen würde.

»Wo ist die andere Tochter?« fragte Kurt Wallander. »Die Handballspielerin?«

»Sie ist schon da«, antwortete Svedberg. »Wohnt bei Verwandten.«

»Mit der kannst du reden«, sagte Wallander. »Haben wir noch andere Hinweise, die zu irgend etwas führen könnten? Ach, und übrigens, fragt die Töchter, ob eine von ihnen eine Wanduhr geschenkt bekommen hat.«

Martinsson war die Hinweise aus der Bevölkerung durchgegangen. Alles, was die Polizei mitgeteilt bekam, wurde in den Computer eingespeist. Dann machte Martinsson eine grobe Vorsortierung. Die widersinnigsten Informationen kamen niemals weiter als bis zu diesen Computerausdrucken.

»Hulda Yngveson aus Vallby hat angerufen und mitgeteilt, daß es Gottes unzufriedene Hand war, die das Schwert geführt hat«, sagte Martinsson.

»Sie ruft jedesmal an«, seufzte Rydberg. »Selbst wenn nur ein junger Stier ausgebrochen ist, hat sich Gottes unzufriedene Hand wieder gezeigt.«

»Ich habe sie unter VW gespeichert«, antwortete Martinsson. Eine gewisse Munterkeit verbreitete sich trotz der ansonsten säuerlichen Atmosphäre, als Martinsson mitteilte, daß VW für »Verrückte und Wichtigtuer« stand.

Hinweise von unmittelbarem Interesse waren allerdings nicht dabei. Trotzdem würde im Laufe der Zeit natürlich alles untersucht werden. Schließlich war da noch die Sache mit Johannes Lövgrens Geliebter und ihrem gemeinsamen Kind zu klären.

Kurt Wallander sah sich im Raum um. Thomas Näslund, ein etwa dreißigjähriger Polizist, der sich selten oder eigentlich nie in den Vordergrund spielte, aber gründlich arbeitete, saß in einer Ecke und kaute an seiner Unterlippe, während er zuhörte. »Du kannst mit mir kommen«, sagte Kurt Wallander. »Sieh zu, ob du schon etwas Vorarbeit leisten kannst. Ruf Herdin an und versuche, alles über diese Frau in Kristianstad herauszufinden. Und über den Sohn natürlich.«

Die Pressekonferenz wurde auf vier Uhr angesetzt. Bis dahin würden Kurt Wallander und Thomas Näslund genug Zeit für einen Besuch in Kristianstad haben. Für den Fall, daß sie sich doch verspäteten, versprach Rydberg, die Pressekonferenz zu leiten.

»Ich werde die Pressemitteilung schreiben«, sagte Kurt Wallander. »Wenn nichts anderes mehr ist, dann hören wir für diesmal auf.«

Es war fünf Minuten vor halb zwölf, als er an Per Åkessons Tür, in einem anderen Teil des Polizeipräsidiums, klopfte.

Die Frau, die ihm die Tür öffnete, war sehr schön und sehr jung. Kurt Wallander starrte sie an.

»Ich hoffe, Sie haben sich bald satt gesehen«, sagte sie. »Wissen Sie eigentlich, daß Sie eine halbe Stunde zu spät sind?«

»Ich hab' ja gesagt, daß sich die Sache hinziehen kann«, antwortete er.

Als er in ihr Büro trat, war es ihm kaum möglich, den Raum wiederzuerkennen. Per Åkessons strenges und farbloses Arbeitszimmer hatte sich in einen Raum mit bunten Gardinen und Blumentöpfen, die entlang der Wände standen, verwandelt.

Seine Blicke verfolgten sie, während sie sich an den Schreibtisch setzte. Er überlegte, daß sie kaum älter als dreißig sein konnte. Sie trug ein rostbraunes Kleid, das ihm von guter Qualität zu sein schien und sicher sehr teuer gewesen war.

»Setzen Sie sich«, sagte sie. »Aber vielleicht sollten wir uns erst einmal die Hand geben. Ich werde die Vertretung für die ganze Zeit übernehmen, die Åkesson nicht hier ist. Wir werden also eine längere Zeit zusammenarbeiten.«

Er reichte ihr die Hand und merkte gleichzeitig, daß sie einen Ehering trug. Zu seinem Erstaunen mußte er sich eingestehen, daß ihn das enttäuschte.

Sie hatte dunkelbraunes kurzgeschnittenes Haar, das die Gesichtszüge markant betonte. Eine blondgefärbte Locke ringelte sich an einem Ohr entlang herab.

»Herzlich Willkommen in Ystad«, sagte er. »Ich muß zugeben, daß ich völlig vergessen hatte, daß Per eine ganze Zeit lang nicht im Dienst ist.«

»Ich bin dafür, daß wir uns duzen«, meinte sie. »Ich heiße Anette.«

»Und ich Kurt. Wie gefällt es dir in Ystad?«

Sie wehrte die Frage mit einer kurzen Antwort ab.

»Ich weiß noch nicht so recht. Für einen Stockholmer ist es vielleicht ein wenig schwierig, sich an die schonische Schwerfälligkeit zu gewöhnen.«

»Schwerfälligkeit?«

»Du bist immerhin eine halbe Stunde zu spät.«

Kurt Wallander merkte, daß er wütend wurde. Wollte sie ihn provozieren? Begriff sie nicht, daß die Besprechung einer Fahndungsgruppe länger dauern konnte als ursprünglich geplant? Waren schon deshalb alle, die aus Schonen kamen, für sie von vornherein träge?

»Ich glaube nicht, daß wir Schonener fauler sind als andere«, sagte er. »Es sind ja wohl auch nicht alle Stockholmer arrogant?«

»Wie bitte?«

»Schon gut.«

Sie lehnte sich in ihrem Stuhl zurück. Er merkte, daß er Probleme hatte, ihr in die Augen zu sehen.

»Vielleicht solltest du mir jetzt erst mal einen Überblick geben«, sagte sie.

Kurt Wallander versuchte, sich so präzise wie möglich auszudrücken. Er merkte, daß er, ohne es eigentlich zu wollen, eine Verteidigungshaltung eingenommen hatte.

Die undichte Stelle bei seinen Leuten erwähnte er mit keinem Wort.

Sie unterbrach ihn mit ein paar kurzen Fragen, auf die er knapp antwortete. Er begriff, daß sie trotz ihres Alters schon Berufserfahrung hatte.

»Wir müssen Zugang zu Lövgrens Bankkonten haben«, sagte er. »Außerdem hatte er zwei Schließfächer, die wir gerne öffnen wollen.«

Sie unterzeichnete die Papiere, die er dafür benötigte.

»Muß das nicht von einem Richter begutachtet werden?« fragte Kurt Wallander, als sie ihm die Papiere über den Tisch hinweg zuschob.

»Das erledigen wir nachträglich«, meinte sie. »Ansonsten würde ich mich freuen, wenn ich laufend Kopien vom gesamten Ermittlungsmaterial bekommen könnte.«

Er nickte und machte sich bereit zu gehen.

»Was ist eigentlich mit dem, was in den Zeitungen gestanden hat«, fragte sie, »über Ausländer, die in die Sache verwickelt sein sollen?«

»Gerüchte«, antwortete Kurt Wallander. »Du weißt schon, wie das ist.«

»So, weiß ich das?« fragte sie.

Als er schließlich aus ihrem Büro herauskam, merkte er, daß er verschwitzt war.

Was für eine Frau, dachte er. Warum zum Teufel wird eine wie die bloß Staatsanwältin? Damit sie ihr Leben der Aufgabe widmet, kleine Gauner hinter Gitter zu bringen und für Ordnung auf den Straßen zu sorgen?

Verwirrt stand er in der großen Empfangshalle des Polizeipräsidiums, ohne sich entscheiden zu können, was er nun tun sollte.

Essen, beschloß er. Wenn ich jetzt nicht esse, komme ich den ganzen Tag nicht mehr dazu. Die Pressemitteilung kann ich ja schreiben, während ich esse.

Als er aus dem Polizeipräsidium hinaustrat, wäre er fast umgeweht worden.

Der Sturm war nicht abgeflaut.

Er dachte, daß es das beste sei, nach Hause zu fahren und sich einen Salat zu machen. Obwohl er bisher kaum etwas gegessen hatte, fühlte sich sein Bauch schwer und aufgebläht an. Aber dann gab er doch der Versuchung nach, im Restaurant »Zum Trompeter« unten am Marktplatz zu essen. Auch an diesem Tag schaffte er es also nicht, seine Eßgewohnheiten ernsthaft zu ändern.

Um Viertel vor eins war er wieder im Polizeipräsidium. Weil er auch diesmal viel zu schnell gegessen hatte, plagten ihn Magenkrämpfe, und er floh auf eine Toilette. Als sein Magen sich endlich beruhigt hatte, lieferte er die Pressemitteilung bei einer der Sekretärinnen ab und begab sich dann zu Näslunds Büro.

»Ich kann Herdin nicht erreichen«, begrüßte ihn Näslund. »Er ist auf einer Art Winterwanderung des Naturschutzbundes draußen im Fyletal.«

»Dann werden wir uns wohl dorthin begeben müssen, um ihn zu suchen«, sagte Kurt Wallander.

»Ich habe mir gedacht, daß ich das gut alleine erledigen

kann. Dann kannst du währenddessen in den Schließfächern wühlen. Wenn wirklich alles so geheim ist, was diese Frau und ihr Kind angeht, dann hat er da vielleicht etwas aufbewahrt. So sparen wir Zeit, dachte ich.«

Kurt Wallander nickte. Näslund hatte natürlich recht. Er stampfte drauflos wie eine ungeduldige Lokomotive.

»So machen wir's«, sagte er. »Wenn wir es heute nicht mehr schaffen, nach Kristianstad zu fahren, erledigen wir das eben morgen früh.«

Bevor er sich ins Auto setzte, um zur Bank zu fahren, versuchte er noch einmal, Sten Widen zu erreichen. Wie schon beim ersten Mal nahm niemand ab.

Er gab den Zettel mit der Telefonnummer Ebba in der Zentrale.

»Sieh zu, ob du mehr Glück hast als ich«, sagte er. »Am besten kontrollierst du erst einmal, ob die Nummer stimmt. Sie soll einem Sten Widen gehören. Oder einem Galoppstall, der einen Namen trägt, den ich nicht kenne.«

»Den weiß Hansson bestimmt«, meinte Ebba.

»Ich sagte Galopp, nicht Trab.«

»Er setzt auf alles, was sich bewegt«, erwiderte Ebba und grinste.

»Ich bin in der Raiffeisenbank, falls was Wichtiges sein sollte«, sagte Kurt Wallander.

Er parkte das Auto gegenüber der Buchhandlung am Marktplatz. Der kräftige Wind hätte ihm fast den Parkschein aus der Hand gerissen, für den er das Geld in den Automaten geworfen hatte. Die Stadt war wie leergefegt. Die kräftigen Sturmböen sorgten dafür, daß die Menschen zu Hause blieben.

An einem Rundfunkgeschäft, das am Marktplatz lag, blieb er stehen. Als ein Versuch, seine allabendliche Tristesse zu überwinden, hatte er erwogen, einen Videorecorder zu kaufen. Er sah sich die Preise an und versuchte auszurechnen, ob er sich in diesem Monat einen leisten konnte. Oder sollte er sich lieber eine neue Stereoanlage kaufen? Letztlich war es doch immer eher die Musik, der er sich zuwandte, wenn er sich nachts schlaflos im Bett hin- und herwälzte.

Er riß sich vom Schaufenster los und bog bei einem chinesischen Restaurant in die Fußgängerzone ein. Die Raiffeisenbank lag genau neben dem Restaurant. In der kleinen Schalterhalle befand sich ein einziger Kunde, als er durch die Glastüren eintrat. Ein Bauer, der ein Hörgerät trug und sich mit lauter und durchdringender Stimme über die hohen Zinsen beklagte. Links von ihm stand die Tür zu einem Büroraum offen, in dem ein Mann an seinem Computer saß. Wallander nahm an, daß er sich an ihn wenden mußte. Als er im Türrahmen stand, sah der Mann erschrocken auf, so als habe er in Kurt Wallander einen möglichen Bankräuber vor sich.

Er betrat den Raum und stellte sich vor.

»Wir sind nicht sehr glücklich über diese Angelegenheit«, sagte der Mann am Schreibtisch. »Während meiner Zeit bei dieser Bank haben wir noch nie mit der Polizei zu tun gehabt.«

Kurt Wallander ging die Geschäftstüchtigkeit des Mannes sofort auf die Nerven. Schweden schien ihm zu einem Land geworden zu sein, in dem die Menschen mehr als alles andere fürchteten, in ihren eigenen Angelegenheiten gestört zu werden. Nichts war ihnen heiliger als das Gewohnte.

»Es läßt sich aber leider nicht ändern«, sagte Kurt Wallander und reichte dem Mann die Papiere, die er von Anette Brolin bekommen hatte.

Der Mann las sie aufmerksam durch.

»Ist das wirklich notwendig?« fragte er anschließend. »Der Sinn eines Schließfaches ist doch immerhin, daß es vor dem Zugriff Außenstehender geschützt ist.«

»Es ist notwendig«, erwiderte Kurt Wallander. »Und ich habe leider nicht den ganzen Tag Zeit.«

Mit einem Seufzen erhob sich der Mann von seinem Schreibtisch. Kurt Wallander begriff, daß er sich auf den Besuch der Polizei in seiner Bank vorbereitet hatte.

Sie traten durch eine Gittertür und kamen in den Raum mit

den Schließfächern. Johannes Lövgrens Fach befand sich zuunterst in einer Ecke. Kurt Wallander schloß auf, zog das Fach heraus und stellte es auf einen Tisch.

Dann hob er den Deckel und begann, den Inhalt durchzusehen. Er fand ein paar Dokumente und Grundbucheintragungen, die den Hof in Lenarp betrafen. Außerdem ein paar alte Photographien und einen verblichenen Umschlag mit alten Briefmarken. Das war alles.

Nichts, dachte er. Absolut nichts von dem, worauf ich gehofft hatte.

Der Bankangestellte stand neben ihm und beobachtete ihn unablässig. Kurt Wallander notierte sich die Grundbuchnummer und die Namen auf den Dokumenten. Dann verschloß er das Fach wieder.

»War das alles?« wollte der Bankangestellte wissen.

»Fürs erste«, antwortete Kurt Wallander. »Jetzt möchte ich gerne seine Konten hier auf der Bank einsehen.«

Beim Hinaustreten aus dem Tresorraum fiel ihm noch etwas ein.

»Hatte außer Johannes Lövgren noch eine andere Person das Verfügungsrecht über dieses Schließfach?« fragte er.

»Nein«, antwortete der Bankangestellte.

»Wissen Sie, ob er vor kurzem sein Fach geöffnet hat?« fragte er als nächstes.

»Ich habe im Besuchsregister nachgeschaut«, antwortete der Bankangestellte. »Es muß eine ganze Reihe von Jahren her sein, daß er es zuletzt geöffnet hat.«

Der Bauer stand immer noch da und beklagte sich, als sie in die Schalterhalle zurückkehrten. Mittlerweile war er zu einem Vortrag über die gesunkenen Getreidepreise übergegangen.

»Ich habe alle Unterlagen in meinem Büro«, sagte der Mann.

Kurt Wallander setzte sich an den Schreibtisch und ging zwei eng beschriebene Computerausdrucke durch. Johannes Lövgren hatte vier verschiedene Konten. Auf zwei von ihnen war Maria Lövgren als Mitinhaberin aufgeführt. Insgesamt befanden sich auf diesen beiden Konten neunzigtausend Kronen. Keines der beiden Konten wies in der letzten Zeit Bewegungen auf. Nur die Zinsen waren vor kurzem eingetragen worden. Das dritte Konto war ein Überbleibsel aus Johannes Lövgrens Zeit als aktiver Bauer. Auf ihm lagen ganze einhundertzweiunddreißig Kronen und siebenundneunzig Öre.

Blieb schließlich noch das letzte Konto. Auf ihm war fast eine Million verbucht. Und Maria Lövgren war nicht als Mitinhaberin aufgeführt. Am ersten Januar waren Zinsen in Höhe von mehr als neunzigtausend Kronen hinzugekommen. Am vierten Januar hatte Johannes Lövgren 27.000 Kronen abgehoben.

Kurt Wallander schaute den Mann an, der auf der anderen Seite des Schreibtisches saß.

»Wie weit können Sie dieses Konto zurückverfolgen?« fragte er.

»Im Prinzip zehn Jahre lang. Aber das dauert natürlich ein wenig. Wir müssen das mit Hilfe des Computers zurückverfolgen.«

»Fangen Sie bitte mit dem letzten Jahr an. Ich würde gern alle Kontenbewegungen im Jahre 1989 sehen.«

Der Bankangestellte erhob sich und verließ den Raum. Kurt Wallander ging die restlichen Papiere durch. Dabei zeigte sich, daß Johannes Lövgren Aktien im Werte von siebenhunderttausend Kronen besaß, die von der Bank betreut wurden.

Bis hierhin stimmt also Lars Herdins Geschichte, dachte er.

Er erinnerte sich an das Gespräch mit Nyström, der immer wieder beteuert hatte, daß sein Nachbar kein Geld besaß.

So wenig weiß man also über seinen Nachbarn, dachte er.

Nach ungefähr fünf Minuten kam der Mann aus der Schalterhalle zurück. Er überreichte Kurt Wallander einen neuen Computerausdruck. Bei drei verschiedenen Gelegenheiten hatte Johannes Lövgren insgesamt die Summe von 78.000 Kronen abgehoben. Die Abhebungen waren im Januar, im Juli und im September erfolgt.

»Kann ich diese Papiere hier behalten?« fragte er.

Der Mann nickte.

»Ich würde gern mit der Kassiererin sprechen, die Johannes Lövgren beim letzten Mal das Geld ausgezahlt hat«, sagte er.

»Britta-Lena Bodén«, erwiderte der Mann. »Ich werde sie holen gehen.«

Die Frau, die den Raum betrat, war sehr jung. Kurt Wallander schätzte, daß sie wohl kaum mehr als zwanzig Jahre alt war.

»Sie weiß, worum es geht«, sagte der Mann.

Kurt Wallander nickte und grüßte das Mädchen.

»Erzählen Sie«, sagte er.

»Es handelte sich ja um eine recht große Summe«, sagte das Mädchen. »Sonst würde ich mich nicht daran erinnern.«

»War er unruhig? Nervös?«

»Soweit ich mich erinnern kann, nicht.«

»Wie wollte er das Geld ausbezahlt bekommen?«

»In Tausendern.«

»Nur in Tausendern?«

»Er bekam auch ein paar Fünfhunderter.«

»Wohin steckte er das Geld?«

Das Mädchen hatte ein gutes Gedächtnis.

»In eine braune Aktentasche. So eine alte mit Schnallen.«

»Würden Sie die wiedererkennen, wenn Sie sie noch einmal zu sehen bekämen?«

»Vielleicht. Der Griff war kaputt.«

»Was meinen Sie mit kaputt?«

»Das Leder war zerschlissen.«

Kurt Wallander nickte. Das Gedächtnis des Mädchens war wirklich ausgezeichnet.

»Können Sie sich an noch etwas erinnern?«

»Als er das Geld bekommen hatte, ging er.«

»War er allein?«

»Ja.«

»Sie haben nicht gesehen, ob draußen jemand auf ihn gewartet hat?«

»Das kann man von der Kasse aus nicht sehen.«

»Erinnern Sie sich daran, wieviel Uhr es war?«

Das Mädchen dachte nach, bevor es antwortete.

»Kurz danach bin ich in die Mittagspause gegangen. Es muß also ungefähr zwölf gewesen sein.«

»Sie sind uns eine große Hilfe gewesen. Sollte Ihnen doch noch etwas einfallen, lassen Sie es uns wissen.«

Wallander erhob sich und ging in die Schalterhalle hinaus. Er blieb einen Augenblick stehen und sah sich um. Das Mädchen hatte recht. Vom Kassenschalter aus war es nicht möglich zu sehen, ob jemand draußen auf der Straße wartete.

Der schwerhörige Bauer war endlich gegangen, und andere Kunden waren an seine Stelle getreten. Jemand, der eine andere Sprache sprach, tauschte gerade an einem Schalter sein Geld in schwedische Kronen ein.

Kurt Wallander verließ die Bank. Die Filiale der Handelsbank lag auf der Hafenstraße, gleich um die Ecke.

Ein bedeutend freundlicherer Bankangestellter brachte ihn in den dortigen Raum für Schließfächer. Als Kurt Wallander die Metallschublade öffnete, wurde er im selben Moment auch schon enttäuscht. Das Fach war völlig leer.

Auch über dieses Schließfach hatte niemand, außer Johannes Lövgren selbst, das Verfügungsrecht. Er hatte das Fach seit 1962.

»Wann ist er zuletzt hier gewesen?« fragte Kurt Wallander. Die Antwort ließ ihn auffahren.

»Am 4. Januar«, antwortete der Bankangestellte, nachdem er das Besuchsregister durchgesehen hatte. »13.15 Uhr, um genau zu sein. Er blieb zwanzig Minuten.«

Aber obwohl Wallander das gesamte Personal befragte, konnte sich keiner daran erinnern, ob er etwas bei sich gehabt hatte, als er die Bank verließ. Außerdem konnte sich auch keiner an seine Aktentasche erinnern.

Das Mädchen von der Raiffeisenbank, dachte er. Eine wie sie müßte es in jeder Bank geben.

Kurt Wallander kämpfte sich auf windigen Seitenstraßen zur Konditorei Fridolf durch, wo er einen Kaffee trank und dazu eine Zimtschnecke aß.

Ich wüßte nur zu gerne, was Johannes Lövgren zwischen zwölf und Viertel nach eins gemacht hat, dachte er. Was tat er zwischen dem ersten und dem zweiten Bankbesuch? Und wie kam er überhaupt nach Ystad? Und wie ist er von hier wieder weggekommen? Ein Auto besaß er jedenfalls nicht.

Er holte seinen Notizblock heraus und fegte ein paar Krümel vom Tisch. Nach einer halben Stunde hatte er eine Auflistung der Fragen zusammengestellt, die so schnell wie möglich beantwortet werden mußten.

Auf dem Rückweg zum Auto ging er in ein Herrenbekleidungsgeschäft und kaufte ein paar Strümpfe. Er war verblüfft über den hohen Preis, bezahlte aber widerspruchslos. Früher hatte immer Mona seine Kleidung eingekauft. Er versuchte, sich daran zu erinnern, wann er zuletzt selbst Strümpfe gekauft hatte.

Als er wieder zu seinem Wagen kam, steckte ein Strafzettel unter dem Scheibenwischer.

Wenn ich nicht bezahle, wird irgendwann Anklage gegen mich erhoben, dachte er. Dann wird die hiesige Staatsanwältin, Anette Brolin, gezwungen sein, ein Verfahren zu eröffnen, um mich zur Rechenschaft zu ziehen.

Er knallte den Strafzettel ins Handschuhfach und dachte wieder daran, daß sie sehr schön war. Schön und verführerisch. Dann dachte er an die Zimtschnecke, die er gerade gegessen hatte.

Es wurde drei, bis Thomas Näslund telefonisch von sich hören ließ. Zu diesem Zeitpunkt hatte Kurt Wallander bereits entschieden, daß die Fahrt nach Kristianstad bis zum nächsten Tag warten konnte.

»Ich bin völlig durchnäßt«, meinte Näslund am Telefon. »Ich bin jetzt durch das ganze matschige Fyletal getrampelt.«

»Quetsch ihn ordentlich aus«, antwortete Kurt Wallander.

»Setz ihn ruhig ein wenig unter Druck. Wir müssen alles rauskriegen, was er weiß.«

»Soll ich ihn mitbringen?« fragte Näslund.

»Begleite ihn nach Hause. Vielleicht fällt es ihm leichter zu reden, wenn er zu Hause an seinem Küchentisch sitzt.«

Die Pressekonferenz sollte um vier anfangen. Kurt Wallander suchte nach Rydberg, aber niemand wußte, wo er war.

Der Raum war voller Journalisten. Kurt Wallander sah sofort, daß die Reporterin vom Lokalradio auch dabei war, und beschloß hastig, herauszufinden, was sie eigentlich über Linda wußte.

Er merkte, daß sein Magen revoltierte.

Ich verdränge ständig, dachte er. Und dann auch noch all das, wozu ich einfach nicht komme. Ich suche nach den Mördern der Toten und komme nicht dazu, mich den Lebenden zu widmen.

Einen schwindelerregenden, kurzen Moment lang war sein gesamtes Bewußtsein von einem einzigen Wunsch erfüllt.

Aufzubrechen. Zu fliehen. Ein neues Leben anzufangen.

Dann stellte er sich auf das kleine Podest und hieß alle zur Pressekonferenz herzlich willkommen.

Nach siebenundfünfzig Minuten war das ganze vorbei. Kurt Wallander glaubte, daß es ihm ganz gut gelungen war, dem Gerede, daß die Polizei nach ein paar Ausländern als Täter suchte, entgegenzutreten. Er war mit keinen Fragen konfrontiert worden, die ihm Probleme bereitet hätten. Als er von dem Podest herunterstieg, war er zufrieden.

Das Mädchen vom Lokalradio wartete, während er vom Fernsehen interviewt wurde. Wie immer, wenn eine Fernsehkamera auf ihn gerichtet war, wurde er nervös und verhaspelte sich. Aber der Reporter war zufrieden und wollte keine weiteren Aufnahmen machen.

»Ihr müßt euch bessere Informanten besorgen«, meinte Kurt Wallander, als das Ganze vorbei war.

»Vielleicht«, antwortete der Reporter und grinste.

Nachdem das Fernsehteam abgezogen war, schlug Kurt Wallander dem Mädchen vom Lokalradio vor, ihn in sein Arbeitszimmer zu begleiten.

Vor einem Radiomikrofon war er längst nicht so nervös.

Als sie fertig war, schaltete sie den Kassettenrecorder aus. Kurt Wallander wollte gerade anfangen, mit ihr über Linda zu reden, als Rydberg an die Tür klopfte und eintrat.

»Wir sind gleich fertig«, sagte Kurt Wallander.

»Wir sind eigentlich jetzt schon fertig«, meinte das Mädchen und stand auf.

Kurt Wallander sah ihr enttäuscht hinterher. Mit keinem einzigen Wort hatte er Linda erwähnen können.

»Neue Probleme«, sagte Rydberg. »Sie haben gerade vom Auffanglager hier in Ystad angerufen. Jemand ist mit einem Auto auf den Hof gebogen und hat einem alten Mann aus dem Libanon eine Tüte mit verrotteten Rüben an den Kopf geknallt.«

»Verdammter Mist«, sagte Kurt Wallander. »Ist ihm was passiert?«

»Er ist im Krankenhaus, in der Ambulanz, und bekommt einen Verband. Aber der hiesige Leiter ist natürlich beunruhigt.«

»Hat jemand die Autonummer notiert?«

»Dafür ging alles zu schnell.«

Kurt Wallander überlegte eine Zeitlang.

»Wir unternehmen im Moment noch nichts«, sagte er. »Morgen werden in allen Zeitungen eindeutige Dementis zu dem Ausländergerücht stehen. Im Fernsehen wird es heute abend schon gesendet. Wir können nur hoffen, daß sich die Lage dann beruhigt. Wir können ja ansonsten den Nachtdienst bitten, öfter als sonst dort vorbeizufahren.«

»Ich werd' Bescheid sagen«, sagte Rydberg.

»Komm anschließend zurück. Dann können wir eine Zusammenfassung machen.«

Es war halb neun, als Kurt Wallander und Rydberg schließlich aufbrachen.

»Was meinst du?« fragte Kurt Wallander, als sie ihre Papiere einsammelten.

Rydberg kratzte sich am Kopf.

»Es stimmt schon, daß diese Herdinspur gut ist«, sagte er. »Wir müssen nur diese geheimnisvolle Frau und den Jungen finden. Es scheint einiges dafür zu sprechen, daß die Lösung des Ganzen in allernächster Nähe liegt. So nahe, daß sie schon wieder schwer zu erkennen ist. Gleichzeitig aber ...«

Rydberg unterbrach sich mitten im Satz.

»Gleichzeitig?«

»Ich weiß nicht«, fuhr Rydberg fort. »Irgend etwas ist eigenartig dabei. Nicht zuletzt die Sache mit der Schlinge. Ich weiß nicht, was es ist.«

Er zuckte die Schultern und stand auf.

»Wir machen morgen weiter«, sagte er.

»Hast du bei Lövgren zu Hause eine alte, braune Aktentasche gesehen?« fragte Kurt Wallander.

Rydberg schüttelte den Kopf.

»Nicht, daß ich mich erinnern könnte«, erwiderte er. »Aber die Schränke quollen ja nur so über von altem Zeug. Ich frage mich, warum alte Menschen immer wie die Hamster werden?«

»Schick morgen früh jemanden raus, um nach der Tasche zu suchen«, sagte Kurt Wallander. »Der Griff ist kaputt.«

Rydberg ging. Kurt Wallander merkte, daß ihm sein krankes Bein schwer zu schaffen machte. Er dachte, daß er eigentlich nachfragen müßte, ob Ebba Sten Widen erreicht hatte, ließ es dann aber bleiben. Statt dessen schlug er in einem internen Adreßbuch Anette Brolins Privatadresse nach. Zu seinem Erstaunen stellte er fest, daß sie fast Nachbarn waren.

Ich könnte sie einmal zum Abendessen einladen, dachte er.

Dann fiel ihm ein, daß sie einen Ehering getragen hatte.

Er fuhr durch das Unwetter nach Hause und nahm ein Bad. Anschließend legte er sich aufs Bett und blätterte in einem Buch über das Leben Giuseppe Verdis.

Einige Stunden später wachte er davon auf, daß er fror.

Seine Armbanduhr zeigte auf kurz vor Mitternacht.

Es deprimierte ihn, daß er noch mal aufgewacht war. Jetzt würde er wieder die ganze Zeit schlaflos herumliegen.

Von seiner Mutlosigkeit getrieben, zog er sich an. Er dachte, daß er genausogut nachts ein paar Stunden in seinem Büro verbringen konnte.

Als er auf die Straße hinauskam, merkte er, daß der Wind nachgelassen hatte. Es schien wieder kälter zu werden.

Schnee, dachte er. Jetzt wird er bald kommen.

Er fuhr auf die Umgehungsstraße. Ein einsames Taxi war in entgegengesetzter Richtung unterwegs. Er fuhr langsam durch die leergefegte Stadt.

Plötzlich entschloß er sich, am Auffanglager vorbeizufahren, das an der westlichen Einfahrt zur Stadt lag.

Das Lager bestand aus einer Anzahl Baracken, die in langen Reihen auf einem freien Feld standen. Kräftige Scheinwerfer beleuchteten die grüngestrichenen, flachen Kästen.

Er stellte den Wagen auf einem Parkplatz ab und stieg aus. Ganz in seiner Nähe schlugen die Wellen ans Land.

Er betrachtete das Auffanglager.

Noch einen Stacheldraht drum herum und es sähe aus wie ein Konzentrationslager, dachte er.

Er wollte gerade wieder in den Wagen steigen, als er ein leises Klirren hörte.

Im nächsten Augenblick hörte man einen dumpfen Knall.

Dann schlugen hohe Flammen aus einer der Baracken.

7

Wie lange er angesichts des Feuers, das in der Winternacht aufflammte, wie gelähmt stehenblieb, wußte er nicht. Vielleicht ein paar Minuten, vielleicht auch nur wenige Sekunden. Als es ihm schließlich gelang, seine Lähmung zu überwinden, hatte er genug Geistesgegenwart, sich das Autotelefon zu schnappen und Alarm zu geben.

In dem rauschenden Telefon konnte man den Mann, der antwortete, nur schlecht verstehen.

»Das Auffanglager in Ystad brennt!« rief Kurt Wallander. »Wir brauchen alle Einsatzwagen! Der Wind ist so stark.«

»Wer spricht da?« fragte der Mann in der Notrufzentrale.

»Hier ist Wallander von der Ystader Polizei. Ich kam zufällig vorbei, als es anfing zu brennen.«

»Können Sie sich ausweisen?« fuhr die Telefonstimme fort.

»Ach, Scheiße! 471121! Und jetzt beeil dich!«

Er legte den Hörer auf, um nicht noch mehr Fragen beantworten zu müssen. Außerdem wußte er, daß die Notrufzentrale die Möglichkeit hatte, die Polizisten, die im Distrikt Dienst taten, zu identifizieren.

Dann lief er über die Straße zu der brennenden Baracke. Das Feuer knisterte im Wind. Er fragte sich, was hätte passieren können, wenn das Feuer bei dem starken Sturm in der letzten Nacht ausgebrochen wäre. Aber auch so fing jetzt bereits die nächste Baracke Feuer.

Warum geht kein Alarm los? dachte er. Er wußte auch nicht, ob in allen Baracken Flüchtlinge wohnten. Er fühlte die Hitze des Feuers in seinem Gesicht, als er an die Tür der Baracke schlug, an der die Flammen bisher nur leckten.

Die Baracke, in der das Feuer angefangen hatte, stand nun voll in Flammen. Er versuchte, sich der Tür zu nähern, aber das Feuer trieb ihn zurück. Er lief um das Haus herum. Dort entdeckte er ein einzelnes Fenster. Er klopfte an die Scheibe und versuchte hineinzusehen, aber der Rauch war so dicht, daß er nur in einen weißen Nebel starrte. Er sah sich nach etwas zum Schlagen um, fand aber nichts. Er riß sich die Jacke runter, wickelte sie um seinen Arm und schlug mit der Faust das Fenster ein. Er hielt die Luft an, um keinen Rauch einzuatmen und tastete nach den Fensterhaken. Zweimal mußte er sich zurückwerfen, um Atem zu holen, bevor es ihm gelang, das Fenster aufzubekommen.

»Raus«, schrie er in das Feuer hinein. »Raus, raus!«

In der Baracke standen zwei Doppelpritschen. Er zog sich am Fensterrahmen hoch und fühlte, wie Glassplitter in seinen Oberschenkel schnitten. Die oberen Pritschen waren leer. Aber auf einer der unteren lag ein Mensch.

Er rief noch einmal, bekam aber keine Antwort. Dann kletterte er durch das Fenster hinein und schlug mit dem Kopf an eine Tischkante, bevor er auf dem Boden landete. Während er sich zum Bett vortastete, wäre er fast im Rauch erstickt. Zuerst glaubte er, einen leblosen Körper zu berühren. Dann stellte er fest, daß das, was er für einen Menschen gehalten hatte, nur eine zusammengerollte Matratze war. Im selben Augenblick fing seine Jacke Feuer, und er stürzte sich Hals über Kopf aus dem Fenster. Irgendwo in weiter Ferne konnte er Sirenen hören, und als er vom Feuer wegtaumelte, sah er, daß es vor den Baracken von halbnackten Menschen wimmelte. Das Feuer hatte jetzt auf zwei weitere flache Häuser übergegriffen. Er riß die Türen auf und sah, daß die Baracken bewohnt waren. Aber diejenigen, die dort geschlafen hatten, waren schon draußen. Sein Kopf und sein Oberschenkel taten ihm weh, und von all dem Rauch, den er in die Lungen bekommen hatte, war ihm übel. In diesem Moment kam das erste Feuerwehrauto und direkt danach ein Krankenwagen. Er sah, daß der diensthabende Brandmeister Peter Edler war, ein Mittdreißiger, der seine Freizeit mit Drachenfliegen verbrachte. Über ihn hatte er nur Gutes gehört. Er galt als ein Mann, der niemals unsicher war. Er stolperte zu ihm hin und merkte gleichzeitig, daß er sich am Arm verbrannt hatte.

»Die brennenden Baracken sind leer«, sagte er. »Wie es mit den anderen ist, weiß ich nicht.«

»Mein Gott, wie siehst du denn aus?« meinte Peter Edler. »Ich glaube, daß wir die anderen Baracken retten können.«

Die Feuerwehrmänner waren schon dabei, die am nächsten liegenden Baracken mit Wasser zu besprengen. Kurt Wallander hörte, wie Peter Edler einen Traktor anforderte, der die bereits brennenden Baracken wegschleppen sollte, um die Brandherde zu isolieren.

Der erste Streifenwagen kam in Windeseile und mit heulenden Sirenen angefahren. Kurt Wallander sah, daß es Peters und Noren waren. Er humpelte zu ihrem Wagen.

»Wie sieht es aus?« fragte Noren.

»Es wird schon werden«, antwortete Kurt Wallander. »Fangt an abzusperren, und fragt Edler, ob er Hilfe braucht.«

Peters sah ihn an.

»Du siehst ja vielleicht übel aus«, sagte er. »Wie bist du eigentlich hergekommen?«

»Ich bin mit dem Auto durch die Gegend gefahren«, erwiderte Kurt Wallander. »Fangt jetzt an.«

In der nächsten Stunde herrschte eine seltsame Mischung aus Durcheinander und effektiver Brandbekämpfung. Ein verwirrter Leiter des Lagers irrte umher, und Kurt Wallander mußte sich ganz schön ins Zeug legen, um herauszubekommen, wie viele Flüchtlinge sich im Lager befanden, um danach eine Zählung vornehmen zu können. Zu seinem großen Erstaunen stellte sich heraus, daß die Übersicht der Einwanderungsbehörde über die Flüchtlinge, die sich in Ystad aufhielten, unvollständig und hoffnungslos unübersichtlich war. Von dem verwirrten Leiter war auch keine Hilfe zu erwarten. Unterdessen schleppte ein Traktor die qualmenden Baracken weg, so daß die Feuerwehrmänner den Brand bald unter Kontrolle hatten. Es mußten nur einige wenige Flüchtlinge mit der Ambulanz ins Krankenhaus gebracht werden. Die meisten hatten zum Glück nur einen Schock. Aber es gab einen kleinen libanesischen Jungen, der gestolpert und mit dem Kopf auf einen Stein geschlagen war.

Peter Edler zog Kurt Wallander zur Seite.

»Fahr endlich und laß dich verarzten«, sagte er.

Kurt Wallander nickte. Der Arm schmerzte und brannte, und er fühlte, daß sein Bein blutverklebt war.

»Ich wage gar nicht daran zu denken, was alles hätte passieren können, wenn du nicht im selben Augenblick, in dem der Brand ausgebrochen ist, Alarm gegeben hättest«, meinte Peter Edler.

»Wie um alles in der Welt kann man die Baracken nur so dicht aneinander bauen?« fragte Kurt Wallander.

Peter Edler schüttelte den Kopf.

»Mein alter Chef hat langsam die Nase voll«, erwiderte er. »Natürlich hast du recht, daß sie verdammt noch mal viel zu dicht stehen.«

Kurt Wallander ging zu Noren, der gerade die Absperrungsarbeit beendet hatte.

»Ich will diesen Leiter morgen früh in meinem Büro sehen«, wies er an.

Noren nickte.

»Hast du etwas gesehen?« fragte er.

»Ich habe ein Klirren gehört. Dann ist die Baracke explodiert. Aber kein Auto. Keine Menschen. Wenn der Brand vorsätzlich gelegt worden ist, dann mit einem Sprengsatz, der durch einen Zeitzünder ausgelöst wurde.«

»Soll ich dich nach Hause bringen oder zum Krankenhaus fahren?«

»Ich komme schon zurecht. Aber ich fahre jetzt.«

In der Ambulanz des Krankenhauses sah er, daß er viel übler

zugerichtet war, als er gedacht hatte. Am Unterarm hatte er eine große Brandwunde, die Leiste und der Oberschenkel waren vom Glas zerschnitten, und über dem rechten Auge hatte er eine große Beule und ein paar üble Schürfwunden. Außerdem hatte er sich wohl in die Zunge gebissen, ohne es zu merken.

Es war fast vier Uhr, als er das Krankenhaus verlassen konnte. Die Bandagen spannten, und ihm war nach wie vor übel von dem ganzen Rauch, den er eingeatmet hatte.

Als er das Krankenhaus verließ, flammte vor seinem Gesicht ein Blitzlicht auf. Er erkannte den Photographen einer der größten schonischen Tageszeitungen. Er schüttelte abwehrend die Hand, als ein Journalist aus dem Schatten hervortrat und ein Interview haben wollte. Dann fuhr er nach Hause.

Zu seiner großen Verwunderung fühlte er sich jetzt müde. Er zog sich aus und kroch unter die Decke. Ihm taten sämtliche Knochen weh, und Flammen tanzten in seinem Kopf. Trotzdem schlief er sofort ein.

Um acht Uhr wachte er davon auf, daß ihm jemand mit einem Vorschlaghammer auf den Kopf schlug. Als er die Augen öffnete, fühlte er, wie es in den Schläfen pochte. Er hatte wieder von der unbekannten, farbigen Frau geträumt, die ihn schon früher in seinen Träumen besucht hatte. Aber als er seine Hand nach ihr ausgestreckt hatte, war plötzlich Sten Widen mit seiner Whiskyflasche in der Hand aufgetaucht, und die Frau hatte Kurt Wallander den Rücken zugekehrt und war Sten gefolgt.

Er lag ganz still und prüfte vorsichtig, wie es ihm ging. Es brannte im Hals und am Arm. In seinem Kopf pochte es. Einen Augenblick war er nahe daran, sich wieder umzudrehen und weiterzuschlafen, um alle Morduntersuchungen und nächtlich aufflammenden Großfeuer zu vergessen.

Ihm blieb keine Zeit, sich zu entscheiden, da das Telefon mal wieder seine Gedanken unterbrach.

Ich gehe einfach nicht ran, dachte er.

Dann stand er doch mit einem Ruck aus dem Bett auf und stolperte in die Küche.

Es war Mona.

»Kurt«, sagte sie. »Hier ist Mona.«

Er wurde von einem überwältigenden Glücksgefühl ergriffen.

Mona, dachte er. Mein Gott! Mona! Wie ich dich vermißt habe!

»Ich habe dein Bild in der Zeitung gesehen. Wie geht es dir?«

Er erinnerte sich an den Photographen vor dem Krankenhaus letzte Nacht. Das aufflammende Blitzlicht.

»Gut«, antwortete er. »Nur ein wenig angeschlagen.«

»Ist das auch wahr?«

Plötzlich war die Freude wie weggeblasen. Nun kehrte der Schmerz zurück, der Hieb in den Magen.

»Interessiert es dich wirklich, wie es mir geht?«

»Warum sollte es das nicht?«

»Wieso sollte es?«

Er hörte ihren Atem an seinem Ohr.

»Ich finde, daß du mutig bist«, sagte sie. »Ich bin stolz auf dich. In der Zeitung steht, daß du unter Einsatz deines Lebens anderen das Leben gerettet hast.«

»Ich habe niemandem das Leben gerettet! Was ist das für ein Quatsch?«

»Ich wollte bloß hören, ob du auch nicht verletzt bist.«

»Was hättest du denn dann getan?«

»Was ich getan hätte?«

»Wenn ich verletzt gewesen wäre. Wenn ich im Sterben läge? Was hättest du dann gemacht?«

»Warum bist du so aggressiv?«

»Ich bin nicht aggressiv. Ich frage nur. Ich will, daß du wieder zurückkommst. Hierher. Zu mir.«

»Du weißt doch, daß ich das nicht tue. Ich würde mir nur wünschen, daß wir miteinander reden könnten.«

»Du meldest dich ja nie! Wie sollen wir da miteinander reden können?«

Er hörte sie seufzen. Das machte ihn wahnsinnig. Oder vielleicht ängstlich.

»Klar können wir uns treffen«, sagte sie. »Aber nicht bei mir zu Hause oder bei dir.«

Er faßte einen schnellen Entschluß. Was er sagte, stimmte zwar nicht ganz, aber es war auch nicht völlig gelogen.

»Wir müssen über einige Dinge reden«, sagte er. »Praktische Dinge. Ich kann nach Malmö kommen, wenn du willst.«

Es dauerte eine Weile, bis sie antwortete.

»Nicht heute abend«, meinte sie. »Aber morgen kann ich.«

»Wo? Wollen wir zusammen essen gehen? Ich kenne nur das ›Savoy‹ und das Restaurant im Bahnhof.«

»Das ›Savoy‹ ist so teuer.«

»Dann das im Bahnhof? Wieviel Uhr?«

»Um acht?«

»Ich werde da sein.«

Das Gespräch war beendet. Im Garderobenspiegel sah er sein zerschundenes Gesicht.

Freute er sich? Oder war er nervös?

Er war sich nicht sicher. Wirre Gedanken kreisten ihm im Kopf herum. Anstatt Mona zu treffen, sah er sich plötzlich zusammen mit Anette Brolin im »Savoy«. Obwohl sie immer noch Staatsanwältin in Ystad war, hatte sie sich in eine Schwarze verwandelt.

Er zog sich an, verzichtete auf den Kaffee und ging hinaus zu seinem Auto. Der Wind hatte sich gelegt. Es war wieder wärmer geworden. Vom Meer her trieben die Reste eines feuchten Nebels über die Stadt.

Als er im Präsidium ankam, wurde ihm freundlich zugenickt und auf die Schultern geklopft. Ebba umarmte ihn und schenkte ihm ein Glas Birnenmarmelade. Er fühlte sich gleichzeitig verlegen und auch ein wenig stolz.

Jetzt hätte Björk hiersein sollen, dachte er.

Hier, und nicht in Spanien.

Das hier entsprach genau dem, wovon er immer träumte. Die Helden der Polizei ...

Um halb zehn war der Alltag wieder eingekehrt. Zu dieser Zeit hatte er den Leiter des Auffanglagers für die schlampigen Kontrollen der sich dort aufhaltenden Flüchtlinge bereits kräftig angeschnauzt. Der Leiter war klein und rund und strahlte ein großes Maß an willenloser Faulheit aus. Er hatte sich energisch damit verteidigt, daß er den Regeln und Verordnungen der Einwanderungsbehörde bis aufs I-Tüpfelchen genau gefolgt war.

»Es ist Aufgabe der Polizei, die Sicherheit zu garantieren«, sagte er und versuchte, die ganze Diskussion um ihre eigene Achse zu drehen.

»Wie sollen wir etwas garantieren können, wenn Sie nicht einmal die leiseste Ahnung davon haben, wie viele oder welche Menschen in den verdammten Baracken wohnen?«

Das Gesicht des Leiters war vor Wut rot angelaufen, als er Kurt Wallanders Zimmer verließ.

»Ich werde mich beschweren«, schnaubte er. »Es ist die Pflicht der Polizei, die Sicherheit der Flüchtlinge zu garantieren.«

»Beschweren Sie sich beim König«, gab Kurt Wallander zurück. »Beschweren Sie sich beim Premierminister oder beim Europäischen Gerichtshof. Beschweren Sie sich bei wem auch immer Sie wollen. Aber ab jetzt müssen exakte Listen darüber existieren, wie viele Menschen sich im Lager aufhalten, wie sie heißen und in welchen Baracken sie wohnen.«

Gerade als die Besprechung der im Mordfall Ermittelnden beginnen sollte, rief Peter Edler an.

»Wie geht es dir?« fragte er. »Du Held des Tages.«

»Du kannst mich mal«, erwiderte Kurt Wallander. »Habt ihr etwas gefunden?«

»Das war gar nicht so schwer«, antwortete Peter Edler. »Ein kleiner handlicher Sprengsatz, der mit Benzin übergossene Lumpen in Brand gesetzt hat.«

»Bist du sicher?«

»Natürlich bin ich sicher! Du kriegst den Bericht in ein paar Stunden.«

»Wir müssen versuchen, die Branduntersuchung parallel zu der des Doppelmordes laufen zu lassen. Aber wenn noch mehr passiert, muß ich Verstärkung aus Malmö anfordern.«

»Gibt es noch eine Polizeiwache in Simrishamn? Ich dachte, die sei geschlossen worden?«

»Die freiwillige Feuerwehr wurde aufgelöst. Es gibt sogar Gerüchte, die besagen, daß uns hier unten neue Dienste zugeteilt werden sollen.«

Die Fahndungsbesprechung begann damit, daß Kurt Wallander von seinem Gespräch mit Peter Edler berichtete. Dann folgte eine kurze Diskussion über die Personen, die hinter dem Attentat stecken könnten. Alle waren sich darüber einig, daß es sich wahrscheinlich um einen mehr oder weniger gut organisierten Dummejungenstreich handelte. Aber den Ernst der herrschenden Lage verkannte keiner.

»Es ist wichtig, daß wir sie bald schnappen«, meinte Hansson. »Genauso wichtig, wie die Mörder von Lenarp zu fassen.«

»Vielleicht war es derselbe, der dem alten Knacker Rüben an den Kopf geworfen hat«, sagte Svedberg.

Kurt Wallander bemerkte einen unverkennbar verächtlichen Ton in seiner Stimme.

»Rede mit ihm. Vielleicht kann er eine Personenbeschreibung geben.«

»Ich spreche kein Arabisch«, erwiderte Svedberg.

»Dafür gibt es ja wohl auch Dolmetscher! Spätestens heute nachmittag will ich wissen, was er zu sagen hat.« Wallander merkte, daß er wütend geworden war.

Die Besprechung wurde sehr kurz. Es war einer dieser Tage, an denen die Polizeibeamten sich noch mitten in einer Phase intensiver Ermittlungen befanden. Es gab nur wenige Schlußfolgerungen und Resultate.

»Wir lassen die Nachmittagsbesprechung ausfallen«, sagte

Kurt Wallander zum Schluß. »Es sei denn, es passiert etwas Aufsehenerregendes. Martinsson kümmert sich um das Lager. Svedberg! Du kannst dafür vielleicht Martinssons derzeitige Aufgabe übernehmen, wenn das nicht warten kann.«

»Ich suche nach dem Auto, das der Lastwagenfahrer gesehen hat«, antwortete Martinsson. »Du bekommst meine Unterlagen.«

Als die Besprechung zu Ende war, blieben Näslund und Rydberg in Kurt Wallanders Zimmer zurück.

»Wir werden wohl ab jetzt Überstunden machen müssen«, sagte Kurt Wallander. »Wann kommt Björk aus Spanien zurück?«

Keiner wußte es.

»Weiß er überhaupt, was hier passiert ist?« fragte Rydberg.

»Interessiert es ihn?« fragte Kurt Wallander zurück.

Er rief Ebba an und bekam sofort eine Antwort. Sie wußte sogar, mit welcher Fluggesellschaft er nach Hause kommen würde.

»Samstag abend«, sagte er. »Aber da ich sein Stellvertreter bin, beordere ich hiermit alle Überstunden, die erforderlich sind.«

Rydberg ging dazu über, von seinem erneuten Besuch auf dem Hof zu erzählen, auf dem der Mord verübt worden war.

»Ich habe überall herumgestöbert und alles auf den Kopf gestellt«, sagte er. »Ich habe sogar die Heuballen im Stall untersucht. Aber eine braune Aktentasche ist einfach nicht aufzutreiben.«

Kurt Wallander wußte, daß das stimmte. Rydberg gab nicht eher auf, bis er sich hundertprozentig sicher war.

»Dann wissen wir zumindest eines ganz sicher: eine braune Aktentasche mit 27.000 Kronen ist verschwunden.«

»Es sind schon Leute für bedeutend kleinere Beträge umgebracht worden«, warf Rydberg ein.

Sie saßen schweigend da und dachten darüber nach, was Rydberg gerade gesagt hatte.

»Daß es so schwierig ist, dieses Auto zu finden«, meinte Kurt Wallander und drückte auf die schmerzende Beule an der Stirn.

»Die Beschreibung des Autos habe ich doch auf der Pressekonferenz durchgegeben und den Fahrer gebeten, sich bei uns zu melden.«

»Nur Geduld«, sagte Rydberg.

»Was ist bei dem Gespräch mit den Töchtern herausgekommen? Falls es darüber Unterlagen gibt, kann ich sie auf dem Weg nach Kristianstad lesen. Glaubt übrigens einer von euch, daß der Anschlag letzte Nacht mit der Drohung zusammenhängt, die ich bekommen habe?«

Sowohl Rydberg als auch Näslund schüttelten den Kopf.

»Ich auch nicht«, sagte Kurt Wallander. »Was bedeutet, daß wir Vorkehrungen für den Fall treffen müssen, daß am Freitag oder Samstag etwas passiert. Dabei habe ich an dich gedacht, Rydberg. Du könntest dir darüber Gedanken machen und heute nachmittag einen Vorschlag mit den geplanten Vorkehrungen präsentieren.«

Rydberg verzog das Gesicht.

»So was ist nicht gerade meine Stärke.«

»Du bist ein guter Polizist, du machst das schon.«

Rydberg musterte ihn kritisch.

Dann stand er auf und ging. An der Tür blieb er stehen.

»Die Tochter, mit der ich gesprochen habe, die aus Kanada, hatte ihren Mann dabei. Den berittenen Polizisten. Er hat gefragt, warum wir keine Waffen tragen.«

»Vielleicht müssen wir das in ein paar Jahren«, antwortete Kurt Wallander.

Gerade als er mit Näslund über das Gespräch zwischen ihm und Lars Herdin reden wollte, klingelte das Telefon. Es war Ebba, die ihm mitteilte, daß der Chef der Einwanderungsbehörde am Telefon war.

Er war erstaunt, am anderen Ende die Stimme einer Frau zu hören. In seiner Vorstellung waren staatliche Generaldirektoren immer noch ältere Herren mit abgeklärt würdevoller Haltung und arroganter Selbstüberschätzung.

Die Frau hatte eine angenehme Stimme. Aber was sie sagte, regte ihn sofort auf. Einen kurzen Moment dachte er darüber nach, daß es einem stellvertretenden Polizeichef vom Land vielleicht als Dienstvergehen angekreidet werden würde, wenn er dem Oberpriester einer staatlichen Behörde widersprach.

»Wir sind sehr unzufrieden«, sagte die Frau. »Die Polizei muß in der Lage sein, die Sicherheit unserer Flüchtlinge und Asylbewerber garantieren zu können.«

Die redet genauso wie dieser verdammte Leiter, dachte er.

»Wir tun, was wir können«, gab er zurück und versuchte gar nicht erst, seinen Unmut zu verbergen.

»Das reicht offenbar nicht.«

»Es wäre bedeutend einfacher gewesen, wenn wir laufend Informationen darüber bekommen hätten, wie viele Flüchtlinge sich in den unterschiedlichen Unterkünften überhaupt aufhalten.«

»Unsere Behörde hat die vollständige Kontrolle über die Asylbewerber.«

»Den Eindruck habe ich nicht.«

»Die Einwanderungsministerin macht sich große Sorgen.«

Kurt Wallander sah die rothaarige Dame vor sich, die sich in regelmäßigen Abständen im Fernsehen äußerte.

»Ihr Anruf ist uns jederzeit willkommen«, sagte Kurt Wallander und zog eine Grimasse in Richtung Näslund, der in irgendwelchen Unterlagen blätterte.

»Es hat den Anschein, als würden von seiten der Polizei keine hinlänglichen Ressourcen bereitgestellt, um die Asylbewerber zu schützen.«

»Oder aber es kommen zu viele. Ohne daß Sie wissen, wo sie sich aufhalten.«

»Wie meinen Sie das?«

Die freundliche Stimme wurde plötzlich kühl.

Kurt Wallander fühlte Wut in sich aufsteigen.

»Bei dem Brand in der letzten Nacht offenbarte sich in dem Lager eine kolossale Unordnung. Das meine ich. Es ist überhaupt schwierig, von der Einwanderungsbehörde klare Weisungen zu erhalten. Die Polizei bekommt von Ihnen oft Anweisung über den Vollzug von Abschiebungen. Aber Sie wissen nicht, wo sich diejenigen, die abgeschoben werden sollen, befinden. Manchmal sind wir gezwungen, mehrere Wochen nach den Personen zu suchen, die abgeschoben werden sollen.«

Das war die Wahrheit. Er hatte von seinen Kollegen in Malmö gehört, die von der Unfähigkeit der Einwanderungsbehörde, ihre Aufgaben ordnungsgemäß zu erfüllen, schier zur Verzweiflung getrieben wurden.

»Das ist eine glatte Lüge«, erwiderte die Frau aufgebracht. »Ich denke nicht daran, meine wertvolle Zeit durch weitere Diskussionen mit Ihnen zu vergeuden.«

Das Gespräch war beendet.

»Blöde Kuh«, sagte Kurt Wallander verärgert und schmiß den Hörer auf die Gabel.

»Wer war das?« fragte Näslund.

»Eine Generaldirektorin«, antwortete Kurt Wallander. »Die von der Wirklichkeit keine Ahnung hat. Holst du uns einen Kaffee?«

Rydberg reichte die Protokolle der Gespräche rein, die er und Svedberg mit Lövgrens Töchtern geführt hatten.

Kurt Wallander gab ihm kurz den Inhalt des Telefongesprächs wieder.

»Die Einwanderungsministerin ruft sicher bald an und äußert ihre Besorgnis«, meinte Rydberg und lachte gehässig.

»Mit der darfst du dann reden«, sagte Kurt Wallander. »Ich werde versuchen, bis vier Uhr aus Kristianstad zurück zu sein.«

Als Näslund mit den zwei Kaffeetassen zurückkam, hatte er keine Lust mehr auf Kaffee. Er hatte das Bedürfnis, aus dem Haus zu kommen. Der Verband spannte, und er hatte Kopfschmerzen. Eine Autofahrt würde ihm vielleicht guttun.

»Du kannst im Auto erzählen«, sagte er und schob den Kaffee zur Seite.

Näslund wirkte unschlüssig.

»Ich weiß wirklich nicht, wohin wir eigentlich fahren sollen. Lars Herdin wußte, im Gegensatz zu Lövgrens Geldgeschäften, über die er genau informiert zu sein schien, weit weniger über die Identität der Geliebten.«

»Irgend etwas wird er doch wohl gewußt haben?«

»Ich habe ihn regelrecht ausgequetscht«, sagte Näslund. »Ich bin fest davon überzeugt, daß er die Wahrheit gesagt hat. Das einzige, was er mit Sicherheit gewußt hat, war, daß sie existiert.«

»Woher hat er das gewußt?«

»Als er einmal zufällig in Kristianstad war, hat er Lövgren und die Frau zusammen auf der Straße gesehen.«

»Wann war das?«

Näslund blätterte in seinen Aufzeichnungen.

»Vor elf Jahren.«

Kurt Wallander nahm nun doch einen Schluck Kaffee.

»Da stimmt doch was nicht«, sagte er. »Er muß mehr wissen, viel mehr. Wie kann er sich sonst so sicher sein, daß das Kind existiert? Woher weiß er von den Geldbeträgen? Hast du ihn nicht unter Druck gesetzt?«

»Er hat behauptet, daß ihm jemand geschrieben und ihn in einem Brief über die Geschichte aufgeklärt habe.«

»Wer hat geschrieben?«

»Das wollte er nicht sagen.«

Kurt Wallander dachte nach.

»Wir fahren trotzdem nach Kristianstad«, entschied er. »Die Kollegen dort müssen uns helfen. Danach werde ich mir Lars Herdin persönlich vorknöpfen.«

Sie nahmen einen Streifenwagen. Kurt Wallander nahm auf dem Rücksitz Platz und ließ Näslund fahren. Als sie aus der Stadt herausgekommen waren, merkte Kurt Wallander, daß Näslund viel zu schnell fuhr.

»Wir haben keinen Einsatz«, meinte Kurt Wallander. »Fahr langsam. Ich will mir Unterlagen durchlesen und nachdenken.«

Näslund fuhr langsamer.

Die Landschaft war grau und diesig. Kurt Wallander starrte in die trostlose Einöde hinaus. Während er sich im schonischen Frühling und Sommer zu Hause fühlte, so fühlte er sich in der kargen Stille von Herbst und Winter wie ein Fremder.

Er lehnte sich zurück und schloß die Augen. Ihm tat alles weh, und der Arm brannte. Außerdem spürte er, daß er Herzklopfen hatte.

Geschiedene Männer sterben an Herzanfällen, dachte er. Wir essen zu fett und werden von unserer Einsamkeit geplagt. Oder wir stürzen uns in neue Beziehungen, und am Ende macht das Herz nicht mehr mit.

Der Gedanke an Mona machte ihn rasend und gleichzeitig traurig.

Er öffnete die Augen und sah wieder in die schonische Landschaft hinaus.

Dann las er die Protokolle der Gespräche, die die Polizei mit Lövgrens Töchtern geführt hatte.

Er fand darin nichts, was sie irgendwie weiterbrachte. Keine Feinde, keine aufgestauten Konflikte, kein Geld.

Johannes Lövgren hatte auch seinen Töchtern nichts von seinem Vermögen erzählt. Kurt Wallander versuchte, sich den Mann vorzustellen. Wie war er gewesen? Was hatte ihn angetrieben? Was hatte er im Falle seines Todes mit all dem Geld vorgehabt?

Bei diesem Gedanken stutzte er.

Es mußte doch ein Testament aufzutreiben sein.

Aber wenn es in keinem der Bankschließfächer war, wo sollte es dann sein? Hatte der Ermordete vielleicht noch ein anderes Bankschließfach?

»Wie viele Banken gibt es in Ystad?« fragte er Näslund.

Näslund kannte sich in lokalen Dingen gut aus.

»An die zehn«, antwortete er.

»Morgen untersuchst du die, in denen du bisher noch nicht gewesen bist. Hatte Johannes Lövgren noch mehr Bankschließfächer? Außerdem will ich wissen, wie er dahin und wieder zurück nach Lenarp gekommen ist. Taxis, Busse, alles.«

Näslund nickte.

»Er könnte den Schulbus genommen haben«, meinte er.

»Jemand muß ihn doch gesehen haben.«

Sie fuhren über Tomelilla. Sie kreuzten die Bundesstraße nach Malmö und fuhren weiter Richtung Norden.

»Wie hat es bei Lars Herdin zu Hause ausgesehen?« fragte Kurt Wallander.

»Altmodisch. Aber ordentlich und sauber. Seltsamerweise macht er sein Essen in der Mikrowelle. Er hat mir selbstgebackene Zimtschnecken angeboten. In einem Käfig hat er einen großen Papagei. Der Garten war sehr gepflegt. Das ganze Grundstück war gut in Schuß. Keine kaputten Gartenzäune.«

»Was für ein Auto hat er?«

»Einen roten Mercedes.«

»Einen Mercedes?«

»Ja. Einen Mercedes.«

»Ich meine mich erinnern zu können, daß er gesagt hat, er käme kaum über die Runden?«

»Der Mercedes, den er hat, kostet über dreihunderttausend.«

Kurt Wallander dachte kurz nach.

»Wir müssen mehr über Lars Herdin herausbekommen«, sagte er. »Auch wenn er von den Mördern keine Ahnung hat, weiß er vielleicht doch etwas, ohne sich darüber im klaren zu sein.«

»Was hat das mit dem Mercedes zu tun?«

»Nichts. Ich habe bloß so ein Gefühl, daß Lars Herdin für uns wichtiger ist, als er selber ahnt. Außerdem bringt es einen doch ins Grübeln, wie sich ein Landwirt heutzutage noch ein Auto für dreihunderttausend Kronen leisten kann. Vielleicht hat er eine Quittung gekriegt, auf der steht, daß er einen Traktor gekauft hat.«

Sie kamen nach Kristianstad und hielten gerade vor dem Polizeipräsidium, als Schneeregen einsetzte. Kurt Wallander fühlte die Stiche einer sich ankündigenden Erkältung im Hals.

Scheiße, dachte er. Ich darf jetzt nicht krank werden. Ich will Mona nicht mit Fieber und Schnupfen gegenübertreten.

Die Ystader Polizei und die Polizei in Kristianstad unterhielten keine besonderen Beziehungen zueinander, außer, daß sie zusammenarbeiteten, wenn die Situation es erforderte. Aber Kurt Wallander kannte einige der Kollegen aus unterschiedlichen Ermittlungen auf Bezirksniveau etwas näher. Hauptsächlich hoffte er, Göran Boman im Dienst anzutreffen. Er war in Wallanders Alter, und sie hatten sich bei einem Whisky in Tylösand kennengelernt. Dort hatten sie gemeinsam einen langweiligen Fortbildungstag über sich ergehen lassen müssen, der vom Fortbildungskomitee der Bezirkspolizei organisiert worden war. Ziel der Veranstaltung war gewesen, sie zu einer besseren und effektiveren Personalpolitik an ihren jeweiligen Arbeitsplätzen zu inspirieren. Abends hatten sie dann zusammengesessen, sich eine halbe Flasche Whisky geteilt und schnell gemerkt, daß sie viel gemeinsam hatten. Nicht zuletzt war die Reaktion ihrer Väter ziemlich ablehnend gewesen, als ihre Söhne sich entschieden hatten, die Polizeilaufbahn anzutreten.

Wallander und Näslund gingen in die Eingangshalle. Das Mädchen dort, das merkwürdigerweise mit dem singenden Dialekt der Leute aus Nordschweden sprach, konnte ihnen mitteilen, daß Göran Boman im Dienst war.

»Er führt gerade ein Verhör«, sagte das Mädchen. »Aber es dauert bestimmt nicht mehr lange.«

Kurt Wallander ging auf die Toilette. Er erschrak, als er sich selbst im Spiegel sah. Die Beulen und Schürfwunden leuchteten rot. Er wusch sein Gesicht mit kaltem Wasser. Gleichzeitig konnte er Göran Bomans Stimme im Flur hören.

Das Wiedersehen war herzlich. Kurt Wallander war mehr als froh, Göran Boman wiederzusehen. Sie holten Kaffee und setzten sich in sein Zimmer. Wallander fiel auf, daß Göran Boman denselben Schreibtisch hatte wie er selbst. Aber ansonsten war Bomans Zimmer schöner eingerichtet. Ungefähr in dem Stil, in dem auch Anette Brolin ihr Büro eingerichtet hatte.

Göran Boman hatte natürlich von dem Doppelmord in Lenarp gehört, wie auch von dem Anschlag auf das Flüchtlingslager und Kurt Wallanders übertrieben geschildertem Rettungseinsatz. Sie unterhielten sich über Asylpolitik. Göran Boman hatte genau wie Kurt Wallander den Eindruck, daß die Aufnahme von Asylbewerbern chaotisch und unorganisiert war. Auch die Polizei in Kristianstad konnte viele Beispiele für Abschiebungsbeschlüsse nennen, die nur mit großer Mühe in die Tat umgesetzt werden konnten. Gerade erst eine Woche vor Weihnachten hatten sie die Aufgabe bekommen, einige Bulgaren abzuschieben. Nach den Informationen der Einwanderungsbehörde sollten sie sich in einem Lager in Kristianstad befinden. Erst nach mehreren Tagen intensiver Suche war es der Polizei gelungen herauszufinden, daß sich die Bulgaren in einem Lager im nordschwedischen Arjeplog aufhielten.

Danach gingen sie zu dem eigentlichen Grund des Besuchs über. Wallander gab eine detaillierte Zusammenfassung des Falles.

»Wir sollen sie also für dich suchen«, sagte Göran Boman, als er fertig war.

»Das wäre nicht schlecht.«

Bisher hatte Näslund wortlos dabeigesessen.

»Ich habe da über eine Sache nachgedacht«, sagte er. »Wenn Johannes Lövgren mit dieser Frau ein Kind hat und wir davon ausgehen, daß es in dieser Stadt geboren wurde, ist es doch sicherlich beim Einwohnermeldeamt verzeichnet. Johannes Lövgren müßte ja wohl als Vater angegeben worden sein?«

Kurt Wallander nickte.

»Ja«, sagte er. »Außerdem wissen wir, wann das Kind ungefähr geboren wurde. Wir können uns auf eine Zehnjahresperi-
ode konzentrieren, ungefähr zwischen 1947 und 1957, wenn
Lars Herdins Geschichte stimmt. Und davon bin ich überzeugt.«

»Wie viele Kinder werden in zehn Jahren in Kristianstad
geboren?« meinte Göran Boman. »Bevor wir Computer hatten, hätte es ganz schön lange gedauert, das durchzugehen.«

»Es besteht natürlich die Möglichkeit, daß Johannes Lövgren sich als ›Vater unbekannt‹ hat eintragen lassen«, fügte
Kurt Wallander hinzu. »Aber dann müssen wir auf diese Fälle
eben besonders achten.«

»Warum fahndest du nicht nach der Frau?« fragte Göran
Boman. »Bitte sie doch einfach, sich zu melden.«

»Weil ich mir ziemlich sicher bin, daß sie das nicht tut«, antwortete Kurt Wallander. »Ich habe so ein Gefühl. Nicht besonders polizeimäßig vielleicht. Aber ich will es lieber zuerst auf
diesem Weg versuchen.«

»Wir werden sie schon finden«, versicherte Göran Boman.
»Wir leben in einer Gesellschaft und einer Zeit, in der es fast
unmöglich ist zu verschwinden. Wenn man nicht auf so
geschickte Art und Weise Selbstmord begeht, daß der Körper
sich in Luft auflöst. Einen solchen Fall hatten wir im letzten
Sommer. Ein Mann, der alles satt hatte. Seine Frau meldete ihn
als vermißt. Sein Boot war verschwunden. Wir haben ihn nicht
gefunden. Und ich glaube auch nicht, daß wir ihn jemals finden werden. Ich vermute, daß er aufs Meer hinausgefahren ist
und sich selbst mitsamt dem Boot versenkt hat. Aber wenn es
diese Frau und das Kind gibt, dann finden wir sie. Ich werde
sofort einen Mann darauf ansetzen.«

Kurt Wallander merkte, daß er anfing zu schwitzen.

Sein Hals brannte.

Am liebsten wäre er sitzen geblieben und hätte in aller Ruhe
mit Göran Boman den Doppelmord durchgesprochen. Er hatte
das Gefühl, daß Boman ein guter Polizist war. Seine Meinung

zu dem Fall könnte wertvoll sein. Aber nun fühlte er sich plötzlich zu müde.

Sie beendeten das Gespräch. Göran Boman begleitete sie zum Auto.

»Wir finden sie«, beteuerte er noch einmal.

»Dann treffen wir uns mal abends«, sagte Kurt Wallander. »In aller Ruhe. Und trinken Whisky.« Göran Boman nickte.

»Vielleicht haben wir noch so einen sinnlosen Fortbildungstag«, meinte er zum Abschied.

Der Schneeregen hatte nicht aufgehört. Kurt Wallander spürte, daß er nasse Füße bekam. Er kroch auf den Rücksitz und kauerte sich in einer Ecke zusammen. Er schlief bald ein und wachte erst auf, als Näslund vor dem Polizeipräsidium in Ystad bremste. Er hatte Fieber und fühlte sich elend. Obwohl er wußte, daß er lieber nach Hause fahren und sich ins Bett legen sollte, konnte er es nicht lassen, sich einen Überblick zu verschaffen über das, was tagsüber passiert war. Außerdem wollte er wissen, zu welchem Resultat Rydberg mit den Schutzmaßnahmen gekommen war.

Sein Tisch war voller Telefonzettel. Unter anderem hatte Anette Brolin angerufen. Und sein Vater. Linda nicht. Auch Sten Widén nicht. Er blätterte die Zettel durch und legte alle, außer den von Anette Brolin und seinem Vater, zur Seite. Dann rief er Martinsson an.

»Bingo«, sagte Martinsson. »Ich glaube, wir haben das Auto gefunden. Ein Auto, auf das die Beschreibung paßt, ist in der letzten Woche von ›Avis‹ in Göteborg ausgeliehen worden. Es ist aber nicht, wie vereinbart, zurückgebracht worden. Und noch etwas ist merkwürdig.«

»Was?«

»Das Auto ist von einer Frau ausgeliehen worden.«

»Was ist daran so merkwürdig?«

»Ich kann mir nur schwer vorstellen, daß eine Frau den Doppelmord begangen hat.«

»Jetzt denkst du falsch. Wir brauchen das Auto. Und den Fahrer. Ob Frau oder nicht. Dann müssen wir sehen, ob sie überhaupt etwas mit der ganzen Sache zu tun haben. Jemanden aus einer Ermittlung streichen zu können ist genauso wichtig wie jemanden festzunehmen. Aber gib dem Lastwagenfahrer die Nummer und frag, ob er sie vielleicht wiedererkennt.«

Er legte auf und ging zu Rydberg.

»Kommst du voran?« fragte er.

»Das hat nun wirklich keinen Spaß gemacht«, antwortete Rydberg düster.

»Wer hat behauptet, daß Polizeiarbeit Spaß machen soll?«

Aber Rydberg hatte seine Arbeit wie immer gründlich gemacht, genau wie Kurt Wallander vorausgesehen hatte. Die unterschiedlichen Unterkünfte waren eingekreist, und Rydberg hatte über jede einzelne eine kurze Beschreibung zusammengestellt. Als erste Maßnahme schlug er regelmäßige Nachtstreifen vor, die die Unterkünfte nach einem durchdachten Zeitschema abfahren sollten.

»Gut«, sagte Kurt Wallander. »Sieh zu, daß die Streifen den Ernst der Lage begreifen.«

Er gab Rydberg eine Übersicht über das, was bei seinem Besuch in Kristianstad herausgekommen war. Dann erhob er sich von seinem Stuhl.

»Jetzt gehe ich nach Hause«, sagte er.

»Du siehst fertig aus.«

»Ich bekomme eine Erkältung. Aber im Moment läuft ja wohl auch alles wie von selbst.«

Er fuhr direkt nach Hause, kochte Tee und kroch ins Bett. Als er ein paar Stunden später aufwachte, stand die Teetasse unberührt am Bett. Es war Viertel vor sieben. Er schüttete den kalten Tee weg und kochte Kaffee.

Dann rief er seinen Vater an.

Kurt Wallander begriff schnell, daß sein Vater von dem nächtlichen Brand nichts gehört hatte.

»Wollten wir nicht Karten spielen?« fragte der Vater wütend.

»Ich bin krank«, antwortete Kurt Wallander.

»Du bist doch nie krank!«

»Ich bin erkältet.«

»Das hat für mich nichts mit krank sein zu tun.«

»Es können ja nicht alle deine unverwüstliche Natur haben.«

»Was meinst du damit?«

Kurt Wallander seufzte.

Wenn er sich nicht schnell etwas einfallen ließ, würde das Gespräch mit seinem Vater unerträglich werden.

»Ich komme morgen früh zu dir. Kurz nach acht. Wenn du dann schon aufgestanden bist.«

»Ich schlafe nie länger als bis halb fünf.«

»Ich schon.«

Er machte Schluß und legte den Hörer auf.

Gleichzeitig bereute er die Absprache mit seinem Vater. Den Tag mit einem Besuch bei ihm zu beginnen kam dem Akzeptieren eines Tages, der von Mißmut und Schuldgefühlen geprägt war, gleich.

Er sah sich in der Wohnung um. Alles war von einer dicken Staubschicht bedeckt. Obwohl er oft lüftete, roch es muffig. Verlassen und muffig.

Plötzlich fiel ihm die farbige Frau ein, von der er in der letzten Zeit geträumt hatte. Die Frau, die ihn Nacht für Nacht willig aufsuchte. Woher kam sie? Wo hatte er sie gesehen? War es ein Bild aus der Zeitung, oder war sie im Fernsehen aufgetaucht?

Er fragte sich, woher es kam, daß er in seinen Träumen von einer ganz anderen erotischen Besessenheit erfaßt war, als er sie mit Mona erlebt hatte.

Die Gedanken erregten ihn. Er überlegte noch einmal, ob er Anette Brolin anrufen sollte. Aber er konnte sich nicht dazu durchringen. Wütend setzte er sich auf das geblümte Sofa und stellte den Fernseher an. Es war eine Minute vor sieben. Er suchte sich einen der dänischen Sender, auf dem die Nachrichten gerade anfingen.

Der Nachrichtensprecher brachte eine Übersicht. Noch eine Hungerkatastrophe. Der Terror in Rumänien weitete sich aus. Eine große Beschlagnahme von Drogen in Odense.

Er nahm die Fernbedienung und schaltete ab. Plötzlich konnte er keine Nachrichten mehr ertragen.

Er dachte an Mona. Aber seine Gedanken nahmen ungeahnte Formen an. Plötzlich war er nicht mehr länger sicher, ob er wirklich wollte, daß sie zu ihm zurückkam. Wer sagte denn eigentlich, daß es dann besser werden würde?

Genau: der Gedanke war reiner Selbstbetrug.

Unruhig ging er in die Küche und trank ein Glas Saft. Dann setzte er sich und ging die Ermittlungslage noch einmal im Detail durch. Als er fertig war, breitete er seine Aufzeichnungen auf dem ganzen Tisch aus und betrachtete sie, als wenn sie Teile eines Puzzles wären. Plötzlich überkam ihn das Gefühl, daß sie einer Lösung vielleicht gar nicht mehr so fern waren. Obwohl noch viele Fäden in der Luft hingen, gab es doch eine Reihe von Details, die zusammenpaßten.

Einen Täter hatten sie nicht. Es gab nicht einmal verdächtige Personen. Trotzdem hatte er das Gefühl, daß die Polizei nahe dran war. Das machte ihn gleichzeitig zufrieden und unruhig. Viel zu oft hatte er die Verantwortung für komplizierte Ermittlungsverfahren gehabt, die zwar vielversprechend angefangen hatten, dann aber in Sackgassen geführt hatten, aus denen sie nicht mehr herauskamen und die im schlimmsten Fall ad acta gelegt wurden.

Geduld, dachte er, Geduld …

Es war fast zehn. Noch einmal war er kurz davor, Anette Brolin anzurufen. Aber er ließ es bleiben. Er wußte wirklich nicht, was er sagen sollte. Und vielleicht würde ihr Mann am Apparat sein.

Er setzte sich aufs Sofa und stellte wieder den Fernseher an.

Zu seiner großen Verwunderung starrte er in sein eigenes Gesicht. Im Hintergrund war die monotone Stimme einer Reporterin zu hören. Der Beitrag handelte von dem unverantwortlich geringen Interesse, das Wallander und die gesamte Ystader Polizei der Sicherheitsgarantie für die unterschiedlichen Unterkünfte für Asylbewerber entgegenbrachten.

Sein Gesicht verschwand und wurde von dem einer Frau ersetzt, die, vor einem großen Bürogebäude stehend, ein Interview gab. Als ihr Name eingeblendet wurde, erkannte er sie wieder. Es war die Chefin der Einwanderungsbehörde, mit der er am selben Tag telefoniert hatte.

Es könne nicht ausgeschlossen werden, daß sich hinter dem Desinteresse der Polizei rassistische Tendenzen verbergen, erklärte sie.

Bittere Wut stieg in ihm hoch.

Blöde Kuh, dachte er. Was du sagst, ist eine glatte Lüge. Und warum haben diese verdammten Reporter keinen Kontakt zu mir aufgenommen? Ich hätte ihnen Rydbergs Bewachungsplan zeigen können.

Rassisten? Was meinte sie eigentlich damit? Seine Aufregung vermischte sich mit der Scham darüber, ungerechterweise öffentlich angeprangert worden zu sein.

In dem Moment klingelte das Telefon. Zuerst wollte er nicht antworten. Aber dann ging er doch in den Flur und riß den Hörer an sich.

Es war dieselbe Stimme wie beim erstenmal. Etwas heiser, verstellt. Wallander nahm an, daß der Mann ein Taschentuch über den Hörer hielt.

»Wir warten auf Resultate«, sagte der Mann.

»Leck mich am Arsch!« brüllte Kurt Wallander.

»Spätestens am Samstag«, fuhr der Mann fort.

»Habt ihr Schweine letzte Nacht den Brand gelegt?« schrie er in den Hörer.

»Spätestens am Samstag«, wiederholte der Mann ungerührt. »Spätestens am Samstag.«

Das Gespräch wurde unterbrochen.

Kurt Wallander fühlte sich auf einmal nicht mehr wohl in seiner Haut. Er konnte die bösen Vorahnungen, die er hatte, nicht vertreiben. Es war wie ein Schmerz, der sich langsam im ganzen Körper ausbreitete.

Jetzt hast du Angst, dachte er. Jetzt hat Kurt Wallander Angst.

Er ging in die Küche zurück, stellte sich ans Fenster und sah auf die Straße.

Plötzlich merkte er, daß es windstill geworden war. Die Straßenlaterne bewegte sich nicht.

Irgend etwas würde passieren, davon war er überzeugt.

Aber was? Und wo?

8

Am nächsten Morgen holte er seinen besten Anzug aus dem Schrank.

Voller Unmut betrachtete er einen Fleck auf dem einen Rockärmel.

Ebba, dachte er. Das ist eine Aufgabe, die wie geschaffen für sie ist. Wenn sie erst einmal hört, daß ich Mona treffen werde, wird sie alles daransetzen, diesen Fleck wegzubekommen. Ebba ist immerhin eine Frau, die findet, daß die Zahl der Scheidungen eine weitaus größere Bedrohung für unser Land darstellt, als die ständig steigende und brutaler werdende Form der Kriminalität …

Viertel nach sieben legte er den Anzug auf den Rücksitz und machte sich auf den Weg. Eine dichte Wolkendecke hing über der Stadt.

Ob das jetzt der Schnee ist? fragte er sich. Der Schnee, den ich auf gar keinen Fall haben will.

Langsam fuhr er in östlicher Richtung, durch Sandskogen, an dem verlassenen Golfplatz vorbei und dann in Richtung Kåseberga.

Zum erstenmal seit einigen Tagen fühlte er sich ausgeschlafen. Er hatte neun Stunden ununterbrochen geschlafen. Die Beule an seiner Stirn ging langsam zurück, und die Brandwunde am Arm schmerzte auch nicht mehr.

Systematisch ging er noch einmal die Übersicht durch, die er am Abend zuvor aufgestellt hatte. Das Entscheidende war jetzt, Johannes Lövgrens Geliebte zu finden. Und den Sohn. Irgendwo in den Kreisen, in denen sich diese Menschen bewegten, mußten die Täter zu finden sein. Daß der Doppelmord mit den verschwundenen 27.000 Kronen und vielleicht auch mit Johannes Lövgrens übrigen Einkünften zusammenhing, war völlig klar. Jemand, der alles kannte, der Bescheid wußte und der sich dann auch noch die Zeit genommen hatte, das Pferd zu füttern, bevor er verschwand. Jemand oder mehrere, die Johannes Lövgrens Gewohnheiten kannten.

Nur der in Göteborg gemietete Wagen paßte nicht so recht ins Bild. Vielleicht hatte der ja auch gar nichts mit der ganzen Sache zu tun?

Er sah auf die Uhr. Zwanzig vor acht. Donnerstag, der 11. Januar.

Statt den direkten Weg zum Haus seines Vaters zu nehmen, fuhr er noch ein paar Kilometer weiter und bog dann auf den kleinen Schotterweg ein, der sich durch die wogenden Stranddünen dahinzog, bis hinauf nach Backåkra. Er ließ das Auto auf dem leeren Parkplatz stehen und ging auf eine Düne hinauf, von der aus er sehen konnte, wie sich das Meer vor ihm ausbreitete.

Es gab dort einen aus Steinen gelegten Ring. Einen Steinring der Nachdenklichkeit, der vor ein paar Jahren errichtet worden war. Er lud zum Alleinsein und zu innerer Ruhe ein.

Er setzte sich auf einen der Steine und schaute auf das Meer hinaus.

Philosophisch veranlagt war er noch nie gewesen. Er hatte niemals das Bedürfnis verspürt, in sich selbst zu versinken. Das Leben hatte sich ihm als ein ständiges Wechselspiel aus den unterschiedlichsten praktischen Fragen dargestellt, die auf ihre Lösung warteten. Was es jenseits davon gab, war etwas Unausweichliches, das sich nicht davon berühren lassen würde, daß er über einen Sinn nachgrübelte, den es am Ende dann wohl doch nicht gab.

Aber ein paar Minuten des Alleinseins waren eine ganz andere Sache. Sie bedeuteten die große Ruhe, die darin verborgen lag, überhaupt nicht denken zu müssen. Nur zu lauschen, zu sehen, unbeweglich zu sein.

Ein Boot war irgendwohin unterwegs. Ein großer Seevogel segelte lautlos im Aufwind. Alles war sehr still.

Nach zehn Minuten stand er auf und ging zum Auto zurück.

Sein Vater malte im Stehen, als er durch die Ateliertür eintrat. Diesmal würde es ein Bild *mit* Auerhahn werden.

Der Vater sah ihn schlechtgelaunt an.

Kurt Wallander konnte erkennen, daß er schmutzig war. Außerdem roch er.

»Weshalb bist du gekommen?« fragte er.

»Aber das haben wir doch gestern ausgemacht, oder?«

»Acht Uhr, sagtest du.«

»Ach du lieber Gott! Ich bin elf Minuten zu spät.«

»Wie schaffst du es eigentlich, Polizist zu sein, wenn du noch nicht einmal pünktlich sein kannst?«

Kurt Wallander antwortete nicht. Statt dessen dachte er an seine Schwester Kristina. Heute mußte er sich die Zeit nehmen, sie anzurufen. Sie fragen, ob sie über den zunehmenden Verfall ihres Vaters Bescheid wußte. Er hatte sich immer vorgestellt, daß Senilität ein langsamer Prozeß sein würde. Jetzt mußte er einsehen, daß dies in Wirklichkeit nicht der Fall war.

Der Vater suchte mit dem Pinsel nach Farbe auf der Palette. Seine Hände waren immer noch ruhig. Dann setzte er ohne Zögern noch einen schwachen Rotton in das Federkleid des Auerhahns.

Kurt Wallander hatte sich auf den alten Schlitten gesetzt und betrachtete ihn.

Der Gestank, der ihm vom Körper seines Vaters entgegenschlug, war beißend. Kurt Wallander erinnerte sich an einen übelriechenden Mann, der auf einer Bank in der Pariser Metro gelegen hatte, als er und Mona dort auf Hochzeitsreise gewesen waren.

Ich muß ihm das sagen, dachte er. Auch wenn mein Vater dabei ist, in seine Kindheit zurückzukehren, muß ich mit ihm wie mit einem erwachsenen Menschen reden.

Sein Vater malte konzentriert weiter.

Wie oft hat er nun schon dieses Motiv gemalt? überlegte Kurt Wallander.

Eine schnelle und unvollständige Überschlagsrechnung brachte ihn auf die Zahl von 7.000.

7.000 Sonnenuntergänge.

Er goß sich Kaffee aus der Kanne ein, die dampfend auf dem Spirituskocher stand.

»Wie geht es dir?« fragte er.

»Wenn man so alt ist wie ich, dann geht es einem, wie es einem eben geht«, antwortete sein Vater abweisend.

»Du hast wohl nicht daran gedacht, umzuziehen?«

»Wohin sollte ich denn ziehen? Und warum sollte ich überhaupt umziehen?«

Die Gegenfragen kamen wie Peitschenhiebe.

»In ein Altersheim.«

Der Vater richtete plötzlich den Pinsel auf ihn – wie eine Waffe.

»Willst du etwa, daß ich sterbe?«

»Natürlich nicht! Ich überlege mir nur, was das Beste für dich sein mag.«

»Wie stellst du dir denn vor, daß ich überleben soll in einem Haufen von alten Hexen und Tattergreisen? Außerdem darf man bestimmt nicht auf seinem Zimmer malen.«

»Heutzutage kann man eine eigene Wohnung bekommen.«

»Ich habe ein eigenes Haus. Ich weiß nicht, ob du das schon mitbekommen hast. Oder bist du zu krank dafür?«

»Ich bin nur etwas erkältet.«

Erst in diesem Moment wurde ihm bewußt, daß die Erkältung niemals richtig herausgekommen war. Sie war genauso plötzlich wieder verschwunden, wie sie aufgetaucht war. Dies war ihm schon früher ein paarmal so gegangen. Wenn er viel zu tun hatte, erlaubte er es sich einfach nicht, krank zu werden. War eine Ermittlung dann einmal abgeschlossen, konnte die Infektion jeden Moment wieder ausbrechen.

»Ich werde mich heute abend mit Mona treffen«, sagte er.

Weiter über ein Altersheim oder betreutes Wohnen zu sprechen, erschien ihm sinnlos. Erst einmal mußte er mit seiner Schwester reden.

»Wenn sie dich einmal verlassen hat, dann ist nichts mehr zu machen. Vergiß sie.«

»Ich habe aber überhaupt keine Lust, sie zu vergessen.«

Der Vater malte weiter. Jetzt war er mit den rosa Wolken beschäftigt. Die Unterhaltung stockte.

»Brauchst du irgendwas?« fragte Kurt Wallander.

Sein Vater antwortete, ohne ihn anzusehen.

»Willst du schon wieder gehen?«

Der Vorwurf war schon zwischen den Worten spürbar. Kurt Wallander begriff die Vergeblichkeit seines Versuchs, das schlechte Gewissen zu unterdrücken, das sich unmittelbar meldete.

»Ich habe einen Beruf, dem ich nachzugehen habe. Ich bin stellvertretender Polizeichef. Wir versuchen, einem Doppelmord auf den Grund zu gehen. Und ein paar Brandstifter ausfindig zu machen.«

Der Vater schnaubte und kratzte sich am Hintern.

»Polizeichef«, sagte er. »Als ob das schon was wäre!«

Kurt Wallander stand auf.

»Ich komme bald wieder, Vater«, sagte er. »Und dann werden wir dieses Chaos hier mal etwas aufräumen.«

Der Wutausbruch seines Vaters traf ihn völlig unvorbereitet. Er schleuderte den Pinsel zu Boden, stellte sich unmittelbar vor ihn und schüttelte die geballte Faust.

»Bist du etwa nur gekommen, um mir zu sagen, daß es hier unaufgeräumt aussieht?« brüllte er. »Bist du gekommen, um dich in mein Leben einzumischen? Dann sollst du wissen, daß ich sowohl eine Putzfrau als auch eine Haushälterin habe. Im übrigen werde ich nach Rimini in den Winterurlaub fahren. Ich habe eine Ausstellung dort. 25.000 Kronen pro Bild ist der Preis, den ich verlange. Und dann kommst du hier hin und redest vom Altersheim. Aber es wird dir nicht gelingen, mich ins Grab zu bringen. Darauf kannst du dich verlassen!«

Er verließ das Atelier, die Tür hinter sich zuschlagend.

Er ist verrückt geworden, dachte Kurt Wallander. Das muß ein Ende haben. Ob er sich wirklich einbildet, eine Putzfrau und eine Haushälterin zu haben? Daß er nach Italien fahren wird, um eine Ausstellung zu eröffnen?

Er zögerte, seinem Vater hinterherzugehen, der in der Küche herumpolterte. Es klang, als schmisse er mit Töpfen um sich.

Wallander ging zum Auto. Das beste würde sein, seine Schwester anzurufen. Und zwar jetzt, sofort. Gemeinsam konnte es ihnen vielleicht gelingen, den Vater davon zu überzeugen, daß es so einfach nicht mehr weiterging.

Um neun trat er durch die Tür des Polizeipräsidiums und gab Ebba seinen Anzug, die versprach, ihn bis zum Nachmittag reinigen und bügeln zu lassen.

Um zehn hatten sich die Polizisten, die nicht draußen waren, zur Fahndungsbesprechung versammelt. Alle, die den Bericht in den Nachrichten am Vorabend gesehen hatten, teilten seine Erregung. Nach einer kurzen Diskussion einigte man sich darauf, daß Wallander eine scharf formulierte Gegendarstellung schreiben und über die Nachrichtenagenturen verbreiten lassen sollte.

»Warum reagiert der Reichspolizeichef nicht auf so etwas?« wollte Martinsson wissen.

Seine Frage wurde mit einem verächtlichen Lachen beantwortet.

»Der!« sagte Rydberg. »Der reagiert doch nur dann, wenn es ihm irgendeinen persönlichen Vorteil bringt. Der scheißt doch darauf, wie es der Polizei auf dem Land geht.«

Nach diesem Kommentar wandte sich die Aufmerksamkeit wieder dem Doppelmord zu.

Etwas bahnbrechend Neues, das die Aufmerksamkeit der Polizeibeamten gefordert hätte, war nicht zu verzeichnen.

Immer noch befanden sie sich in der Anfangsphase der Ermittlungen.

Material wurde gesammelt und durchgearbeitet, die verschiedensten Hinweise wurden kontrolliert und protokolliert.

Es herrschte Einigkeit unter den Polizisten, daß die Geliebte und ihr Sohn in Kristianstad momentan die heißeste Spur waren. Immerhin zweifelte niemand mehr daran, daß es sich um einen Raubmord handelte.

Kurt Wallander fragte, ob es bei den einzelnen Unterkünften für Asylbewerber ruhig geblieben war.

»Ich bin die Dienstberichte der letzten Nacht durchgegangen«, antwortete Rydberg. »Es war alles ruhig. Das Dramatischste, was diese Nacht passiert ist, war ein Elch, der auf der E 14 herumgelaufen ist.«

»Morgen ist Freitag«, sagte Kurt Wallander. »Gestern abend habe ich wieder einen anonymen Telefonanruf bekommen. Die gleiche Person. Er wiederholte seine Drohung, daß morgen, Freitag, etwas geschehen werde.«

Rydberg schlug vor, Kontakt mit der Reichspolizei aufzunehmen. Dann konnte die entscheiden, ob außerplanmäßige Maßnahmen zur Bewachung bewilligt werden sollten.

»So machen wir es«, sagte Kurt Wallander. »Es ist wohl das beste, sich abzusichern. In unserem eigenen Distrikt setzen wir eine zusätzliche Nachtstreife ein, die sich ausschließlich um die Unterkünfte für Asylbewerber kümmert.«

»Dann mußt du Überstunden bewilligen«, meinte Hansson.

»Ich weiß«, erwiderte Kurt Wallander. »Ich will Peters und Noren für diese zusätzliche Streife haben. Dann möchte ich, daß jemand mit den einzelnen Leitern der Unterkünfte redet. Erschreckt sie nicht. Bittet sie nur darum, ein bißchen wachsamer als sonst zu sein.«

Nach einer guten Stunde war die Besprechung vorüber.

Anschließend war Kurt Wallander alleine in seinem Zimmer und bereitete sich darauf vor, eine Gegendarstellung für das Fernsehen zu schreiben, als das Telefon klingelte.

Es war Göran Boman aus Kristianstad.

»Ich hab' dich gestern in den Nachrichten gesehen«, sagte er und lachte.

»Ist es nicht zum Kotzen?«

»Doch. Willst du denn gar nicht protestieren?«

»Ich bin gerade dabei, einen Brief zu schreiben.«

»Was denken sich diese Journalisten eigentlich bei solchen Berichten?«

»Sie überlegen sich jedenfalls nicht, was wahr ist oder nicht. Dagegen denken sie um so mehr an die dicken Schlagzeilen, die dabei rausspringen.«

»Ich habe übrigens gute Neuigkeiten für dich.«

Kurt Wallander merkte, wie seine Spannung stieg.

»Hast du sie gefunden?«

»Vielleicht. Ein paar Unterlagen werden dir gerade rüberge-faxt. Wir glauben, neun denkbare Kandidatinnen gefunden zu haben. Das Einwohnermeldeamt ist doch keine so dumme Ein-richtung. Ich fand jedenfalls, du solltest dir mal anschauen, was wir herausgefunden haben. Dann kannst du mich ja anrufen und Bescheid sagen, welche wir uns zuerst vornehmen sollen.«

»Ausgezeichnet, Göran«, sagte Kurt Wallander. »Ich rufe dich an.«

Das Faxgerät stand draußen in der Zentrale. Eine junge, weibliche Aushilfe, die er noch niemals vorher dort gesehen hatte, war gerade dabei, ein Blatt aus dem Apparat zu nehmen.

»Wer ist Kurt Wallander?« fragte sie.

»Das bin ich«, antwortete er. »Wo ist Ebba?«

»Sie wollte zur Reinigung gehen«, antwortete das Mädchen.

Kurt Wallander schämte sich. Er ließ Ebba seine Privatange-legenheiten erledigen.

Göran Boman hatte insgesamt vier Seiten geschickt. Kurt Wallander kehrte in sein Zimmer zurück und breitete sie auf dem Schreibtisch aus.

Er ging die Liste der Namen und Jahrgänge der Frauen durch und die Geburtsdaten der Kinder von unbekannten

Vätern. Relativ schnell konnte er vier der Kandidatinnen ausschließen, so daß nur noch fünf Frauen übrigblieben, die Söhne in den fünfziger Jahren geboren hatten.

Zwei von ihnen wohnten immer noch in Kristianstad. Eine war unter einer Adresse in Gladsax, außerhalb von Simrishamn gemeldet. Von den zwei übrigen wohnte eine in Strömsund, während die letzte nach Australien ausgewandert war.

Er lächelte bei dem Gedanken, daß es vielleicht notwendig sein würde, jemanden im Rahmen der Ermittlungen auf die andere Hälfte der Erdkugel zu schicken.

Dann rief er Göran Boman an.

»Ausgezeichnet«, lobte er noch einmal. »Das sieht ja recht vielversprechend aus. Wenn wir auf der richtigen Fährte sind, haben wir fünf zur Auswahl.«

»Soll ich damit anfangen, sie zu verhören?«

»Nein. Darum möchte ich mich selbst kümmern. Besser gesagt, dachte ich, wir könnten das vielleicht gemeinsam erledigen. Hast du Zeit?«

»Ich nehme sie mir einfach. Fangen wir heute an?«

Kurt Wallander sah auf die Uhr.

»Wir warten bis morgen«, antwortete er. »Ich werde versuchen, so gegen neun bei dir zu sein. Wenn in dieser Nacht nicht noch etwas Schreckliches passiert.«

Er berichtete kurz von den anonymen Drohungen.

»Habt ihr die geschnappt, die neulich das Feuer gelegt haben?«

»Noch nicht.«

»Ich werde alles für morgen vorbereiten und noch einmal kontrollieren, ob niemand von ihnen umgezogen ist.«

»Vielleicht können wir uns in Gladsax treffen«, schlug Kurt Wallander vor. »Das liegt auf halbem Weg.«

»Wie wäre es denn mit dem Hotel Svea in Simrishamn um neun«, sagte Göran Boman. »Dann können wir den Tag mit einer Tasse Kaffee beginnen.«

»Klingt gut. Also dann, und noch einmal vielen Dank für die Hilfe.«

Also dann, dachte Kurt Wallander, als er den Hörer aufgelegt hatte. Jetzt geht es erst richtig los.

Dann schrieb er den Brief an das Fernsehen. Er verzichtete nicht auf deutliche Worte und beschloß, Kopien an die staatliche Einwanderungsbehörde, die zuständige Ministerin, den Bezirkspolizeichef und den Reichspolizeichef zu schicken.

Im Flur stehend las Rydberg sich durch, was er geschrieben hatte.

»Gut«, sagte er. »Aber glaube ja nicht, daß sie das so bringen. Journalisten, und besonders die vom Fernsehen, irren sich in diesem Land nie.«

Er brachte den Brief ins Schreibzimmer und ging in die Kantine, um einen Kaffee zu trinken. Er war noch nicht dazu gekommen, an Essen zu denken. Es war fast eins, und er beschloß, die ganzen Telefonzettel durchzusehen, bevor er zum Essen ging.

Am Abend zuvor hatte er sich niedergeschlagen gefühlt, als er den anonymen Anruf bekommen hatte, aber jetzt war er den bösen Vorahnungen entgegengetreten. Falls etwas geschah, war die Polizei darauf vorbereitet.

Er wählte Sten Widens Nummer. Aber bei den ersten Freizeichen legte er hastig wieder auf. Sten Widen konnte warten. Sie hatten noch genug Zeit, sich damit zu vergnügen, zu ermitteln, wie lange ein Pferd dazu brauchte, eine Fuhre Heu zu fressen.

Statt dessen wählte er die Nummer der Staatsanwaltschaft.

Das Mädchen in der Zentrale sagte ihm, daß Anette Brolin im Haus war.

Er stand auf und ging in den anderen Teil des Polizeipräsidiums. Genau in dem Moment, in dem er die Hand hob, um an die Tür zu klopfen, wurde sie geöffnet.

Sie trug einen Mantel.

»Ich wollte gerade zu Mittag essen«, sagte sie.

»Wollen wir zusammen essen?«

Sie schien einen Augenblick nachzudenken. Dann lächelte sie schnell.

»Warum nicht?«

Kurt Wallander schlug das »Continental« vor. Sie bekamen einen Tisch mit Blick auf den Bahnhof und bestellten beide Räucherlachs.

»Ich habe dich gestern in den Nachrichten gesehen«, meinte Anette Brolin. »Wie können die nur Reportagen bringen, die so unvollständig und voller Unterstellungen sind?«

Wallander, der schon darauf gefaßt war, kritisiert zu werden, entspannte sich wieder.

»Journalisten betrachten Polizisten grundsätzlich als dankbare Opfer«, meinte er. »Wir werden immer kritisiert, entweder tun wir ihnen zuwenig oder zuviel. Und sie verstehen auch nicht, daß wir manchmal gezwungen sind, Informationen zurückzuhalten, die mit den Ermittlungen zu tun haben.«

Ohne weiter darüber nachzudenken, erzählte er dann von der undichten Stelle. Wie sehr es ihn getroffen hatte, daß Informationen von einer Fahndungsbesprechung auf direktem Weg beim Fernsehen gelandet waren.

Er merkte, daß sie ihm wirklich zuhörte. Plötzlich meinte er, einen anderen Menschen hinter der Rolle der Staatsanwältin und den geschmackvollen Kleidern entdecken zu können.

Nach dem Essen bestellten sie Kaffee.

»Ist deine Familie mit hierhergezogen?« fragte er.

»Mein Mann ist in Stockholm geblieben«, antwortete sie. »Und für die Kinder wäre es auch nicht gut gewesen, wegen einem Jahr die Schule zu wechseln.«

Kurt Wallander merkte, daß er enttäuscht war.

Irgendwie hatte er gehofft, daß der Ehering trotz allem nichts zu bedeuten hatte.

Der Kellner brachte die Rechnung, und Kurt Wallander wollte sie nehmen, um zu bezahlen.

»Wir teilen«, sagte sie.

Sie bestellten noch einen Kaffee.

»Erzähl mir etwas über diese Stadt«, sagte sie. »Ich habe mir eine Reihe von Fällen aus den letzten Jahren angeschaut. Es gibt große Unterschiede im Vergleich zu Stockholm.«

»Sie werden kleiner«, erwiderte er. »Bald werden sich die ländlichen Gegenden Schwedens zu einem einzigen zusammenhängenden Vorort der großen Städte entwickelt haben. Vor zwanzig Jahren gab es hier nirgends Drogen. Vor zehn Jahren fing es in Städten wie Ystad und Simrishamn an. Aber wir hatten die Lage gewissermaßen noch unter Kontrolle. Heute gibt es hier überall Drogen. Wenn ich an einem dieser schönen, alten Höfe hier vorbeifahre, denke ich manchmal: Vielleicht verbirgt sich dort eine gewaltige Amphetaminfabrik.«

»Gewalttaten sind seltener«, sagte sie. »Und sie sind auch nicht so schwerwiegender Natur.«

»Das kommt noch«, sagte er. »*Leider* sollte ich wohl sagen. Aber die Unterschiede zwischen den Großstädten und dem Land werden bald völlig verwischt sein. In Malmö gibt es längst die umfassend organisierte Kriminalität. Die offene Grenze nach Dänemark mit den vielen Fähren ist das reinste Zuckerschlecken für den Mob. Wir haben jemanden bei der Kriminalpolizei, der vor einigen Jahren aus Stockholm hierhergezogen ist. Er heißt Svedberg. Er ist hierhergezogen, weil er es in Stockholm nicht mehr ausgehalten hat. Vor ein paar Tagen hat er mir erzählt, daß er sich überlegt, wieder nach Stockholm zu ziehen.«

»Trotzdem gibt es hier noch so etwas wie Ruhe«, sagte sie nachdenklich. »Etwas, das in Stockholm völlig verschwunden ist.«

Sie verließen das »Continental«. Kurt Wallander hatte seinen Wagen auf der Stickstraße direkt nebenan geparkt.

»Darfst du hier überhaupt parken?« fragte sie.

»Nein«, antwortete er. »Wenn ich einen Strafzettel bekomme, bezahle ich ihn auch meist. Aber es wäre vielleicht eine

interessante Erfahrung, es einmal nicht zu tun und dafür ange-
klagt zu werden.«

Sie fuhren zum Polizeipräsidium zurück.

»Wir könnten einmal zusammen zu Abend essen«, schlug
er vor. »Ich könnte dir auch die Gegend ein wenig zeigen.«

»Gerne«, sagte sie.

»Wie oft fährst du nach Hause?« fragte er.

»Alle vierzehn Tage.«

»Und dein Mann? Die Kinder?«

»Er kommt, sooft er Zeit hat. Und die Kinder, wenn sie Lust
haben.«

Ich liebe dich, dachte Kurt Wallander.

Ich werde heute abend Mona treffen und ihr sagen, daß ich
eine andere Frau liebe.

Sie trennten sich in der Eingangshalle des Polizeipräsidiums.

»Am Montag werde ich dir über unsere Fortschritte Bericht
erstatten«, sagte Kurt Wallander. »Wir haben jetzt eine Reihe
von Spuren, die wir verfolgen.«

»Sind Verhaftungen geplant?«

»Nein, noch nicht. Aber die Ermittlungen in den Banken
haben zu einigen Resultaten geführt.«

Sie nickte.

»Am besten vor zehn am Montag«, sagte sie. »Den Rest des
Tages habe ich Haftvorführungen und Verhandlungen.«

Sie machten neun Uhr aus.

Kurt Wallander blickte ihr nach, als sie im Gang verschwand.

Er fühlte sich eigentümlich gut gelaunt, als er in sein Zimmer zurückkehrte.

Anette Brolin, dachte er. Was kann nicht alles geschehen in
einer Welt, von der es heißt, daß alles in ihr möglich ist?

Den restlichen Tag über widmete er sich verschiedenen Ver-
hörprotokollen, bei denen er bislang nur dazu gekommen war,
sie durchzublättern. Der endgültige Obduktionsbericht war

auch gekommen. Wieder schockierte ihn die besinnungslose Gewalt, die den beiden Alten zugefügt worden war. Er las die Zusammenfassungen der Gespräche mit den beiden Töchtern und die Berichte über alles, was bei den Befragungen in Lenarp herausgekommen war.

Die Äußerungen waren einhellig und ergänzten sich gegenseitig.

Niemand hatte geahnt, daß Johannes Lövgren eine weitaus vielschichtigere Person gewesen war, als er nach außen hin gezeigt hatte. Der einfache Landwirt erwies sich als verdeckte Doppelnatur.

Während des Krieges, im Herbst 1943, war er wegen Körperverletzung vor Gericht gestellt worden. Aber man hatte ihn freigesprochen. Jemand hatte eine Kopie der Ermittlungen aufgetrieben, und er las sie aufmerksam durch. Aber ein ausreichendes Rachemotiv konnte er nicht entdecken. Es schien sich mehr um einen ganz normalen Streit gehandelt zu haben, der im Gemeindehaus von Erikslund schließlich zu einem Handgemenge geführt hatte.

Um halb vier kam Ebba mit seinem gereinigten Anzug zu ihm herein.

»Du bist ein Engel«, sagte er.

»Ich hoffe, daß es ein richtig schöner Abend für dich wird«, sagte sie und lächelte.

Kurt Wallander spürte einen Kloß im Hals. Sie hatte wirklich gemeint, was sie gesagt hatte.

Bis um fünf füllte er dann noch einen Lottozettel aus, bestellte einen Besichtigungstermin beim TÜV und ging in Gedanken schon einmal die wichtigen Gespräche durch, die ihn am nächsten Tag erwarteten. Dann schrieb er sich selbst zur Erinnerung auf einen Zettel, daß er einen Bericht vorbereiten mußte, bevor Björk wieder zurückkam.

Drei Minuten nach fünf steckte Näslund den Kopf zur Tür hinein.

»Du bist noch da?« sagte er. »Ich dachte, du wärst schon weg.«

»Wie kommst du darauf?«

»Ebba hat es gesagt.«

Ebba hält ein Auge auf mich, dachte er lächelnd. Morgen werde ich ihr Blumen schenken, bevor ich nach Simrishamn fahre.

Näslund betrat den Raum.

»Hast du Zeit?« fragte er.

»Nicht sehr viel.«

»Ich mach auch ganz schnell. Es geht um diesen Klas Månsson.«

Kurt Wallander mußte einen Augenblick nachdenken, bis ihm wieder einfiel, wer das war.

»Der den Kiosk ausgeraubt hat?«

»Genau der. Wir haben Zeugen, die ihn wiedererkannt haben, obwohl er einen Strumpf über das Gesicht gezogen hatte. Eine Tätowierung am Handgelenk. Es ist völlig klar, daß er es war. Aber die neue Staatsanwältin ist anderer Meinung.«

Kurt Wallander hob die Augenbrauen.

»Wie das?«

»Sie findet, daß die Ermittlungen schlampig geführt worden sind.«

»Sind sie das?«

Näslund sah ihn erstaunt an.

»Sie sind nicht schlampiger geführt worden als andere Ermittlungen auch. Die Sache ist doch völlig klar, oder?«

»Was hat sie denn gesagt?«

»Wenn wir kein erschöpfenderes Beweismaterial vorlegen können, will sie den Haftbefehl nicht länger aufrechterhalten. Es ist einfach zum Kotzen, daß so eine Zicke aus Stockholm hierherkommen und sich aufspielen kann!«

Kurt Wallander merkte, daß er wütend wurde. Aber er hütete sich, es zu zeigen.

»Pelle hätte uns überhaupt keine Schwierigkeiten gemacht«, fuhr Näslund fort. »Es ist völlig klar, daß es dieser Gauner war, der das Geschäft ausgeraubt hat.«

»Hast du die Akte hier?« fragte Kurt Wallander.

»Ich habe Svedberg gebeten, sie durchzulesen.«

»Bring sie mir mal rein, ich schau' sie mir dann morgen an.«

Näslund machte sich bereit zu gehen.

»Jemand sollte der Alten mal ordentlich die Meinung sagen«, meinte er.

Kurt Wallander nickte und lächelte.

»Das werde ich erledigen«, sagte er. »Es geht wirklich nicht an, daß wir auf einmal eine Staatsanwältin aus Stockholm haben, die alles anders macht, als wir das gewohnt sind.«

»Ich habe mir gedacht, daß du das sagen würdest«, erwiderte Näslund und ging.

Ein ausgezeichneter Anlaß zu einem Abendessen, dachte Kurt Wallander. Er zog seine Jacke an, hängte sich den gereinigten Anzug über den Arm und löschte das Licht.

Nachdem er sich noch schnell geduscht hatte, war er kurz vor sieben in Malmö. Er fand einen Parkplatz am Markt und ging die Treppen hinab, in die Wirtschaft »Kockska Krogen«. Die Zeit reichte noch für ein paar Drinks, bis er Mona im Bahnhofsrestaurant treffen würde.

Obwohl ihn der Preis ärgerte, bestellte er einen doppelten Whisky. Am liebsten trank er Maltwhisky, aber diesmal mußte eine einfachere Marke reichen.

Beim ersten Schluck bekleckerte er sich.

Das würde einen neuen Fleck auf dem Jackett geben. Fast an der gleichen Stelle, wo der alte gewesen war.

Ich fahre wieder nach Hause, dachte er voller Selbstverachtung. Ich fahre nach Hause und lege mich ins Bett. Ich kann nicht einmal mehr ein Glas halten, ohne etwas zu verschütten. Gleichzeitig wußte er, daß dies übertriebene Eitelkeit war. Eitelkeit und unkontrollierbare Nervosität angesichts des Zusammentreffens mit Mona. Vielleicht ihre wichtigste Begegnung, seit er sie bat, ihn zu heiraten?

Jetzt hatte er die Absicht, eine Scheidung zu verhindern, die bereits vollzogen war.

Aber was wollte er in Wirklichkeit?

Er trocknete den Rockärmel mit einer Papierserviette, leerte das Glas und bestellte noch einen Whisky.

In zehn Minuten mußte er gehen.

Bis dahin mußte er einen Entschluß gefaßt haben. Was würde er Mona sagen?

Und was würde sie antworten?

Er bekam seinen Whisky und trank schnell. Der Alkohol brannte in den Schläfen, und er merkte, daß er zu schwitzen begann.

Es gelang ihm nicht, einen Entschluß zu fassen.

Wenn er ehrlich war, hoffte er, daß Mona die erlösenden Worte sprechen würde.

Sie war es gewesen, die die Scheidung gewollt hatte.

Deshalb war es auch ihre Sache, die Initiative dazu zu ergreifen, sie wieder aufzuheben.

Er bezahlte und ging. Langsam, um nicht zu früh zu kommen.

Zwei Dinge beschloß er, während er an der Vallstraße auf das Umspringen der Ampel wartete.

Er würde wirklich ernsthaft mit Mona über Linda reden. Und er würde sie um Rat bitten, was seinen Vater betraf. Mona kannte ihn gut. Auch wenn sie nie ein sonderlich gutes Verhältnis zueinander gehabt hatten, wußte sie doch seine wechselnden Launen einzuschätzen.

Ich wollte heute eigentlich Kristina anrufen, dachte er, während er über die Straße ging.

Wahrscheinlich habe ich es absichtlich vergessen.

Er überquerte die Brücke über den Kanal und wurde von einem Auto voller Halbstarker überholt. Ein betrunkener Junge hing mit dem halben Oberkörper aus dem Wagen heraus und grölte etwas.

Kurt Wallander erinnerte sich daran, wie es war, als er vor mehr als zwanzig Jahren diese Brücke überquert hatte. Gerade in diesen Stadtteilen hatte die Stadt damals genauso ausgesehen wie heute. Hier war er als junger Polizist Streife gegangen, meistens zusammen mit einem älteren Kollegen, und sie waren in den Bahnhof gegangen, um dort nach dem Rechten zu sehen. Manchmal hatten sie jemandem den Zutritt verweigert, der betrunken war und keine Fahrkarte hatte. Selten oder eigentlich nie war es zu Handgreiflichkeiten gekommen.

Diese Welt gibt es nicht mehr, dachte er.

Sie ist vergangen, für immer verloren.

Er betrat den Bahnhof. Viel hatte sich seit der Zeit verändert, als er Streife gegangen war. Aber der Steinboden war noch der gleiche. Genau wie die Geräuschkulisse mit den quietschenden Wagen und bremsenden Lokomotiven.

Plötzlich sah er seine Tochter.

Erst glaubte er, sich verguckt zu haben. Es hätte genausogut das Mädchen sein können, das auf Sten Widens Hof Heuballen herabgeworfen hatte. Aber dann war er seiner Sache sicher. Es war Linda.

Sie war zusammen mit einem kohlschwarzen Mann und versuchte, an einem Automaten eine Fahrkarte zu ziehen. Der Afrikaner war fast einen halben Meter größer als sie. Er hatte langes lockiges Haar und trug einen violetten Overall.

Als wäre er unterwegs, um jemanden zu beschatten, zog sich Wallander hastig zurück und verbarg sich im Schutz eines Pfeilers.

Der Afrikaner sagte etwas, und Linda lachte.

Ihm fuhr durch den Kopf, daß es mehrere Jahre her war, daß er seine Tochter hatte lachen sehen.

Was er sah, erfüllte ihn mit Verzweiflung. Er fühlte, daß er sie nicht erreichen konnte. Sie war für ihn verloren, obwohl er jetzt ganz in ihrer Nähe stand.

Meine Familie, dachte er. Ich stehe auf einem Bahnhof und spioniere meiner eigenen Tochter hinterher. Während ihre Mutter und meine Frau vielleicht schon im Restaurant angekommen ist, weil wir uns dort treffen wollen und es uns vielleicht gelingen wird, miteinander zu reden, ohne uns zu beschimpfen und anzubrüllen.

Plötzlich bemerkte er, daß er nicht mehr richtig sehen konnte. Seine Augen waren mit Tränen gefüllt.

Der Afrikaner und Linda gingen in Richtung Bahnsteig. Er wollte ihr hinterherrennen, sie an sich drücken.

Dann waren sie aus seinem Blickfeld verschwunden, und er setzte seinen unerwarteten Beschattungsauftrag fort. Er schlich auf den Bahnsteig, auf dem vom Sund her ein eisiger Wind wehte. Er sah, wie sie Hand in Hand gingen und lachten. Das letzte, was er erkennen konnte, war, wie sich die Türen zischend schlossen und der Zug sich in Richtung Landskrona oder auch Lund in Bewegung setzte.

Er versuchte sich vor Augen zu halten, wie fröhlich sie ausgesehen hatte. Genauso unbeschwert wie ganz früher, als sie noch sehr jung war. Aber das einzige, was er empfinden konnte, war sein eigenes Elend.

Kurt Wallander. Der pathetische Polizist mit seinem bedauernswerten Familienleben.

Und jetzt kam er auch noch zu spät. Vielleicht war Mona auch schon wieder gegangen? Sie, die doch immer pünktlich war und es haßte, auf jemanden zu warten.

Besonders auf ihn.

Er begann, über den Bahnsteig zu laufen. Eine feuerrote Lokomotive fauchte neben ihm wie ein gereiztes Raubtier.

Er hatte es so eilig, daß er auf der Treppe, die zum Restaurant hinaufführte, stolperte. Der Türsteher, dessen Kopf fast kahl geschoren war, sah ihn abweisend an.

»Wo willst du denn hin?« fragte der Türsteher.

Kurt Wallander wurde von dieser Frage völlig überrumpelt. Ihre Bedeutung war ihm völlig klar.

Der Türsteher glaubte, daß er betrunken war. Er wollte ihm das Betreten des Lokals verbieten.

»Ich bin hier mit meiner Frau zum Abendessen verabredet«, sagte er.

»Die Art von Verabredung kenne ich«, erwiderte der Türsteher. »Es ist wohl das beste, wenn du jetzt nach Hause gehst.«

Kurt Wallander spürte, daß er die Beherrschung verlor. »Ich bin Polizist!« brüllte er. Und ich bin nicht betrunken, falls du das glauben solltest. Laß mich jetzt durch, bevor ich wirklich wütend werde.«

»Leck mich am Arsch!« sagte der Türsteher. »Geh jetzt nach Hause, bevor ich die Bullen hole.«

Einen kurzen Moment lang dachte er daran, den Türsteher zu schlagen. Aber dann hatte er trotz allem genug Selbstbeherrschung, um die Ruhe zu bewahren. Er holte seinen Dienstausweis aus der Tasche.

»Ich *bin* Polizist«, sagte er. »Und ich bin nicht betrunken. Ich bin gestolpert. Außerdem ist es wirklich wahr, daß meine Frau dort drinnen sitzt und auf mich wartet.«

Der Türsteher betrachtete mißtrauisch den Ausweis.

Plötzlich erhellte sich seine Miene.

»Jetzt erkenne ich dich«, sagte er. »Du warst neulich im Fernsehen.«

Endlich habe ich einmal etwas vom Fernsehen, dachte er.

»Ich bin ganz deiner Meinung«, sagte der Türsteher. »Voll und ganz.«

»Ganz meiner Meinung wozu?«

»Na dazu, daß diese verdammten Kanaken hart angepackt werden müssen. Was ist das denn für ein Haufen Scheiße, den wir da ins Land kommen lassen, und die dann alte Leute umbringen? Ich bin wirklich deiner Meinung, daß sie alle rausgeschmissen werden müssen. Rausknüppeln müßte man sie alle.«

Kurt Wallander begriff, daß es sinnlos war, sich auf eine Diskussion mit dem Türsteher einzulassen. Statt dessen versuchte er es mit einem Lächeln.

»Jetzt habe ich aber wirklich Hunger«, sagte er.

Der Türsteher hielt ihm die Tür auf.

»Du hast doch Verständnis dafür, daß ich hier aufpassen muß, oder?«

»Na klar«, antwortete Kurt Wallander und trat in die Wärme des Restaurants.

Er hängte seinen Mantel auf und sah sich um.

Mona saß an einem Fenstertisch mit Aussicht über den Kanal.

Hatte sie etwa dort gesessen und ihn kommen sehen?

Er zog den Bauch ein, so gut es ging, strich sich mit der Hand über das Haar und ging zu ihr.

Dann lief von Anfang an alles schief.

Er sah, daß sie den Fleck auf seinem Jackett bemerkte, und war verunsichert.

Gleichzeitig bemühte er sich, dies zu verbergen.

»Hallo«, sagte er und setzte sich ihr gegenüber.

»Wie immer zu spät«, antwortete sie. »Du hast ganz schön zugenommen!«

Er fand, daß er von Anfang an nur beleidigt wurde. Keine Freundlichkeit, keine Liebe.

»Aber du hast dich nicht verändert. Wie braun du bist!«

»Wir sind eine Woche auf Madeira gewesen.«

Madeira. Erst Paris, dann Madeira. Die Hochzeitsreise. Das Hotel, das auf der Kante der Klippen zu balancieren schien, das kleine Fischrestaurant, das unten am Strand lag. Und jetzt war sie wieder dort gewesen. Mit einem anderen.

»Soso«, sagte er. »Ich habe gedacht, Madeira sei unsere Insel.«

»Sei nicht kindisch!«

»Ich meine es ernst!«

»Dann bist du eben kindisch.«

»Dann bin ich eben kindisch! Was ist so schlimm daran?«

Die Unterhaltung schleppte sich. Als eine freundliche Kellnerin an ihren Tisch trat, war es, als würden sie aus einem eiskalten Loch gerettet.

Als der Wein kam, wurde die Stimmung besser.

Kurt Wallander saß da, betrachtete die Frau, die einmal seine Ehefrau gewesen war, und dachte, daß sie sehr schön war, zumindest in seinen Augen. Er versuchte, sich der aufkommenden Eifersucht zu erwehren, indem er sich den Anschein von großer Gelassenheit gab.

Sie prosteten sich zu.

»Komm zurück«, bat er. »Laß uns noch einmal neu anfangen.«

»Nein«, sagte sie. »Du mußt begreifen, daß es zu Ende ist.«

»Ich war vorhin kurz im Bahnhof, während ich auf dich gewartet habe, und da habe ich unsere Tochter gesehen.«

»Linda?«

»Du wunderst dich?«

»Ich dachte, sie wäre in Stockholm.«

»Was soll sie denn in Stockholm?«

»Sie wollte sich eine Volkshochschule anschauen, um zu sehen, ob das vielleicht etwas für sie sein könnte.«

»Ich habe mich nicht geirrt. Sie war es.«

»Hast du mit ihr geredet?«

Kurt Wallander schüttelte den Kopf.

»Sie stieg gerade in einen Zug«, sagte er. »Ich kam nicht mehr dazu.«

»Welchen Zug?«

»Lund oder Landskrona. Sie war zusammen mit einem Afrikaner.«

»Na, dann ist ja alles in Ordnung.«

»Was meinst du damit?«

»Ich meine damit, daß Herman das Beste ist, was Linda seit langer Zeit passiert ist.«

»Herman?«

»Herman Mboya. Er kommt aus Kenia.«

»Er trug einen violetten Overall!«

»Er zieht sich manchmal ein wenig verrückt an.«

»Was macht er in Schweden?«

»Er studiert Medizin, ist fast fertig.«

Kurt Wallander traute seinen Ohren nicht. Wollte sie ihn auf den Arm nehmen?

»Ein Arzt?«

»Ja, ein Arzt! Ein Doktor, oder wie du es auch immer nennen willst. Er ist freundlich, fürsorglich, er hat Humor.«

»Wohnen sie zusammen?«

»Er hat eine kleine Wohnung in Lund.«

»Ich habe gefragt, ob sie zusammen wohnen!«

»Ich glaube, daß sich Linda endlich entschlossen hat.«

»Entschlossen wozu?«

»Mit ihm zusammenzuziehen.«

»Wie soll sie dann in Stockholm auf eine Volkshochschule gehen?«

»Das war ein Vorschlag von Herman.«

Die Bedienung füllte ihre Weingläser nach. Kurt Wallander merkte, daß er anfing, betrunken zu werden.

»Sie rief vor ein paar Tagen an«, sagte er. »Sie war in Ystad. Aber sie ist nicht zu mir gekommen, hat mich nicht besucht. Wenn du sie sehen solltest, dann richte ihr bitte aus, daß ich sie vermisse.«

»Sie macht, was sie will.«

»Ich bitte dich bloß darum, es ihr auszurichten!«

»Das werde ich tun! Schrei nicht so!«

»Ich schreie nicht!«

In diesem Moment kam das Tartarbeefsteak. Sie aßen schweigend. Kurt Wallander fand, daß es nach nichts schmeckte. Er bestellte noch eine Flasche Wein und fragte sich, wie er nach Hause kommen sollte.

»Dir scheint es gutzugehen«, sagte er.

Sie nickte heftig und vielleicht auch ein wenig trotzig.

»Und dir?«

»Mir geht es beschissen. Aber sonst ist alles in Ordnung.«

»Worüber wolltest du eigentlich mit mir sprechen?«

Er hatte völlig vergessen, daß er sich ja noch eine Ausrede

für ihr Treffen einfallen lassen wollte. Jetzt hatte er keine Ahnung, was er sagen sollte.

Die Wahrheit, dachte er ironisch. Warum versuche ich es nicht ganz einfach damit?

»Ich wollte dich treffen«, sagte er. »Wovon ich sonst noch gesprochen habe, war eine Lüge.«

Sie lächelte.

»Ich bin froh, daß wir uns getroffen haben«, sagte sie.

Plötzlich brach er in Tränen aus.

»Ich vermisse dich so sehr«, murmelte er.

Sie streckte die Hand aus und legte sie auf seine. Aber sie sagte nichts.

Und genau in diesem Moment begriff Kurt Wallander, daß es vorbei war. Die Scheidung war durch nichts wieder rückgängig zu machen. Vielleicht würden sie hin und wieder gemeinsam essen gehen. Aber ihre Lebenswege liefen unweigerlich in unterschiedliche Richtungen. Ihr Schweigen trog nicht.

Er begann, an Anette Brolin zu denken. Und an die farbige Frau, die in seinen Träumen zu ihm kam.

Die Einsamkeit hatte ihn unvorbereitet getroffen. Nun mußte er sich dazu zwingen, sie anzunehmen, um dann vielleicht allmählich das neue Leben zu finden, für das niemand anders als er selbst die Verantwortung übernehmen konnte.

»Beantworte mir nur eine Frage«, sagte er. »Warum hast du mich verlassen?«

»Hätte ich dich nicht verlassen, hätte mich das Leben verlassen«, antwortete sie. »Ich wünschte, du könntest verstehen, daß es nicht dein Fehler war. Ich war es, die fühlte, daß ein Aufbruch notwendig war. Ich war diejenige, die sich dazu entschloß. Eines Tages wirst du verstehen, was ich meine.«

»Ich möchte es jetzt verstehen.«

Als sie gehen wollten, machte sie Anstalten, selbst zu bezahlen. Aber er bestand darauf, für sie beide zu bezahlen, und sie gab nach.

»Wie kommst du nach Hause?« fragte sie.

»Es geht noch ein letzter Bus«, antwortete er. »Und wie kommst du nach Hause?«

»Ich gehe«, sagte sie.

»Ich begleite dich noch ein Stück.«

Sie schüttelte den Kopf.

»Wir trennen uns hier«, sagte sie. »Es ist besser so. Aber ruf mich ruhig wieder an. Ich möchte, daß wir in Kontakt bleiben.«

Sie küßte ihn hastig auf die Wange. Er sah sie mit energischen Schritten über die Kanalbrücke gehen. Als sie zwischen dem Savoy und dem Verkehrsamt verschwunden war, folgte er ihr. Früher an diesem Abend hatte er seine Tochter beschattet. Jetzt verfolgte er seine Frau.

Neben dem Rundfunkgeschäft an der Ecke zum Marktplatz stand ein Auto. Sie stieg auf der Beifahrerseite ein. Kurt Wallander trat in einen Hauseingang, als das Auto an ihm vorbeifuhr. Für einen kurzen Moment sah er den Mann, der am Steuer saß.

Er ging zu seinem eigenen Auto. Natürlich fuhr kein Bus mehr nach Ystad. Er suchte eine Telefonzelle und rief Anette Brolin an. Als sie abhob, legte er hastig den Hörer wieder auf.

Er setzte sich in sein Auto, legte die Kassette mit Maria Callas ein und schloß die Augen.

Mit einem Ruck wachte er davon auf, daß er fror. Er hatte fast zwei Stunden geschlafen. Obwohl er nicht nüchtern war, entschloß er sich, nach Hause zu fahren. Er würde eine Nebenstrecke über Svedala und Svaneholm nehmen. Dort würde er wohl kaum riskieren, einer Polizeistreife zu begegnen.

Aber er begegnete einer. Er hatte völlig die Nachtstreife aus Ystad vergessen, die die Unterkünfte für Asylbewerber überwachen sollte. Und dabei hatte er es selbst so angeordnet.

Peters und Noren entdeckten einen Schlangenlinien fahrenden Autofahrer zwischen Svaneholm und Slimminge, nachdem sie kontrolliert hatten, daß auf Hageholm alles ruhig war. Obwohl sie im allgemeinen Wallanders Auto erkannten, wäre es ihnen nie in den Sinn gekommen, daß er es war, der da durch die Nacht schlingerte. Außerdem war das Nummernschild so lehmverschmiert, daß es sich nicht mehr identifizieren ließ. Erst als sie das Auto gestoppt, an die Windschutzscheibe geklopft hatten und Kurt Wallander die Scheibe herunterdrehte, erkannten sie ihren stellvertretenden Chef.

Keiner von ihnen sagte etwas. Norens Taschenlampe leuchtete in Wallanders blutunterlaufene Augen.

»Alles ruhig?« fragte Wallander.

Noren und Peters sahen sich an.

»Ja«, sagte Peters schließlich. »Alles scheint ruhig zu sein.«

»Dann ist ja alles bestens«, erwiderte Wallander und wollte die Windschutzscheibe wieder hochdrehen.

Da trat Noren zu ihm heran.

»Es ist wohl besser, wenn du aussteigst«, sagte er. »Jetzt sofort.«

Kurt Wallander sah fragend zu dem Gesicht auf, das er im grellen Licht der Taschenlampe kaum ausmachen konnte.

Dann gab er nach und gehorchte.

Er stieg aus dem Auto.

Die Nacht war kalt. Er merkte, daß er fror.

Etwas war zu Ende gegangen.

9

Kurt Wallander fühlte sich ganz und gar nicht wie der gutgelaunte Polizist, der in irgendeinem alten Schlager besungen
wurde, als er am Freitag morgen kurz nach sieben durch die
Türen des Hotels »Svea« in Simrishamn trat. Über Schonen
fiel ein fast undurchdringlicher Schneeregen, und durch den
kurzen Weg vom Auto bis zum Hotel waren seine Schuhe
bereits durchgeweicht.

Außerdem hatte er Kopfschmerzen.

Er bat die Kellnerin um ein paar Kopfschmerztabletten. Sie
kam mit einem Glas Wasser zurück, in dem ein weißes Pulver
sprudelte.

Als er seinen Kaffee trank, sah er, daß seine Hand zitterte.

Es war gleichermaßen aus Angst wie aus Erleichterung.

Als Noren ihm vor ein paar Stunden auf der Landstraße
zwischen Svaneholm und Slimminge befohlen hatte, aus dem
Auto zu steigen, hatte er gedacht, es wäre alles aus, seine Polizeilaufbahn beendet. Die Fahrt mit Alkohol am Steuer dürfte
eine unmittelbare Suspendierung zur Folge haben. Selbst
wenn er nach abgesessener Gefängnisstrafe wieder zum akti-
ven Polizeidienst zurückkehren würde, könnte er seinen früheren Kollegen nicht mehr in die Augen sehen.

Er hatte flüchtig erwogen, vielleicht beim Sicherheitsdienst
eines Unternehmens anzufangen. Oder sich durch die Kontrollen eines weniger wählerischen Überwachungsdienstes
schummeln zu können. Aber seine zwanzigjährige Tätigkeit
als Polizeibeamter würde zu Ende sein. Wo er doch Polizist und
nichts anderes war.

Er hatte nicht einen Augenblick daran gedacht, Peters und Noren zu bestechen. Er wußte, daß dies unmöglich war. Seine einzige Chance war, sie eindringlich zu bitten, an den Teamgeist und die Kameradschaft zu appellieren, an die Freundschaft, die zwischen ihnen eigentlich nicht bestand.

Aber dazu war es nicht gekommen.

»Fahr mit Peters, dann fahre ich dein Auto nach Hause«, hatte Noren gesagt.

Kurt Wallander erinnerte sich an seine Erleichterung, aber auch an die nicht zu überhörende Verachtung in Norens Stimme.

Ohne ein Wort zu sagen, hatte er sich auf den Rücksitz des Streifenwagens gesetzt. Peters war während der ganzen Fahrt bis zur Mariastraße in Ystad stumm und verschlossen gewesen.

Noren war ihnen hinterhergefahren, hatte den Wagen geparkt und ihm die Schlüssel gegeben.

»Hat dich jemand gesehen?« hatte Noren gefragt.

»Keiner außer euch.«

»Da hast du verdammtes Glück gehabt.«

Peters hatte zustimmend genickt. Und in diesem Augenblick hatte Kurt Wallander gewußt, daß nichts herauskommen würde. Um ihm zu helfen, hatten Peters und Noren ein grobes Dienstvergehen begangen. Warum, wußte er nicht.

»Danke«, hatte er gesagt.

»Ist schon in Ordnung«, hatte Noren geantwortet.

Dann waren sie gefahren.

Kurt Wallander war in seine Wohnung hinaufgegangen und hatte den Rest einer fast leeren Whiskyflasche ausgetrunken. Danach war er für einige Stunden auf dem Bett eingeschlummert. Ohne zu denken, ohne zu träumen. Um Viertel nach sechs hatte er sich nach einer schlampigen Rasur wieder ins Auto gesetzt.

Er war sich natürlich darüber im klaren, daß er noch nicht wieder nüchtern war. Aber jetzt bestand nicht mehr die Gefahr,

Peters und Noren noch einmal zu begegnen. Sie hatten ihren Dienst um sechs Uhr beendet.

Er versuchte, sich auf das nun Bevorstehende zu konzentrieren. Göran Boman würde gleich kommen, und sie würden sich zusammen auf die Jagd nach einem fehlenden Glied in der Kette der Ermittlungen im Fall des Doppelmordes von Lenarp begeben.

Alle anderen Gedanken verdrängte er. Die würde er erst dann wieder aufkommen lassen, wenn er sie ertragen konnte. Wenn er seinen Kater überwunden und zu allem etwas Abstand bekommen hatte.

Er war der einzige Gast im Speisesaal des Hotels. Er sah auf das Meer hinaus, das durch den Schneeregen nur als grauer Schleier zu erkennen war. Ein Fischerboot verließ den Hafen, und er versuchte die Nummer zu entziffern, die mit schwarzer Farbe auf die Bordwand gemalt war.

Ein Bier, dachte er. Ein richtig gut gezapftes Pils ist genau das, was ich jetzt brauche.

Die Versuchung war groß. Er überlegte auch, daß er tagsüber noch in einem der staatlichen Alkoholgeschäfte einkaufen sollte, damit er abends etwas trinken konnte.

Er hatte das Gefühl, daß es besser für ihn war, nicht so schnell wieder nüchtern zu werden.

Ich bin ein Scheißpolizist, dachte er.

Ein zwielichtiger Bulle.

Die Kellnerin schenkte ihm Kaffee nach. Er stellte sich vor, ein Zimmer im Hotel zu buchen, und daß sie zu ihm kam. Hinter vorgezogenen Gardinen würde er vergessen, daß es ihn gab, alles um sich herum vergessen und in ein Land versinken, das nichts mehr mit der Wirklichkeit zu tun hatte.

Er trank den Kaffee aus und nahm seine Aktenmappe. Er hatte noch genügend Zeit, das Ermittlungsmaterial durchzusehen.

Von einer plötzlichen Unruhe erfüllt, ging er in die Rezeption und rief bei der Polizei in Ystad an. Ebba war am Apparat.

»Hattest du einen schönen Abend?« fragte sie.

»Es hätte nicht besser sein können«, antwortete er. »Und noch mal vielen Dank für deine Hilfe bei der Anzugreinigung.«

»Hab' ich doch gern gemacht.«

»Ich rufe vom Hotel ›Svea‹ in Simrishamn an. Ich wollte nur hören, ob alles in Ordnung ist. Später bin ich mit Boman von der Kristianstader Polizei unterwegs. Aber ich melde mich wieder.«

»Hier ist alles ruhig. In den Unterkünften ist nichts passiert.«

Er legte auf, ging auf die Toilette und wusch sich das Gesicht. Er vermied es, sich im Spiegel anzusehen. Er befühlte die Beule an der Stirn mit den Fingerspitzen. Sie tat weh. Das Brennen im Arm dagegen war fast verschwunden.

Nur wenn er sich reckte, spürte er noch den stechenden Schmerz im Oberschenkel.

Als er in den Speisesaal zurückkam, bestellte er sich ein Frühstück. Während des Essens blätterte er seine Unterlagen durch.

Göran Boman war pünktlich. Punkt neun Uhr betrat er den Speisesaal.

»Was für ein Sauwetter!« sagte er.

»Immer noch besser als ein Schneesturm«, antwortete Kurt Wallander. Während Göran Boman Kaffee trank, planten sie ihren weiteren Tagesablauf.

»Es sieht aus, als hätten wir Glück«, erklärte Göran Boman. »Die Frau in Gladsax und die beiden Frauen aus Kristianstad scheinen ohne Probleme erreichbar zu sein.«

Sie begannen mit der Frau in Gladsax.

»Sie heißt Anita Hessler«, sagte Göran Boman. »58 Jahre alt. Sie ist seit ein paar Jahren mit einem Immobilienmakler in zweiter Ehe verheiratet.«

»Ist Hessler ihr Mädchenname?« fragte Kurt Wallander.

»Sie heißt jetzt Johanson. Ihr Mann heißt Klas Johanson. Sie wohnen in einer Siedlung mit Einfamilienhäusern, die etwas außerhalb liegt. Wir haben ein paar Erkundigungen über sie eingezogen. Soweit wir herausbekommen haben, ist sie Hausfrau.«

Er kontrollierte seine Papiere.

»Am neunten März 1951 brachte sie auf der Entbindungsstation des Kristianstader Krankenhauses einen Jungen zur Welt. Um 4.13 Uhr, um genau zu sein. Nach unseren Informationen ist es ihr einziges Kind. Aber Klas Johanson hat aus seiner ersten Ehe vier Kinder. Außerdem ist er sechs Jahre jünger als sie.«

»Ihr Sohn ist heute also 39 Jahre alt«, rechnete Kurt Wallander aus.

»Er wurde Stefan getauft«, fügte Göran Boman hinzu. »Er wohnt in Åhus und arbeitet als Steuerberater in Kristianstad. Geordnete finanzielle Verhältnisse. Reihenhaus, Frau, zwei Kinder.«

»Begehen Steuerberater öfters Mord?« fragte Kurt Wallander.

»Nicht besonders oft«, antwortete Göran Boman.

Sie fuhren nach Gladsax. Der Schneeregen war nun in Sprühregen übergegangen. Direkt am Ortseingangsschild bog Göran Boman nach links ab.

Die Wohnsiedlung bildete einen starken Kontrast zu den flachen weißen Häusern des eigentlichen Ortes. Kurt Wallander dachte, daß es genauso ein von wohlhabenden Leuten bewohnter Vorort einer Großstadt hätte sein können.

Das Haus war das letzte in einer Reihe. Neben dem Haus stand eine riesige Parabolantenne auf einer Zementplatte. Der Garten war gepflegt. Sie saßen einige Minuten im Auto und betrachteten das aus roten Ziegeln erbaute Haus. Ein weißer Nissan parkte vor dem Garagentor.

»Der Mann ist sicher nicht zu Hause«, meinte Göran Boman. »Er hat sein Büro in Simrishamn. Er soll sich darauf spezialisiert haben, Grundstücke an wohlhabende Deutsche zu verkaufen.«

»Ist das erlaubt?« fragte Kurt Wallander erstaunt.

Göran Boman zog die Schultern hoch.

»Strohmänner«, erwiderte er. »Die Deutschen bezahlen gut, und der Kaufvertrag wird in schwedische Hände gespielt. Es gibt Menschen in Schonen, die vom nicht rechtmäßigen Erwerb von Grundstücken leben.«

Plötzlich bemerkten sie eine Bewegung hinter der Gardine. Sie war so flüchtig, daß sie nur von den trainierten Augen eines Polizisten wahrgenommen werden konnte.

»Es ist jemand im Hause«, sagte Kurt Wallander. »Sollen wir reingehen?«

Die Frau, die ihnen öffnete, wirkte äußerst anziehend. Obwohl sie nur einen weiten Jogginganzug trug, hatte sie eine sehr starke Ausstrahlung. Kurt Wallander fuhr durch den Kopf, daß sie ein für eine Schwedin sehr untypisches Aussehen hatte.

Er dachte auch daran, daß die Art und Weise, wie sie sich vorstellten, genauso wichtig sein konnte wie alle Fragen zusammen.

Wie würde sie reagieren, wenn sie sich als Polizeibeamte vorstellten?

Die einzige Reaktion, die er feststellen konnte, war, daß sie ein wenig die Augenbrauen hob. Dann lächelte sie und zeigte eine Reihe gleichmäßiger, weißer Zähne. Kurt Wallander fragte sich, ob Göran Boman wirklich recht gehabt hatte. War sie wirklich schon 58 Jahre alt? Wenn er das nicht gewußt hätte, würde er sie auf 45 schätzen.

»Welch unerwarteter Besuch«, sagte sie. »Kommen Sie herein.«

Sie betraten ein geschmackvoll eingerichtetes Wohnzimmer. An den Wänden befanden sich gut gefüllte Bücherregale, und in einer Ecke stand einer der exklusiven Fernseher von Bang & Olufsen. In einem Aquarium schwammen getigerte Fische. Kurt Wallander konnte sich dieses Wohnzimmer nur schwer in Verbindung mit Johannes Lövgren vorstellen. Es gab nichts, was einen Zusammenhang vermuten ließ.

»Darf ich den Herren etwas anbieten?« fragte die Frau.

Sie lehnten dankend ab und setzten sich.

»Wir sind gekommen, um einige Routinefragen zu stellen«, begann Kurt Wallander. »Ich heiße Kurt Wallander, und das hier ist Göran Boman von der Polizei in Kristianstad.«

»Wie spannend, die Polizei im Haus zu haben«, meinte die Frau, immer noch lächelnd. »Hier in Gladsax geschieht sonst nie etwas Unerwartetes.«

»Wir möchten bloß wissen, ob Sie einen Mann namens Johannes Lövgren kennen«, fuhr Kurt Wallander fort.

Sie sah ihn verdutzt an.

»Johannes Lövgren? Nein. Wer soll das sein?«

»Sind Sie sicher?«

»Natürlich bin ich sicher!«

»Vor einigen Tagen wurde er in einem Dorf, das Lenarp heißt, zusammen mit seiner Frau ermordet. Sie haben davon vielleicht in der Zeitung gelesen?«

Ihre Verwunderung wirkte alles andere als gespielt.

»Jetzt verstehe ich überhaupt nichts mehr«, sagte sie. »Ich erinnere mich, daß ich darüber etwas in der Zeitung gesehen habe. Aber was hat das mit mir zu tun?«

Nein, dachte Kurt Wallander und sah Göran Boman an, der dasselbe zu denken schien. Was hat diese Frau mit Johannes Lövgren zu tun?

»1951 haben Sie in Kristianstad einen Sohn zur Welt gebracht«, sagte Göran Boman. »Bei allen Behörden haben Sie den Vater als unbekannt angegeben. Es ist nicht zufällig so, daß ein Mann namens Johannes Lövgren dieser unbekannte Vater ist?«

Sie sah die beiden Männer lange an, bevor sie antwortete.

»Ich verstehe wirklich nicht, warum Sie das fragen«, antwortete sie. »Und ich verstehe noch weniger, was das mit dem ermordeten Bauern zu tun haben soll. Aber wenn es Ihnen hilft, kann ich Ihnen sagen, daß Stefans Vater Rune Stierna hieß. Er war damals mit einer anderen verheiratet. Ich wußte, worauf ich mich einließ, und entschied, mich für das Kind zu bedanken, indem ich seine Identität geheimhielt. Er ist vor zwölf Jahren gestorben. Und Stefan hat die ganze Zeit einen guten Kontakt zu seinem Vater gehabt.«

»Ich verstehe, daß unsere Fragen Ihnen seltsam erscheinen müssen«, entschuldigte sich Kurt Wallander. »Aber manchmal muß das eben sein.«

Sie stellten noch ein paar weitere Fragen und machten sich Notizen. Dann war das Ganze vorbei.

»Ich hoffe, Sie entschuldigen die Störung«, sagte Kurt Wallander, als er sich vom Stuhl erhob.

»Glauben Sie, daß ich die Wahrheit sage?« fragte sie plötzlich.

»Ja«, antwortete Kurt Wallander. »Wir glauben, daß Sie die Wahrheit sagen. Und wenn Sie das nicht getan haben, werden wir es ja doch herausbekommen. Früher oder später.«

Sie lachte.

»Ich sage die Wahrheit. Ich kann nicht gut lügen. Aber Sie dürfen gerne wieder vorbeikommen, wenn Sie noch mehr seltsame Fragen haben.«

Sie verließen das Haus und gingen zum Auto zurück.

»Das hätten wir also«, meinte Göran Boman.

»Sie war es nicht«, erwiderte Kurt Wallander.

»Sollen wir noch mit dem Sohn in Åhus reden?«

»Ich glaube, das können wir uns sparen. Im Moment zumindest ...«

Sie holten Kurt Wallanders Auto und fuhren direkt nach Kristianstad.

Auf der Höhe der Brösarpshügel hörte es auf zu regnen, und die Wolkendecke begann aufzureißen.

Vor dem Polizeipräsidium in Kristianstad tauschten sie wieder die Autos und fuhren zusammen in einem Dienstwagen weiter.

»Margareta Velander«, begann Göran Boman. »49 Jahre alt, hat auf der Krokarpstraße einen Damenfrisiersalon, der ›Die

Welle‹ heißt. Drei Kinder, geschieden, wieder verheiratet, wieder geschieden. Wohnt in einem Reihenhaus Richtung Blekinge. Bekam im Dezember 1958 einen Sohn. Der Sohn heißt Nils. Scheint eine recht abenteuerlustige Natur zu sein. Hat sich auf unterschiedlichen Märkten rumgetrieben und importierten Krimskrams verkauft. Ist außerdem Eigentümer eines Vertriebs für heiße Reizwäsche. Seinen ersten Wohnsitz hat er in Sölvesborg angemeldet. Wer, um alles in der Welt, kauft Reizwäsche, die per Post aus so einer Stadt verschickt wird?«

»Viele«, meinte Kurt Wallander.

»Er hat einmal wegen Körperverletzung gesessen«, fuhr Göran Boman fort.

»Ich habe den Bericht nicht gesehen. Aber er hat ein Jahr gekriegt. Das deutet darauf hin, daß es sich um eine recht schwerwiegende Körperverletzung gehandelt hat.«

»Den Bericht will ich unbedingt sehen«, sagte Kurt Wallander. »Wo ist das passiert?«

»Er wurde vom Amtsgericht in Kalmar verurteilt. Sie sind dort gerade dabei, die Akte herauszusuchen.«

»Wann ist es passiert?«

»1981, glaube ich.«

Kurt Wallander dachte nach, während Göran Boman ihn durch die Stadt fuhr.

»Da war sie also erst 17, als der Junge geboren wurde. Und wenn Johannes Lövgren tatsächlich der Vater ist, würde das einen sehr großen Altersunterschied bedeuten.«

»Daran habe ich auch gedacht. Aber das hat ja eigentlich nichts zu bedeuten.«

Der Damenfrisiersalon lag in einem normalen Mietshaus am Rande von Kristianstad. Er war im Souterrain untergebracht.

»Vielleicht sollte man die Gelegenheit nutzen und sich die Haare schneiden lassen«, meinte Göran Boman. »Zu welchem Friseur gehst du denn normalerweise?«

Kurt Wallander war nahe daran zu antworten, daß seine

Frau ihm bisher immer die Haare geschnitten hatte. »Das kommt ganz darauf an«, meinte er statt dessen ausweichend.

Im Frisiersalon standen drei Stühle. Als sie hineingingen, waren alle besetzt.

Zwei Frauen saßen unter Trockenhauben, während einer dritten gerade die Haare gewaschen wurden.

Die Frau, die ihren Kopf massierte, sah sie verwundert an.

»Ich schneide nur nach vorheriger Terminabsprache«, sagte sie. »Heute ist alles voll. Morgen auch. Wenn Sie für Ihre Frauen vorbestellen möchten.«

»Margareta Velander?« fragte Göran Boman.

Er zeigte seinen Ausweis.

»Wir möchten gerne mit Ihnen sprechen«, fuhr er fort.

Kurt Wallander sah, daß sie Angst bekam.

»Im Moment kann ich hier nicht weg«, erwiderte sie.

»Dann warten wir«, gab Göran Boman zurück.

»Bitte dort im Hinterzimmer«, sagte Margareta Velander. »Es dauert nicht mehr lange.«

Der Raum war sehr klein. Ein Tisch mit einem Wachstuch und ein paar Stühle nahmen fast den ganzen Platz ein. Auf einem Regal lagen ein paar Illustrierte zwischen Kaffeetassen und einer schmutzigen Kaffeemaschine. Kurt Wallander betrachtete ein Schwarzweißphoto, das an der Wand hing. Es war unscharf und vergilbt und zeigte einen jungen Mann in Marineuniform. Kurt Wallander konnte den Namen »Halland« auf dem Mützenrand erkennen.

»Halland«, sagte er. »War das ein Kreuzer oder ein Zerstörer?«

»Ein Zerstörer. Schon lange verschrottet.«

Margareta Velander kam in das Zimmer. Sie trocknete sich gerade die Hände an einem Frotteehandtuch ab.

»Jetzt habe ich ein paar Minuten Zeit«, meinte sie. »Worum geht's?«

»Wir möchten gerne wissen, ob Sie einen Mann namens Johannes Lövgren kennen?« begann Kurt Wallander.

»Wir können uns ruhig duzen«, erwiderte sie und setzte sich. »Wollt ihr Kaffee?«

Beide lehnten ab. Kurt Wallander hatte es irritiert, daß sie ihm den Rücken zugewandt hatte, als er seine Frage stellte.

»Johannes Lövgren«, wiederholte er. »Ein Landwirt aus einem kleinen Dorf außerhalb von Ystad. Hast du ihn gekannt?«

»Der Ermordete?« fragte sie und sah ihm direkt in die Augen.

»Ja«, bestätigte er. »Der Ermordete. Genau den meine ich.«

»Nein«, antwortete sie und goß Kaffee in einen Plastikbecher. »Warum sollte ich ihn gekannt haben?«

Die Polizisten wechselten einen schnellen Blick. Irgend etwas in ihrer Stimme verriet, daß sie sich unter Druck gesetzt fühlte.

»Im Dezember 1958 bekamst du einen Sohn, der Nils getauft wurde«, fuhr Kurt Wallander fort. »Du hast den Vater als unbekannt angegeben.«

In dem Augenblick, in dem er den Namen ihres Sohnes aussprach, fing sie an zu weinen.

Der Kaffeebecher fiel um, und der Inhalt ergoß sich über den Boden.

»Was hat er getan?« fragte sie. »Was hat er denn nun schon wieder angestellt?«

Sie warteten, bis sie sich beruhigt hatte, bevor sie weitere Fragen stellten.

»Wir sind nicht gekommen, um dir mitzuteilen, daß etwas passiert ist«, sagte Kurt Wallander. »Aber wir möchten gerne wissen, ob Nils' Vater möglicherweise Johannes Lövgren ist.«

»Nein.«

Ihre Antwort klang nicht gerade überzeugend.

»Dann würden wir gerne wissen, wie er heißt?«

»Warum wollt ihr das wissen?«

»Es ist für die Ermittlungen von Bedeutung.«

»Ich habe doch schon gesagt, daß ich niemanden kenne, der Lövgren heißt.«

»Wie heißt der Vater von Nils?«

»Das sage ich nicht.«

»Die Antwort bleibt unter uns.«

Sie ließ sich für die Antwort etwas zu lange Zeit.

»Ich weiß nicht, wer der Vater von Nils ist.«

»Normalerweise weiß eine Frau so etwas.«

»Damals war ich mit mehreren Männern zusammen. Darum habe ich ja auch den Vater als unbekannt angegeben.«

Sie erhob sich schnell von ihrem Stuhl.

»Ich muß weiterarbeiten«, sagte sie. »Sonst zerkochen die Frauen unter ihren Trockenhauben.«

»Wir haben Zeit.«

»Aber ich habe nichts mehr zu sagen!«

Sie klang zunehmend aufgebracht.

»Wir haben aber noch weitere Fragen.«

Zehn Minuten später war sie wieder zurück. Sie hatte ein paar Scheine in der Hand, die sie in ihre Handtasche steckte, die über einem Stuhl hing. Jetzt wirkte sie gesammelt und streitlustig.

»Ich kenne niemanden, der Lövgren heißt«, sagte sie noch einmal.

»Und du bleibst dabei, daß du nicht weißt, wer der Vater deines 1958 geborenen Sohnes ist?«

»Ja.«

»Bist du dir darüber im klaren, daß du diese Fragen eventuell unter Eid beantworten mußt?«

»Ich lüge nicht.«

»Wo kann man deinen Sohn Nils antreffen?«

»Er reist viel.«

»Nach unseren Informationen hat er seinen ersten Wohnsitz in Sölvesborg.«

»Dann fahrt doch hin!«

»Das werden wir auch.«

»Ich habe nichts mehr zu sagen.«

Kurt Wallander zögerte einen Augenblick. Dann zeigte

er auf das unscharfe und vergilbte Photo, das an der Wand hing.

»Ist das Nils Vater?« fragte er.

Sie hatte sich gerade eine Zigarette angezündet. Als sie den Rauch ausblies, klang es wie ein Fauchen.

»Ich kenne keinen Lövgren. Ich verstehe nicht, wovon ihr sprecht.«

»Na schön«, meinte Göran Boman und brach das Gespräch ab. »Dann gehen wir. Aber wir werden uns wieder melden.«

»Ich habe nichts mehr zu sagen. Warum kann man mich nicht in Ruhe lassen?«

»Niemand wird in Ruhe gelassen, wenn die Polizei nach einem Doppelmörder sucht«, gab Göran Boman zurück. »So ist das eben.«

Als sie auf die Straße hinaustraten, schien die Sonne. Sie blieben am Auto stehen.

»Was glaubst du?« fragte Göran Boman.

»Ich weiß nicht so recht. Aber irgend etwas stimmt da nicht.«

»Sollen wir versuchen, den Sohn zu finden, bevor wir mit der Dritten weitermachen?«

»Ich glaube, das ist das beste.«

Sie fuhren nach Sölvesborg und hatten große Mühe, die richtige Adresse zu finden. Ein zerfallenes Holzhaus außerhalb des Stadtzentrums, von Schrottautos und Maschinenteilen umgeben. Ein scharfer Schäferhund, der an seiner Eisenkette zerrte. Das Haus sah verlassen aus. Göran Boman beugte sich vor und betrachtete ein schlampig geschriebenes Namensschild, das an der Tür festgenagelt war.

»Nils Velander«, sagte er. »Hier sind wir richtig.«

Er klopfte mehrere Male an die Tür. Aber es kam keine Antwort. Sie gingen eine Runde um das Haus.

»Was für ein verkommenes Rattenloch«, meinte Göran Boman.

Als sie zu ihrem Ausgangspunkt zurückkamen, drückte Kurt Wallander die Klinke herunter.

Es war nicht abgeschlossen.

Kurt Wallander sah Göran Boman fragend an, der nur mit den Schultern zuckte.

»Wenn es offen ist, gehen wir eben rein«, entschied er.

Sie kamen in eine muffige Diele und horchten. Es war alles still, bis sie beide von einer Katze erschreckt wurden, die fauchend aus einer dunklen Ecke sprang und über die Treppe ins obere Stockwerk verschwand. Das Zimmer links schien eine Art Büro zu sein. Dort standen zwei verbeulte Aktenschränke und ein überfüllter Schreibtisch mit Telefon und Anrufbeantworter. Wallander hob den Deckel eines Kartons, der auf dem Schreibtisch stand. Darin lagen eine Garnitur Unterwäsche aus schwarzem Leder und ein Namensschild.

»Fredrik Åberg aus der Dragonstraße in Alingsås hat das hier bestellt«, sagte er und grinste. »Diskreter Absender vermutlich.«

Sie gingen in das nächste Zimmer, das als Lager für Nils Velanders Reizwäsche diente. Dort lagen auch einige Peitschen und Hundehalsbänder.

Es sah so aus, als sei alles ohne jegliche erkennbare Ordnung in das Lager hineingeworfen worden.

Das nächste Zimmer war eine Küche mit dreckigen Tellern auf der Spüle. Auf dem Fußboden lag ein halbaufgegessenes Hähnchen. Überall stank es nach Katzenpisse.

Kurt Wallander stieß die Tür zur Speisekammer auf.

Dort standen ein Brennapparat und zwei bauchige Schnapskaraffen.

Göran Boman grinste und schüttelte den Kopf.

Sie gingen in das obere Stockwerk hinauf. Warfen einen Blick in das Schlafzimmer mit dreckigen Laken und einem Haufen Kleider. Die Gardinen waren zugezogen, und sie zählten insgesamt sieben Katzen, die wegliefen, als sie sich näherten.

»Was für ein verkommenes Rattenloch«, sagte Göran Boman noch einmal. »Wie kann man nur so leben?«

Das Haus schien überstürzt verlassen worden zu sein.

»Vielleicht ist es am besten, wenn wir jetzt gehen«, meinte Kurt Wallander. »Wir brauchen wohl zuerst einen Durchsuchungsbefehl, bevor wir das hier ernsthaft unter die Lupe nehmen können.«

Sie gingen wieder die Treppe hinunter. Göran Boman ging noch einmal in das Büro und stellte den Anrufbeantworter an.

Nils Velander, falls er es war, teilte mit, daß das »Raff-Sets«-Büro zur Zeit nicht besetzt sei, aber daß man seine Bestellung auf dem Anrufbeantworter hinterlassen konnte.

Der Schäferhund zerrte wieder an seiner Kette, als sie auf den Hof hinaustraten.

Direkt neben dem linken Hausgiebel entdeckte Kurt Wallander eine Kellertür, die fast vollständig von den Resten einer alten Mangel verdeckt wurde.

Er öffnete die unverschlossene Tür und stieg in die Dunkelheit hinab. Er tastete sich zu einem Lichtschalter vor. In einer Ecke stand ein alter Heizkessel. Der Rest des Kellers war voller leerer Vogelkäfige. Er rief Göran Boman, der daraufhin auch in den Keller kam.

»Lederunterhosen und leere Vogelkäfige«, sagte Kurt Wallander. »Was treibt dieser Mann eigentlich?«

»Ich denke, wir sollten das herausfinden«, antwortete Göran Boman.

Gerade als sie wieder gehen wollten, entdeckte Kurt Wallander hinter dem Heizkessel einen kleinen Stahlschrank. Er beugte sich hinunter und drehte am Türgriff. Er war ebensowenig abgeschlossen wie alles andere in diesem Haus. Er langte mit der Hand hinein und stieß auf eine Plastiktüte. Er nahm sie hervor und öffnete sie.

»Sieh dir das einmal an«, sagte er zu Göran Boman.

In der Plastiktüte lag ein Haufen Tausender.

Kurt Wallander zählte 23.

»Vielleicht sollten wir uns mit diesem Jungen doch mal ein wenig unterhalten«, meinte Göran Boman.

Sie legten das Geld zurück und gingen wieder hinaus. Der Schäferhund bellte.

»Wir können mit den Kollegen hier in Sölvesborg reden«, schlug Göran Boman vor. »Sie sollen den Typen für uns suchen.«

Im Polizeipräsidium von Sölvesborg trafen sie einen Polizisten, der Nils Velander sehr wohl kannte.

»Er verstößt mit Sicherheit auf vielerlei Art und Weise gegen das Gesetz«, meinte der Polizeibeamte. »Aber das einzige, was wir gegen ihn vorliegen haben, ist der Verdacht auf illegalen Import von thailändischen Singvögeln. Und Schnapsbrennerei.«

»Vor ein paar Jahren ist er wegen schwerer Körperverletzung verurteilt worden«, warf Göran Boman ein.

»Eigentlich neigt er nicht zu Brutalitäten«, erwiderte der Beamte. »Aber ich werde versuchen, ihn für euch zu finden. Glaubt ihr wirklich, daß er dazu übergegangen ist, Menschen zu ermorden?«

»Wir wissen es nicht«, antwortete Kurt Wallander. »Aber wir müssen ihn finden.«

Sie fuhren nach Kristianstad zurück. Nun hatte es wieder angefangen zu regnen. Beide hatten von dem Polizeibeamten in Sölvesborg einen guten Eindruck und rechneten damit, daß er Nils Velander für sie finden würde.

Aber Kurt Wallander war nicht so optimistisch, ob sie das wirklich weiterbrachte.

»Wir wissen im Prinzip gar nichts«, meinte er. »Tausender in einer Plastiktüte beweisen doch eigentlich noch nichts.«

»Aber irgend etwas ist da faul«, erwiderte Göran Boman.

Kurt Wallander gab ihm recht. Etwas stimmte nicht mit der Damenfriseuse und ihrem Sohn.

Sie hielten an und aßen in einem Motel an der Ortsausfahrt von Kristianstad zu Mittag.

Kurt Wallander wollte die Polizei in Ystad anrufen.

Der Telefonapparat war kaputt, als er es versuchte.

Es war halb zwei, als sie nach Kristianstad zurückkamen. Bevor sie mit der dritten Frau weitermachen konnten, mußte Göran Boman seinem Büro einen Besuch abstatten.

Die Telefonistin in der Eingangshalle stoppte sie.

»Aus Ystad ist angerufen worden«, teilte sie ihnen mit. »Kurt Wallander soll sich melden.«

»Du kannst von meinem Büro aus telefonieren«, sagte Göran Boman.

Voller böser Vorahnungen wählte Kurt Wallander die Nummer, während Göran Boman Kaffee holte.

Ohne ein Wort zu sagen, verband Ebba ihn mit Rydberg.

»Es ist am besten, wenn du sofort herkommst«, sagte Rydberg. »Ein Verrückter hat einen somalischen Asylbewerber auf Hageholm erschossen.«

»Was zum Teufel meinst du damit?«

»Ich meine genau das, was ich sage. Dieser Somalier hatte einen kleinen Spaziergang gemacht. Jemand hat mit einer Schrotflinte auf ihn geschossen. Ich habe verzweifelt versucht, dich zu erreichen. Wo treibst du dich eigentlich rum?«

»Er ist tot?«

»Ihm wurde der Kopf weggeschossen.«

Kurt Wallander spürte, wie ihm übel wurde.

»Ich komme«, sagte er.

In dem Moment, als er den Hörer auflegte, kam Göran Boman, zwei Kaffeetassen balancierend, ins Zimmer. Kurt Wallander erzählte kurz, was passiert war.

»Du bekommst einen Einsatzwagen mit Eskorte«, entschied Göran Boman. »Ich lasse dir deinen eigenen Wagen von einem der jungen Kollegen bringen.«

Es ging alles sehr schnell. Nach ein paar Minuten war Kurt Wallander in einem Auto mit heulenden Sirenen auf dem Weg nach Ystad. Rydberg erwartete ihn auf dem Präsidium, und sie fuhren direkt weiter nach Hageholm.

»Haben wir irgendwelche Spuren?« wollte Kurt Wallander wissen.

»Keine, aber die Redaktion der Zeitung ›Sydsvenskan‹ bekam nur wenige Minuten nach dem Mord einen Anruf. Ein Mann sagte, daß dies die Rache für den Mord an Johannes Lövgren sei. Wenn sie das nächste Mal zuschlügen, würden sie eine Frau für Maria Lövgren nehmen.«

»Das ist doch der helle Wahnsinn«, sagte Kurt Wallander. »Wir verdächtigen doch gar keine Ausländer mehr.«

»Jemand scheint das Gegenteil zu denken. Nämlich, daß wir einigen Ausländern den Rücken decken.«

»Ich habe doch dementiert.«

»Die für das hier verantwortlich sind, scheißen auf deine Dementis. Für die ist das eine ausgezeichnete Gelegenheit, ihre Waffen hervorzuholen und damit die Jagd auf Asylanten zu beginnen.«

»Das ist doch Wahnsinn!«

»Natürlich ist das Wahnsinn. Aber es ist die Realität.«

»Hat die Zeitung das Telefongespräch auf Band aufgenommen?«

»Ja.«

»Das will ich hören. Vielleicht ist es derselbe Mann, der mich angerufen hat.«

Das Auto raste durch die schonische Landschaft.

»Was sollen wir jetzt machen?« fragte Kurt Wallander.

»Wir müssen die Mörder von Lenarp fassen«, erwiderte Rydberg. »Und zwar verdammt schnell.«

In Hageholm herrschten chaotische Zustände. Aufgeregte und weinende Asylbewerber hatten sich im Speisesaal versammelt, Journalisten machten Interviews, Telefone klingelten. Wallander stieg auf einem lehmigen Sumpfweg, einige hundert Meter von den Wohnhäusern entfernt, aus dem Auto. Es war windig geworden, und er schlug den Mantelkragen hoch. Das Gebiet um den Weg war bereits abgesperrt worden. Der tote Körper lag bäuchlings im Lehm.

Kurt Wallander hob das über dem Toten ausgebreitete Tuch vorsichtig ein Stück hoch.

Rydberg hatte nicht übertrieben. Von dem Kopf war so gut wie nichts übriggeblieben.

»Schüsse aus unmittelbarer Nähe«, sagte Hansson, der daneben stand. »Der Täter muß aus einem Versteck gekrochen sein und die Schüsse aus ein paar Metern Entfernung abgegeben haben.«

»Schüsse?« sagte Kurt Wallander fragend.

»Die Leiterin des Lagers behauptet, daß sie kurz hintereinander zwei Schüsse gehört hat.«

Kurt Wallander sah sich um.

»Autospuren«, stellte er fest. »Wohin führt dieser Weg?«

»Zwei Kilometer weiter unten kommst du auf die E 14.«

»Und niemand hat etwas gesehen?«

»Es ist schwierig, Asylanten zu verhören, die fünfzehn unterschiedliche Sprachen sprechen. Aber wir sind dabei.«

»Wissen wir, wer der Tote ist?«

»Er hatte eine Frau und neun Kinder.«

Kurt Wallander sah Hansson ungläubig an.

»Neun Kinder?«

»Stell dir nur die morgigen Schlagzeilen vor«, antwortete Hansson. »Unschuldiger Asylbewerber während eines Spaziergangs ermordet. Neun Kinder ohne Vater.«

Svedberg kam von einem der Streifenwagen angelaufen.

»Der Polizeichef ist am Telefon«, sagte er.

Kurt Wallander sah ihn erstaunt an.

»Aber der kommt doch erst morgen aus Spanien zurück.«

»Nicht der. Der Reichspolizeichef.«

Kurt Wallander setzte sich ins Auto und nahm den Hörer. Der Reichspolizeichef sprach affektiert, und Kurt Wallander regte sich sofort auf über das, was er sagte.

»Das hier sieht schlimm aus. Mord aus rassistischen Motiven möchten wir in diesem Land am liebsten nicht haben.«

»Nein«, antwortete Kurt Wallander.

»Diese Ermittlung muß absolute Priorität haben.«

»Ja. Aber wir haben schon den Doppelmord von Lenarp am Hals.«

»Machen Sie Fortschritte?«

»Ich glaube schon. Aber es dauert eben.«

»Ich möchte, daß Sie mir persönlich Bericht erstatten. Heute abend soll ich an einer Fernsehdiskussion teilnehmen und brauche daher alle zur Verfügung stehenden Informationen.«

»Ich werde es veranlassen.«

Das Gespräch war zu Ende.

Kurt Wallander blieb noch eine Weile im Auto sitzen.

Darum muß sich Näslund kümmern, dachte er. Er kann Stockholm mit Papieren füttern.

Er fühlte sich nicht wohl in seiner Haut. Sein Kater war verschwunden, und er dachte an das, was in der letzten Nacht passiert war. Daran wurde er auch durch Peters erinnert, den er von einem gerade eingetroffenen Einsatzwagen herkommen sah.

Dann dachte er an Mona und den Mann, der sie abgeholt hatte.

Und an die lachende Linda. Den farbigen Mann an ihrer Seite.

An seinen Vater, der sein ewiges Bild malte.

Er dachte auch an sich selbst.

Leben hat seine Zeit, und Sterben hat seine Zeit. Dann zwang er sich, aus dem Auto zu steigen, um mit den Ermittlungen zu beginnen.

Es darf jetzt nicht noch mehr passieren, dachte er.

Dann schlagen die Wogen über uns zusammen.

Es war Viertel nach drei. Wieder einmal hatte es angefangen zu regnen.

10

Kurt Wallander stand im strömenden Regen und fror. Es war jetzt fast fünf Uhr, und die Polizei hatte rund um den Tatort Scheinwerfer angebracht. Er beobachtete zwei Sanitäter, die mit einer Bahre durch den Lehm stapften. Der tote Somalier sollte weggetragen werden. Während er den lehmigen Brei überall betrachtete, fragte er sich, ob es nicht selbst für einen so geschickten Polizisten wie Rydberg unmöglich sein würde, hier irgendwelche Spuren zu sichern.

Trotzdem fühlte er sich momentan ein wenig entlastet. Bis vor zehn Minuten war die Polizei von einer hysterischen Ehefrau und neun jämmerlich schreienden Kindern umgeben gewesen. Die Ehefrau des Toten hatte sich in den Lehm geworfen, und ihr Klagen war so herzzerreißend, daß mehrere Polizisten es nicht mehr ausgehalten hatten und weggegangen waren. Zu seiner Verwunderung mußte Kurt Wallander feststellen, daß der einzige, der mit der trauernden Frau und den verzweifelten Kindern umgehen konnte, Martinsson war. Der jüngste von allen Polizisten, der in seiner bisherigen Polizeilaufbahn noch nie zuvor gezwungen gewesen war, einem Angehörigen die Todesnachricht zu überbringen. Er hatte die Frau gehalten, neben ihr im Lehm gekniet, und irgendwie hatten sie einander verstanden, über alle sprachlichen Grenzen hinweg. Ein Priester, der in aller Eile herbeigerufen worden war, hatte natürlich nichts ausrichten können. Martinsson dagegen war es allmählich geglückt, die Frau und die Kinder dazu zu bewegen, mit ihm zum Hauptgebäude zurückzukehren, wo ein Arzt wartete, der sich um sie kümmern würde.

Rydberg kam durch den Lehm gestapft. Seine Hose war bis zur Hüfte verdreckt.

»Was für ein verdammtes Durcheinander«, sagte er. »Aber Hansson und Svedberg haben gerackert wie die Blöden. Sie haben es doch noch geschafft, zwei Flüchtlinge und einen Dolmetscher aufzutreiben, die tatsächlich glauben, etwas gesehen zu haben.«

»Was gesehen zu haben?«

»Woher soll ich das wissen? Ich spreche weder Arabisch noch Suaheli. Aber sie fahren jetzt nach Ystad. Die Einwanderungsbehörde hat uns Dolmetscher versprochen. Ich dachte, es wäre das beste, wenn du die Verhöre übernehmen würdest.«

Kurt Wallander nickte.

»Haben wir Anhaltspunkte, von denen wir ausgehen können?«

Rydberg holte sein zerschlissenes Notizbuch hervor.

»Er wurde genau um eins getötet«, sagte er. »Die hiesige Leiterin hörte gerade die Nachrichten im Radio, als es knallte. Es waren zwei Schüsse. Aber das weißt du ja schon. Er war tot, bevor er auf die Erde schlug. Es scheint sich um ganz gewöhnliche Schrotmunition zu handeln. Marke Gyttorp, vermute ich. Nitrox 36 wahrscheinlich. Das ist wohl alles.«

»Das ist nicht viel.«

»Ich finde, das ist schlicht und ergreifend gar nichts. Aber vielleicht erfahren wir etwas von den Zeugen.«

»Ich habe Bescheid gesagt, daß wir alle Überstunden machen müssen«, sagte Kurt Wallander. »Jetzt müssen wir wirklich Einsatz zeigen, und wenn es sein muß, rund um die Uhr arbeiten.«

Gerade zum Polizeipräsidium zurückgekommen, brachte ihn das erste Verhör auch schon fast zur Verzweiflung. Der Dolmetscher, von dem es hieß, daß er Suaheli beherrsche, verstand nicht den speziellen Dialekt, den der Zeuge sprach. Es handelte sich um einen jungen Mann aus Malawi. Kurt Wallander brauchte fast eine halbe Stunde, bis er begriff, daß der Dolmetscher nicht im geringsten das übersetzte, was der Zeuge sagte. Anschließend dauerte es noch einmal zwanzig Minuten, bis schließlich herauskam, daß der Malawier aus einem nicht durchschaubaren Grund Luvale beherrschte, eine Sprache, die in Teilen von Zaire und Sambia gesprochen wurde. Diesmal hatten sie Glück. Einer der Repräsentanten der Einwanderungs- behörde kannte eine alte Missionarin, die fließend Luvale sprach. Sie war fast neunzig Jahre alt und lebte in einem Alters- heim in Trelleborg. Nachdem er mit seinen Kollegen dort Kon- takt aufgenommen hatte, war ihm versprochen worden, daß die Missionarin mit Polizeieskorte nach Ystad gebracht würde. Kurt Wallander vermutete, daß eine neunzigjährige Missio- narin nicht in allerbester Form sein würde. Aber er irrte sich gewaltig. Eine kleine, weißhaarige Dame mit hellwachen Au- gen stand plötzlich auf der Schwelle seines Zimmers, und be- vor er noch begriff, was eigentlich vor sich ging, war sie schon mitten in einem lebhaften Gespräch mit dem jungen Mann.

Leider stellte sich dabei heraus, daß der Malawier nichts gesehen hatte.

»Fragen Sie ihn bitte, warum er sich als Zeuge gemeldet hat«, sagte Kurt Wallander müde.

Die Missionarin und der junge Mann tauchten wieder in eine lange Unterhaltung ein.

»Er fand wohl einfach, es wäre spannend«, sagte sie schließ- lich. »Und das kann man ja auch irgendwie verstehen.«

»Kann man?« wollte Kurt Wallander wissen.

»Sie sind doch wohl auch einmal jung gewesen«, erwiderte die alte Frau.

Der Malawier wurde nach Hageholm zurückgeschickt, und die Missionarin kehrte nach Trelleborg zurück.

Der nächste Zeuge hatte dann wirklich etwas zu berichten. Es handelte sich um einen iranischen Dolmetscher, der gut Schwedisch sprach. Genau wie der tote Somalier hatte er sich draußen auf einem Spaziergang im Gelände um Hageholm be- funden, als die Schüsse fielen.

Kurt Wallander holte einen Ausschnitt aus der Generalstabskarte hervor, der das Gebiet um Hageholm zeigte. Er markierte den Tatort mit einem Kreuz, und der Dolmetscher konnte sofort zeigen, wo er sich befunden hatte, als er die zwei Schüsse gehört hatte. Kurt Wallander berechnete die Entfernung auf ungefähr dreihundert Meter.

»Nach den Schüssen habe ich ein Auto gehört«, sagte der Dolmetscher.

»Aber Sie haben es nicht gesehen?«

»Nein. Ich war im Wald. Die Straße war von dort aus nicht zu sehen.«

Der Dolmetscher zeigte wieder auf die Karte. Südlich.

Dann überraschte er Kurt Wallander wirklich.

»Es war ein Citroën«, sagte er.

»Ein Citroën?«

»Einer von denen, die ihr hier in Schweden eine Kröte nennt.«

»Woher wollen Sie das so genau wissen?«

»Ich bin in Teheran aufgewachsen. Als wir Kinder waren, haben wir uns beigebracht, unterschiedliche Automarken an ihrem Motorengeräusch zu erkennen. Ein Citroën ist einfach. Besonders die Kröte.«

Kurt Wallander wußte nicht so recht, ob er dieser Geschichte Glauben schenken sollte. Dann entschied er sich blitzschnell.

»Kommen Sie bitte mit auf den Hof«, sagte er. »Und wenn Sie hinauskommen, drehen Sie sich um und schließen die Augen.«

Draußen im Regen startete er seinen Peugeot und fuhr eine Runde über den Parkplatz. Die ganze Zeit über beobachtete er den Dolmetscher genau.

»Nun«, fragte er dann. »Was war es?«

»Ein Peugeot«, antwortete der Dolmetscher, ohne zu zögern.

»Gut«, sagte Kurt Wallander. »Wirklich verdammt gut.«

Er schickte den Zeugen nach Hause und gab Anweisung, nach einem Citroën zu fahnden, der zwischen Hageholm und der E 14 in westlicher Richtung gesehen worden war. Die Nachrichtenagenturen wurden ebenfalls davon informiert, daß die Polizei jetzt nach einem Citroën fahndete, von dem angenommen wurde, daß er mit dem Mordfall zu tun hatte.

Der dritte Zeuge war eine junge Frau aus Rumänien. Sie saß in Kurt Wallanders Büro und stillte während des Verhörs ihr Kind. Der Dolmetscher sprach nur bruchstückhaft Schwedisch, aber Kurt Wallander glaubte trotzdem eine recht genaue Auffassung von dem zu bekommen, was die Frau gesehen hatte.

Sie war den gleichen Weg gegangen wie der ermordete Somalier und hatte ihn auf dem Rückweg zur Unterkunft getroffen.

»Wieviel Zeit?« fragte Wallander. »Wieviel Zeit war zwischen Ihrem Treffen und dem Moment, in dem Sie die Schüsse gehört haben?«

»Vielleicht drei Minuten.«

»Haben Sie noch jemanden gesehen?«

Die Frau nickte, und Kurt Wallander beugte sich gespannt über den Schreibtisch.

»Wo?« fragte er. »Zeigen Sie es auf der Karte!«

Der Dolmetscher hielt den Säugling, während die Frau auf der Karte suchte.

Kurt Wallander sah, daß es direkt neben dem Tatort gewesen war.

»Erzählen Sie«, sagte er. »Lassen Sie sich Zeit. Denken Sie nach.«

Der Dolmetscher übersetzte, und die Frau dachte nach.

»Ein Mann in einem blauen Overall«, sagte sie schließlich. »Er stand dort auf dem Feld.«

»Wie sah er aus?«

»Er hatte wenig Haar.«

»Wie groß war er?«

»Normal groß.«

»Bin ich ein normal großer Mann?«

Kurt Wallander stellte sich vor sie.

»Er war größer.«

»Wie alt war er?«

»Er war nicht jung, aber auch nicht alt. Vielleicht fünfundvierzig Jahre alt.«

»Hat er Sie gesehen?«

»Ich glaube nicht.«

»Was machte er da draußen auf dem Feld?«

»Er aß.«

»Aß?«

»Er aß einen Apfel.«

Kurt Wallander dachte nach.

»Ein Mann in einem blauen Overall steht auf einem Acker neben der Straße und ißt einen Apfel. Habe ich das so richtig verstanden?«

»Ja.«

»War er allein?«

»Ich habe sonst keinen gesehen. Aber ich glaube nicht, daß er allein war.«

»Warum glauben Sie das nicht?«

»Es sah aus, als würde er auf jemanden warten.«

»Hatte der Mann eine Waffe bei sich?«

Die Frau dachte wieder nach.

»Es lag vielleicht ein braunes Paket neben seinen Füßen«, sagte sie. »Vielleicht war es aber auch nur Lehm.«

»Was geschah, nachdem Sie den Mann gesehen hatten?«

»Ich habe mich beeilt, nach Hause zu kommen, so schnell es ging.«

»Warum hatten Sie es so eilig?«

»Es ist nicht gut, fremde Männer im Wald zu treffen.«

Kurt Wallander nickte.

»Haben Sie ein Auto gesehen?« fragte er.

»Nein. Kein Auto.«

»Können Sie den Mann noch genauer beschreiben?«

Sie dachte lange nach, bevor sie antwortete. Das Kind schlief währenddessen in den Armen des Dolmetschers.

»Er sah stark aus«, sagte sie. »Ich glaube, er hatte große Hände.«

»Welche Farbe hatten seine Haare? Die wenigen, die er noch hatte?«

»Schwedische Farbe.«

»Blonde Haare?«

»Ja. Und seine Glatze sah so aus.«

Sie zeichnete einen Halbmond in die Luft.

Dann konnte sie zur Unterkunft zurückfahren. Wallander holte sich eine Tasse Kaffee. Svedberg erkundigte sich, ob er eine Pizza haben wollte. Er nickte.

Um Viertel vor neun abends versammelten sich die Polizisten zu einer Besprechung in der Kantine. Kurt Wallander fand immer noch, daß alle außer Näslund erstaunlich frisch aussahen. Näslund war erkältet und hatte Fieber, weigerte sich aber beharrlich, nach Hause zu fahren.

Während sie untereinander ihre Pizzen und Butterbrote aufteilten, versuchte Kurt Wallander, eine Art Zusammenfassung zu geben. Er hatte ein Bild von der Wand genommen und warf nun mit einem Overhead-Projektor eine Folie an die Wand, auf der eine Karte mit der Umgebung des Tatorts zu sehen war. Er hatte den Tatort mit einem Kreuz markiert und die Standorte und Bewegungen der Zeugen eingezeichnet.

»Wir tappen also nicht völlig im dunkeln«, begann er seinen Vortrag. »Wir kennen den genauen Zeitpunkt, und wir haben zwei glaubwürdige Zeugen. Einige Minuten, bevor die Schüsse fallen, sieht die Zeugin einen Mann in einem blauen Overall auf dem Feld direkt neben dem Weg stehen. Die Angabe stimmt genau mit der Zeit überein, die der Tote gebraucht haben muß, um zu diesem Punkt zu gelangen. Außerdem wissen wir, daß der Mörder in einem Citroën geflohen und in südwestliche Richtung gefahren ist.«

Sein Vortrag wurde dadurch unterbrochen, daß Rydberg die

Kantine betrat. Die dort versammelten Polizisten brachen in Gelächter aus. Rydberg war bis zum Kinn mit Lehm beschmiert. Er zog sich die schmutzigen und nassen Schuhe aus und nahm dankbar ein Brot an, das ihm angeboten wurde.

»Du kommst genau zur rechten Zeit«, sagte Kurt Wallander. »Was hast du gefunden?«

»Ich bin zwei Stunden lang auf diesem Acker herumgekrochen«, antwortete Rydberg. »Die Rumänin konnte mir die Stelle ziemlich genau zeigen, an der der Mann gestanden hat. Wir haben dort Fußspuren gefunden. Von Gummistiefeln. Und sie sagt, daß er welche getragen hat. Gewöhnliche derbe Gummistiefel. Dann habe ich noch ein Apfelgehäuse gefunden.«

Rydberg zog eine Plastiktüte aus der Tasche.

»Mit ein wenig Glück finden wir Fingerabdrücke«, sagte er.

»Kann man wirklich Fingerabdrücke auf einem Apfelgehäuse finden?« fragte Kurt Wallander erstaunt.

»Fingerabdrücke kann man auf nahezu allem finden«, antwortete Rydberg. »Man kann aber zum Beispiel auch ein Haar finden, ein wenig Speichel oder Hautpartikel.«

Er legte die Plastiktüte auf den Tisch, ganz vorsichtig, so als handele es sich um ein Stück Porzellan.

»Dann bin ich den Fußspuren gefolgt«, fuhr er fort. »Und wenn dieser Apfelmann wirklich unser Mörder ist, dann glaube ich, daß er folgenden Weg genommen hat.«

Rydberg zog seinen Stift aus dem Notizbuch und stellte sich an den Projektor.

»Er hat den Somalier auf dem Weg näher kommen sehen. Dann hat er das Apfelgehäuse weggeworfen und ist direkt vor dem Mann auf den Weg gekommen. Ich glaube gesehen zu haben, daß mit den Stiefeln ein wenig Lehm von dem Acker auf den Weg geschleppt worden ist. Dort hat er dann seine zwei Schüsse aus etwa vier Metern Entfernung abgefeuert. Danach hat er sich umgedreht und ist etwa fünfzig Meter auf dem Weg vom Tatort aus weggelaufen. Dort verläuft der Weg um eine

Biegung herum, und außerdem gibt es da eine kleine Ausbuchtung des Weges, in der ein Auto wenden kann. Dort gab es auch die erwarteten Reifenspuren. Außerdem habe ich an dieser Stelle zwei Zigarettenkippen gefunden.«

Er zog die nächste Plastiktüte aus der Tasche.

»Der Mann ist in den Wagen gesprungen und in südlicher Richtung davongefahren. Ich denke, das war der Tathergang. Im übrigen werde ich der Polizei die Rechnung für die Reinigung zukommen lassen.«

»Ich werde sie abzeichnen«, versprach Kurt Wallander. »Aber jetzt müssen wir nachdenken.«

Rydberg zeigte auf, ganz so, als säße er in einer Schulklasse.

»Ich habe schon ein paar Ideen«, sagte er. »Erstens bin ich mir sicher, daß es zwei waren. Einer, der am Auto gewartet hat, und ein zweiter, der geschossen hat.«

»Wie kommst du darauf?« fragte Kurt Wallander.

»Ein Mensch, der sich in einer so wichtigen Situation dafür entscheidet, einen Apfel zu essen, ist bestimmt kein Raucher. Ich denke, es gab eine Person, die am Auto gewartet hat. Einen Raucher. Und einen Mörder, der einen Apfel gegessen hat.«

»Das klingt plausibel.«

»Außerdem habe ich das Gefühl, daß alles haargenau geplant war. Es kann nicht allzu schwer sein, herauszufinden, daß die Asylanten auf Hageholm auf diesem Weg spazierengehen. Meistens sind sie wohl zu mehreren unterwegs. Aber manchmal geht auch jemand alleine. Wenn man sich dann noch wie ein Bauer kleidet, wird wohl kaum jemand etwas Verdächtiges vermuten. Außerdem war die Stelle gut ausgewählt, wenn man bedenkt, daß das Auto direkt in der Nähe stehen konnte, ohne gesehen zu werden. Ich glaube also, daß diese Wahnsinnstat eine kaltblütige Hinrichtung war. Das einzige, was die Mörder nicht wissen konnten, war, wer da alleine auf dem Weg kommen würde. Aber das interessierte sie ja auch überhaupt nicht.«

In der Kantine wurde es still. Rydbergs Analyse war so plausibel, daß niemand etwas einzuwenden hatte. Das Rücksichtslose der Mordtat wurde nun ebenfalls vollends deutlich.

Es war Svedberg, der schließlich die Stille durchbrach.

»Ein Bote ist mit einer Kassette von der ›Sydsvenskan‹ gekommen«, sagte er.

Jemand holte einen Kassettenrecorder.

Kurt Wallander erkannte die Stimme sofort wieder. Es war der gleiche Mann, der ihn zweimal angerufen und ihm gedroht hatte.

»Wir schicken das Band nach Stockholm«, sagte Kurt Wallander. »Vielleicht können die bei einer Analyse was herausbekommen.«

»Ich finde auch, daß wir herausbekommen sollten, welche Apfelsorte er gegessen hat«, meinte Rydberg. »Mit ein bißchen Glück kann man dann das Geschäft herausfinden, in dem der Apfel gekauft wurde.«

Dann begannen sie, über das Motiv zu sprechen.

»Rassismus«, sagte Kurt Wallander. »Da kommen verdammt viele in Frage. Aber ich nehme an, wir müssen anfangen, uns ernsthaft mit den ganzen rechtsextremen Bewegungen zu befassen. Offensichtlich sind wir in eine neue und wirklich ernstzunehmende Phase eingetreten. Jetzt werden keine Parolen mehr gepinselt. Jetzt werden Brandbomben geworfen und Leute ermordet. Aber ich glaube auf keinen Fall, daß es sich hier um die gleichen Personen handelt wie bei dem Brandanschlag auf die Baracken hier in Ystad. In dem Fall glaube ich nach wie vor an so etwas wie einen schlechten Scherz oder das Werk von ein paar Betrunkenen, die sich über die ganzen Asylanten aufregen. Dieser Mord hier ist anders gelagert. Entweder handelt es sich um Personen, die unabhängig handeln. Oder aber sie gehören zu einer Art Bewegung. Und bei denen werden wir uns einmal gründlich umsehen. Wir müssen auch an die Öffentlichkeit gehen und die Bevölkerung um Hinweise bitten. Ich werde auch in Stockholm um Hilfe bitten, damit wir uns einen genauen Überblick über die ganzen neuen rechtsextremen Bewegungen verschaffen können. Dieser Mord hat Alarmstufe auf Reichsniveau. Das bedeutet, daß wir alle Mittel bekommen, die wir haben wollen. Außerdem muß jemand diesen Citroën gesehen haben.«

»Es gibt einen Citroën-Club«, sagte Näslund mit heiserer Stimme. »Wir können deren Mitgliederlisten mit der Kraftfahrzeugkartei mischen. Die Leute, die in dem Club drin sind, kennen wahrscheinlich jeden einzelnen Citroën in diesem Land.«

Die Arbeitsaufgaben wurden verteilt. Es war fast halb elf, und die Besprechung war noch nicht beendet. Niemand dachte daran, nach Hause zu gehen.

Kurt Wallander setzte eine improvisierte Pressekonferenz in der Eingangshalle des Polizeipräsidiums an. Noch einmal betonte er, daß alle, die einen Citroën auf der E 14 gesehen hatten, sich melden sollten. Außerdem gab er die vorläufige Personenbeschreibung des Mörders bekannt.

Als er alles gesagt hatte, wurde er mit Fragen bestürmt.

»Nicht jetzt«, wehrte er ab. »Was ich zu sagen hatte, habe ich gesagt.«

Auf dem Rückweg zu seinem Büro traf er Hansson, der ihn fragte, ob er eine Aufzeichnung des Diskussionsprogramms sehen wollte, an dem der Reichspolizeichef teilgenommen hatte.

»Lieber nicht«, antwortete er. »Jedenfalls nicht jetzt.«

Er räumte seinen Schreibtisch auf. Den Zettel mit der Notiz, daß er seine Schwester anrufen wollte, klebte er auf den Telefonhörer. Dann rief er Göran Boman zu Hause an. Boman ging selbst an den Apparat.

»Wie läuft es?« fragte Boman.

»Wir haben einiges, dem wir nachgehen können«, antwortete Kurt Wallander. »Wir müssen am Ball bleiben.«

»Ich habe jedenfalls gute Nachrichten für dich.«

»Darauf hatte ich schon gehofft.«

»Die Kollegen in Sölvesborg haben Nils Velander gefunden. Offenbar hat er ein Boot auf einer Werft, an dem er ab und zu herumbastelt. Das Protokoll des Verhörs kommt erst morgen, aber ich hab' das Wichtigste schon herausbekommen. Er behauptet, daß er das Geld in der Plastiktüte mit seiner Reizwäsche verdient hat. Und er war damit einverstanden, daß die Scheine ausgetauscht werden, so daß wir sie auf Fingerabdrücke untersuchen können.«

»Die Raiffeisenbank hier in Ystad«, sagte Kurt Wallander. »Wir müssen nachfragen, ob die Scheinnummern zurückverfolgt werden können.«

»Das Geld kommt morgen. Aber um ehrlich zu sein, glaube ich nicht, daß er der Richtige ist.«

»Warum nicht?«

»Ich weiß nicht.«

»Ich dachte, du hättest etwas von guten Nachrichten gesagt?«

»Das habe ich auch. Jetzt komme ich nämlich zu der dritten Frau. Ich dachte mir, daß du wohl nichts dagegen haben würdest, daß ich sie alleine aufsuche.«

»Natürlich nicht.«

»Wie du dich vielleicht erinnerst, heißt sie Ellen Magnusson. Sie ist sechzig Jahre alt und arbeitet in einer Apotheke hier in Kristianstad. Ich hatte übrigens schon einmal mit ihr zu tun. Vor ein paar Jahren hat sie bei einem Verkehrsunfall einen Straßenarbeiter tödlich verletzt. Sie hat damals behauptet, sie wäre von der Sonne geblendet worden. Das stimmte wohl auch. 1955 brachte sie einen Sohn zur Welt, dessen Vater als unbekannt angegeben wurde. Der Sohn heißt Erik und wohnt heute in Malmö. Er ist bei der Stadt angestellt. Ich bin zu ihr nach Hause gefahren. Sie wirkte verängstigt und etwas überdreht, ganz so, als habe sie auf einen Besuch der Polizei gewartet. Sie leugnete, daß Johannes Lövgren der Vater des Jungen war. Aber ich hatte die ganze Zeit das Gefühl, daß sie lügt. Wenn du mich fragst, hätte ich große Lust, mich auf sie zu konzentrieren. Den Vogelhändler und seine Mutter werde ich deshalb natürlich nicht aus den Augen verlieren.«

»Die nächsten vierundzwanzig Stunden werde ich wohl zu nichts anderem kommen, als an dieser Sache hier weiterzuarbeiten«, sagte Kurt Wallander. »Ich bin dir für alles dankbar, was du mir abnehmen kannst.«

»Ich schicke dir die Unterlagen rüber«, sagte Göran Boman. »Und die Geldscheine. Ich nehme an, daß du den Empfang quittieren mußt.«

»Wenn das erst einmal alles vorbei ist, dann trinken wir einen Whisky zusammen«, erwiderte Kurt Wallander.

»Im März soll es auf Snogeholms Schloß eine Tagung über die neuen Schmuggelpfade für Drogen im ehemaligen Ostblock geben«, meinte Göran Boman. »Wie wäre es denn damit?«

»Klingt gut«, antwortete Kurt Wallander.

Sie beendeten das Gespräch, und er ging zu Martinsson hinein, um nachzufragen, ob schon Hinweise auf den gesuchten Citroën eingegangen waren.

Martinsson schüttelte den Kopf. Noch nichts.

Kurt Wallander kehrte zurück in sein Büro und legte die Füße auf den Schreibtisch. Es war halb zwölf. Langsam sammelte er seine Gedanken. Zunächst ging er systematisch den Mord in der Nähe der Flüchtlingsunterkunft durch. War ihm etwas entgangen? Gab es eine Lücke in Rydbergs Ablauf der Ereignisse oder etwas, was man unmittelbar in Angriff nehmen mußte?

Er war zufrieden damit, daß die Ermittlungen so effektiv angelaufen waren, wie man sich nur denken konnte. Jetzt galt es vor allem, die Ergebnisse der verschiedenen technischen Analysen abzuwarten und zu hoffen, daß das Auto gefunden wurde.

Er änderte seine Stellung auf dem Stuhl, löste den Knoten seiner Krawatte und dachte an das, was Göran Boman berichtet hatte. Er verließ sich voll und ganz auf dessen Einschätzung.

Wenn Boman den Eindruck hatte, daß die Frau log, dann war da sicher auch etwas dran.

Aber warum nahm er Nils Velander so auf die leichte Schulter?

Er zog die Füße vom Schreibtisch herunter und griff nach einem leeren Blatt Papier. Dann machte er sich einen Merkzettel mit allen Sachen, die er in den nächsten Tagen unbedingt erledigen mußte. Er nahm sich vor, bereits am nächsten Tag etwas bei der Raiffeisenbank zu erreichen, obwohl es ein Samstag war.

Als er mit seinem Merkzettel fertig war, stand er auf und reckte sich. Es war kurz nach Mitternacht. Im Flur hörte er Hansson mit Martinsson reden. Aber er konnte nicht verstehen, was sie sagten.

Draußen vor dem Fenster schwankte eine Straßenlaterne im Wind. Er fühlte sich verschwitzt und schmutzig und überlegte, ob er nicht im Umkleideraum des Polizeipräsidiums eine Dusche nehmen sollte. Er öffnete das Fenster und sog die kalte Luft ein. Es hatte aufgehört zu regnen.

Er merkte, daß er beunruhigt war. Wie sollten sie nur verhindern, daß der Mörder ein weiteres Mal zuschlug?

Das nächste Opfer würde eine Frau sein, als Antwort auf Maria Lövgrens Tod.

Er setzte sich wieder an den Schreibtisch und zog den Ordner mit der Übersicht über alle Unterkünfte für Asylbewerber in Schonen zu sich heran. Der Mörder würde wohl kaum nach Hageholm zurückkehren. Aber auch so gab es genug denkbare Alternativen. Und wenn der Mörder sein Opfer genauso zufällig wählen sollte wie beim letzten Mal, hatten sie noch weniger Anhaltspunkte.

Außerdem konnten sie von den Asylbewerbern unmöglich verlangen, das Haus nicht zu verlassen.

Er schob den Ordner wieder weg und spannte ein Blatt in die Schreibmaschine ein.

Es war fast halb eins. Er dachte, daß er genausogut jetzt wie zu einem anderen Zeitpunkt seinen Bericht an Björk schreiben konnte.

In diesem Moment wurde die Tür geöffnet, und Svedberg trat ins Zimmer.

»Was Neues?« wollte Kurt Wallander wissen.

»In gewisser Weise schon«, sagte Svedberg und sah bekümmert aus.

»Was ist denn?«

»Ich weiß nicht recht, wie ich es erklären soll. Aber wir haben gerade einen Anruf von einem Bauern draußen bei Löderup bekommen.«

»Hat er den Citroën gesehen?«

»Nein. Aber er sagt, daß dein Vater im Schlafanzug auf einem Feld herumläuft. Mit einem Koffer in der Hand.«

Kurt Wallander war wie versteinert.

»Was sagst du da?«

»Der Typ, der anrief, schien mir völlig bei Sinnen. Er wollte eigentlich mit dir sprechen. Aber das Gespräch ist falsch verbunden worden und deshalb bei mir gelandet. Ich hab' gedacht, daß du wohl selbst entscheiden mußt, was zu tun ist.«

Kurt Wallander saß völlig regungslos und mit leerem Blick auf seinem Stuhl.

Dann stand er auf.

»Welches Feld?« fragte er.

»Es scheint, als wäre dein Vater auf dem Weg zur Hauptstraße.«

»Ich kümmere mich selbst darum und komme dann so schnell wie möglich zurück. Sieh zu, daß ich einen Wagen mit Funk bekomme, damit ihr mich erreichen könnt, wenn etwas ist.«

»Willst du, daß ich oder einer von den anderen mitfährt?«

Kurt Wallander schüttelte den Kopf.

»Vater ist senil geworden«, sagte er. »Ich muß wohl versuchen, ihn in einem Heim unterzubringen.«

Svedberg sorgte dafür, daß er die Schlüssel zu einem der mit Funk ausgerüsteten Wagen bekam.

Als er durch die Tür hinaustreten wollte, entdeckte er einen

Mann, der im Schatten des Gebäudes stand. Er erkannte in ihm einen Journalisten, der für eine der Abendzeitungen arbeitete.

»Ich will nicht, daß er mir folgt«, sagte er zu Svedberg.

Svedberg nickte.

»Warte, bis du mich zurücksetzen siehst und ich den Motor vor seinem Wagen abwürge. Dann kannst du fahren.«

Kurt Wallander setzte sich ins Auto und wartete.

Er sah den Journalisten rasch zu seinem eigenen Auto laufen. Dreißig Sekunden später kam Svedberg mit seinem Auto. Er stellte den Motor ab.

Der Wagen blockierte dem Journalisten die Ausfahrt. Kurt Wallander fuhr davon.

Er fuhr schnell. Viel zu schnell. Er ignorierte die Geschwindigkeitsbegrenzungen bei der Durchfahrt durch Sandskogen, war allerdings auch so gut wie allein auf der Straße. Aufgeschreckte Hasen flohen über den regennassen Asphalt.

Als er zu dem Dorf kam, in dem sein Vater wohnte, brauchte er nicht lange nach ihm zu suchen. Die Autoscheinwerfer fingen ihn ein, wie er in seinem blaugestreiften Schlafanzug barfuß auf einem Feld herumstolperte. Auf dem Kopf trug er seinen alten Hut und in der einen Hand einen großen Koffer. Irritiert hob er die Hand vor die Augen, als er von den Scheinwerfern geblendet wurde. Dann ging er weiter. Energisch, so als sei er tatsächlich auf dem Weg zu einem genau bekannten Ziel.

Kurt Wallander schaltete den Motor ab, ließ die Scheinwerfer allerdings an.

Dann ging er auf das Feld hinaus.

»Vater!« rief er. »Was zum Teufel machst du hier?«

Sein Vater antwortete nicht, sondern ging einfach weiter. Kurt Wallander folgte ihm. Er stolperte und fiel hin, so daß er bis zum Bauch naß wurde.

»Vater!« rief er noch einmal. »Bleib stehen! Wo willst du denn hin?«

Keine Reaktion. Sein Vater schien das Tempo zu erhöhen.

Bald würden sie zur Hauptstraße gelangen. Kurt Wallander holte ihn laufend und stolpernd ein und packte ihn am Arm. Aber sein Vater riß sich los und setzte seinen Weg fort.

Jetzt wurde Kurt Wallander wütend.

»Hier spricht die Polizei«, brüllte er. »Wenn Sie nicht stehenbleiben, feuern wir Warnschüsse ab.«

Augenblicklich blieb sein Vater stehen und wandte sich um. Kurt Wallander sah, wie er gegen das Scheinwerferlicht anblinzelte.

»Was habe ich gesagt?« schrie er. »Du willst mich umbringen!«

Dann warf er seinen Koffer nach Kurt Wallander. Der Koffer sprang auf und brachte seinen Inhalt, bestehend aus schmutziger Unterwäsche, Farbtuben und Pinseln, zum Vorschein.

Kurt Wallander fühlte eine große Trauer in sich aufsteigen. Sein Vater war also tatsächlich in der verworrenen Vorstellung in die Nacht hinausgeirrt, daß er sich auf dem Weg nach Italien befand.

»Beruhige dich doch bitte, Vater«, sagte er. »Ich wollte dich zum Bahnhof fahren. Damit du nicht zu gehen brauchst.«

Der Vater sah ihn zweifelnd an.

»Das glaube ich dir nicht«, sagte er.

»Das ist doch selbstverständlich, daß ich meinen eigenen Vater zum Bahnhof bringe, wenn er verreisen will.«

Kurt Wallander hob den Koffer auf, machte ihn wieder zu und begann, zum Auto zurückzugehen. Er legte den Koffer in den Kofferraum und blieb wartend stehen. Sein Vater sah wie ein von Scheinwerfern eingefangenes Beutetier aus, wie er dort draußen auf dem Feld stand. Ein Tier, das bis zu einem aussichtslosen Endpunkt gejagt worden ist und nun nur noch auf den Gnadenschuß wartet.

Dann begann er, auf das Auto zuzugehen. Kurt Wallander konnte nicht entscheiden, ob das, was er da sah, ein Ausdruck für Würde oder für Erniedrigung war. Er öffnete die Hintertür, und sein Vater kletterte hinein. Auf dem Rücksitz fand sich eine Decke, die er ihm um die Schultern legte.

Er erschrak, als plötzlich ein Mann aus der Dunkelheit auftauchte. Ein alter Mann, mit einem schmutzigen Overall bekleidet.

»Ich hatte angerufen«, sagte der Mann. »Wie sieht's aus?«

»Alles in Ordnung«, antwortete Wallander. »Danke, daß Sie angerufen haben.«

»Es war reiner Zufall, daß ich ihn gesehen habe.«

»Ich verstehe. Nochmals vielen Dank.«

Er setzte sich ans Steuer. Als er sich umschaute, konnte er erkennen, daß sein Vater so sehr fror, daß es ihn unter der Decke schüttelte.

»Jetzt fahren wir zum Bahnhof, Vater«, sagte er. »Es dauert nicht lange.«

Er fuhr auf direktem Weg zur Notaufnahme des Krankenhauses. Dort traf er den jungen Arzt wieder, den er kurz zuvor bereits an Maria Lövgrens Sterbebett gesehen hatte. Er erklärte, was geschehen war.

»Wir behalten ihn über Nacht hier und beobachten ihn«, sagte der Arzt. »Er kann sich diese Nacht ziemlich unterkühlt haben. Morgen muß dann die Fürsorgerin versuchen, einen Platz für ihn zu finden.«

»Danke«, sagte Kurt Wallander. »Ich bleibe noch einen Augenblick bei ihm.«

Sein Vater war abgetrocknet und auf eine Trage gelegt worden.

»Schlafwagen nach Italien«, sagte er. »Endlich komme ich dorthin.«

Kurt Wallander setzte sich auf einen Stuhl neben der Trage.

»Ja genau«, erwiderte er. »Jetzt kommst du nach Italien.«

Es war schon nach zwei, als er schließlich das Krankenhaus verließ. Er fuhr zum Polizeipräsidium zurück. Alle außer Hansson waren für diese Nacht nach Hause gegangen. Hansson saß vor dem Fernseher und schaute sich die Aufnahme der Diskussionsveranstaltung an, an der der Reichspolizeichef teilgenommen hatte.

»Ist was gewesen?« fragte Wallander.

»Nichts«, antwortete Hansson. »Eine Reihe von Hinweisen natürlich. Aber kaum etwas wirklich Bahnbrechendes. Ich habe mir die Freiheit genommen, alle Leute nach Hause zu schicken, damit sie ein paar Stunden schlafen.«

»Das war gut. Seltsam, daß sich niemand wegen des Autos meldet.«

»Ich habe gerade darüber nachgedacht, während ich hier gesessen habe. Vielleicht fuhr er nur ein kurzes Stück auf der E 14 und ist dann wieder auf eine der Nebenstraßen abgefahren. Ich habe mir die Karten angesehen. Es gibt da ein richtiges Wirrwarr von kleinen Straßen in dieser Gegend. Plus einem großen Naherholungsgebiet, in das sich im Winter so schnell keiner verirrt. Die Streifen, die die Unterkünfte überwachen, durchkämmen diese Straßen heute nacht.«

Wallander nickte.

»Wir setzen einen Hubschrauber ein, sobald es hell wird. Das Auto könnte irgendwo in diesem Naherholungsgebiet versteckt sein.«

Er goß sich eine Tasse Kaffee ein.

»Svedberg hat mir das mit deinem Vater erzählt«, sagte Hansson. »Wie ist es gelaufen?«

»Alles in Ordnung. Der Alte ist senil geworden. Er ist jetzt im Krankenhaus. Aber es gab keine Probleme.«

»Geh nach Hause und schlaf ein paar Stunden. Du siehst völlig fertig aus.«

»Ich hab' da noch ein paar Sachen, die geschrieben werden müssen.«

Hansson schaltete den Videorecorder ab. »Ich haue mich ein wenig aufs Sofa«, meinte er.

Kurt Wallander ging in sein Büro und setzte sich an die Schreibmaschine. Seine Augen brannten vor Müdigkeit. Aber diese Müdigkeit war von unerwartet klaren Gedankengängen bekleidet. Ein Doppelmord wird begangen, dachte er. Und die Jagd nach den Mördern löst einen anderen Mord aus. Den wir schnell lösen müssen, um nicht noch einen Mord am Hals zu haben.

All das ist innerhalb von fünf Tagen passiert.

Dann schrieb er seinen Bericht für Björk. Er beschloß, dafür zu sorgen, daß er ihn schon auf dem Flugplatz bekam.

Er gähnte. Es war Viertel vor vier. Er war einfach zu müde, um an seinen Vater zu denken. Er befürchtete nur, daß die Fürsorgerin im Krankenhaus keine gute Lösung finden würde.

Der Zettel mit dem Namen seiner Schwester klebte noch am Telefon. In ein paar Stunden, wenn der Tag begann, mußte er sie anrufen.

Er gähnte wieder und roch an seinen Achselhöhlen. Er stank. Im gleichen Moment tauchte Hansson in der halboffenen Tür auf.

Wallander begriff sofort, daß etwas geschehen war.

»Jetzt haben wir etwas«, sagte Hansson.

»Was?«

»Ein Mann aus Malmö hat angerufen und gesagt, daß sein Auto gestohlen worden ist.«

»Ein Citroën?«

Hansson nickte.

»Wie kommt es, daß er das ausgerechnet um vier Uhr morgens merkt.«

»Er sagt, daß er zu einer Messe nach Göteborg wollte.«

»Hat er den Diebstahl den Kollegen in Malmö gemeldet?«

Hansson nickte. Kurt Wallander griff nach dem Telefonhörer.

»Dann laß uns die Sache angehen«, sagte er.

Die Polizei in Malmö versprach, den Mann so schnell wie möglich zu verhören. Die Nummer des gestohlenen Autos, das Baujahr und die Farbe wurden bereits im ganzen Land verbreitet.

»BBM 160«, meinte Hansson. »Eine taubenblaue Kröte mit

weißem Dach. Wie viele von der Sorte gibt es wohl im Land? Hundert?«

»Wenn das Auto nicht vergraben worden ist, dann finden wir es jedenfalls.«

»Wann geht die Sonne auf?«

»In vier, fünf Stunden«, antwortete Hansson.

»Sobald es hell ist, brauchen wir einen Helikopter über dem Naherholungsgebiet. Dafür mußt du sorgen.«

Hansson nickte. Er wollte gerade den Raum verlassen, als ihm noch etwas einfiel, was er vor lauter Müdigkeit vergessen hatte zu sagen.

»Ach Mist! Da ist noch etwas.«

»Der Typ, der anrief und gesagt hat, daß sein Auto gestohlen worden ist. Der war Polizist.«

Kurt Wallander sah Hansson erstaunt an.

»Polizist? Was meinst du damit?«

»Ich meine, daß er Polizist war. Wie du und ich.«

11

Kurt Wallander ging in eine der Arrestzellen, um ein wenig zu schlafen. Nur mit großer Mühe gelang es ihm, den Weckmechanismus an seiner Armbanduhr einzustellen. Er gönnte sich zwei Stunden Ruhe. Als er von dem Piepen am Arm aufwachte, hatte er anhaltende Kopfschmerzen. Der erste, an den er dachte, war sein Vater. Er nahm ein paar Kopfschmerztabletten, die in einem Sanitätskasten im Schrank lagen, und spülte sie mit einer Tasse lauwarmem Kaffee hinunter. Danach stand er lange da und konnte sich nicht entscheiden, ob er zuerst duschen oder seine Schwester in Stockholm anrufen sollte. Letztendlich ging er in den Umkleideraum des Polizeipräsidiums und stellte sich unter die Dusche. Die Kopfschmerzen ließen langsam nach. Aber die Müdigkeit machte ihm schwer zu schaffen, als er in den Stuhl hinter seinem Schreibtisch sank. Es war Viertel nach sieben. Er wußte, daß seine Schwester morgens immer früh wach war. Sie antwortete auch schon beim ersten Klingelzeichen. Er brachte ihr so schonend wie möglich bei, was passiert war.

»Warum hast du nicht früher angerufen?« fragte sie aufgeregt. »Du mußt doch wohl gemerkt haben, was los ist?«

»Ich habe es wohl zu spät bemerkt«, antwortete er ausweichend.

Sie vereinbarten, nach dem Gespräch mit der Fürsorgerin des Krankenhauses zu entscheiden, wann sie nach Schonen kommen sollte.

»Wie geht es Mona und Linda?« fragte sie, als sich das Gespräch dem Ende näherte.

Ihm wurde klar, daß sie nichts von ihrer Trennung wußte.

»Gut«, sagte er. »Ich ruf' dich später wieder an.«

Dann fuhr er mit dem Auto zum Krankenhaus. Die Temperatur war wieder unter null Grad gesunken. Aus Südwest zog ein eisiger Wind über die Stadt.

Von einer Krankenschwester, die gerade den Bericht des Nachtpersonals hereingereicht bekam, erfuhr er, daß sein Vater während der Nacht unruhig geschlafen hatte. Aber wie es aussah, hatte er von seinem nächtlichen Spaziergang über die Felder keine körperlichen Schäden davongetragen.

Kurt Wallander beschloß, ihn erst nach dem Treffen mit der Fürsorgerin zu besuchen.

Kurt Wallander traute Fürsorgern nicht. Er hatte den Eindruck, daß die meisten Sozialarbeiter, die hinzugezogen wurden, wenn die Polizei junge Straftäter gefaßt hatte, falsche Vorstellungen davon hatten, was eigentlich getan werden mußte. Fürsorger waren weich und zu nachgiebig, wo sie seiner Meinung nach bestimmte Forderungen stellen sollten. Die zuständigen staatlichen Behörden hatten ihn schon mehr als einmal rasend gemacht, weil er fand, daß sie junge Straftäter durch ihre Nachsicht noch dazu ermunterten, auf der schiefen Bahn weiterzumachen.

Aber vielleicht sind Krankenhausfürsorger anders, dachte er. Nachdem er kurz gewartet hatte, konnte er mit einer Frau reden, die um die Fünfzig war. Kurt Wallander beschrieb den plötzlichen Verfall. Wie unerwartet alles gekommen war, und wie hilflos er sich fühlte.

»Vielleicht geht es wieder vorüber«, meinte die Fürsorgerin. »Manchmal können ältere Menschen von einer temporären Verwirrung erfaßt werden. Wird sie überwunden, ist eine regelmäßige Haushaltshilfe vielleicht ausreichend. Falls sich herausstellt, daß jemand wirklich chronisch senil ist, müssen wir uns etwas anderes einfallen lassen.«

Sie entschieden, daß sein Vater das Wochenende über im Krankenhaus bleiben sollte. Danach würde sie mit den Ärzten darüber sprechen, was weiterhin geschehen sollte.

Kurt Wallander stand auf. Die Frau, die er vor sich hatte, machte den Eindruck, als ob sie wisse, wovon sie sprach.

»Es ist schwierig, sich dessen, was man tun soll, sicher zu sein«, sagte er.

Sie nickte.

»Nichts ist so schwierig, wie gezwungen zu sein, Eltern für unsere eigenen Eltern zu werden«, erwiderte sie. »Ich weiß. Meine eigene Mutter war am Ende so schwer zu versorgen, daß ich sie nicht mehr zu Hause behalten konnte.«

Kurt Wallander ging zu seinem Vater, der in einem Vierbettzimmer untergebracht war. Alle Betten waren belegt: Ein Mann mit einem Gips, ein anderer hatte sich zusammengekauert, als ob er schwere Magenschmerzen hätte. Und Kurt Wallanders Vater lag da und sah an die Decke.

»Wie geht es dir, Vater?« fragte er.

Es dauerte etwas, bis der Vater antwortete.

»Laß mich in Ruhe.«

Die Antwort kam mit leiser Stimme. Von dem ansonsten schlechtgelaunten und vorwurfsvollen Ton in seiner Stimme war nichts mehr zu hören. Kurt Wallander hatte das Gefühl, daß die Stimme seines Vaters voller Trauer war.

Er saß noch eine Weile auf der Bettkante. Dann ging er.

»Ich komme wieder, Vater. Ich soll dich von Kristina grüßen.«

Erfüllt von dem Gefühl seiner Machtlosigkeit, beeilte er sich, aus dem Krankenhaus herauszukommen. Der eisige Wind biß auf der Haut. Er hatte keine Lust, zum Polizeipräsidium zurückzufahren, und rief Hansson deshalb von dem rauschenden Autotelefon aus an.

»Ich fahre nach Malmö«, sagte er. »Ist der Hubschrauber schon gestartet?«

»Er sucht seit einer halben Stunde«, antwortete Hansson. »Bisher hat er nichts entdeckt. Wir haben auch zwei Hundestaffeln draußen. Wenn das verfluchte Auto wirklich in dem Naherholungsgebiet ist, finden wir es auch.«

Kurt Wallander fuhr nach Malmö. Der Berufsverkehr war gehetzt und dicht.

Ständig wurde er von Fahrern, die riskant überholten, an den Straßenrand gedrängt.

Ich hätte einen richtigen Streifenwagen nehmen sollen, dachte er. Aber vielleicht spielt selbst das heutzutage keine Rolle mehr?

Es war Viertel nach neun, als er im Polizeipräsidium von Malmö das Zimmer betrat, in dem der Mann, dessen Auto gestohlen worden war, auf ihn wartete. Bevor er zu ihm hineinging, verständigte er sich mit dem Polizeibeamten, der die Anzeige wegen Diebstahls entgegengenommen hatte.

»Stimmt es, daß er Polizist ist?« hatte Kurt Wallander gefragt.

»Er ist es gewesen«, hatte der Polizeibeamte geantwortet. »Aber er ist vorzeitig pensioniert worden.«

»Aus welchem Grund?«

Der Beamte hatte mit den Schultern gezuckt.

»Probleme mit den Nerven. Ich weiß nicht so genau.«

»Kennst du ihn?«

»Er war ein ziemlicher Einzelgänger. Obwohl wir zehn Jahre lang zusammengearbeitet haben, kann ich nicht behaupten, daß ich ihn kenne. Wenn ich es mal direkt sagen darf, glaube ich, daß ihn keiner richtig gekannt hat.«

»Irgend jemand muß doch ein bißchen mehr über ihn wissen?«

Der Polizist zuckte wieder mit den Schultern.

»Ich werde versuchen, etwas herauszubekommen. Aber es kann doch schließlich jedem das Auto geklaut werden?«

Kurt Wallander ging in das Zimmer und begrüßte den Mann, der Rune Bergman hieß. Er war 53 Jahre alt und vor vier Jahren pensioniert worden. Er war mager und hatte einen flackernden, unsteten Blick. An einem Nasenflügel hatte er eine Narbe, die von einem Messerstich stammen konnte.

Kurt Wallander bekam unmittelbar das Gefühl, daß der vor

ihm sitzende Mann auf der Hut war. Warum, wußte er nicht. Aber er hatte nun einmal so ein Gefühl, das sich im Verlauf des Gesprächs noch vertiefte.

»Erzählen Sie«, sagte er. »Um vier Uhr haben Sie bemerkt, daß Ihr Auto weg ist?«

»Ich wollte nach Göteborg fahren. Ich fahre gerne in der Morgendämmerung, wenn ich eine weite Strecke vor mir habe. Als ich hinauskam, war das Auto weg.«

»Aus der Garage oder vom Parkplatz?«

»Von der Straße vor dem Haus, in dem ich wohne. Ich habe eine Garage. Aber in der steht so viel Schrott, daß das Auto nicht mehr reinpaßt.«

»Wo wohnen Sie?«

»In einer Reihenhaussiedlung bei Jägersro.«

»Kann es sein, daß einer Ihrer Nachbarn etwas gesehen hat?«

»Ich habe sie schon gefragt. Aber es scheint tatsächlich niemand etwas gehört oder gesehen zu haben.«

»Wann haben Sie Ihr Auto zuletzt gesehen?«

»Ich war den ganzen Tag im Haus. Aber am Abend vorher stand es noch auf seinem Platz.«

»Abgeschlossen?«

»Natürlich war es abgeschlossen.«

»Hatte es ein Lenkradschloß?«

»Leider nicht. Das war kaputt.«

Die Antworten kamen unbefangen. Aber Kurt Wallander wurde trotzdem das Gefühl nicht los, daß der Mann auf der Hut war.

»Zu welcher Messe wollten Sie fahren?«

Der Mann ihm gegenüber sah ihn erstaunt an.

»Was hat das mit der Sache zu tun?«

»Nichts. Es interessiert mich nur.«

»Eine Flugmesse, wenn Sie es genau wissen wollen.«

»Eine Flugmesse?«

»Ich interessiere mich für alte Flugzeuge. Ich baue selbst einige Modelle nach.«

»Wenn ich richtig verstanden habe, sind Sie vorzeitig in den Ruhestand versetzt worden?«

»Was um alles in der Welt hat das mit meinem geklauten Auto zu tun?«

»Nichts.«

»Warum suchen Sie nicht lieber nach dem Auto, anstatt in meinem Privatleben rumzuschnüffeln?«

»Wir sind dabei. Wie Sie bereits wissen, halten wir es für möglich, daß derjenige, der Ihr Auto geklaut hat, einen Doppelmord begangen hat. Oder vielleicht sollte ich es eine Hinrichtung nennen.«

Der Mann sah ihm direkt in die Augen. Das Flackern hatte plötzlich aufgehört.

»Ich habe davon gehört«, sagte er.

Kurt Wallander hatte keine weiteren Fragen mehr.

»Ich dachte, daß wir zu Ihnen nach Hause fahren könnten. Damit ich sehen kann, wo der Wagen geparkt war.«

»Ich werde Ihnen keinen Kaffee anbieten. Bei mir ist nicht aufgeräumt.«

»Sind Sie verheiratet?«

»Ich bin geschieden.«

Sie fuhren mit Kurt Wallanders Auto. Die Reihenhaussiedlung war älteren Datums und lag hinter der Rennbahn in Jägersro. Sie hielten vor einem Haus aus gelben Ziegeln und mit einem kleinen Vorgarten.

»Hier, wo Sie stehen, stand mein Auto«, sagte der Mann. »Genau an dieser Stelle.«

Kurt Wallander setzte ein paar Meter zurück, und sie stiegen aus. Kurt Wallander sah, daß der Wagen mitten zwischen zwei Straßenlaternen gestanden haben mußte.

»Stehen hier nachts viele Autos auf der Straße?« fragte er.

»Es steht ungefähr eins vor jedem Haus. Viele von denen, die hier wohnen, haben zwei Autos. In die Garage paßt nur eins.«

Kurt Wallander zeigte auf die Straßenlaternen.

»Funktionieren die?« wollte er wissen.

»Ja. Wenn eine kaputt ist, merke ich das.«

Kurt Wallander sah sich um und dachte nach. Er hatte keine weiteren Fragen.

»Ich gehe davon aus, daß wir uns wieder melden werden«, sagte er.

Plötzlich fiel ihm ein, daß er doch noch eine Frage hatte.

»Haben Sie einen Waffenschein?« fragte er. »Waffen?«

Der Mann neben ihm erstarrte.

Im selben Augenblick schoß Kurt Wallander ein wahnwitziger Gedanke durch den Kopf.

Der Autodiebstahl war nur vorgeschoben.

Der Mann neben ihm war einer der beiden Männer, die am Tag zuvor den Somalier erschossen hatten.

»Was zum Teufel soll diese Frage?« gab der Mann zurück. »Waffenschein? Sie sind doch wohl nicht so verflucht blöde, daß Sie denken, ich hätte etwas mit der Sache zu tun?«

»Als ehemaliger Polizist sollten Sie wissen, daß man die unterschiedlichsten Fragen stellen muß«, erwiderte Kurt Wallander. »Haben Sie Waffen zu Hause?«

»Ich habe sowohl Waffen als auch einen Waffenschein.«

»Was für Waffen?«

»Ich jage ab und zu. Ich habe ein Mausergewehr für die Elchjagd.«

»Und was sonst noch?«

»Eine Schrotflinte. Lanber Baron. Ein spanisches Gewehr. Für die Hasenjagd.«

»Ich werde jemanden herschicken, der die Gewehre holt.«

»Warum?«

»Weil der Mann, der gestern ermordet worden ist, auf kurze Distanz mit einer Schrotflinte erschossen wurde.«

Der Mann sah ihn verächtlich an.

»Sie spinnen ja«, meinte er. »Sie haben sie doch wirklich nicht mehr alle.«

Kurt Wallander ließ ihn stehen und fuhr direkt zum Polizeipräsidium zurück. Er fragte nach einem Telefon und rief in Ystad an. Noch war kein Auto gefunden worden. Dann verlangte er den diensthabenden Leiter der Abteilung für Gewaltverbrechen in Malmö zu sprechen. Er hatte ihn früher schon einmal getroffen und ihn als großspurig und selbstherrlich in Erinnerung. Bei derselben Gelegenheit hatte er Göran Boman zum ersten Mal getroffen.

Kurt Wallander brachte sein Anliegen vor.

»Ich will eine Überprüfung seiner Waffen«, sagte er. »Ich will, daß das Haus durchsucht wird. Außerdem will ich wissen, ob er Verbindungen zu rassistischen Organisationen hat.«

Der Polizeibeamte sah ihn lange prüfend an.

»Hast du Gründe zu glauben, daß er sich diesen Autodiebstahl ausgedacht hat? Daß er in den Mord verwickelt sein könnte?«

»Er hat Waffen. Und wir müssen alles untersuchen.«

»Es gibt hunderttausend Schrotflinten in diesem Land. Und wie stellst du dir eigentlich vor, daß ich wegen eines Autodiebstahls einen Durchsuchungsbefehl bekommen soll?«

»Der Fall hat höchste Priorität«, gab Kurt Wallander gereizt zurück. »Ich rufe den Bezirkspolizeichef an. Den Reichspolizeichef, wenn es sein muß.«

»Ich werde tun, was ich kann«, antwortete der Beamte. »Aber es wird nie besonders gern gesehen, wenn man im Privatleben von Kollegen herumschnüffelt. Und, was glaubst du, wird passieren, wenn das hier in die Zeitungen kommt?«

»Da scheiß' ich drauf«, erwiderte Kurt Wallander. »Ich habe drei Morde am Hals. Und das Versprechen eines vierten. Den gedenke ich zu verhindern.«

Auf dem Weg nach Ystad hielt er auf Hageholm an. Die kriminaltechnische Untersuchung wurde gerade abgeschlossen. Auf dem Platz ging er Rydbergs Theorie über den wahrscheinlichen Tathergang durch und gab ihm recht. Das Auto war bestimmt an der Stelle, die Rydberg gekennzeichnet hatte, geparkt gewesen.

Plötzlich fiel ihm ein, daß er vergessen hatte, den Polizisten mit dem gestohlenen Auto zu fragen, ob er rauchte. Oder Äpfel aß.

Er fuhr weiter nach Ystad. Es war zwölf Uhr. Gerade als er durch die Türen des Präsidiums trat, traf er eine Sekretärin, die zum Mittagessen ging. Er bat sie, ihm eine Pizza mitzubringen.

Er schaute kurz bei Hansson rein; immer noch kein Auto.

»Besprechung bei mir in einer Viertelstunde«, sagte Kurt Wallander. »Versuch, alle zusammenzutrommeln. Diejenigen, die unterwegs sind, sollen sich am Telefon bereithalten.«

Ohne sich die Jacke auszuziehen, setzte er sich auf seinen Stuhl und rief wieder seine Schwester an. Sie verabredeten, daß er sie am nächsten Tag um zehn Uhr auf Sturup abholen würde.

Dann drückte er wieder auf die Beule an seiner Stirn, deren Farbe jetzt zwischen Gelb, Schwarz und Rot wechselte.

Nach zwanzig Minuten waren alle, außer Martinsson und Svedberg, versammelt.

»Svedberg ist unterwegs und gräbt in einer Kiesgrube«, sagte Rydberg. »Es hat jemand angerufen und gesagt, daß dort ein mysteriöser Personenwagen gesehen worden ist. Martinsson versucht gerade, einen aus dem Citroënclub zu finden, der angeblich über alle Citroëns, die in Schonen rumfahren, Bescheid wissen soll. Es ist ein Hautarzt aus Lund.«

»Ein Hautarzt aus Lund?« fragte Kurt Wallander erstaunt.

»Es gibt auch Leute, die Briefmarken sammeln«, erwiderte Rydberg. »Warum soll dann nicht ein Hautarzt aus Lund Citroëns lieben?«

Kurt Wallander erzählte von seinem Treffen mit dem ehemaligen Polizisten aus Malmö.

Er hörte selbst, wie hohl es klang, als er sagte, daß er eine gründliche Untersuchung des Mannes angeordnet hatte.

»Das hört sich nicht besonders wahrscheinlich an«, meinte Hansson. »Ein Polizist, der einen Mord plant, ist doch wohl nicht so dumm, sein eigenes Auto als gestohlen zu melden?«

»Das ist schon möglich«, antwortete Kurt Wallander. »Aber wir können es uns nicht leisten, auch nur einen einzigen Hinweis außer acht zu lassen, und wenn er uns noch so unsicher und unberechtigt erscheint.«

Danach verlagerte sich die Diskussion auf das verschwundene Auto.

»Es gibt viel zuwenig Hinweise aus der Bevölkerung«, stellte Hansson fest. »Das bestärkt mich nur in der Ansicht, daß das Auto die Gegend niemals verlassen hat.«

Kurt Wallander breitete die Generalstabskarte aus, und sie beugten sich darüber, als ob sie einen Feldzug vorbereiten wollten.

»Die Seen«, sagte Rydberg. »Krageholmsee, Svaneholmsee. Laßt uns annehmen, daß sie dorthin gefahren sind und das Auto versenkt haben. Dort sind überall kleine Wege.«

»Das klingt trotzdem ziemlich riskant«, wandte Kurt Wallander ein. »Sie hätten sehr leicht gesehen werden können.«

Sie entschieden trotz allem, die Seeufer gründlich zu durchkämmen. Und außerdem Leute dazu einzusetzen, leerstehende Scheunen zu durchsuchen.

Eine Hundestaffel aus Malmö war bereits draußen gewesen, ohne jedoch eine Spur gefunden zu haben. Auch die Hubschraubersuche war ohne Resultat geblieben.

»Kann dein Araber sich geirrt haben?« fragte Hansson.

Kurt Wallander dachte einen Moment nach.

»Wir lassen ihn noch einmal herkommen«, entschied er. »Wir testen ihn auf mindestens sechs unterschiedliche Autos. Davon ein Citroën.«

Hansson versprach, sich um den Zeugen zu kümmern.

Danach verschafften sie sich eine Übersicht über den Ermittlungsstand im Lenarp-Fall. Auch da spukte ein unbekanntes Auto herum, das der frühmorgendliche Lastwagenfahrer gesehen hatte.

Kurt Wallander merkte, daß die Polizeibeamten müde

waren. Es war Samstag, und viele von ihnen waren seit langer Zeit ununterbrochen im Dienst gewesen.

»Wir lassen Lenarp bis Montag morgen liegen«, sagte er. »Jetzt konzentrieren wir uns voll auf Hageholm. Damit meine ich diejenigen, die nicht unbedingt nach Hause müssen, um sich auszuruhen. Die nächste Woche wird bestimmt genauso anstrengend wie diese.«

Dann fiel ihm ein, daß Björk ab Montag wieder im Dienst sein würde.

»Nun übernimmt bald Björk«, sagte er. »Ich möchte die Gelegenheit nutzen, euch für euren bisherigen Einsatz und eure Mitarbeit zu danken.«

»Bekommen wir jetzt ›gut‹?« fragte Hansson ironisch.

»Ihr bekommt ›sehr gut‹«, antwortete Kurt Wallander.

Nach der Besprechung bat er Rydberg, noch kurz dazubleiben. Er hatte das Bedürfnis, die Situation in aller Ruhe mit jemandem zu besprechen. Und Rydberg war wie immer derjenige, dessen Meinung er am meisten respektierte. Er erzählte von Göran Bomans Mithilfe in Kristianstad. Rydberg nickte bedächtig. Kurt Wallander merkte, daß ihn offenbar irgend etwas nachdenklich stimmte.

»Das kann ein Blindgänger sein«, sagte er warnend. »Dieser Doppelmord verwirrt mich mehr und mehr, je länger ich darüber nachdenke.«

»Warum?« fragte Kurt Wallander.

»Ich komme einfach nicht von dem los, was die Frau sagte, bevor sie starb. Ich stelle mir vor, daß sie in ihrem Innersten, in ihrem gequälten und zerfetzten Bewußtsein gewußt haben muß, daß ihr Mann tot war. Und daß sie selbst sterben würde. Ich glaube, daß es ein menschlicher Instinkt ist, die Lösung eines Rätsels zu vermitteln, wenn einem nichts anderes mehr bleibt. Und sie hat ein einziges Wort gesagt. ›Ausländer‹. Sie hat es sogar wiederholt. Vier-, fünfmal. Es muß etwas bedeuten. Und dann haben wir noch diese Schlinge. Den Knoten. Es ist, wie du selbst gesagt hast. Dieser Mord riecht nach Rache und Haß. Aber trotzdem suchen wir in einer ganz anderen Richtung.«

»Svedberg hat Lövgrens Verwandtschaft untersucht«, sagte Kurt Wallander. »Dort gibt es keine Verbindungen zum Ausland. Nur schwedische Landwirte und den einen oder anderen Handwerker.«

»Vergiß das Doppelleben nicht«, wandte Rydberg ein. »Nyström hat den Nachbarn, den er seit vierzig Jahren kannte, als normal beschrieben. Und ohne Vermögen. Nach zwei Tagen wußten wir, daß davon nichts stimmte. Was sagt uns denn eigentlich, daß es in dieser Geschichte nicht noch andere doppelte Böden gibt?«

»Was sollen wir denn deiner Meinung nach tun?«

»Genauso weitermachen wie bisher. Aber damit rechnen, daß wir vielleicht eine falsche Spur verfolgen.«

Danach sprachen sie von dem ermordeten Somalier.

Kurt Wallander war schon seit seiner Rückfahrt aus Malmö ein bestimmter Gedanke nicht mehr aus dem Kopf gegangen.

»Hältst du noch eine Weile durch?« fragte er.

»Klar«, erwiderte Rydberg erstaunt. »Natürlich halte ich noch durch.«

»Da war was mit diesem Polizisten«, sagte Kurt Wallander. »Ich weiß, daß es eigentlich nur so ein Gefühl war. Eine höchst zweifelhafte Eigenschaft bei einem Polizisten. Aber ich habe mir gedacht, daß wir diesen Typen nicht aus den Augen lassen sollten, du und ich. Auf jeden Fall über das Wochenende nicht. Dann werden wir sehen, ob wir noch weitergehen und andere darauf ansetzen. Aber wenn es so ist, wie ich vermute, daß er vielleicht selbst beteiligt ist und sein Auto nie gestohlen wurde, dann sollten wir gerade jetzt besonders aufpassen.«

»Ich bin schon Hanssons Meinung, wenn er sagt, daß ein Polizist wohl kaum so dumm ist, einen Autodiebstahl vorzutäuschen, wenn er einen Mord plant«, wandte Rydberg ein.

»Ich glaube, daß ihr falsch denkt«, antwortete Kurt Wallander. »Auf dieselbe Art und Weise, wie er falsch gedacht hat.

Nämlich, daß die Tatsache, daß er selbst einmal Polizist gewesen ist, alle Verdächtigungen von ihm fernhalten würde.«

Rydberg rieb sein schmerzendes Knie.

»Du bestimmst, was zu tun ist«, sagte er. »Was ich glaube oder nicht glaube, ist kaum von Bedeutung, wenn du der Ansicht bist, daß es wichtig ist, hier weiter am Ball zu bleiben.«

»Ich will, daß wir ihn rund um die Uhr bewachen«, sagte Kurt Wallander. »Wir teilen die Zeit bis Montag morgen in vier Schichten auf. Das wird zwar anstrengend, aber es geht. Ich kann die Nächte übernehmen, wenn du willst.«

Es war zwölf Uhr. Rydberg meinte, daß er seine Schicht genausogut bis Mitternacht übernehmen könnte. Kurt Wallander gab ihm die Adresse.

In diesem Moment kam die Sekretärin mit der von ihm bestellten Pizza herein.

»Hast du schon gegessen?« fragte er.

»Ja«, antwortete Rydberg zögernd.

»Das hast du nicht. Nimm diese hier, ich kaufe mir eine neue.«

Rydberg aß die Pizza an Kurt Wallanders Schreibtisch. Danach wischte er sich den Mund ab und stand auf.

»Vielleicht hast du mit deiner Vermutung recht«, meinte er.

»Vielleicht«, erwiderte Kurt Wallander.

An diesem Tag geschah nichts mehr von Bedeutung.

Das Auto war und blieb verschwunden. Die Feuerwehr durchsuchte die Seen, ohne etwas anderes als die Teile eines alten Mähdreschers zu finden.

Aus der Bevölkerung kamen nur wenige Hinweise.

Journalisten, Radio und Fernsehen riefen ständig an, um aktuelle Lageberichte zu bekommen. Kurt Wallander wiederholte eindringlich seine Bitte nach Hinweisen auf einen blauweißen Citroën. Aus den Unterkünften für Asylbewerber riefen nervöse Leiter an, die einen verstärkten Polizeischutz forderten.

Kurt Wallander antwortete so geduldig er konnte.

Um vier Uhr wurde in Bjäresjö eine alte Frau von einem Auto angefahren und getötet. Svedberg, der von seiner Kiesgrube zurückgekommen war, leitete die Untersuchung, obwohl Kurt Wallander ihm einen freien Nachmittag versprochen hatte.

Näslund rief um fünf Uhr an, und Kurt Wallander konnte hören, daß er betrunken war. Er fragte, ob etwas passiert sei oder ob er zu einer Party in Skillinge fahren könne.

Kurt Wallander gab ihm grünes Licht.

Er rief zweimal im Krankenhaus an und fragte nach dem Befinden seines Vaters. Er bekam die Auskunft, daß sein Vater müde und abwesend sei.

Direkt nach dem Gespräch mit Näslund rief er Sten Widen an. Eine Kurt Wallander bekannte Stimme antwortete.

»Ich war der, der Ihnen mit der Dachluke geholfen hat«, sagte er. »Den Sie direkt für einen Polizisten gehalten haben. Ich möchte gerne mit Sten reden, wenn er da ist.«

»Er ist in Dänemark und kauft Pferde«, antwortete das Mädchen, das Louise hieß.

»Wann kommt er nach Hause?«

»Vielleicht morgen.«

»Können Sie ihn bitten, mich anzurufen?«

»Ich werde es ausrichten.«

Das Gespräch war beendet. Kurt Wallander hatte das bestimmte Gefühl, daß Sten Widen überhaupt nicht in Dänemark war. Vielleicht stand er genau neben dem Mädchen und hörte zu.

Vielleicht hatten sie gerade in dem ungemachten Bett gelegen, als er anrief.

Rydberg meldete sich nicht.

Er übergab seinen vorläufigen Bericht einem von der Streife, der ihm versprach, ihn an Björk weiterzuleiten, sobald dieser später am selben Abend auf Sturup aus dem Flugzeug stieg.

Dann ging er seine Rechnungen durch, die er am Monatsende vergessen hatte zu bezahlen. Er füllte einen Stapel Überweisungen aus und legte einen Scheck in das braune Kuvert. Er mußte einsehen, daß in diesem Monat weder Geld für einen Videorecorder noch für eine Stereoanlage bleiben würde.

Danach beantwortete er eine Anfrage, ob er beabsichtige, Ende Februar auf eine Opernfahrt ins Königliche Opernhaus nach Kopenhagen mitzufahren. Er antwortete mit Ja. ›Woyzeck‹ war eine der Opern, die er noch nie auf der Bühne gesehen hatte.

Um acht Uhr las er Svedbergs Bericht über den Unfall in Bjäresjö. Er sah sofort, daß es zu keiner Anklage kommen würde. Die Frau war geradewegs in ein langsam fahrendes Auto gelaufen. Der Fahrer war ein unbescholtener Landwirt. Unterschiedliche Zeugenaussagen stimmten überein. Er machte eine Eintragung und wollte dafür sorgen, daß Anette Brolin die Ermittlungsunterlagen bekam, wenn die Obduktion der Frau beendet war.

Um halb neun fingen zwei Männer in einem Mietshaus am Stadtrand von Ystad eine Schlägerei an. Peters und Noren gelang es schnell, die beiden Streithähne zu beruhigen. Es handelte sich um zwei Brüder, die der Polizei wohlbekannt waren. Sie prügelten sich ungefähr dreimal im Jahr.

Aus Marsvinsholm kam die Meldung über einen entlaufenen Windhund. Da er gesehen worden war, wie er Richtung Westen lief, schickte er die Meldung zu seinen Kollegen aus Skurup weiter.

Um zehn Uhr verließ er das Polizeipräsidium. Es war kalt, und es wehte ein böiger Wind. Der Sternenhimmel war klar. Noch immer kein Schnee. Er fuhr nach Hause, zog sich Winterunterwäsche an und setzte sich eine dicke Wollmütze auf den Kopf. Zerstreut goß er auch noch die trockenen Blumen vor dem Küchenfenster. Danach fuhr er nach Malmö.

Noren hatte Nachtdienst. Wallander hatte ihm versprochen, ihn öfters anzurufen. Aber wahrscheinlich würde Noren schon genug damit zu tun haben, dem heimkommenden Björk mitzuteilen, daß sein Urlaub nun definitiv zu Ende war.

Kurt Wallander hielt an einem Motel in Svedala an. Er überlegte lange, bevor er sich schließlich dazu entschloß, nur einen Salat zu essen. Er zweifelte daran, daß dies die passende Gelegenheit war, seine Eßgewohnheiten zu verändern. Aber er wußte genau, daß er riskierte einzuschlafen, wenn er vor einer nächtlichen Observierung zuviel aß.

Nach dem Essen trank er mehrere Tassen starken Kaffee. Eine ältere Frau, die den ›Wachturm‹ verkaufen wollte, kam an seinen Tisch. Er kaufte ein Exemplar und dachte, daß die Lektüre langweilig genug sein würde, um die ganze Nacht über zu reichen.

Kurz nach elf war er wieder auf der E 14 und fuhr die letzten Kilometer nach Malmö. Plötzlich begann er, an dem Sinn des Auftrages, den er Rydberg und sich selbst erteilt hatte, zu zweifeln. Inwieweit hatte er eigentlich das Recht, einfach seiner eigenen Intuition zu vertrauen? Waren die Einwände von Hansson und Rydberg nicht schwerwiegend genug gewesen, um sich die Gedanken einer nächtlichen Überwachung aus dem Kopf zu schlagen?

Er war unentschlossen. Wankelmütig.

Und von dem Salat war er keineswegs satt geworden.

Es war ein paar Minuten nach halb zwölf, als er in eine Querstraße einbog, die zu dem gelben Reihenhaus von Rune Bergman führte. Er zog die Mütze über die Ohren, als er in die kalte Nacht hinausging. Um ihn herum standen unbeleuchtete Häuser. Von weiter weg hörte er die quietschenden Reifen eines Autos. Er hielt sich soweit wie möglich im Schatten und bog in die Rosenallee.

Er entdeckte Rydberg, der neben einem hohen Kastanienbaum stand, sehr schnell. Der Stamm war so kräftig, daß er Rydberg volle Deckung gab. Daß Wallander ihn trotzdem sah, lag daran, daß es das einzig denkbare Versteck war, von dem aus man das gelbe Reihenhaus vollständig überblicken konnte.

Kurt Wallander tauchte in den Schatten des mächtigen Holzstammes ein.

Rydberg fror. Er rieb die Hände gegeneinander und stampfte mit den Füßen.

»Ist etwas passiert?« fragte Kurt Wallander.

»Für zwölf Stunden nicht viel«, antwortete Rydberg. »Um vier Uhr ist er zum Supermarkt gegangen und hat eingekauft. Zwei Stunden später ist er herausgekommen und hat die Gartentür geschlossen, die vom Wind aufgeweht worden war. Aber er ist auf der Hut. Ich frage mich, ob du nicht doch recht hast.«

Er zeigte auf das Haus, das neben dem von Rune Bergman bewohnten Haus lag.

»Das steht leer«, sagte er. »Im Garten kann man sowohl die Straße als auch die Hintertür überblicken. Falls er vorhaben sollte, sich auf diesem Weg hinauszuschleichen. Da steht eine Bank, auf der man sitzen kann. Wenn du warm genug angezogen bist.«

Auf dem Weg zu Bergmans Haus hatte Kurt Wallander eine Telefonzelle gesehen. Er bat Rydberg, Noren anzurufen. Wenn nichts Wichtiges passiert war, konnte Rydberg nach Hause fahren.

»Ich komme um sieben«, sagte Rydberg. »Erfrier nicht.«

Er verschwand lautlos. Kurt Wallander stand eine Weile da und betrachtete das gelbe Haus. Zwei Fenster waren erleuchtet, eins im Erdgeschoß und eins im ersten Stock. Die Gardinen waren zugezogen. Er sah auf die Uhr. Drei Minuten nach Mitternacht. Rydberg war nicht zurückgekommen. Also war im Polizeipräsidium von Ystad alles ruhig.

Mit schnellen Schritten überquerte er die Straße und öffnete die Tür, die in den Garten des leerstehenden Hauses führte. Er tastete sich in der Dunkelheit vor und fand die Bank, von der Rydberg gesprochen hatte. Hier hatte er eine gute Übersicht. Um sich warm zu halten, begann er auf und ab zu gehen, fünf Schritte hin und fünf zurück.

Das nächste Mal, als er auf die Uhr sah, war es erst zehn Minuten vor eins. Das würde eine lange Nacht werden. Er hatte jetzt schon angefangen zu frieren. Er sah sich den Sternenhimmel an, um die Zeit irgendwie rumzukriegen. Als ihm der Nacken weh tat, begann er wieder hin und her zu gehen.

Um halb zwei erlosch das Licht im Erdgeschoß. Kurt Wallander meinte aus dem ersten Stock ein Radio zu hören.

Rune Bergman scheint ein Nachtmensch zu sein, dachte er. Vielleicht wird man so, wenn man vorzeitig pensioniert ist?

Fünf Minuten vor zwei fuhr auf der Straße ein Auto vorbei. Kurz danach noch eins. Dann war es wieder still.

Im ersten Stock brannte noch Licht. Kurt Wallander fror.

Fünf Minuten vor drei erlosch das Licht. Kurt Wallander horchte auf das Radio. Aber es war alles still. Er schlug sich die Arme um den Leib, um sich warm zu halten.

Im Kopf summte er die Töne eines Straußwalzers.

Das Geräusch war so leise, daß er es kaum hören konnte.

Ein Schnappen in einem Patentschloß. Das war alles. Kurt Wallander brach mitten in seiner Armbewegung ab und horchte.

Danach ahnte er den Schatten.

Der Mann mußte sich sehr leise bewegt haben. Aber trotzdem erkannte Kurt Wallander Rune Bergman, als er langsam in den Garten auf der Rückseite des gelben Hauses verschwand. Kurt Wallander wartete einige Sekunden. Dann kletterte er vorsichtig über den Zaun. Es war schwierig, sich in der Dunkelheit zu orientieren, aber er bemerkte doch einen schmalen Weg zwischen einem Nebengebäude und dem Garten, der spiegelverkehrt zu Bergmans Haus lag. Er bewegte sich schnell. Viel zu schnell dafür, daß er so gut wie nichts sah.

Dann kam er auf der Parallelstraße zur Rosenallee heraus.

Wäre er auch nur eine Sekunde später gekommen, hätte er niemals sehen können, daß Rune Bergman nach rechts in eine Seitenstraße abbog.

Einen Augenblick zögerte er. Sein Auto stand nur fünfzig Meter weiter geparkt. Wenn er es jetzt nicht holte und Bergman irgendwo in der Nähe ein Auto abgestellt hatte, würde er keine Chance mehr haben, ihm zu folgen.

Wie ein Wahnsinniger rannte er zum Auto. Es knackte in den steifgefrorenen Gelenken, und schon nach wenigen Schritten war er außer Atem. Er riß die Autotür auf, fummelte ungeschickt an den Schlüsseln herum und entschied sich schnell dafür, wenn möglich, Rune Bergman den Weg abzuschneiden.

Er bog in die Straße ein, die er für die richtige hielt. Zu spät bemerkte er, daß es eine Sackgasse war. Er fluchte und setzte zurück. Rune Bergman kannte wahrscheinlich viele Straßen, zwischen denen er wählen konnte. Außerdem lag in der Nähe ein Park.

Entscheide dich, dachte er wütend. Entscheide dich schon, verdammt noch mal.

Er fuhr zu dem großen Parkplatz, der zwischen der Rennbahn von Jägersro und den großen Kaufhäusern lag. Er war kurz davor aufzugeben, als er Rune Bergman entdeckte. Er stand in einer Telefonzelle neben einem neugebauten Hotel, an der Einfahrt zu den Rennställen.

Kurt Wallander bremste und schaltete den Motor und die Scheinwerfer ab.

Der Mann in der Telefonzelle hatte ihn nicht gesehen.

Ein paar Minuten später hielt ein Taxi vor dem Hotel. Rune Bergman setzte sich auf den Rücksitz des Taxis, und Kurt Wallander ließ den Motor an.

Das Taxi fuhr auf die Schnellstraße, Richtung Göteborg. Kurt Wallander ließ einen Lastwagen überholen, bevor er die Verfolgung aufnahm.

Er sah auf die Tankanzeige. Weiter als bis Halmstad würde er das Taxi nicht verfolgen können.

Plötzlich sah er, wie der Taxifahrer den rechten Blinker betätigte. Er würde also bei der Ausfahrt nach Lund abbiegen. Kurt Wallander folgte ihm.

Das Taxi hielt am Bahnhof. Als Kurt Wallander vorbeifuhr, sah er, daß Rune Bergman gerade dabei war, die Fahrt zu bezahlen. Er bog in eine Querstraße ein und parkte schlampig mitten auf dem Zebrastreifen.

Rune Bergman ging schnell. Wallander folgte ihm im Schatten.

Rydberg hatte recht gehabt. Der Mann war äußerst wachsam.

Plötzlich blieb er abrupt stehen und sah sich um.

Kurt Wallander stürzte sich kopfüber in einen Hauseingang. Er schlug mit der Stirn auf eine hervorstehende Treppenkante und fühlte, wie die Beule über seinem Auge aufplatzte. Blut lief über sein Gesicht. Er wischte es mit dem Handschuh ab, zählte bis zehn und setzte dann die Verfolgung fort. Das Blut klebte über dem Auge.

Rune Bergman blieb vor einer Häuserfassade, die mit Sackleinen und einem Baugerüst verkleidet war, stehen. Wieder sah er sich um, und Kurt Wallander hockte sich hinter ein geparktes Auto.

Dann war Bergman verschwunden.

Kurt Wallander wartete, bis er die Tür zuschlagen hörte. Kurz danach ging in einem Zimmer im zweiten Stock das Licht an.

Er lief über die Straße und drängte sich hinter die Sackleinen. Ohne zu überlegen, kletterte er auf den ersten Absatz des Baugerüsts.

Es knarrte und knirschte, als er die Füße bewegte. Ununterbrochen wischte er das Blut, das am Auge klebte, weg. Dann stieg er auf den nächsten Absatz. Die erleuchteten Fenster waren nun einen guten Meter über seinem Kopf. Er nahm seinen Schal und wickelte ihn als provisorischen Verband um die Stirn.

Danach kletterte er vorsichtig auf den nächsten Absatz. Von dieser physischen Anstrengung war er so ausgelaugt, daß er eine Minute auf dem Absatz liegen blieb, bevor er weiterklettern konnte. Vorsichtig kroch er über die kalten Planken, die mit abgekratztem Putz bedeckt waren. Er wagte gar nicht, daran zu denken, wie hoch über dem Boden er sich befand; ihm wäre dann sofort schwindlig geworden.

Vorsichtig lugte er über das Fensterbrett vor dem ersten erleuchteten Zimmer. Durch die dünnen Gardinen konnte er eine Frau sehen, die in einem Doppelbett lag und schlief. Die Decke neben ihr war so zur Seite geschlagen, als ob es jemand sehr eilig gehabt hatte aufzustehen.

Er kroch weiter.

Als er das nächste Mal über ein Fensterbrett guckte, sah er Rune Bergman, der dastand und mit einem Mann in einem dunkelbraunen Morgenrock redete.

Kurt Wallander hatte das Gefühl, diesen Mann früher schon einmal gesehen zu haben.

So gut hatte die junge Rumänin den Mann beschrieben, der auf dem Acker gestanden und einen Apfel gegessen hatte.

Er fühlte, wie sein Herz pochte.

Er hatte also recht gehabt. Es konnte niemand anderes sein.

Die zwei Männer sprachen leise miteinander. Kurt Wallander konnte nicht verstehen, was sie sagten. Plötzlich verschwand der Mann im Morgenrock durch eine Tür. Gleichzeitig starrte Rune Bergman Kurt Wallander direkt an.

Entdeckt, dachte er, als er den Kopf wegzog.

Diese Schweine werden keine Sekunde zögern, mich zu erschießen.

Er war vor Angst wie gelähmt.

Ich werde sterben, dachte er verzweifelt. Die schießen mir meinen Kopf weg.

Doch niemand kam, um ihm einen Kopfschuß zu verpassen. Zum Schluß wagte er, wieder hineinzusehen.

Der Mann im Morgenrock stand da und aß einen Apfel.

Rune Bergman hielt zwei Schrotflinten in seinen Händen. Die eine legte er auf den Tisch. Die andere steckte er unter seinen Mantel. Kurt Wallander wußte jetzt, daß er mehr als genug gesehen hatte. Er kehrte um und kroch denselben Weg zurück, den er gekommen war.

Wie es dazu kam, würde er niemals erfahren.

Jedenfalls machte er einen Fehltritt in der Dunkelheit. Als er nach dem Baugerüst griff, war es ein Griff ins Leere.

Dann fiel er.

Es ging alles so schnell, daß er gar nicht dazu kam, an seinen baldigen Tod zu denken.

Kurz über dem Boden blieb er mit einem Bein in einer Lücke zwischen zwei Planken hängen. Der Schmerz war fürchterlich, als der Ruck kam. Aber er hing fest, mit dem Kopf einen knappen Meter über dem Asphalt.

Er versuchte, sich loszuwinden. Aber der Fuß war regelrecht festgekeilt. Er hing bloß da, ohne etwas tun zu können. Das Blut pochte in den Schläfen.

Er hatte solche Schmerzen, daß ihm Tränen in die Augen traten.

In diesem Augenblick hörte er, wie die Eingangstür zuschlug.

Rune Bergman hatte die Wohnung verlassen.

Wallander biß sich in die Knöchel, um nicht zu schreien.

Durch das Sackleinen konnte er sehen, wie der Mann plötzlich stehenblieb. Direkt vor ihm.

Er sah, wie etwas aufflammte.

Der Schuß, fuhr es ihm durch den Kopf. Jetzt sterbe ich.

Dann begriff er, daß Rune Bergman sich nur eine Zigarette angezündet hatte.

Die Schritte entfernten sich.

Er war nahe daran, durch das gestaute Blut im Kopf das Bewußtsein zu verlieren. Lindas Bild flimmerte vorbei.

Mit einer gewaltigen Anstrengung gelang es ihm, einen Stützbalken des Baugerüsts zu packen. An einem Arm zog er sich so weit hoch, daß er das Gerüst an der Stelle, an welcher der Fuß festsaß, umfassen konnte. Er sammelte alle seine Kräfte zu einem letzten Versuch. Dann zerrte er, und mit einem Ruck kam sein Fuß los, und er landete auf dem Rücken in einem Kieshaufen. Er lag völlig regungslos und prüfte, ob er sich etwas gebrochen hatte.

Danach stand er auf, und ihm war so schwindelig, daß er sich an der Wand festhalten mußte.

Er brauchte fast zwanzig Minuten, um zum Auto zurückzukehren.

Auf der Bahnhofsuhr wiesen die Zeiger auf halb fünf.

Er sank auf den Fahrersitz und schloß die Augen.

Dann fuhr er nach Hause.

Ich muß jetzt schlafen, dachte er. Morgen ist auch noch ein Tag. Dann werde ich tun, was getan werden muß.

Er stöhnte, als er sein Gesicht im Badezimmerspiegel sah. Er reinigte die Wunden mit warmem Wasser.

Es war fast sechs Uhr, als er unter die Decke kroch. Er stellte den Wecker auf Viertel vor sieben. Er wagte nicht, länger zu schlafen.

Er versuchte die Stellung zu finden, die am wenigsten schmerzte.

Gerade als er dabei war einzuschlafen, wurde er durch ein Knallen an der Außentür aufgeschreckt.

Die Zeitung.

Danach streckte er sich noch mal aus.

In seinen Träumen kam Anette Brolin zu ihm.

Irgendwo wieherte ein Pferd.

Es war Sonntag, der 14. Januar. Der Tag begann mit zunehmendem Wind aus Nordost.

Kurt Wallander schlief.

12

Er glaubte, lange geschlafen zu haben. Aber als er aufwachte und auf die Uhr schaute, die auf dem Nachttisch stand, begriff er, daß er ganze sieben Minuten geschlafen hatte. Das Telefon hatte ihn geweckt. Rydberg rief aus einer Telefonzelle in Malmö an.

»Komm wieder zurück«, sagte Kurt Wallander. »Du brauchst nicht mehr da rumzustehen und zu frieren. Komm lieber hierher, zu mir nach Hause.«

»Was ist denn passiert?«

»Er ist es.«

»Sicher?«

»Bombensicher.«

»Ich komme.«

Kurt Wallander stand mühsam aus dem Bett auf. Der ganze Körper tat ihm weh, und es pochte in den Schläfen. Während das Kaffeewasser kochte, setzte er sich mit einem Taschenspiegel und einem Wattebausch an den Küchentisch. Nur mit großer Mühe gelang es ihm, eine Kompresse über der wieder aufgeplatzten Beule zu befestigen. Es war ihm, als würde sein ganzes Gesicht in Blau und Lila schillern.

43 Minuten später stand Rydberg vor der Tür. Während sie Kaffee tranken, erzählte Wallander die Geschichte.

»Gut«, sagte Rydberg anschließend. »Ein schöner Erfolg für unsere Beharrlichkeit. Jetzt schnappen wir uns diese Schweine. Wie hieß der in Lund?«

»Ich habe vergessen, auf das Namensschild an der Tür zu gucken. Und außerdem werden nicht wir sie schnappen. Das macht Björk.«

»Ist er zurück?«

»Er wollte gestern abend zurückkommen.«

»Dann klingeln wir ihn aus dem Bett.«

»Die Staatsanwältin am besten auch. Und dann muß das Ganze wohl auch noch mit den Kollegen in Lund und Malmö koordiniert werden.«

Während Kurt Wallander sich anzog, telefonierte Rydberg.

Wallander hörte zu seiner Befriedigung, daß Rydberg keinerlei Einwände gelten ließ.

Er fragte sich, ob Anette Brolins Mann vielleicht gerade zu Besuch war.

Rydberg stellte sich in den Türrahmen der Schlafzimmertür und sah ihm beim Binden der Krawatte zu.

»Du siehst aus wie ein Boxer«, sagte er und lachte. »Wie ein zu Boden gegangener Boxer.«

»Hast du Björk erreicht?«

»Es hatte den Anschein, als habe er den gestrigen Abend damit verbracht, sich einen Überblick über alles zu verschaffen, was geschehen ist. Er war erleichtert, als er hörte, daß wir zumindest in einem der Mordfälle die Lösung haben.«

»Die Staatsanwältin?«

»Sie kommt sofort.«

»Hat sie selber abgehoben?«

Rydberg sah ihn erstaunt an.

»Wer soll denn sonst abheben?«

»Ihr Mann zum Beispiel.«

»Und was hätte das für eine Rolle gespielt?«

Kurt Wallander sparte sich eine Antwort.

»Scheiße, mir ist schlecht«, sagte er statt dessen.

Sie gingen in die anbrechende Dämmerung hinaus. Immer noch wehte ein böiger Wind, und der Himmel war mit dunklen Wolken bedeckt.

»Ob es Schnee gibt?« fragte Kurt Wallander.

»Nicht vor Februar«, antwortete Rydberg. »Das habe ich im Gefühl. Aber dann wird es noch mal richtig Winter.«

Im Polizeipräsidium herrschte Sonntagsstimmung. Noren war als Wachhabender von Svedberg abgelöst worden. Rydberg gab ihm eine kurze Zusammenfassung dessen, was während der Nacht geschehen war.

»Das ist ja ein Ding«, war Svedbergs Kommentar. »Ein Polizist?«

»Ein ehemaliger Polizist.«

»Wo hat er das Auto versteckt?«

»Das wissen wir noch nicht.«

»Aber das ist trotzdem hundertprozentig?«

»Ich denke schon.«

Björk und Anette Brolin trafen gleichzeitig im Polizeipräsidium ein. Björk, der vierundfünfzig Jahre alt war und ursprünglich aus Västmanland stammte, hatte einen Sonnenbrand, der ihm gut stand. Für Kurt Wallander war er immer die Verkörperung eines idealen Polizeichefs in einem mittelgroßen, schwedischen Polizeidistrikt gewesen. Er war freundlich, nicht übermäßig intelligent, aber gleichzeitig immer besorgt um den guten Namen und guten Ruf der Polizei.

Bestürzt betrachtete er Kurt Wallander.

»Mein Gott, wie siehst du denn aus?«

»Sie haben mich geschlagen«, antwortete Kurt Wallander.

»Dich geschlagen? Wer?«

»Die Kollegen. Das ist nämlich so, wenn man den Chef spielt. Da handelt man sich Prügel ein.«

Björk lachte.

Anette Brolin sah ihn auf eine Art und Weise an, die echtes Mitleid verriet.

»Das muß doch weh tun«, sagte sie.

»Es geht schon«, antwortete Kurt Wallander.

Er wandte das Gesicht ein wenig zur Seite, als er antwortete, weil er sich daran erinnerte, daß er vergessen hatte, sich die Zähne zu putzen.

Sie versammelten sich in Björks Büro.

Weil es keine schriftlichen Ermittlungsunterlagen gab, trug

Kurt Wallander die Angelegenheit mündlich vor. Sowohl Björk als auch Anette Brolin stellten eine Reihe von Fragen.

»Wenn jemand anderes als du mich am Sonntagmorgen mit so einer abenteuerlichen Geschichte aus dem Bett geholt hätte, würde ich ihm kein Wort glauben«, sagte Björk.

Dann wandte er sich an Anette Brolin.

»Können wir sie damit verhaften?« fragte er. »Oder sollen wir sie erst einmal nur zum Verhör herbringen?«

»Ich nehme das Ergebnis des Verhörs als Begründung für den Haftbefehl«, antwortete Anette Brolin. »Dann wäre es natürlich noch gut, wenn diese rumänische Frau den Mann aus Lund bei einer Gegenüberstellung identifizieren könnte.«

»Dafür brauchen wir aber einen Gerichtsbeschluß«, meinte Björk.

»Ja«, sagte Anette Brolin. »Aber wir können eine provisorische Gegenüberstellung machen.«

Kurt Wallander und Rydberg sahen sie interessiert an.

»Wir können sie aus dem Auffanglager herholen«, fuhr sie fort. »Dann können sie sich ja rein zufällig hier draußen im Flur treffen.«

Kurt Wallander nickte zustimmend. Anette Brolin war eine Staatsanwältin, die Per Åkesson in nichts nachstand, wenn es darum ging, eine großzügige Auslegung der bestehenden Regeln anzuwenden.

»Also gut«, sagte Björk. »Dann nehme ich Kontakt mit den Kollegen in Malmö und in Lund auf. Und in zwei Stunden schnappen wir sie uns. Um zehn.«

»Die Frau im Bett«, sagte Kurt Wallander. »Die in Lund?«

»Wir nehmen sie erst einmal mit«, meinte Björk. »Wie verteilen wir die Verhöre?«

»Ich will Rune Bergman haben«, sagte Kurt Wallander. »Rydberg kann mit dem anderen reden, mit dem, der immer Äpfel ißt.«

»Um drei entscheiden wir über die Haftbefehle«, sagte Anette Brolin. »Bis dahin bin ich zu Hause.«

Kurt Wallander begleitete sie in die Empfangshalle hinaus.

»Ich wollte gestern eigentlich ein gemeinsames Abendessen vorschlagen«, sagte er. »Aber es kam wohl irgendwas dazwischen.«

»Es gibt ja noch mehr Abende«, antwortete sie. »Ich finde, das hast du gut gemacht. Wie bist du eigentlich darauf gekommen, daß er es war?«

»Sicher war ich mir da überhaupt nicht. Es war nur so ein Gefühl.«

Er sah ihr hinterher, als sie Richtung Stadt davonging. Ihm fiel auf, daß er nicht mehr an Mona gedacht hatte, seit sie an jenem Tag miteinander zu Abend gegessen hatten.

Dann ging alles sehr schnell.

Hansson wurde aus seiner Sonntagsruhe gerissen und beauftragt, die rumänische Frau und einen Dolmetscher zu holen.

»Die Kollegen klingen nicht sehr erfreut«, sagte Björk bekümmert. »Es ist nie sonderlich beliebt, jemanden aus den eigenen Reihen zu verhaften. Das wird uns einen düsteren Winter bescheren.«

»Wie meinst du das, düster?« fragte Kurt Wallander.

»Neue Angriffe auf die Polizei.«

»Aber er ist doch Frührentner?«

»Trotzdem. Die Zeitungen werden es überall herausposaunen, daß ein Polizist der Mörder war. Und das wird neue Angriffe auf die gesamte Polizei zur Folge haben.«

Gegen zehn kehrte Kurt Wallander wieder zu dem Haus zurück, das mit einem Baugerüst und Sackleinen verkleidet war. Zu seiner Unterstützung hatte er vier zivile Fahnder aus Lund bei sich.

»Er hat Waffen«, sagte Kurt Wallander, während sie noch im Auto saßen. »Und er hat eine kaltblütige Hinrichtung vollzogen. Trotzdem glaube ich, daß wir es ruhig angehen lassen können. Er rechnet bestimmt nicht damit, daß wir ihm auf der Spur sind. Zwei gezogene Waffen müßten eigentlich reichen.«

Kurt Wallander hatte seine Dienstwaffe mitgenommen, als er Ystad verließ.

Auf dem Weg nach Lund hatte er versucht, sich zu erinnern, wann er sie zuletzt gebraucht hatte. Das letzte Mal war wohl vor mehr als drei Jahren gewesen, in Zusammenhang mit der Verhaftung eines entflohenen Häftlings, der sich in einem Sommerhaus am Strand von Mossby verbarrikadiert hatte.

Jetzt saßen sie also im Auto vor diesem Haus in Lund. Kurt Wallander mußte einsehen, daß er bedeutend höher geklettert war, als er geahnt hatte. Wäre er bei seinem Fall wirklich auf dem Erdboden gelandet, hätte er sich das Rückgrat gebrochen.

Die Polizei in Lund hatte am frühen Morgen schon einen als Zeitungsboten verkleideten Kommissar losgeschickt, um das Gebäude zu untersuchen.

»Wir gehen noch einmal alles durch«, sagte Kurt Wallander. »Keine Hintertreppe?«

Der Polizist, der neben ihm auf dem Beifahrersitz saß, schüttelte den Kopf.

»Keine Baugerüste auf der Rückseite?«

»Nichts.«

Der Polizei zufolge wurde die Wohnung von einem Mann bewohnt, der Valfrid Ström hieß.

Er tauchte in keinem polizeilichen Register auf. Niemand wußte, wovon er lebte.

Genau um zehn Uhr verließen sie das Auto und überquerten die Straße. An der Tür gab es eine Sprechanlage, die aber nicht funktionierte. Kurt Wallander öffnete mit einem Schraubenzieher vorsichtig die Tür.

»Ein Mann wartet hier an der Treppe«, sagte er. »Du und ich, wir gehen rauf. Wie war noch mal dein Name?«

»Enberg.«

»Du hast doch wohl auch einen Vornamen?«

»Kalle.«

»Dann also los, Kalle.«

Sie horchten in der Dunkelheit vor der verschlossenen Tür.

Kurt Wallander zog seine Pistole und bedeutete Kalle Enberg mit einem Nicken, dasselbe zu tun.

Dann klingelte er an der Tür.

Die Tür wurde von einer Frau im Morgenmantel geöffnet. Kurt Wallander erkannte sie sofort wieder. Sie war es gewesen, die im Doppelbett geschlafen hatte.

Er versteckte die Pistole hinter seinem Rücken.

»Wir sind von der Polizei«, sagte er. »Wir suchen ihren Mann, Valfrid Ström.«

Die Frau, die um die Vierzig war und ein verlebtes Gesicht hatte, sah ängstlich aus.

Dann trat sie zur Seite und ließ die Polizeibeamten hinein.

Valfrid Ström stand plötzlich vor ihnen. Er trug einen grünen Trainingsanzug.

»Polizei«, sagte Kurt Wallander. »Wir möchten Sie bitten, mitzukommen.«

Der Mann mit der Glatze in Form eines Halbmondes sah ihn angespannt an.

»Warum das?«

»Zu einem Verhör.«

»Und worum geht es?«

»Das erfahren Sie, wenn wir auf der Wache sind.«

Dann wandte sich Wallander wieder der Frau zu.

»Es ist das beste, wenn Sie auch gleich mitkommen«, sagte er. »Ziehen Sie sich bitte etwas an.«

Der Mann vor ihm schien völlig ruhig zu sein.

»Ich werde nirgendwohin mitkommen, ohne zu wissen warum«, sagte er. »Vielleicht wäre es Ihnen möglich, sich erst einmal auszuweisen?«

Als Kurt Wallander die rechte Hand in die Innentasche steckte, konnte er nicht mehr verbergen, daß er eine Pistole trug. Er nahm sie in die linke Hand und suchte tastend nach seiner Brieftasche, in der sich auch sein Dienstausweis befand.

Im gleichen Augenblick warf sich Valfrid Ström mit voller Wucht gegen ihn. Kurt Wallander wurde von seinem Schädel an der Stirn getroffen, mitten auf die schon vorher geschwollene und aufgeplatzte Beule. Er wurde ungestüm nach hinten geworfen, und die Pistole flog ihm aus der Hand. Kalle Enberg kam nicht mehr dazu, zu reagieren, bevor der Mann im grünen Trainingsanzug schon durch die Tür verschwunden war. Die Frau schrie, und Kurt Wallander tastete nach seiner Pistole. Dann rannte er hinter dem Mann die Treppen hinunter, während er gleichzeitig den beiden Polizisten, die weiter unten postiert waren, eine Warnung zuschrie.

Valfrid Ström war schnell. Den Polizisten, der im Haus an der Tür stand, traf er mit dem Ellbogen an der Kinnspitze. Der Mann draußen wurde von der einen Türhälfte getroffen, als sich Ström auf die Straße schmiß. Kurt Wallander, der kaum etwas sehen konnte, weil ihm das Blut in die Augen lief, stolperte über den bewußtlosen Polizisten, der im Treppenhaus lag. Er zog und zerrte an der Sicherung der Pistole, die sich verhakt hatte.

Dann war er draußen auf der Straße.

»In welche Richtung ist er gelaufen?« rief er dem verwirrten Polizisten zu, der im Sackleinen gelandet war.

»Nach links«, kam die Antwort.

Er lief. Er konnte Valfrid Ströms grünen Trainingsanzug gerade noch erkennen, bevor der Mann in einer Unterführung verschwand. Er riß sich die Mütze vom Kopf, um sich das Gesicht abzuwischen. Ein paar ältere Frauen, die aussahen, als wären sie auf dem Weg zur Kirche, sprangen erschrocken zur Seite. Er stürzte in die Unterführung, während gleichzeitig ein Zug über seinen Kopf hinwegdonnerte.

Als er wieder auf die Straße hinaufkam, sah er, wie Valfrid Ström ein Auto stoppte, den Fahrer herauszerrte und losfuhr.

Das einzige Fahrzeug, das sonst noch in der Nähe stand, war ein großer Viehtransporter. Der Fahrer war gerade dabei, sich eine Packung Kondome aus dem Automaten zu ziehen. Als Kurt Wallander mit der Pistole in der Hand und blutigem

Gesicht herangestürmt kam, ließ er die Packung Kondome fallen und lief davon.

Kurt Wallander kletterte auf den Fahrersitz. Hinter sich hörte er ein Pferd wiehern. Der Motor lief, und er legte den ersten Gang ein.

Erst glaubte er, das Auto mit Valfrid Ström aus den Augen verloren zu haben, als es schließlich doch wieder in seinem Blickfeld auftauchte. Der Wagen überfuhr eine rote Ampel und bog dann in eine enge Gasse ein, die genau auf den Dom zuführte. Kurt Wallander kämpfte mit den Gängen, um das Auto nicht aus den Augen zu verlieren. Das Pferd hinter ihm wieherte, und ihm stieg der Geruch von warmem Dung in die Nase.

In einer engen Kurve verlor er völlig die Kontrolle über den Viehtransporter. Der prallte gegen zwei PKWs, die am Straßenrand standen, aber schließlich gelang es Wallander doch wieder, den Transporter unter Kontrolle zu bekommen.

Die Jagd führte zum Krankenhaus und dann durch ein Industriegebiet. Kurt Wallander entdeckte auf einmal, daß der Viehtransporter mit einem Autotelefon ausgerüstet war. Mit der einen Hand versuchte er die Nummer der Polizei zu wählen, während er gleichzeitig bemüht war, das schwere Fahrzeug auf der Straße zu halten.

Genau in dem Moment, in dem die Polizeizentrale antwortete, war er gezwungen, eine schwierige Kurve zu meistern.

Das Telefon fiel ihm aus der Hand, und er begriff, daß er es nicht erreichen konnte, ohne anzuhalten.

Das ist doch der reine Wahnsinn, dachte er verzweifelt. Völliger Wahnsinn.

Gleichzeitig fiel ihm seine Schwester wieder ein. Genau in diesem Moment sollte er eigentlich auf dem Flughafen Sturup sein, um sie dort abzuholen.

Im Kreisverkehr an der Einfahrt nach Staffanstorp ging die Jagd zu Ende.

Valfrid Ström wurde von einem Bus, der schon halb in den

Kreisverkehr gebogen war, zu einer Vollbremsung gezwungen. Er verlor die Kontrolle über das Auto und fuhr direkt in einen Betonpfeiler. Kurt Wallander, der ungefähr hundert Meter zurück war, sah, wie die Flammen aus dem Wagen schlugen. Er bremste so scharf, daß der Viehtransporter in den Straßengraben schleuderte und umkippte. Die Hecktüren sprangen auf, drei Pferde sprangen heraus und galoppierten über die Felder davon.

Valfrid Ström war bei der Kollision aus dem Auto geschleudert worden. Ein Fuß war abgerissen, und das Gesicht von Glassplittern zerschnitten.

Noch bevor Kurt Wallander ihn erreicht hatte, wußte er, daß der Mann tot war.

Aus den Häusern in der Nachbarschaft kamen Menschen gelaufen. Autos hielten am Straßenrand.

Plötzlich wurde ihm klar, daß er immer noch die Pistole in der Hand hielt.

Wenige Minuten später kam der erste Streifenwagen. Gleich darauf ein Krankenwagen. Kurt Wallander zeigte seinen Dienstausweis und rief vom Streifenwagen aus an. Er bat darum, mit Björk sprechen zu können.

»Ist alles glattgegangen?« fragte Björk. »Rune Bergman ist festgenommen worden und schon auf dem Weg hierher. Es gab keine Probleme. Und die jugoslawische Frau wartet hier mit ihrem Dolmetscher.«

»Schick sie ins Leichenschauhaus des hiesigen Krankenhauses«, sagte Kurt Wallander. »Sie muß jetzt leider einer Leiche gegenübergestellt werden. Und übrigens, sie ist Rumänin.«

»Was zum Teufel meinst du damit?« fragte Björk.

»Genau das, was ich gesagt habe«, antwortete Kurt Wallander und beendete das Gespräch.

Gleichzeitig sah er, wie eines der Pferde über das Feld galoppiert kam. Es war ein wunderschöner Schimmel.

Ihm fuhr durch den Kopf, daß er noch nie zuvor ein so schönes Pferd gesehen hatte.

Als er wieder in Ystad eintraf, hatte sich die Nachricht von Valfrid Ströms Tod schon verbreitet. Seine Frau hatte einen Zusammenbruch erlitten, und ein Arzt untersagte der Polizei, sie in der nächsten Zeit zu vernehmen.

Rydberg konnte berichten, daß Rune Bergman alles leugnete. Er hatte nicht sein eigenes Auto gestohlen und anschließend verschwinden lassen. Er war nicht auf Hageholm gewesen. Er hatte nicht in der gleichen Nacht Valfrid Ström besucht.

Er verlangte, unmittelbar wieder nach Malmö zurückgebracht zu werden.

»Was für eine miese Ratte«, sagte Kurt Wallander. »Den mach' ich fertig.«

»Hier wird niemand fertiggemacht«, sagte Björk. »Diese wahnsinnige Verfolgungsjagd durch Lund hat schon genug Unannehmlichkeiten zur Folge. Ich kann einfach nicht verstehen, daß es vier gestandenen Polizisten nicht möglich sein soll, einen unbewaffneten Mann zum Verhör abzuführen. Ist dir übrigens klar, daß eines der Pferde überfahren worden ist? Es hieß Super Nova, und der Wert des Gauls wird von seinem Besitzer auf 100.000 Kronen geschätzt.«

Kurt Wallander merkte, wie Wut in ihm aufstieg.

Warum begriff Björk nicht, daß er jetzt Unterstützung brauchte? Und keine dieser beflissenen Anklagen.

»Jetzt warten wir erst einmal auf die Identifizierung durch die Rumänin«, sagte Björk. »Niemand außer mir spricht mit der Presse oder dem Fernsehen.«

»Da brauchst du dir wahrhaftig keine Sorgen zu machen«, erwiderte Wallander.

Zusammen mit Rydberg ging er in sein Büro und schloß die Tür.

»Ist dir eigentlich klar, wie du aussiehst?« fragte Rydberg.

»Gott sei Dank nicht.«

»Deine Schwester hat angerufen. Ich habe Martinsson gebeten, zum Flughafen hinauszufahren und sie abzuholen. Ich habe mal angenommen, daß du sie vergessen hast. Er kümmert sich um sie, bis du wieder Zeit hast.«

Kurt Wallander nickte dankbar.

Wenige Minuten später kam Björk hereingestürmt.

»Die Identifizierung hat geklappt«, sagte er. »Wir haben unseren ersehnten Mörder.«

»Sie hat ihn wiedererkannt?«

»Ohne zu zögern. Es war der gleiche Mann, der den Apfel auf dem Acker gegessen hat.«

»Wer war er?«

»Valfrid Ström bezeichnete sich selbst als Geschäftsmann«, antwortete Björk. »Siebenundvierzig Jahre alt. Aber der Verfassungsschutz brauchte nicht allzu lange, um unsere Anfrage zu beantworten. Schon seit den sechziger Jahren hat sich Valfrid Ström immer wieder in rechtsextremen Gruppierungen engagiert. Erst in einer, die sich ›Demokratische Allianz‹ nannte, später dann in weitaus militanteren Gruppen. Aber wie es dazu gekommen ist, daß er sich plötzlich in einen kaltblütigen Mörder verwandelt hat, kann vielleicht Rune Bergman beantworten. Oder seine Frau.«

Kurt Wallander stand auf.

»Nehmen wir uns also Bergman vor«, sagte er.

Alle drei gingen sie in den Raum, in dem Rune Bergman saß und eine Zigarette rauchte.

Kurt Wallander leitete das Verhör.

Er ging unmittelbar zum Angriff über.

»Wissen Sie, was ich heute nacht getan habe?« fragte er.

Rune Bergman sah ihn voller Verachtung an.

»Woher soll ich das wissen?«

»Ich bin Ihnen nach Lund gefolgt.«

Kurt Wallander glaubte, für einen kurzen Moment eine Veränderung im Gesicht des Mannes wahrgenommen zu haben.

»Ich bin Ihnen nach Lund gefolgt«, wiederholte Kurt Wallander noch einmal. »Und ich bin das Baugerüst an dem Haus, in dem Valfrid Ström wohnte, hinaufgeklettert. Ich habe gesehen, wie Sie Ihre Schrotflinte gegen eine andere austauschten. Jetzt ist Valfrid Ström tot. Aber eine Zeugin hat ihn als den Mörder von Hageholm identifiziert. Was sagen Sie zu alledem?«

Rune Bergman sagte überhaupt nichts.

Er zündete sich eine neue Zigarette an und stierte mit leerem Blick vor sich hin.

»Jetzt gehen wir das Ganze einmal von Anfang an durch«, sagte Kurt Wallander. »Wir wissen, wie alles abgelaufen ist. Es gibt nur zwei Dinge, die noch zu klären sind: zum einen, was Sie mit Ihrem Auto gemacht haben. Zum anderen: Warum haben Sie diesen Somalier erschossen?«

Rune Bergman schwieg weiterhin.

Kurz nach drei am Nachmittag wurde er offiziell verhaftet, und man teilte ihm einen Verteidiger zu. Die Anklage lautete auf Mord oder Beihilfe zum Mord.

Um vier führte Wallander ein kurzes Verhör mit Valfrid Ströms Ehefrau. Sie stand immer noch unter Schock, beantwortete aber seine Fragen. Er erfuhr, daß Valfrid Ström davon lebte, exklusive Autos zu importieren.

Außerdem erzählte sie, daß er die schwedische Asylpolitik haßte.

Sie war mit ihm seit gut einem Jahr verheiratet gewesen.

Kurt Wallander war der festen Überzeugung, daß sie schon recht bald über den Verlust ihres Mannes hinwegkommen würde.

Nach dem Verhör besprach er sich mit Rydberg und Björk. Anschließend wurde die Frau, nachdem ihr Reiseverbot erteilt worden war, freigelassen und zurück nach Lund gefahren.

Gleich darauf unternahmen Kurt Wallander und Rydberg einen neuen Versuch, Rune Bergman zum Reden zu bringen. Der Verteidiger, jung und ehrgeizig, meinte, es gebe nicht die Spur einer Beweisführung, und er war der Auffassung, daß die Verhaftung mit der Vorbereitung eines Justizirrtums gleichzusetzen sei.

Gleichzeitig kam Rydberg eine Idee.

»Wohin versuchte Valfrid Ström eigentlich zu fliehen?« fragte er Kurt Wallander.

Er zeigte auf eine Karte.

»In Staffanstorp war die Reise zu Ende. Vielleicht hatte er dort oder in der Nähe ein Lager? Das liegt nicht allzu weit von Hageholm, wenn man sich mit den kleinen Seitenstraßen auskennt.«

Ein Anruf bei Valfrid Ströms Frau bestätigte, daß Rydberg richtig gedacht hatte. Ström besaß zwischen Staffanstorp und Veberöd tatsächlich ein Lager für seine importierten Autos. Rydberg fuhr mit einem Streifenwagen dorthin und rief bereits nach kurzer Zeit wieder bei Kurt Wallander an.

»Bingo«, sagte er. »Hier steht ein blauweißer Citroën.«

»Vielleicht sollten wir unseren Kindern beibringen, Motorengeräusche zu erkennen«, sagte Kurt Wallander.

Noch einmal bearbeitete er Rune Bergman. Aber der Mann schwieg.

Rydberg kehrte nach einer ersten Untersuchung des Wagens nach Ystad zurück. Im Handschuhfach hatte er eine Dose mit Schrotkugeln gefunden. Unterdessen hatte die Polizei in Malmö und Lund die Wohnungen von Bergman und Ström durchsucht.

»Es scheint, als wären diese beiden Herren Mitglieder einer Art schwedischer Ku-Klux-Klan-Bewegung gewesen«, sagte Björk. »Ich könnte mir vorstellen, daß wir hier einen ganzen Haufen hochgehen lassen müssen. Vielleicht gibt es noch mehr Beteiligte?«

Rune Bergman schwieg weiterhin.

Kurt Wallander war ungeheuer erleichtert darüber, daß Björk zurück war und alle Kontakte zu den Massenmedien übernehmen konnte. Sein Gesicht schmerzte und brannte, und er war total übermüdet. Um sechs Uhr kam er endlich dazu, Martinsson anzurufen und mit seiner Schwester zu sprechen. Dann fuhr er los und holte sie mit seinem Auto ab.

Sie bekam einen Schreck, als sie sein zerschundenes Gesicht sah.

»Es ist vielleicht besser, wenn Vater mich so nicht sieht«, meinte er. »Ich warte im Auto auf dich.«

Seine Schwester hatte ihren Vater bereits tagsüber im Krankenhaus besucht. Da war er immer noch müde gewesen. Aber als er seine Tochter sah, hatte sich seine Miene schlagartig aufgehellt.

»Ich glaube, daß er sich kaum an etwas aus jener Nacht erinnern kann«, sagte sie. »Und das ist wohl auch gut so.«

Kurt Wallander saß im Auto und wartete, während sie ihn noch einmal besuchte. Er schloß die Augen und lauschte einer Rossinioper. Als sie die Autotür öffnete, zuckte er zusammen. Er war eingeschlafen.

Sie fuhren zu dem Haus in Löderup.

Kurt Wallander konnte seiner Schwester anmerken, daß sie über den dort erkennbaren Verfall schockiert war. Gemeinsam beseitigten sie stinkende Essensreste und schmutzige Kleider.

»Wie konnte es nur so weit kommen?« fragte sie, und Kurt Wallander empfand dies wie eine gegen ihn gerichtete Anklage.

Vielleicht stimmte es ja auch? Vielleicht hätte er tatsächlich mehr tun, den Verfall des Vaters zumindest etwas eher bemerken können?

Sie kehrten in die Mariastraße zurück, nachdem sie etwas eingekauft hatten. Beim Abendessen sprachen sie dann darüber, was nun mit dem Vater geschehen sollte.

»In einem Altersheim stirbt er«, sagte sie.

»Aber was haben wir für Alternativen?« fragte Kurt Wallander. »Hier kann er nicht wohnen. Bei dir kann er nicht wohnen. In Löderup geht es auch nicht mehr. Was bleibt da noch?«

Sie einigten sich darauf, daß es trotz allem das beste für ihren Vater sein würde, wenn er durch die regelmäßige Betreuung einer Gemeindeschwester zu Hause bleiben könnte.

»Er hat mich nie gemocht«, sagte Kurt Wallander, als sie Kaffee tranken.

»Natürlich hat er das.«

»Seit ich mich dazu entschloß, Polizist zu werden, war es vorbei.«

»Vielleicht hatte er andere Erwartungen?«

»Aber welche? Er hat doch nie etwas gesagt.«

Kurt Wallander machte seiner Schwester ein Bett auf dem Sofa.

Nachdem sie die Sache mit ihrem Vater vorläufig geklärt hatten, erzählte Kurt Wallander von allem, was in der Zwischenzeit sonst noch geschehen war. Plötzlich begriff er, daß die alte Vertrautheit, die sie früher einmal miteinander verbunden hatte, nicht mehr bestand.

Wir haben uns zu selten getroffen, dachte er. Sie wagt noch nicht einmal, mich zu fragen, warum Mona und ich getrennte Wege gegangen sind.

Er holte eine halbgeleerte Kognakflasche hervor. Sie schüttelte abwehrend den Kopf, so daß er nur sein eigenes Glas füllte.

Valfrid Ströms Geschichte war das Hauptthema der Abendnachrichten. Rune Bergmans Identität wurde dagegen noch nicht enthüllt. Kurt Wallander wußte, daß der Grund dafür seine Vergangenheit als Polizeibeamter war. Er nahm an, daß der Reichspolizeichef bereits auf Hochtouren daran arbeitete, geeignete Verschleierungstaktiken auszuklügeln, um Rune Bergmans Identität solange wie möglich geheimzuhalten.

Aber früher oder später würde die Wahrheit natürlich trotzdem herauskommen.

Kurz nach dem Ende der Nachrichten klingelte das Telefon.

Kurt Wallander bat seine Schwester, abzuheben.

»Frag erst einmal, wer es ist, und sag dann, daß du nachsehen mußt, ob ich zu Hause bin«, bat er sie.

»Es ist jemand, der Brolin heißt«, sagte sie, als sie aus dem Flur zurückkam.

Mühselig stand er von seinem Stuhl auf und nahm den Apparat.

»Ich hoffe, ich habe dich nicht geweckt«, sagte Anette Brolin.

»Überhaupt nicht. Meine Schwester ist hier zu Besuch.«

»Ich wollte nur anrufen und dir sagen, daß ihr meiner Meinung nach eine außergewöhnlich gute Arbeit geleistet habt.«

»Wir haben wohl vor allem Glück gehabt.«

Weshalb ruft sie an, dachte er. Er faßte einen schnellen Entschluß.

»Einen Drink?« schlug er vor.

»Gerne. Wo?« Er hörte, daß sie überrascht war.

»Meine Schwester will sich gerade hinlegen. Bei dir?«

»In Ordnung.«

Er legte den Telefonhörer auf und ging wieder zurück ins Wohnzimmer.

»Ich habe überhaupt nicht vor, mich schon hinzulegen«, sagte seine Schwester.

»Ich geh' noch mal raus. Warte nicht auf mich. Ich weiß noch nicht, wann ich zurückkomme.«

Der kühle Abend ließ einen leicht atmen. Er bog in die Regimentsstraße ein und fühlte eine plötzliche Leichtigkeit in sich aufsteigen. Sie hatten den brutalen Mord bei Hageholm innerhalb von 48 Stunden gelöst. Jetzt würden sie sich wieder auf den Doppelmord von Lenarp konzentrieren können.

Er wußte, daß er gute Arbeit geleistet hatte.

Er hatte seiner Intuition vertraut, ohne zu zögern gehandelt, und beides zusammen hatte zu Ergebnissen geführt.

Der Gedanke an die wahnsinnige Verfolgungsjagd mit dem Viehtransporter ließ ihn schaudern. Aber die Leichtigkeit blieb trotzdem.

Er betätigte die Türsprechanlage, und Anette Brolin antwortete. Sie wohnte im zweiten Stock eines Hauses, das um die Jahrhundertwende gebaut worden war. Die Wohnung war groß, aber nur sparsam möbliert. An einer Wand lehnten ein paar Bilder, die noch darauf warteten, aufgehängt zu werden.

»Gin-Tonic?« fragte sie. »Ich befürchte, daß ich nicht allzu-viel Auswahl habe.«

»Gerne«, antwortete er. »Im Moment spielt es kaum eine Rolle, was es ist, Hauptsache es ist stark.«

Sie setzte sich ihm gegenüber auf ein Sofa und zog die Beine hoch. Er fand sie sehr attraktiv.

»Weißt du eigentlich, wie du aussiehst?« fragte sie lachend.

»Das fragen alle«, antwortete er.

Dann erinnerte er sich an Klas Månsson. Den Ladendieb, den Anette Brolin nicht weiter in Haft behalten wollte. Er dachte, daß er eigentlich gar keine Lust mehr hatte, über die Arbeit zu reden. Aber er konnte es trotzdem nicht lassen.

»Klas Månsson«, sagte er. »Erinnerst du dich an den Namen?«

Sie nickte.

»Hansson beklagte sich darüber, daß du der Meinung bist, unsere Ermittlungen seien schlecht geführt worden. Daß du keine Verlängerung der Untersuchungshaft befürworten wür-dest, wenn die Ermittlungen nicht sorgfältig überarbeitet würden.«

»Die Ermittlung war schlecht. Schlampig geschrieben. Un-zureichende Beweise. Vage Zeugenaussagen. Ich würde mich eines Dienstvergehens schuldig machen, wenn ich aufgrund eines solchen Materials jemanden in Untersuchungshaft be-halten würde.«

»Die Ermittlung ist nicht schlechter als viele andere auch. Außerdem vergißt du eine wichtige Tatsache.«

»Welche?«

»Daß Klas Månsson schuldig ist. Er hat auch früher schon Geschäfte ausgeraubt.«

»Dann müßt ihr bessere Ermittlungsunterlagen vorlegen.«

»Ich finde nicht, daß an dem Bericht etwas auszusetzen ist. Wenn wir diesen verdammten Månsson jetzt wieder freilas-sen, dann begeht er nur wieder neue Straftaten.«

»Man kann aber Leute nicht einfach so verhaften.«

Kurt Wallander zuckte die Schultern.

»Verzichtest du darauf, ihn freizulassen, wenn ich eine aus-führlichere Zeugenaussage besorge?« fragte er.

»Das kommt darauf an, was der Zeuge sagt.«

»Warum bist du nur so stur? Klas Månsson ist schuldig. Wir müssen ihn nur noch etwas dabehalten dürfen, dann gesteht er schon. Aber wenn er nur die geringste Chance wittert, sich wieder aus der Affäre zu ziehen, wird er kein einziges Wort sagen.«

»Staatsanwälte müssen stur sein. Was würde denn deiner Meinung nach sonst mit der Rechtssicherheit in diesem Land geschehen?«

Kurt Wallander merkte, daß der Alkohol ihn streitlustig stimmte.

»Diese Frage kann auch von einem unbedeutenden Krimi-nalpolizisten auf dem Land gestellt werden«, sagte er. »Ich war davon überzeugt, daß es der Beruf des Polizisten ist, das Eigen-tum ganz gewöhnlicher Menschen zu schützen und ihre Sicherheit zu garantieren. Das glaube ich auch immer noch. Aber ich habe andererseits gesehen, wie die Rechtssicherheit ständig ausgehöhlt wird. Ich habe gesehen, wie Jugendliche, die eine Straftat begangen haben, mehr oder minder dazu ermun-tert worden sind, einfach so weiterzumachen. Niemand greift ein. Niemand kümmert sich um die Opfer der zunehmenden Gewalt. Es wird alles immer nur schlimmer.«

»Jetzt hörst du dich an wie mein Vater«, sagte sie. »Er ist Richter im Ruhestand. Ein richtiger alter, reaktionärer Beam-ter.«

»Vielleicht, ja. Vielleicht bin ich konservativ. Aber ich stehe zu dem, was ich sage. Ich verstehe wirklich, daß einige Men-schen die Dinge manchmal selber in die Hand nehmen wol-len.«

»Vielleicht hast du sogar Verständnis dafür, daß ein paar verwirrte Gehirne einen unschuldigen Asylbewerber umbrin-gen?«

»Ja und nein. Die Verunsicherung in diesem Land ist groß.

Die Menschen bekommen Angst. Besonders in Bauerndörfern wie diesen hier. Du wirst bald schon merken, daß es im Moment gerade einen großen Helden in diesem Teil des Landes gibt. Einen Mann, dem heimlich, hinter vorgezogenen Gardinen, applaudiert wird. Der Mann nämlich, der dafür gesorgt hat, daß es eine kommunale Abstimmung gab, die ein Nein zur weiteren Aufnahme von Asylanten zur Folge hatte.«

»Wie soll es weitergehen, wenn wir uns so über Reichstagsbeschlüsse hinwegsetzen? Wir haben eine Asylpolitik, die im ganzen Land befolgt werden muß.«

»Falsch. Es ist genau das Fehlen einer Asylpolitik, was zu diesem Chaos führt. Im Moment leben wir in einem Land, in das wer auch immer, mit welchen Motiven auch immer, wie auch immer, wann auch immer und wo auch immer hineinkommen kann. Die Grenzkontrollen sind abgeschafft worden. Die Zollverwaltung ist machtlos. Es gibt eine Reihe von nicht kontrollierbaren, kleinen Flugplätzen, auf denen jede Nacht Drogen und illegale Einwanderer entladen werden.«

Er merkte, daß er zunehmend gereizter wurde. Der Mord an dem Somalier war ein Verbrechen mit vielschichtigen Motiven.

»Rune Bergman soll natürlich mit der höchstmöglichen Strafe hinter Gitter gebracht werden. Aber auch die Einwanderungsbehörde und die Regierung trifft ein Teil der Schuld.«

»Das ist doch Blödsinn.«

»Ist es das? Jetzt tauchen Personen, die dem faschistischen Sicherheitsdienst in Rumänien angehört haben, auf einmal hier in Schweden auf. Sie suchen Asyl. Sollen sie es bekommen?«

»Das prinzipielle Recht auf Asyl muß gelten.«

»Muß es das wirklich? Immer? Auch wenn es fehl am Platz ist?«

Sie stand vom Sofa auf und füllte die Gläser nach.

Kurt Wallander fühlte sich nicht wohl in seiner Haut.

Wir sind zu verschieden, dachte er.

Schon nach zehn Minuten Unterhaltung tut sich ein Abgrund auf.

Der Schnaps machte ihn aggressiv. Er sah sie an und merkte, daß sie ihn gleichzeitig erregte.

Wie lange war es eigentlich her, daß Mona und er das letzte Mal miteinander geschlafen hatten?

Fast ein Jahr. Ein Jahr ohne Sexualleben.

Bei dem Gedanken stöhnte er auf.

»Hast du Schmerzen?« fragte sie.

Er nickte. Das stimmte natürlich nicht, aber er gab seinem verschwommenen Bedürfnis nach Mitleid nach.

»Es ist vielleicht besser, wenn du nach Hause gehst«, sagte sie.

Das war allerdings das, was er am wenigsten wollte. Er fand auch nicht, daß er noch ein Zuhause hatte, seitdem Mona ausgezogen war.

Er trank aus und reichte ihr sein Glas zum Nachfüllen. Mittlerweile war er so betrunken, daß er begann, alle Hemmungen zu verlieren.

»Eins noch«, sagte er. »Das habe ich mir verdient.«

»Aber dann mußt du gehen«, sagte sie.

Ihre Stimme war plötzlich kühl geworden. Doch es gelang ihm nicht mehr, darauf noch Rücksicht zu nehmen. Als sie mit seinem Glas zu ihm kam, griff er nach ihr und zog sie zu sich auf den Sessel.

»Setz dich hier neben mich«, sagte er und legte die Hand auf ihre Schenkel.

Sie machte sich los und gab ihm eine Ohrfeige. Sie schlug mit der Hand, an der sie den Trauring trug, und er spürte, wie die Haut auf seiner Wange aufriß.

»Geh jetzt nach Hause«, sagte sie.

Er stellte das Glas auf den Tisch.

»Was machst du, wenn ich nicht gehe?« fragte er. »Rufst du dann die Polizei?«

Sie antwortete nicht. Aber er sah, daß sie vor Wut kochte.

Er stolperte ein wenig beim Aufstehen.

Plötzlich begriff er, was er zu tun versucht hatte.

»Entschuldige«, sagte er. »Ich bin müde.«

»Wir vergessen das hier«, antwortete sie. »Aber jetzt mußt du gehen.«

»Ich weiß wirklich nicht, was in mich gefahren ist«, versuchte er sich zu entschuldigen und streckte ihr seine Hand entgegen.

Sie nahm sie.

»Wir vergessen das jetzt«, sagte sie. »Gute Nacht.«

Er versuchte, noch etwas zu sagen. Trotz seines benebelten Gehirns spürte er, daß das, was er getan hatte, sowohl unverzeihlich als auch gefährlich war. Auf die gleiche Art und Weise gefährlich wie sein Verhalten in jener Nacht, als er mit dem Auto von seiner Verabredung mit Mona nach Hause gefahren war, obwohl er betrunken war.

Er ging und hörte, wie die Tür hinter ihm geschlossen wurde.

Ich muß aufhören, Schnaps zu trinken, dachte er wütend. Ich vertrage einfach nichts mehr.

Unten auf der Straße sog er die kühle Luft in die Lungen.

Wie kann man sich bloß so bescheuert benehmen? dachte er. Wie ein betrunkener Halbstarker, der nichts von sich selbst, den Frauen und der Welt versteht.

Er ging nach Hause in die Mariastraße.

Am darauffolgenden Tag würde er die Jagd nach den Mördern von Lenarp wiederaufnehmen.

13

Am Montag morgen, den 15. Januar, fuhr Kurt Wallander zum Gartencenter, das an der Ausfahrt nach Malmö lag, und kaufte zwei Blumensträuße. Ihm fiel ein, daß es nun acht Tage her war, seit er denselben Weg gefahren war, damals Richtung Lenarp, zu dem Ort des Verbrechens, das noch immer seine ganze Aufmerksamkeit in Anspruch nahm. Er dachte daran, daß die letzte Woche die intensivste gewesen war, die er in all seinen Jahren als Polizist erlebt hatte. Als er sein Gesicht im Rückspiegel betrachtete, erinnerte ihn jede Schramme, jede Beule und jeder Farbton zwischen violett und schwarz an diese Woche.

Die Temperatur betrug einige Grad unter null. Es war windstill. Die weiße Fähre aus Polen war auf dem Weg in den Hafen.

Als er kurz nach acht das Polizeipräsidium betrat, gab er Ebba einen der beiden Blumensträuße. Obwohl sie ihn zuerst nicht annehmen wollte, konnte er doch sehen, daß sie sich über die Aufmerksamkeit freute. Den anderen Strauß nahm er mit in sein Zimmer. Er zog eine Karte aus einer Schreibtischschublade und dachte lange darüber nach, was er der Staatsanwältin Anette Brolin schreiben sollte. Eigentlich dachte er viel zu lange nach. Als er schließlich ein paar Zeilen schrieb, hatte er den Versuch, die perfekte Formulierung zu finden, bereits aufgegeben. Nun bat er nur um Nachsicht für sein Verhalten am Abend zuvor, das er auf seine Müdigkeit schob.

Ich bin von Natur aus schüchtern, fügte er noch hinzu. Obwohl das nicht ganz der Wahrheit entsprach.

Aber er hoffte, daß es Anette Brolin dazu bewog, ihm zu verzeihen.

Gerade als er in den Flur der Staatsanwaltschaft hinübergehen wollte, trat Björk durch die Tür. Er hatte wie immer so leise geklopft, daß Kurt Wallander es nicht gehört hatte.

»Hast du Blumen bekommen?« fragte Björk. »Die hast du dir wirklich verdient. Ich bin tief beeindruckt, wie schnell du den Mord an dem Neger gelöst hast.«

Kurt Wallander gefiel es nicht, daß Björk von dem Somalier als dem toten Neger sprach. Es handelte sich um einen toten Menschen, der unter einer Decke im Lehm gelegen hatte, und um nichts anderes. Aber er fing deswegen jetzt keine Diskussion an.

Björk trug ein geblümtes Hemd, das er in Spanien gekauft hatte. Er setzte sich auf den wackeligen Stuhl am Fenster.

»Ich dachte, daß wir den Mordfall von Lenarp einmal zusammen durchgehen sollten«, sagte er. »Ich habe mir das Untersuchungsmaterial angesehen. Da bleiben noch viele Fragen offen. Ich habe mir gedacht, daß Rydberg die Hauptverantwortung für die Ermittlung übernehmen könnte, während du dich darauf konzentrierst, Rune Bergman zum Sprechen zu bringen. Was hältst du davon?«

Kurt Wallander stellte eine Gegenfrage.

»Was sagt Rydberg dazu?«

»Ich habe noch nicht mit ihm gesprochen.«

»Ich könnte es mir umgekehrt vorstellen, Rydberg mit seinem kranken Bein, und bei der Ermittlung ist noch viel Lauferei zu erledigen.«

Was Kurt Wallander da sagte, war bestimmt richtig. Aber es war nicht die Sorge um Rydbergs Rheuma, die ihn zu der umgekehrten Aufgabenverteilung veranlaßte.

Er wollte die Jagd nach den Mördern von Lenarp nicht aufgeben.

Auch wenn die polizeilichen Untersuchungen auf Zusammenarbeit beruhten, fand er, daß die Mörder ihm gehörten.

»Es gibt natürlich auch eine dritte Lösung«, meinte Björk. »Daß Svedberg und Hansson sich um Rune Bergman kümmern.«

Kurt Wallander nickte. Damit war er einverstanden.

Björk erhob sich von dem wackeligen Stuhl.

»Wir brauchen neue Möbel«, stellte er fest.

»Wir brauchen mehr Polizisten«, gab Kurt Wallander zurück.

Nachdem Björk gegangen war, setzte sich Kurt Wallander an die Schreibmaschine und schrieb einen ausführlichen Bericht über die Verhaftung von Rune Bergman und Valfrid Ström. Er bemühte sich, einen Bericht zu schreiben, gegen den Anette Brolin keine Einwände haben konnte. Das dauerte über zwei Stunden. Viertel nach zehn zog er das letzte Blatt aus der Maschine, unterschrieb es und übergab danach Rydberg den Bericht.

Rydberg saß an seinem Schreibtisch und sah müde aus. Als Kurt Wallander das Zimmer betrat, beendete er gerade ein Telefongespräch.

»Ich habe gehört, daß Björk uns trennen wollte«, sagte er. »Ich bin froh, daß ich mit diesem Bergman nichts zu tun haben muß.«

Kurt Wallander legte den Bericht auf den Schreibtisch.

»Lies das durch«, sagte er. »Und wenn du keine Einwände hast, gib den Bericht an Hansson weiter.«

»Svedberg hat es heute morgen noch mal mit Bergman versucht. Aber der sagt immer noch nichts. Obwohl die Zigaretten übereinstimmen. Dieselbe Marke, die bei dem Auto im Lehm lag.«

»Ich frage mich, was da noch alles an den Tag kommen wird«, meinte Kurt Wallander. »Mit wem haben wir es wohl zu tun? Neonazis? Rassisten mit internationalen Kontakten? Wie zum Teufel kann man ein solches Verbrechen begehen? Einfach auf die Straße hinausgehen und einen wildfremden Menschen erschießen? Nur weil er zufällig ein Schwarzer ist?«

»Ich weiß nicht«, erwiderte Rydberg. »Aber ich glaube, wir müssen lernen, mit solchen Dingen zu leben.«

Sie verabredeten, sich in einer halben Stunde wieder zu treffen, nachdem Rydberg den Bericht gelesen hatte. Dann wollten sie die Ermittlungen im Mordfall von Lenarp wieder aufs neue in Angriff nehmen.

Kurt Wallander ging hinüber zur Staatsanwaltschaft. Anette Brolin war im Amtsgericht. Er hinterlegte den Blumenstrauß bei dem Mädchen in der Zentrale.

»Hat sie Geburtstag?« fragte das Mädchen.

»So was Ähnliches«, antwortete Kurt Wallander.

Als er in sein Zimmer zurückkam, saß seine Schwester Kristina da und wartete auf ihn. Sie war bereits aufgestanden und gegangen, als er am Morgen aufgewacht war.

Sie erzählte ihm, daß sie sowohl mit einem Arzt als auch mit der Fürsorgerin gesprochen hatte.

»Papa scheint es besser zu gehen«, erzählte sie. »Sie glauben nicht, daß er auf dem Weg in eine chronische Senilität ist. Vielleicht war es doch nur eine zeitweilige Verwirrung? Wir haben uns jedenfalls darauf geeinigt, es zunächst einmal mit einer regelmäßigen Haushaltshilfe zu versuchen. Ich wollte hören, ob du uns heute gegen zwölf hinausfahren kannst. Wenn du es nicht schaffst, kannst du mir ja vielleicht dein Auto leihen.«

»Natürlich fahre ich. Wissen wir schon, wer diese Haushaltshilfe sein wird?«

»Ich werde mich mit einer Frau treffen, die nicht weit von Papa entfernt wohnt.«

Kurt Wallander nickte zustimmend.

»Es ist gut, daß du hier bist. Allein wäre ich bestimmt nicht damit klargekommen.«

Sie vereinbarten, daß er kurz nach zwölf zum Krankenhaus kommen sollte. Als seine Schwester gegangen war, räumte er seinen Schreibtisch auf und breitete die dicke Mappe mit dem Untersuchungsmaterial über Johannes und Maria Lövgren vor sich aus. Es war an der Zeit, wieder anzufangen.

Björk hatte ihnen mitgeteilt, daß sie bis auf weiteres vier Personen für die Ermittlungsgruppe zur Verfügung hätten. Da Näslund Grippe hatte und zu Hause lag, trafen sich nur drei in

Rydbergs Zimmer. Martinsson schien einen Kater zu haben und war ziemlich still. Aber Kurt Wallander erinnerte sich an seine Entschlossenheit, als er sich der hysterischen Witwe draußen auf Hageholm angenommen hatte.

Sie begannen mit einer gründlichen Durchsicht des gesamten Materials. Martinsson konnte es um verschiedene Angaben, die aus seiner Arbeit mit den zentralen Strafregistern stammten, ergänzen. Für Kurt Wallander beinhaltete dieses methodische und langsame Prüfen unterschiedlicher Details eine große Beruhigung. Einem außenstehenden Betrachter würde diese Arbeit wahrscheinlich unerträglich langweilig und zudem sinnlos erscheinen. Aber für sie sah die Sache anders aus. Die Wahrheit und die Lösung konnten sich hinter der am wenigsten ins Auge fallenden Kombination von Details verbergen.

Sie sammelten die losen Fäden, die als allererstes bearbeitet werden mußten.

»Du kümmerst dich um Johannes Lövgrens Fahrt nach Ystad«, sagte er zu Martinsson. »Wir müssen unbedingt herauskriegen, wie er in die Stadt und wieder zurückgekommen ist. Hat er mehrere Bankschließfächer, von denen wir bisher nichts wissen? Was hat er während der einen Stunde gemacht, die er zwischen seinen zwei Bankbesuchen zur Verfügung hatte? Ist er in ein Geschäft einkaufen gegangen? Wer hat ihn gesehen?«

»Ich finde, daß Näslund schon mal damit anfangen sollte, die unterschiedlichen Banken anzurufen«, meinte Martinsson.

»Ruf ihn zu Hause an und frag ihn«, erwiderte Kurt Wallander. »Wir können nicht damit warten, bis er wieder gesund ist.«

Rydberg sollte Lars Herdin besuchen, während Kurt Wallander selbst wieder einmal nach Malmö fahren würde, um mit dem Mann namens Erik Magnusson zu reden, von dem Göran Boman annahm, daß er der heimliche Sohn von Johannes Lövgren sein könnte.

»Alles andere muß solange liegenbleiben«, sagte Kurt Wallander. »Wir fangen hiermit an und treffen uns wieder um fünf Uhr.«

Bevor er zum Krankenhaus fuhr, rief er Göran Boman in Kristianstad an und sprach mit ihm über Erik Magnusson.

»Er arbeitet bei der Stadtverwaltung«, sagte Göran Boman. »Leider weiß ich nicht, was er da macht. Wir haben hier ein selten chaotisches Wochenende mit Schlägereien und Betrunkenen gehabt. Ich habe nicht viel mehr geschafft, als mir einige Idioten vorzuknöpfen.«

»Ich werde ihn schon finden«, meinte Kurt Wallander. »Ich melde mich spätestens morgen früh wieder bei dir.«

Ein paar Minuten nach zwölf machte er sich auf den Weg zum Krankenhaus. Seine Schwester wartete am Eingang, und sie fuhren zusammen mit dem Aufzug in die Abteilung, in die ihr Vater nach der eintägigen Überwachung verlegt worden war.

Als sie kamen, war er bereits entlassen, saß auf einem Stuhl und wartete auf sie. Er hatte den Hut auf dem Kopf, und die Reisetasche mit der schmutzigen Unterwäsche und den Farbtuben stand neben ihm. Kurt Wallander erkannte seinen Anzug nicht wieder.

»Ich habe ihn gekauft«, erklärte ihm seine Schwester, als er sie fragte. »Es ist wohl schon dreißig Jahre her, daß er sich das letzte Mal einen neuen Anzug gekauft hat.«

»Wie geht es dir, Vater?« fragte Kurt Wallander, als er vor ihm stand.

Sein Vater sah ihn mit einem klaren Blick an. Kurt Wallander begriff, daß er sich wieder erholt hatte.

»Ich freue mich darauf, wieder nach Hause zu kommen«, sagte er kurz und stand auf.

Kurt Wallander nahm die Tasche, während sein Vater sich auf Kristina stützte. Auf der Fahrt nach Löderup saß sie neben ihm auf dem Rücksitz.

Kurt Wallander, der es eilig hatte, nach Malmö zu kommen,

versprach, gegen sechs Uhr wiederzukommen. Seine Schwester wollte bei ihrem Vater übernachten und bat ihn, etwas zum Abendessen einzukaufen.

Der Vater hatte unverzüglich den Anzug gegen seinen Maleroverall eingetauscht. Er stand schon wieder draußen vor seiner Staffelei und malte an einem unvollendeten Bild.

»Was meinst du, wird er mit einer Haushaltshilfe zurechtkommen?« fragte Kurt Wallander.

»Das müssen wir erst einmal abwarten«, antwortete seine Schwester.

Es war fast zwei Uhr nachmittags, als Kurt Wallander vor dem Hauptgebäude der Stadtverwaltung in Malmö ankam. Vorher hatte er in dem Motel in Svedala noch schnell zu Mittag gegessen. Er parkte das Auto und betrat die große Empfangshalle.

»Ich suche Erik Magnusson«, sagte er zu der Frau, die das Glasfenster zur Seite geschoben hatte.

»Wir haben mindestens drei Erik Magnussons, die hier in der Verwaltung arbeiten«, erwiderte sie. »Welchen von ihnen suchen Sie?«

Kurt Wallander zog seinen Dienstausweis heraus und zeigte ihn vor.

»Ich weiß nicht«, sagte er. »Aber er soll Ende der fünfziger Jahre geboren sein.«

Die Frau hinter der Glasscheibe wußte sofort Bescheid.

»Dann muß es Erik Magnusson aus dem Zentrallager sein«, antwortete sie. »Die beiden anderen, die Erik Magnusson heißen, sind bedeutend älter. Was hat er denn angestellt?«

Kurt Wallander lächelte über ihre ungehemmte Neugier.

»Nichts«, gab er zurück. »Ich will ihm nur ein paar Routinefragen stellen.«

Sie beschrieb ihm den Weg zum Zentrallager. Er bedankte sich und ging zurück zum Auto.

Das Zentrallager der Stadtverwaltung lag am nördlichen Stadtrand von Malmö, in einem Gebiet in der Nähe des Ölhafens. Kurt Wallander irrte lange herum, bis er es gefunden hatte.

Er ging durch eine Tür, auf der »Büro« stand. Durch ein großes Glasfenster sah er gelbe Gabelstapler, die zwischen unendlich langen Reihen von Regalen hin und her fuhren.

Das Büro war leer. Er ging eine Treppe hinunter und kam in die erste Lagerhalle. Ein junger Mann mit schulterlangem Haar war gerade dabei, große Plastiksäcke mit Toilettenpapier zu stapeln. Kurt Wallander ging zu ihm hin.

»Ich suche Erik Magnusson«, sagte er.

Der junge Mann zeigte auf einen gelben Gabelstapler, der an einer Laderampe stand, an der ein Lastwagen gerade entladen wurde.

Der Mann, der in der Fahrerkabine des Gabelstaplers saß, hatte helles Haar.

Kurt Wallander dachte, daß Maria Lövgren wohl kaum an Ausländer gedacht haben konnte, falls es dieser blonde Mann gewesen war, der ihr die Schlinge um den Hals gelegt hatte.

Dann schob er den Gedanken irritiert zur Seite. Jetzt ging er mal wieder zu schnell voran.

»Erik Magnusson!« rief er durch den Motorenlärm des Gabelstaplers.

Der Mann sah ihn fragend an, bevor er den Motor abstellte und heruntersprang.

»Erik Magnusson?« fragte Kurt Wallander.

»Ja?«

»Ich bin von der Polizei. Ich möchte gerne kurz mit Ihnen reden.«

Kurt Wallander beobachtete sein Gesicht.

An seinen Reaktionen war nichts Ungewöhnliches. Er sah einfach nur erstaunt aus. Ganz einfach erstaunt.

»Warum?« fragte er.

Kurt Wallander sah sich um.

»Gibt es einen Platz, wo wir uns hinsetzen können?« wollte er wissen.

Erik Magnusson führte ihn zu einer Ecke, in der ein Kaffee-automat stand. Dort gab es außerdem noch einen dreckigen Holztisch und ein paar baufällige Bänke. Kurt Wallander warf zwei Kronenstücke ein und zog einen Becher mit Kaffee. Erik Magnusson begnügte sich mit einer Prise Kautabak.

»Ich komme von der Polizei in Ystad«, fing er an. »Ich habe ein paar Fragen an Sie, die einen brutalen Mord in einem Dorf namens Lenarp betreffen. Vielleicht haben Sie etwas darüber in der Zeitung gelesen?«

»Ich glaube schon. Aber was hat das mit mir zu tun?«

Kurt Wallander war gerade dabei, sich dasselbe zu fragen. Den Mann, der Erik Magnusson hieß, schien ein Besuch der Polizei an seinem Arbeitsplatz völlig unberührt zu lassen.

»Ich muß Sie nach dem Namen Ihres Vaters fragen.«

Der Mann runzelte die Stirn.

»Mein Vater?« fragte er. »Ich habe keinen Vater.«

»Jeder hat einen Vater.«

»Jedenfalls keinen, von dem ich weiß.«

»Wie kommt das?«

»Meine Mutter war nicht verheiratet, als ich geboren wurde.«

»Und Ihre Mutter hat Ihnen nie erzählt, wer Ihr Vater ist?«

»Nein.«

»Haben Sie denn nie gefragt?«

»Natürlich habe ich gefragt. Ich habe während meiner ganzen Kindheit und Jugend auf sie eingeredet. Dann habe ich es aufgegeben.«

Erik Magnusson stand auf und zog sich einen Becher Kaffee.

»Warum fragen Sie nach meinem Vater?« wollte er wissen. »Hat er etwas mit diesem Mord zu tun?«

»Dazu kommen wir gleich«, antwortete Kurt Wallander. »Was hat Ihre Mutter geantwortet, als Sie sie nach Ihrem Vater gefragt haben?«

»Das kam drauf an.«

»Das kam drauf an?«

»Manchmal, daß sie selbst nicht sicher sei. Manchmal, daß es ein Vertreter gewesen ist, den sie nie wieder gesehen hat. Manchmal etwas anderes.«

»Und damit haben Sie sich zufriedengegeben?«

»Was soll man denn da machen? Wenn sie nicht will, dann will sie eben nicht.«

Kurt Wallander dachte über die Antworten nach, die er bekam. Konnte man wirklich so desinteressiert daran sein, wer sein eigener Vater war?

»Haben Sie einen guten Kontakt zu Ihrer Mutter?« fragte er.

»Was meinen Sie damit?«

»Sehen Sie sich oft?«

»Sie ruft manchmal an. Manchmal fahre ich nach Kristianstad rüber. Ich hatte besseren Kontakt zu meinem Stiefvater.«

Kurt Wallander stutzte. Von einem Stiefvater hatte Göran Boman nichts gesagt.

»Ist Ihre Mutter wieder verheiratet?«

»Als ich aufgewachsen bin, hat sie mit einem Mann zusammengelebt. Sie sind nie verheiratet gewesen. Aber ich habe ihn trotzdem Vater genannt. Als ich ungefähr fünfzehn war, haben sie sich getrennt. Im Jahr danach bin ich nach Malmö gegangen.«

»Wie heißt er?«

»Hieß. Er ist tot. Er hatte einen Autounfall.«

»Sind Sie sicher, daß er nicht Ihr richtiger Vater war?«

»Nach einem so ungleichen Paar wie ihm und mir muß man lange suchen.«

Kurt Wallander startete einen neuen Versuch.

»Der Mann, der in Lenarp ermordet wurde, hieß Johannes Lövgren«, sagte er. »Er war nicht möglicherweise Ihr Vater?«

Der Mann, der ihm gegenüber saß, sah ihn erstaunt an.

»Wie zum Teufel soll ich das wissen? Da werden Sie wohl meine Mutter fragen müssen.«

»Das haben wir schon getan. Aber sie verneint es.«

»Dann fragen Sie sie noch mal. Ich würde gerne wissen, wer mein Vater ist. Ermordet oder nicht.«

Kurt Wallander glaubte ihm. Er notierte sich Erik Magnussons Adresse und Personennummer und stand auf.

»Sie werden vielleicht wieder von uns hören«, sagte er.

Der Mann kletterte wieder in die Fahrerkabine des Gabelstaplers.

»Von mir aus gern. Grüßen Sie meine Mutter, wenn Sie sie treffen.«

Kurt Wallander fuhr nach Ystad zurück. Er parkte am Marktplatz, ging in die Fußgängerzone hinunter und kaufte Kompressen in der Apotheke. Die Apothekerin sah voller Mitleid auf sein zerschundenes Gesicht. Auf dem Weg zum Auto überlegte er es sich anders und ging denselben Weg zurück zum staatlichen Alkoholgeschäft. Dort kaufte er eine Flasche Whisky. Obwohl er es sich eigentlich nicht leisten konnte, nahm er Maltwhisky.

Um halb fünf war er wieder im Polizeipräsidium. Weder Rydberg noch Martinsson waren in ihrem Zimmer. Er ging zum Flur der Staatsanwaltschaft. Die Telefonistin in der Zentrale lächelte.

»Sie hat sich sehr über die Blumen gefreut«, sagte sie.

»Ist sie in ihrem Zimmer?«

»Sie ist bis fünf Uhr im Amtsgericht.«

Kurt Wallander ging zurück. Im Flur stieß er mit Svedberg zusammen.

»Wie läuft es mit Bergman?« fragte Kurt Wallander.

»Er sagt immer noch nichts«, antwortete Svedberg. »Aber er wird bald weich. Die Kriminaltechniker glauben, daß es sich bei der sichergestellten Waffe um die Mordwaffe handelt.«

»Wissen wir inzwischen mehr über die Hintergründe?«

»Es sieht so aus, als ob sowohl Bergman als auch Ström in unterschiedlichen ausländerfeindlichen Gruppen aktiv gewesen sind. Aber ob sie auf eigene Faust gehandelt haben oder im Auftrag irgendeiner Organisation, wissen wir noch nicht.«

»Mit anderen Worten sind also alle glücklich und zufrieden?«

»Das kann man wohl kaum behaupten. Björk spricht davon, daß die Verhaftung der Mörder zwar heiß ersehnt war, daß es aber nicht so gelaufen ist, wie man sich das vorgestellt hat. Ich fürchte, daß man Bergmans Bedeutung herunterspielen und alles Valfrid Ström anlasten wird. Der sich nicht mehr wehren kann. Ich persönlich glaube, daß Bergman bei der ganzen Sache mindestens genauso aktiv war.«

»Ich frage mich, ob es Ström war, der mich nachts angerufen hat«, meinte Kurt Wallander. »Ich habe ihn nie so viel sprechen hören, daß ich mit Sicherheit sagen könnte, ob er es war oder nicht.«

Svedberg sah ihn forschend an.

»Was bedeutet, …?«

»… daß es im schlimmsten Fall noch andere gibt, die bereit sind, nach Bergman und Ström, die Rolle des Mörders zu übernehmen.«

»Ich werde Björk sagen, daß die Bewachung der Unterkünfte fortgesetzt werden muß«, antwortete Svedberg. »Übrigens haben wir einige Tips gekriegt, die darauf hindeuten, daß eine Gruppe Jugendlicher den Brand hier in Ystad gelegt hat.«

»Vergiß nicht den alten Mann, der eine Tüte Rüben an den Kopf gekriegt hat«, sagte Kurt Wallander.

»Wie sieht es mit Lenarp aus?«

Kurt Wallander zögerte mit der Antwort.

»Ich weiß nicht so recht«, meinte er. »Aber wir haben die Ermittlungen wieder voll aufgenommen.«

Zehn Minuten nach fünf saßen Martinsson und Rydberg in Kurt Wallanders Zimmer. Er fand immer noch, daß Rydberg müde und abgekämpft aussah. Martinsson war unzufrieden.

»Wie Lövgren am Freitag, dem 5. Januar, nach Ystad und von dort wieder zurückgekommen ist, bleibt ein Rätsel«, sagte er. »Ich habe mit dem Busfahrer der Linie gesprochen. Er erzählte, daß Johannes und Maria normalerweise mit ihm fuhren, wenn sie in die Stadt wollten. Zusammen oder jeder für sich. Er war ganz sicher, daß Johannes Lövgren im neuen Jahr nicht mit dem Bus gefahren ist. Auch die Taxis haben keine Fahrt nach Lenarp gehabt. Laut Nyström haben sie immer den Bus genommen, wenn sie irgendwohin wollten. Und wir wissen ja bereits, daß er geizig war.«

»Sie haben immer zusammen Kaffee getrunken«, sagte Kurt Wallander. »Nachmittags. Nyströms müssen gesehen haben, ob Johannes Lövgren nach Ystad gefahren ist oder nicht.«

»Das ist ja gerade das Rätsel«, erwiderte Martinsson. »Beide behaupten, daß er an jenem Tag nicht in die Stadt gefahren ist. Trotzdem wissen wir, daß er zwischen halb zwölf und Viertel nach eins zwei Banken aufgesucht hat. An dem Tag muß er drei bis vier Stunden von zu Hause weggewesen sein.«

»Merkwürdig«, sagte Kurt Wallander. »Da mußt du noch weiter nachforschen.«

Martinsson ging wieder zu seinen Notizen über.

»Er hat auf jeden Fall kein weiteres Bankschließfach in der Stadt.«

»Gut«, sagte Kurt Wallander. »Dann wissen wir zumindest das.«

»Aber er kann natürlich eins in Simrishamn haben«, wandte Martinsson ein. »Oder in Trelleborg? Oder in Malmö?«

»Konzentrier dich zuerst auf seine Fahrt nach Ystad«, sagte Kurt Wallander und blickte zu Rydberg hinüber.

»Lars Herdin hält an seiner Geschichte fest«, sagte er mit einem kurzen Blick in sein zerschlissenes Notizbuch. »Durch Zufall traf er im Frühling 1979 Johannes Lövgren und diese Frau in Kristianstad. Und er behauptet, durch einen anonymen Brief die Information bekommen zu haben, daß die beiden ein gemeinsames Kind haben.«

»Konnte er die Frau beschreiben?«

»Nur sehr vage. Im schlimmsten Fall müssen wir die Frauen wohl in einer Reihe aufstellen, so daß er uns die richtige zeigen kann. Wenn sie überhaupt dabei ist«, fügte er hinzu.

»Du klingst irgendwie unschlüssig.«

Rydberg schlug sein Notizbuch mit einem lauten Knall zu.

»Für mich paßt das alles nicht zusammen«, sagte er. »Das weißt du. Natürlich müssen wir die Spuren verfolgen, die wir haben. Aber ich bin mir wirklich nicht sicher, ob wir auf dem richtigen Weg sind. Was mich irritiert, ist, daß ich keinen anderen Weg finde.«

Kurt Wallander berichtete von seiner Unterhaltung mit Erik Magnusson.

»Warum hast du dich nicht nach seinem Alibi für die Mordnacht erkundigt?« fragte Martinsson erstaunt, als er fertig war.

Kurt Wallander merkte, daß er anfing, hinter allen Beulen und blauen Flecken rot zu werden.

Er hatte es vergessen.

Aber das konnte er natürlich nicht zugeben.

»Ich habe damit gewartet«, erklärte er. »Ich wollte gerne einen Grund haben, um ihn noch einmal zu treffen.«

Er hörte selbst, wie hohl das klang. Aber weder Rydberg noch Martinsson schienen auf seine Erklärung zu reagieren.

Das Gespräch verstummte. Jeder von ihnen saß in seine eigenen Gedanken versunken da.

Kurt Wallander fragte sich, wie oft er sich in genau derselben Situation befunden hatte. Der Moment, in dem eine Ermittlung plötzlich aufhört zu leben. Wie ein Pferd, das nicht mehr weiterwill. Jetzt würden sie gezwungen sein, an dem Pferd zu ziehen und zu zerren, bis es anfing, sich wieder in Bewegung zu setzen.

»Wie machen wir weiter?« fragte Kurt Wallander, als die Stille zum Schluß allzu drückend wurde. Er antwortete selbst.

»Du, Martinsson, mußt herausfinden, wie es Johannes Lövgren gelingen konnte, nach Ystad und wieder zurückzukommen, ohne daß es von jemandem bemerkt wurde. Das müssen wir so schnell wie möglich wissen.«

»In einem Küchenschrank stand eine Dose mit Quittungen«, sagte Rydberg. »Er kann ja an dem Freitag in einem

Geschäft eingekauft haben. Vielleicht gibt es eine Verkäuferin, die sich an ihn erinnern kann?«

»Vielleicht hatte er einen fliegenden Teppich«, warf Martinsson ein. »Ich werde weiter an der Sache arbeiten.«

»Die Verwandtschaft«, meinte Kurt Wallander. »Wir müssen sie alle durchgehen.«

Er suchte eine Liste mit Namen und Adressen aus seiner Mappe und gab sie Rydberg.

»Die Beerdigung ist am Mittwoch«, sagte Rydberg. »In der Kirche von Villie. Ich mag keine Beerdigungen. Aber ich glaube, daß ich zu dieser gehen werde.«

»Ich selbst fahre morgen wieder nach Kristianstad«, sagte Kurt Wallander. »Göran Boman scheint Ellen Magnusson nicht zu trauen. Er glaubt, daß sie nicht die Wahrheit gesagt hat.«

Es war ein paar Minuten vor sechs, als sie ihre Besprechung beendeten.

Sie vereinbarten, sich am nächsten Nachmittag wieder zu treffen.

»Wenn Näslund wieder gesund ist, kann er sich um diesen gestohlenen Leihwagen kümmern«, sagte Kurt Wallander. »Haben wir eigentlich jemals erfahren, was diese polnische Familie in Lenarp gemacht hat?«

»Er arbeitet in der Zuckerfabrik in Jordberga«, antwortete Rydberg. »Seine Papiere waren alle in Ordnung. Obwohl er das selbst nicht gewußt hat.«

Kurt Wallander blieb in seinem Büro, nachdem Rydberg und Martinsson gegangen waren. Auf seinem Tisch lag ein Stapel mit Papieren, die er durchsehen mußte. Es handelte sich um die Akten zu der Anzeige wegen Körperverletzung, mit der er während der Silvesternacht beschäftigt gewesen war. Außerdem lagen da unzählige Berichte, die sich um alles, von entlaufenen Hunden bis zu dem Lastwagen, der in der letzten Sturmnacht umgekippt war, drehten. Ganz unten im Stapel fand er einen Zettel, auf dem ihm eine Lohnerhöhung mitgeteilt wurde. Er rechnete schnell aus, daß er im Monat 39 Kronen mehr ausgezahlt bekommen würde.

Als er den Papierstapel durchgesehen hatte, war es fast halb acht. Er rief in Löderup an und sagte seiner Schwester, daß er unterwegs sei.

»Wir haben Hunger«, sagte sie. »Arbeitest du immer so spät in den Abend hinein?«

Er nahm eine Kassette mit einer Puccinioper und ging zu seinem Auto. Eigentlich hatte er sich noch versichern wollen, ob Anette Brolin die Ereignisse des gestrigen Abends wirklich vergessen hatte. Aber er ließ es bleiben. Das mußte warten.

Seine Schwester Kristina erzählte ihm, daß die Haushaltshilfe, die ihr Vater bekommen sollte, eine entschlossene Frau um die Fünfzig war, die wohl kaum Probleme damit bekommen würde, ihn zu versorgen.

»Besser hätte er es nicht treffen können«, sagte sie, als sie ihn auf dem dunklen Hof in Empfang genommen hatte.

»Was macht Vater?«

»Er malt.«

Während seine Schwester das Abendessen kochte, saß Kurt Wallander im Atelier auf dem Schlitten und sah zu, wie das Herbstmotiv entstand. Sein Vater schien das, was vor ein paar Tagen geschehen war, völlig vergessen zu haben.

Ich muß ihn regelmäßig besuchen, dachte Kurt Wallander. Mindestens dreimal pro Woche, am besten zu festen Zeiten.

Nach dem Abendessen spielten sie mit dem Vater ein paar Stunden Karten. Um elf Uhr ging er ins Bett.

»Ich fahre morgen nach Hause«, sagte seine Schwester. »Ich kann nicht länger wegbleiben.«

»Danke, daß du gekommen bist«, sagte Kurt Wallander.

Sie machten aus, daß er sie am nächsten Morgen um acht Uhr abholen und zum Flughafen fahren sollte.

»Auf Sturup war alles ausgebucht«, sagte sie. »Ich fliege von Everöd.«

Das paßte Kurt Wallander ausgezeichnet, da er sowieso nach Kristianstad fahren wollte.

Kurz nach Mitternacht betrat er seine Wohnung in der Mariastraße.

Er goß sich ein großes Glas Whisky ein und nahm es mit ins Bad. Dann lag er lange da und entspannte seine Glieder in dem warmen Wasser.

Obwohl er versuchte, nicht daran zu denken, tauchten Rune Bergman und Valfrid Ström in seinem Kopf auf. Er versuchte zu verstehen. Aber das einzige Resultat, zu dem er kam, war etwas, an das er vorher schon viele Male gedacht hatte. Es war eine neue Welt entstanden, ohne daß es bemerkt hatte. Als Polizist lebte er nach wie vor in einer alten. Wie sollte er lernen können, in dieser neuen Zeit zu leben? Wie geht man mit der großen Unsicherheit um, die man gegenüber großen Veränderungen verspürt, die noch dazu viel zu schnell geschehen?

Der Mord an dem Somalier war eine neue Art von Mord gewesen.

Der Doppelmord von Lenarp dagegen war ein Verbrechen nach altbekanntem Muster.

Aber war er das wirklich? Er dachte an die Brutalität und die Schlinge.

Es war fast halb zwei, als er endlich zwischen die kühlen Laken kroch.

Die Einsamkeit im Bett empfand er quälender als je zuvor.

Dann verstrichen drei ereignislose Tage.

Näslund kam zurück, und es gelang ihm, das Problem mit dem gestohlenen Auto zu lösen.

Ein Mann und eine Frau hatten eine Serie von Einbrüchen begangen und dann das Auto in Halmstad abgestellt. In der Mordnacht hatten sie sich in einer Pension in Båstad aufgehalten. Der Wirt der Pension gab ihnen ein Alibi.

Kurt Wallander sprach mit Ellen Magnusson. Sie verneinte nachdrücklich, daß Johannes Lövgren der Vater ihres Sohnes Erik war.

Er besuchte auch Erik Magnusson noch ein zweites Mal und forderte das Alibi, nach dem er bei seinem ersten Besuch vergessen hatte zu fragen.

Erik Magnusson war mit seiner Verlobten zusammengewesen. Es gab keinen Grund, dies anzuzweifeln.

Martinsson kam mit Lövgrens Fahrt nach Ystad nicht weiter.

Nyströms waren sich ihrer Sache sicher, genauso wie alle Busfahrer und Taxifahrer.

Rydberg ging zu der Beerdigung und sprach mit neunzehn verschiedenen Verwandten von Lövgrens.

Dabei kam nichts heraus, was sie irgendwie weiterführte.

Die Temperatur hielt sich um null Grad. Mal war es windstill, mal nicht.

Kurt Wallander traf Anette Brolin im Flur. Sie bedankte sich für die Blumen. Er war trotzdem unsicher, ob sie auch wirklich einen Schlußstrich unter die Ereignisse jener Nacht gezogen hatte.

Rune Bergman schwieg noch immer, obwohl die Beweise gegen ihn überwältigend waren. Unterschiedliche nationalistische Heckenschützenorganisationen versuchten, die Verantwortung für das begangene Verbrechen auf sich zu nehmen. In der Presse und den anderen Massenmedien wurde über die Asylfrage in Schweden eine hitzige Diskussion geführt. Während es in Schonen ruhig war, brannten in anderen Landesteilen nachts Holzkreuze vor verschiedenen Unterkünften für Asylbewerber.

Kurt Wallander und seine Mitarbeiter in der Ermittlungsgruppe, die versuchten, den Doppelmord von Lenarp aufzuklären, schirmten sich von all dem ab. Es passierte nur äußerst selten, daß es zu Meinungsäußerungen kam, die nicht direkt mit der festgefahrenen Ermittlung zu tun hatten. Aber Wallander merkte, daß er nicht der einzige war, der gegenüber dieser neuen Gesellschaft, die gerade im Begriff war, sich herauszubilden, Unsicherheit und Verwirrung empfand.

Wir leben, als ob wir einem verlorenen Paradies nachtrauerten, dachte er. Als ob wir uns nach Autodieben und Tresorknackern aus früheren Zeiten sehnten, die den Hut hoben und freundlich waren, wenn wir kamen, um sie zu holen. Aber diese Zeiten sind unwiderruflich vorbei, und es bleibt die Frage, ob sie eigentlich tatsächlich jemals so idyllisch waren, wie wir sie in Erinnerung haben.

Am Freitag, dem 19. Januar, geschah dann alles auf einmal.

Für Kurt Wallander begann der Tag schlecht. Um halb acht fuhr er mit seinem Peugeot zum TÜV und entkam nur mit knapper Not einer Stillegung seines Autos. Als er die Mängelliste durchlas, wußte er, daß eine Reparatur für viele tausend Kronen fällig war.

Mißmutig fuhr er zum Polizeipräsidium.

Er hatte es noch nicht einmal geschafft, die Jacke auszuziehen, als Martinsson zur Tür hereingestürzt kam.

»Endlich!« rief er aufgeregt. »Jetzt weiß ich, wie Johannes Lövgren nach Ystad und wieder nach Hause gekommen ist.«

Kurt Wallander vergaß den Ärger mit seinem Auto und spürte, wie er unmittelbar von Spannung erfaßt wurde.

»Es war kein fliegender Teppich«, fuhr Martinsson fort. »Der Schornsteinfeger hat ihn mitgenommen.«

Kurt Wallander sank auf seinen Schreibtischstuhl.

»Welcher Schornsteinfeger?«

»Schornsteinfegermeister Artur Lundin aus Slimminge. Plötzlich hat sich Hanna Nyström daran erinnert, daß der Schornsteinfeger am Freitag, dem 5. Januar, dagewesen ist. Er hat beide Häuser gefegt und ist dann weggefahren. Als sie sagte, daß er Lövgrens Schornsteine zuletzt gefegt hat und gegen halb elf weggefahren ist, ist mir endlich ein Licht aufgegangen. Ich habe gerade mit ihm gesprochen. Ich habe ihn erwischt, als er das Pflegezentrum in Rydsgård fegte. Es stellte sich heraus, daß er ein Mann ist, der niemals Radio hört, fernsieht oder Zeitungen liest. Er fegt Schornsteine, und den Rest seiner Zeit verbringt er damit, Schnaps zu trinken und sich um ein paar Stallkaninchen zu kümmern. Er hatte keine Ahnung davon, daß Lövgrens ermordet worden sind. Aber er konnte erzählen, daß Johannes Lövgren mit ihm nach Ystad gefahren ist. Da er einen Lieferwagen fuhr und Johannes Lövgren auf dem fensterlosen Rücksitz saß, war es kein Wunder, daß ihn niemand gesehen hat.«

»Nyströms müssen ihn doch gesehen haben, als das Auto zurückgekommen ist?«

»Nein«, antwortete Martinsson triumphierend. »Das ist es ja gerade. Lövgren hatte Lundin gebeten, auf dem Veberödsweg anzuhalten. Von dort aus kann man einem Trampelpfad folgen, der bis zur Rückseite von Lövgrens Haus führt. Er ist ungefähr einen Kilometer lang. Auch wenn Nyströms am Fenster saßen, hätte es so ausgesehen, als ob Lövgren gerade aus dem Stall gekommen wäre.«

Kurt Wallander runzelte die Stirn.

»Es klingt trotzdem merkwürdig.«

»Lundin war sehr offen. Er hat gesagt, daß Johannes Lövgren ihm einen Viertelliter Wodka versprochen hatte, dafür, daß er ihn auch wieder zurückfuhr. Er hatte Lövgren in Ystad abgesetzt und war zu ein paar Häusern nördlich der Stadt weitergefahren. Dann holte er Lövgren zu der vereinbarten Zeit wieder ab, setzte ihn am Veberödsweg ab und kassierte dafür seine Wodkaflasche.«

»Gut«, sagte Kurt Wallander. »Stimmen die Zeiten überein?«

»Sie passen ganz genau.«

»Hast du nach der Aktentasche gefragt?«

»Lundin glaubt sich zu erinnern, daß Lövgren eine Aktentasche bei sich gehabt hat.«

»Hatte er noch mehr dabei?«

»Lundin meint nicht.«

»Hat Lundin gesehen, ob Lövgren in Ystad jemanden getroffen hat?«

»Nein.«

»Hat Lövgren gesagt, was er in der Stadt machen wollte?«

»Nichts.«

»Also können wir nicht davon ausgehen, daß dieser Schornsteinfeger von den 27.000 Kronen wußte, die Lövgren in seiner Aktentasche hatte?«

»Das halte ich für unwahrscheinlich. Er schien alles andere als ein Einbrecher zu sein. Ich glaube, daß er ein alleinstehender Schornsteinfeger ist, der zufrieden mit seinen Kaninchen und seinem Schnaps lebt. Und nichts anderes.«

Kurt Wallander dachte nach.

»Kann Lövgren sich mit jemandem auf diesem Trampelpfad verabredet haben? Die Aktentasche ist doch weg?«

»Ich habe daran gedacht, eine Hundestaffel anzufordern und den Weg absuchen zu lassen.«

»Mach das am besten sofort«, sagte Kurt Wallander. »Vielleicht kommen wir jetzt endlich weiter.«

Martinsson verließ das Zimmer. Er wäre fast mit Hansson zusammengestoßen, der gerade hereinkommen wollte.

»Hast du Zeit?« fragte er.

Kurt Wallander nickte.

»Wie läuft es mit Bergman?«

»Der schweigt. Aber es ist inzwischen klar, daß er an dem Verbrechen beteiligt war. Diese Alte, Brolin, stellt ihn heute unter Anklage.«

Kurt Wallander dachte nicht daran, Hanssons verächtliche Haltung gegenüber Anette Brolin zu kommentieren.

»Was wolltest du?« fragte er nur.

Hansson setzte sich auf den Stuhl am Fenster und sah verlegen aus.

»Du weißt vielleicht, daß ich oft auf Pferde setze«, fing er an.

»Das Pferd, das du vorgeschlagen hast, ist übrigens wegen

Galoppierens disqualifiziert worden. Wer hatte dir den Tip gegeben?«

Kurt Wallander erinnerte sich vage an einen Kommentar, den er einmal in Hanssons Zimmer fallengelassen hatte.

»Das war nur ein Scherz«, sagte er. »Erzähl weiter.«

»Ich habe zufällig gehört, daß ihr an einem Erik Magnusson Interesse habt, der im Zentrallager der Stadtverwaltung in Malmö arbeitet«, sagte er. »Nun ist es nämlich so, daß ein Mann namens Erik Magnusson oft in Jägersro gesehen wird. Er spielt hoch, verliert viel, und ich weiß zufällig, daß er bei der Stadtverwaltung arbeitet.«

Kurt Wallander wurde auf einmal interessiert.

»Wie alt ist er? Wie sieht er aus?«

Hansson beschrieb ihn. Kurt Wallander wurde unmittelbar klar, daß es sich um denselben Mann handelte, den er selbst schon zweimal getroffen hatte.

»Es kursieren Gerüchte darüber, daß er Schulden hat«, meinte Hansson. »Und Spielschulden können gefährlich sein.«

»Gut«, antwortete Kurt Wallander. »Das war genau die Information, die wir brauchten.«

Hansson stand auf.

»Man kann ja nie wissen«, sagte er. »Glücksspiel und Drogen können auf dieselbe Art und Weise funktionieren. Wenn man nicht wie ich nur aus Vergnügen spielt.«

Kurt Wallander fiel etwas ein, das Rydberg einmal gesagt hatte. Über Menschen, die wegen ihrer Drogenabhängigkeit zu unbegrenzter Brutalität bereit waren.

»Gut«, sagte er zu Hansson. »Sehr gut.«

Hansson verließ das Zimmer. Kurt Wallander dachte einen Augenblick nach, bevor er Göran Boman in Kristianstad anrief. Er hatte Glück und konnte sofort mit ihm sprechen.

»Was soll ich machen?« fragte er, nachdem Kurt Wallander ihm Hanssons Geschichte erzählt hatte.

»Sie genau beobachten«, antwortete er. »Behalte sie im Auge.«

Göran Boman versprach, Ellen Magnusson überwachen zu lassen.

Kurt Wallander erwischte Hansson gerade noch, als dieser das Polizeipräsidium verlassen wollte.

»Spielschulden«, sagte er. »Wem schuldet er Geld?«

Hansson wußte auch darauf eine Antwort.

»Es gibt einen Eisenhändler aus Tågarp, der Geld verleiht«, sagte er. »Wenn Erik Magnusson jemandem etwas schuldet, dann ihm. Er ist für einen großen Teil der Leute, die in Jägersro mit hohem Einsatz spielen, der Wucherer. Und soweit ich weiß, hat er ein paar richtig unangenehme Typen angeheuert, die er losschickt, um die Leute an ihre Zahlungsversäumnisse zu erinnern.«

»Wo kann man den erreichen?«

»Er besitzt den Eisenwarenhandel in Tågarp. Ein kleiner dicker Kerl um die Sechzig.«

»Wie heißt er?«

»Larson. Aber man nennt ihn Nicken.«

Kurt Wallander ging in sein Zimmer zurück. Er suchte nach Rydberg, ohne ihn zu finden. Ebba in der Zentrale wußte Bescheid. Rydberg würde nicht vor zehn kommen, weil er im Krankenhaus war.

»Ist er krank?« fragte Kurt Wallander.

»Es ist wohl das Rheuma«, meinte Ebba. »Hast du nicht gesehen, wie stark er in diesem Winter humpelt?«

Kurt Wallander beschloß, nicht auf Rydberg zu warten. Er zog sich seine Jacke an, ging zum Auto und fuhr nach Tågarp.

Der Eisenwarenhandel lag mitten in der Stadt.

Im Moment waren Schubkarren im Sonderangebot.

Der Mann, der beim Klingeln der Türglocke aus dem Hinterzimmer kam, war wirklich klein und dick. Kurt Wallander war der einzige Kunde im Geschäft und hatte sich entschlossen, direkt loszulegen. Er zeigte seinen Dienstausweis. Der Mann, der Nicken genannt wurde, betrachtete den Ausweis genau, schien ansonsten aber völlig ungerührt zu sein.

»Ystad«, sagte er. »Was kann die dortige Polizei von mir wollen?«

»Kennen Sie einen Mann, der Erik Magnusson heißt?«

Der Mann hinter dem Tresen war viel zu erfahren, um zu lügen.

»Kann schon sein. Wieso?«

»Wann haben Sie ihn kennengelernt?«

Falsche Frage, fuhr es Kurt Wallander durch den Kopf. Die gibt ihm die Möglichkeit zum Rückzug.

»Daran kann ich mich nicht erinnern.«

»Aber Sie kennen ihn?«

»Wir haben ein paar gemeinsame Interessen.«

»Wie zum Beispiel Trabrennen und Pferdewetten?«

»Vielleicht.«

Kurt Wallander ärgerte sich über die unerschütterliche Selbstsicherheit des Mannes.

»Nun sollten Sie mir gut zuhören«, sagte er. »Ich weiß, daß Sie an Leute Geld verleihen, die mit ihrer Spielleidenschaft nicht richtig umgehen können. Im Moment will ich aber gar nicht wissen, welche Zinsen Sie für Ihre Darlehen berechnen. Es interessiert mich überhaupt nicht, ob Sie sich mit illegalem Geldverleih beschäftigen. Ich bin aus einem ganz anderen Grund hier.«

Der Mann, den sie Nicken nannten, sah ihn neugierig an.

»Ich will wissen, ob Erik Magnusson Ihnen Geld schuldet«, sagte er. »Und ich will wissen, wieviel.«

»Nichts«, antwortete der Mann.

»Nichts?«

»Nicht eine Öre.«

Falsch, dachte Kurt Wallander. Hanssons Spur war falsch.

Eine Sekunde danach wußte er, daß es umgekehrt war. Sie waren endlich auf der richtigen Fährte.

»Aber wenn Sie es genau wissen wollen, hat er mir Geld geschuldet«, sagte der Mann.

»Wieviel?«

»Eine ganze Menge. Aber er hat 25.000 Kronen bezahlt.«

»Wann?«

Der Mann dachte kurz nach.

»Vor einer guten Woche. Letzten Donnerstag.«

Donnerstag, den 11. Januar, dachte Kurt Wallander.

Drei Tage nach dem Mord in Lenarp.

»Wie hat er bezahlt?«

»Er ist hergekommen.«

»Mit welchen Scheinen?«

»In Tausendern und Fünfhundertern.«

»Wo hatte er das Geld?«

»Wo er das Geld hatte?«

»In einer Tasche? In einer Aktentasche?«

»In einer Plastiktüte. Von einem Supermarkt, glaube ich.«

»War er mit der Zahlung zu spät dran?«

»Etwas.«

»Was wäre passiert, wenn er nicht gezahlt hätte?«

»Ich wäre gezwungen gewesen, ihn ein wenig zu erinnern.«

»Wissen Sie, woher er das Geld hatte?«

Der Mann mit dem Spitznamen Nicken zuckte mit den Schultern. Gleichzeitig kam ein Kunde ins Geschäft.

»Das ist nicht meine Sache«, antwortete er. »Darf es sonst noch etwas sein?«

»Nein danke, erst einmal nicht. Aber ich melde mich sicher noch mal.«

Kurt Wallander ging hinaus zu seinem Auto.

Es war windig geworden.

Jetzt, dachte er. Jetzt haben wir ihn.

Wer hätte jemals damit gerechnet, daß bei Hanssons elender Spielerei noch mal was Gutes herauskommen könnte?

Kurt Wallander fuhr nach Ystad zurück und fühlte sich, als ob er in einer Lotterie das große Los gezogen hätte.

Er witterte die Lösung.

Erik Magnusson, dachte er.

Jetzt kommen wir.

14

Nach intensiver Arbeit, die sich am Freitag, den 19. Januar, bis in den späten Abend hineinzog, hatten sich Kurt Wallander und seine Mitarbeiter kampfbereit gemacht. Björk hatte an der langen Fahndungsbesprechung teilgenommen und Hansson von seiner Arbeit am Mord auf Hageholm befreit. Kurt Wallander hatte das gefordert, damit Hansson sich wieder der Lenarpgruppe anschließen konnte. Näslund war immer noch krank, hatte aber telefonisch mitgeteilt, daß er am nächsten Tag wiederkommen würde.

Obwohl die nächsten Tage Samstag und Sonntag waren, würde die Arbeit mit unvermindertem Einsatz fortgesetzt werden. Martinsson war mit einer Hundestaffel von einer gründlichen Untersuchung des Trampelpfades, der von der Veberödstraße bis zur Rückseite von Lövgrens Stall führte, zurückgekehrt. Er hatte auf dem 1.912 Meter langen Weg, der durch mehrere Gehölze führte, als Grenzlinie zwei Ackerbesitze voneinander trennte und dann parallel mit einem ausgetrockneten Flußbett verlief, eine gründliche Arbeit geleistet. Er hatte nichts Aufsehenerregendes gefunden, auch wenn er mit einem Plastiksack voller Gegenstände zum Polizeipräsidium zurückkehrte. Unter anderem gab es da das rostige Rad eines Puppenkinderwagens, ein öliges Plastiktuch und die leere Zigarettenschachtel einer ausländischen Marke. Die Gegenstände würden untersucht werden, aber Kurt Wallander glaubte kaum, daß sie die Ermittlung irgendwie voranbringen würden.

Die wichtigste Entscheidung der Besprechung war, daß Erik Magnusson von nun an kontinuierlich beschattet werden sollte. Er wohnte in einem Mietshaus im Rosengårdsgebiet. Da Hansson mitteilen konnte, daß am Sonntag auf Jägersro Trabrennen stattfinden würden, bekam er die Überwachung während der Wettkämpfe zugeteilt.

»Aber ich übernehme keine Totalisatorquittungen«, sagte Björk in einem etwas mißglückten Versuch, einen Witz zu machen.

»Ich schlage vor, daß wir gemeinsam einen Wettzettel einreichen«, antwortete Hansson. »Wir haben es hier immerhin mit der einmaligen Gelegenheit zu tun, diese Ermittlung in einem Mordfall gewinnbringend zu gestalten.«

Aber die Gruppe bei Björk war ansonsten von Ernsthaftigkeit erfüllt. Sie wurden von dem Gefühl beherrscht, daß man sich einer Lösung näherte.

Die Frage, die für die längste Diskussion sorgte, betraf den Punkt, inwieweit Erik Magnusson etwas davon bemerken durfte, daß der Boden unter seinen Füßen langsam heiß wurde. Sowohl Rydberg als auch Björk waren unsicher. Aber Kurt Wallander war der Auffassung, daß sie nichts zu verlieren hatten, falls Erik Magnusson tatsächlich entdecken sollte, daß er Gegenstand polizeilichen Interesses war. Natürlich sollte die Überwachung trotzdem diskret vor sich gehen. Aber darüber hinaus würde man keine weiteren Maßnahmen treffen, um zu verbergen, daß die Polizei mobilisiert war.

»Laßt ihn ruhig nervös werden«, sagte Kurt Wallander. »Wenn es etwas gibt, weswegen er beunruhigt sein muß, dann hoffe ich, daß wir es entdecken.«

Sie brauchten drei Stunden, um das gesamte Ermittlungsmaterial durchzugehen, um darin Verbindungen aufzuspüren, die sich indirekt mit Erik Magnusson verknüpfen ließen. Sie fanden nichts, allerdings auch nichts, was dagegen sprach, daß sich Erik Magnusson trotz des Alibis seiner Freundin in dieser Nacht in Lenarp befunden haben konnte. Von Zeit zu Zeit spürte Kurt Wallander eine vage Unruhe darüber, daß sie vielleicht trotz allem dabei waren, in eine weitere Sackgasse hineinzugeraten.

Es war vor allem Rydberg, der Bedenken hatte. Immer wieder fragte er sich, ob wirklich ein einzelner Mensch diesen Doppelmord durchgeführt haben konnte.

»Da gab es etwas in diesem Schlachthaus, das auf eine Zusammenarbeit hindeutete. Ich komme einfach nicht davon los.«

»Nichts spricht dagegen, daß Erik Magnusson einen Komplizen hatte«, antwortete Kurt Wallander. »Eins nach dem anderen.«

»Wenn er den Mord begangen hat, um seine Spielschulden zu decken, konnte er wohl kaum einen Komplizen gebrauchen«, wandte Rydberg ein.

»Ich weiß«, sagte Kurt Wallander. »Aber wir müssen jetzt einfach weitermachen.«

Nach einem Blitzeinsatz Martinssons lag ihnen auch eine Photographie Erik Magnussons vor, die aus dem Archiv der Stadtverwaltung stammte. Sie war einer Broschüre entnommen, in welcher die Stadtverwaltung ihre umfassenden Aktivitäten einer Bevölkerung vorstellte, von der angenommen wurde, daß sie nicht das geringste darüber wußte. Björk, der die Auffassung vertrat, daß alle staatlichen und kommunalen Einrichtungen eigene Ministerien benötigten, die bei Bedarf den unwissenden Massen eintrichtern konnten, welche kolossale Bedeutung gerade diese oder jene Einrichtung hatte, fand die Broschüre ausgezeichnet. Wie auch immer, Erik Magnusson stand jedenfalls neben seinem gelben Gabelstapler, in einen leuchtend weißen Overall gekleidet.

Er lächelte.

Die Polizeibeamten betrachteten sein Gesicht und verglichen es dann mit ein paar Schwarzweißphotographien von Johannes Lövgren. Unter anderem hatten sie ein Bild, auf dem Johannes Lövgren neben seinem Traktor auf einem frischgepflügten Feld stand.

Konnten sie Vater und Sohn sein? Der Traktorfahrer und der Gabelstaplerfahrer?

Kurt Wallander fiel es schwer, die Bilder genau zu betrachten und sie dann miteinander zu verschmelzen.

Das einzige, was er vor Augen hatte, war das blutige Gesicht eines alten Mannes, dem die Nase abgeschnitten worden war.

Gegen elf Uhr am Freitagabend hatten sie ihren Einsatzplan fertig. Zu dieser Zeit hatte Björk sie bereits verlassen, um seinen Platz bei einem Essen des örtlichen Golfvereins einzunehmen.

Kurt Wallander und Rydberg würden den Samstag für einen erneuten Besuch bei Ellen Magnusson in Kristianstad nutzen. Martinsson, Näslund und Hansson würden abwechselnd die Beschattung Erik Magnussons übernehmen und außerdem seine Freundin damit konfrontieren, daß sie als Alibi angegeben worden war. Den Sonntag würden sie mit der weiteren Beschattung und einem neuerlichen Durchgehen der Ermittlungsunterlagen verbringen. Am Montag würde Martinsson, der – ohne daß er ein sonderliches Interesse daran gehabt hätte – zu ihrem Computerexperten auserkoren worden war, dann Erik Magnussons Angelegenheiten untersuchen. Gab es noch andere Schulden? War er früher schon einmal in ungesetzliche Aktivitäten verwickelt gewesen?

Kurt Wallander bat Rydberg, alles noch einmal alleine durchzugehen. Ihm lag daran, daß Rydberg das machte, was sie im allgemeinen einen Kreuzzug nannten. Er sollte versuchen, Ereignisse und Menschen miteinander zu verknüpfen, die anscheinend nichts miteinander zu tun hatten. Gab es vielleicht trotz allem Berührungspunkte, die bisher verborgen geblieben waren? Das genau sollte Rydberg herausfinden.

Rydberg und Wallander verließen gemeinsam das Polizeipräsidium. Kurt Wallander bemerkte plötzlich Rydbergs Erschöpfung und erinnerte sich daran, daß er einen Termin im Krankenhaus gehabt hatte.

»Wie geht es dir eigentlich?« fragte er.

Rydberg zuckte mit den Schultern und murmelte undeutlich eine Antwort.

»Die Beine?« fragte Kurt Wallander.

»Nicht zu ändern«, antwortete Rydberg und machte deutlich, daß er nicht weiter über sein Gebrechen sprechen wollte.

Kurt Wallander fuhr nach Hause und servierte sich selbst ein Glas Whisky. Aber er ließ es unangerührt auf dem Wohnzimmertisch stehen und legte sich ins Bett. Müdigkeit gewann die Oberhand. Er schlief über allen Gedanken, die kreuz und quer durch sein Hirn wirbelten, ein.

In dieser Nacht träumte er von Sten Widen.

Gemeinsam besuchten sie eine Opernaufführung, in der die Sänger in einer ihm unbekannten Sprache sangen.

Kurt Wallander konnte sich später nach dem Aufwachen nicht mehr daran erinnern, welche Oper sie gesehen hatten.

Dagegen erinnerte er sich sofort nach dem Aufwachen am nächsten Tag an etwas, worüber er am Abend zuvor mit Rydberg gesprochen hatte.

Johannes Lövgrens Testament. Das Testament, das nicht existierte.

Rydberg hatte mit dem Erbschaftsverwalter gesprochen, der von den beiden hinterbliebenen Töchtern eingesetzt worden war, einem Anwalt, der oft von den landwirtschaftlichen Verbänden der Umgebung hinzugezogen wurde. Ein Testament existierte nicht. Dies bedeutete, daß die beiden Töchter das gesamte, unerwartet große Vermögen Johannes Lövgrens erben würden.

Konnte Erik Magnusson von Johannes Lövgrens großem Vermögen gewußt haben? Oder war Johannes Lövgren ihm gegenüber genauso verschwiegen gewesen wie gegenüber seiner Frau?

Kurt Wallander stand mit dem Vorsatz aus dem Bett auf, daß er an diesem Tag nicht eher aufgeben würde, bis er nicht definitiv wußte, ob Johannes Lövgren der Vater von Ellen Magnussons Sohn Erik war.

In aller Hast frühstückte er und traf dann kurz nach neun

Rydberg vor dem Polizeipräsidium. Martinsson, der die Nacht in einem Auto vor Erik Magnussons Wohnung in Rosengård verbracht hatte und mittlerweile von Näslund abgelöst worden war, hatte die Nachricht hinterlassen, daß während der Nacht nicht das geringste passiert war. Erik Magnusson befand sich in seiner Wohnung. Die Nacht war ruhig gewesen.

Es war ein diesiger Januartag. Rauhreif lag auf den braunen Feldern. Rydberg saß müde und schweigsam neben Kurt Wallander auf dem Beifahrersitz. Erst als sie sich Kristianstad näherten, begannen sie, miteinander zu reden.

Um halb elf trafen sie Göran Boman im Polizeipräsidium von Kristianstad.

Zusammen gingen sie die Abschrift des Verhörs durch, das Göran Boman vor einer Weile mit der Frau geführt hatte.

»Es gibt nichts Nennenswertes über sie zu berichten«, sagte Göran Boman. »Wir haben sie und ihre nächste Umgebung durchkämmt. Es gibt nichts Auffälliges. Ihre Geschichte läßt sich auf einem Blatt Papier zusammenfassen. Sie hat dreißig Jahre lang in der gleichen Apotheke gearbeitet. Sie hat mehrere Jahre in einem Chor mitgesungen, aber damit wieder aufgehört. Sie leiht eine Menge Bücher in der Stadtbücherei. Ihre Ferien verbringt sie bei einer Schwester in Vemmenhög, reist niemals ins Ausland, kauft nie neue Kleider. Sie ist ein Mensch, der zumindest äußerlich ein völlig undramatisches Leben führt. Ihre Gewohnheiten sind regelmäßig, ja fast schon pedantisch. Das Bemerkenswerteste ist eigentlich, daß sie es überhaupt aushält, so zu leben.«

Kurt Wallander dankte ihm für die geleistete Arbeit.

»Jetzt übernehmen wir«, sagte er.

Sie fuhren zu Ellen Magnusson nach Hause.

Als sie ihnen öffnete, dachte Kurt Wallander, daß ihr Sohn seiner Mutter sehr ähnelte. Er konnte nicht ausmachen, ob sie ihren Besuch erwartet hatte. Ihre Augen schienen abwesend, so als befinde sie sich eigentlich ganz woanders. Kurt Wallander sah sich im Wohnzimmer um. Sie hatte gefragt, ob sie eine

Tasse Kaffee haben wollten. Rydberg hatte abgelehnt, aber Kurt Wallander willigte gern ein.

Jedesmal, wenn Kurt Wallander eine fremde Wohnung betrat, war es ihm, als betrachte er den Umschlag eines Buches, das er gerade neu bekommen hatte. Die Wohnung, die Möbel, die Bilder und die Düfte waren Titel. Jetzt würde er anfangen zu lesen. Aber Ellen Magnussons Wohnung kannte keine Gerüche. Es war, als würde sich Kurt Wallander in einer unbewohnten Wohnung befinden. Er atmete lediglich den Duft von Trostlosigkeit. Von grauer Resignation. Vor dem Hintergrund bleicher Tapeten hingen Farbdrucke mit undeutlichen, abstrakten Motiven. Die Möbel, die den Raum füllten, waren altmodisch und klobig. Spitzendeckchen lagen ordentlich zusammengefaltet auf ein paar Mahagonitischen. Auf einem kleinen Wandregal stand die Photographie eines Kindes, das vor einem Rosenbeet saß. Kurt Wallander fiel auf, daß das einzige Bild, welches sie von ihrem Sohn hatte, ein Bild aus seiner Kindheit war. Als erwachsener Mann war er hier nicht anwesend.

Neben dem Wohnzimmer befand sich ein kleines Eßzimmer. Kurt Wallander schob die halbgeöffnete Tür mit dem Fuß auf. Zu seiner aufrichtigen Überraschung hing ein Gemälde seines Vaters an der Wand, eine Herbstlandschaft ohne Auerhahn.

Er stand da und betrachtete das Bild, bis er hinter sich das Klirren eines Tabletts hörte.

Es war, als hätte er das Motiv seines Vaters zum erstenmal gesehen.

Rydberg hatte sich auf einen Stuhl am Fenster gesetzt. Kurt Wallander dachte, daß er ihn einmal fragen würde, warum er sich immer ans Fenster setzte.

Woher kommen unsere Gewohnheiten, überlegte er. In welcher geheimen Fabrik werden unsere Gewohnheiten und schlechten Angewohnheiten produziert?

Ellen Magnusson goß ihm eine Tasse Kaffee ein.

Er fand, daß er jetzt anfangen mußte.

»Göran Boman von der Polizei aus Kristianstad ist hier gewesen und hat Ihnen eine Reihe von Fragen gestellt«, sagte er. »Sie dürfen sich nicht darüber wundern, wenn wir Ihnen die gleichen Fragen nun noch einmal stellen.«

»Sie dürfen sich dann aber auch nicht darüber wundern, wenn Sie wieder die gleichen Antworten bekommen«, erwiderte Ellen Magnusson.

Genau in diesem Moment begriff Kurt Wallander, daß die Frau, die ihm gegenübersaß, die Geliebte Johannes Lövgrens war, die von ihm ein Kind bekommen hatte.

Kurt Wallander wußte es, ohne zu wissen, woher.

In einem halsbrecherischen Augenblick entschied er sich dafür, sich zur Wahrheit hinzulügen. Wenn ihn nicht alles täuschte, war Ellen Magnusson eine Frau, die sehr wenig Erfahrung mit der Polizei hatte. Sie würde sicherlich annehmen, daß sie die Wahrheit suchen würden, indem sie auch selber die Wahrheit anwandten. Sie war es, die hier lügen würde, nicht die Polizei.

»Frau Magnusson«, sagte Kurt Wallander. »Wir wissen, daß Johannes Lövgren der Vater Ihres Sohnes Erik ist. Es hat keinen Sinn, dies weiter abzuleugnen.«

Sie sah ihn erschreckt an. Das Abwesende in ihrem Blick war plötzlich verschwunden. Jetzt war sie wieder ganz da.

»Das ist nicht wahr«, sagte sie.

Eine Lüge, die um Gnade bittet, dachte Kurt Wallander. Jetzt bricht sie bald zusammen.

»Natürlich ist es wahr«, sagte er. »Wir wissen es, und Sie wissen es. Wenn Johannes Lövgren nicht ermordet worden wäre, dann wäre niemand von uns auf die Idee gekommen, Ihnen diese Fragen zu stellen. Aber so müssen wir all das wissen. Und wenn wir jetzt nichts von Ihnen erfahren, dann werden Sie leider gezwungen sein, all diese Fragen unter Eid einem Gericht zu beantworten.«

Es ging schneller, als er gedacht hatte.

Plötzlich verlor sie die Fassung.

»Warum wollen Sie das alles wissen?« schrie sie. »Ich habe nichts getan. Warum darf man keine privaten Geheimnisse haben?«

»Niemand verbietet Geheimnisse«, sagte Kurt Wallander langsam. »Aber solange Menschen ermordet werden, müssen wir die Täter suchen. Und dann müssen wir Fragen stellen. Und wir müssen Antworten bekommen.«

Rydberg saß auf seinem Stuhl am Fenster. Er beobachtete die Frau mit seinen müden Augen.

Gemeinsam lauschten sie dann ihrer Geschichte. Kurt Wallander erschien sie unsäglich trist. Ihr Leben, das vor ihm ausgebreitet wurde, war genauso trostlos wie die Landschaft im Rauhreif, durch die er an diesem Morgen gefahren war.

Sie war als Tochter eines schon ältlichen Bauernpaars in Yngsjö geboren worden. Sie hatte den elterlichen Hof verlassen und war schließlich Apothekenhelferin geworden. Johannes Lövgren war als Kunde in der Apotheke in ihr Leben getreten. Sie erzählte, daß sie sich zum ersten Mal getroffen hatten, als er Bikarbonat bei ihr kaufte. Dann war er wiedergekommen und hatte angefangen, ihr den Hof zu machen.

Seine Masche war die vom einsamen Landwirt. Erst als das Kind geboren war, hatte sie erfahren, daß er verheiratet war. Ihre Gefühle waren schicksalsergeben gewesen, niemals haßerfüllt. Ihr Schweigen hatte er sich mit Geld erkauft, das ihr mehrere Male im Jahr ausbezahlt wurde.

Aber der Sohn war bei ihr aufgewachsen. Er war ihr Kind gewesen.

»Was haben Sie gedacht, als Sie erfuhren, daß Johannes Lövgren ermordet wurde?« fragte Wallander, als sie verstummte.

»Ich glaube an Gott«, sagte sie. »Ich glaube an eine gerechte Rache.«

»Die Rache?«

»Wie viele Menschen hat Johannes betrogen?« fragte sie.

»Er betrog mich, seinen Sohn, seine Frau und seine Töchter. Er betrog alle.«

Und jetzt wird sie bald erfahren, daß ihr Sohn ein Mörder ist, dachte Kurt Wallander. Wird sie sich dann vorstellen, daß er ein Erzengel ist, der einen himmlischen Rachebefehl ausgeführt hat? Wird sie das verkraften können?

Er fuhr fort, seine Fragen zu stellen. Rydberg veränderte seine Stellung am Fenster. Aus der Küche hörte man das Schlagen einer Uhr.

Als sie schließlich aufbrachen, hatte Kurt Wallander Antworten auf alle Fragen bekommen, die er gestellt hatte.

Er wußte nun, wer die Geliebte war. Wer der heimliche Sohn. Er wußte, daß sie Anfang Januar darauf gewartet hatte, Geld von Johannes Lövgren zu bekommen. Aber Johannes Lövgren war nie gekommen.

Eine andere Frage hatte allerdings zu einer unerwarteten Antwort geführt.

Ellen Magnusson hatte ihrem Sohn nie etwas von Johannes Lövgrens Geld gegeben. Sie zahlte alles auf ein Sparbuch ein. Erst, wenn sie nicht mehr lebte, sollte er alles erben. Vielleicht hatte sie Angst, daß er es verspielen würde.

Aber Erik Magnusson wußte, daß Johannes Lövgren sein Vater war. In diesem Punkt hatte er gelogen. Und vielleicht wußte er auch, daß Johannes Lövgren, sein Vater, große Einnahmen verbuchen konnte?

Rydberg war während des ganzen Verhörs still gewesen. Doch als sie gerade gehen wollten, fragte er, wie oft sie ihren Sohn traf. Ob sie ein gutes Verhältnis zueinander hatten. Kannte sie seine Freundin?

Ihre Antwort war ausweichend.

»Er ist jetzt erwachsen«, antwortete sie. »Er lebt sein eigenes Leben. Aber er ist nett und kommt zu Besuch. Daß er eine Freundin hat, weiß ich selbstverständlich.«

Jetzt lügt sie wieder, dachte Kurt Wallander. Von der Freundin wußte sie nichts.

Sie machten im Wirtshaus in Degerberga halt und aßen. Rydberg schien wieder wach geworden zu sein.

»Dein Verhör war makellos«, meinte er. »Ein Musterbeispiel für die Polizeischule.«

»Aber ich habe gelogen«, sagte Kurt Wallander. »Und das wird nicht gerade als die feinste Art angesehen.«

Während des Essens besprachen sie das weitere Vorgehen. Sie waren sich einig, daß sie zunächst die Ermittlungsergebnisse zu Erik Magnussons Hintergrund abwarten sollten, bevor sie ihn zum Verhör luden.

»Glaubst du, daß er es war?« fragte Rydberg.

»Klar war er es«, antwortete Kurt Wallander. »Allein oder mit einem anderen. Was glaubst du?«

»Ich hoffe, du hast recht.«

Gegen Viertel vor drei waren sie wieder beim Polizeipräsidium in Ystad. Näslund saß in seinem Zimmer und nieste. Er war um zwölf von Hansson abgelöst worden.

Erik Magnusson hatte den Vormittag damit verbracht, sich ein Paar neue Schuhe zu kaufen und einige Lottozettel in einem Tabakwarengeschäft abzuliefern. Dann war er wieder nach Hause zurückgekehrt.

»Ist er auf der Hut?« fragte Kurt Wallander.

»Ich weiß nicht recht«, sagte Näslund. »Manchmal habe ich das Gefühl. Und dann habe ich wieder das Gefühl, daß ich mir etwas einbilde.«

Rydberg fuhr nach Hause, und Kurt Wallander zog sich in sein Büro zurück.

Er blätterte gedankenverloren in einem neuen Papierstapel, den ihm jemand auf seinen Tisch gelegt hatte.

Es fiel ihm schwer, sich zu konzentrieren.

Ellen Magnussons Geschichte hatte ihn unruhig gemacht.

Er hielt sich vor Augen, daß er auch nicht allzu weit von ihrer Wirklichkeit entfernt lebte. Sein eigenes verkorkstes Leben.

Wenn das hier vorbei ist, werde ich mir etwas freinehmen,

dachte er. Mit den vielen Überstunden müßte ich eine ganze Woche lang weg sein können. Sieben Tage lang werde ich mich mir selber widmen. Sieben Tage wie sieben schwere Jahre. Dann werde ich als neuer Mensch zurückkehren.

Er überlegte, ob er sich auf einer Gesundheitsfarm einquartieren sollte, in der man ihm half, ein paar Kilo abzunehmen. Aber der Gedanke war ihm zuwider. Lieber würde er sein Auto nehmen und gen Süden fahren.

Vielleicht nach Paris oder Amsterdam. Im holländischen Arnheim kannte er einen Polizeibeamten, den er einmal bei einem Seminar über Drogen getroffen hatte. Vielleicht könnte er ihn besuchen?

Erst einmal werden wir den Mord von Lenarp lösen, dachte er. Das machen wir nächste Woche.

Dann kann ich mich immer noch entscheiden, wohin ich fahren will …

Donnerstag, den 25. Januar, wurde Erik Magnusson von der Polizei zum Verhör geholt. Die Verhaftung erfolgte vor dem Haus, in dem er wohnte. Rydberg und Hansson führten sie durch, während Kurt Wallander im Auto saß und zusah. Erik Magnusson folgte ihnen, ohne zu protestieren, zum Streifenwagen. Das Ganze geschah morgens, als er auf dem Weg zur Arbeit war. Weil Kurt Wallander darauf bedacht war, daß die ersten Verhöre mit dem Mann geführt werden konnten, ohne Aufmerksamkeit zu erregen, gab er ihm Gelegenheit, am Arbeitsplatz anzurufen und eine passende Entschuldigung dafür zu nennen, daß er nicht zur Arbeit gekommen war.

Björk, Wallander und Rydberg waren in dem Raum anwesend, in dem Erik Magnusson verhört wurde. Björk und Rydberg hielten sich im Hintergrund, während Wallander seine Fragen stellte.

In den Tagen vor den ersten Verhören war die Polizei in ihrer Auffassung bestärkt worden, daß der Mann der Doppelmörder von Lenarp war. Verschiedene Untersuchungen hatten ergeben, daß Erik Magnusson ein Mann mit erheblichen Schulden war. Mehrere Male war es ihm erst in letzter Sekunde gelungen zu verhindern, daß er wegen nicht eingelöster Spielschulden handgreiflich attackiert wurde. Bei dem Besuch auf Jägersro hatte Hansson beobachtet, daß Magnusson große Summen setzte. Seine finanzielle Lage war katastrophal.

Im Jahr zuvor hatte er eine Zeitlang als Verdächtiger für einen Bankraub die Aufmerksamkeit der Polizei in Eslöv auf sich gezogen. Es war ihm jedoch nie etwas nachzuweisen gewesen. Dagegen schien es denkbar, daß Magnusson in Drogenschmuggel verwickelt war. Seine Freundin, die zur Zeit arbeitslos war, war mehrere Male wegen Drogendelikten vorbestraft, einmal auch wegen Scheckbetrugs. Erik Magnusson hatte also große Schulden. Zeitweise aber verfügte er wiederum über verblüffend viel Geld. Sein Arbeitslohn war in diesem Zusammenhang völlig unbedeutend.

Dieser Donnerstagmorgen im Januar würde den endgültigen Durchbruch für die Ermittlungen bringen. Jetzt sollte der Doppelmord von Lenarp aufgeklärt werden. Kurt Wallander war an diesem Morgen früh und mit einer heftigen inneren Spannung aufgewacht.

Am Tag darauf, Freitag, den 26. Januar, begriff er, daß er sich geirrt hatte.

Der Verdacht, daß Erik Magnusson der Schuldige oder zumindest einer der Schuldigen war, fiel wie ein Kartenhaus zusammen. Die Spur, der sie gefolgt waren, erwies sich als Sackgasse. Am Freitagnachmittag begriffen sie, daß man Magnusson niemals den Doppelmord würde nachweisen können, und zwar aus dem einfachen Grund, weil er unschuldig war.

Sein Alibi für die Mordnacht war von der Mutter seiner Freundin bestätigt worden, die zu Besuch gewesen war. Ihre Glaubwürdigkeit konnte nicht bezweifelt werden. Sie war eine alte Dame, die nachts schlecht schlief. Erik Magnusson hatte die ganze Nacht über, in der Johannes und Maria Lövgren so brutal ermordet worden waren, geschnarcht. Das Geld, mit dem er seine Schulden bei dem Eisenwarenhändler in Tågarp beglichen hatte, kam aus dem Verkauf eines Autos. Magnusson konnte eine Quittung für einen verkauften Chrysler vorzeigen, und der Käufer, ein Schreiner in Loma, wußte zu berichten, daß er bar bezahlt hatte: in Tausendern und Fünfhundertern.

Auch als man ihn fragte, warum er auf die Frage nach Johannes Lövgren als Vater gelogen hatte, konnte er eine glaubwürdige Antwort geben. Er hatte es seiner Mutter zuliebe getan, weil er glaubte, daß es ihr so lieber sein würde. Als Wallander ihm erzählte, daß Johannes Lövgren ein vermögender Mann gewesen war, hatte er aufrichtig erstaunt ausgesehen.

Zum Schluß blieb nichts mehr übrig.

Als Björk fragte, ob jemand etwas dagegen hatte, daß Erik Magnusson nach Hause geschickt wurde und bis auf weiteres für diesen Fall abgeschrieben werden sollte, hatte niemand etwas einzuwenden. Kurt Wallander fühlte sich vernichtend schuldig, weil er die ganze Ermittlung in eine falsche Richtung gelenkt hatte. Nur Rydberg schien unberührt. Er hatte auch von Anfang an die größten Zweifel gehabt.

Die Ermittlung hatte Schiffbruch erlitten. Alles, was übrigblieb, war das Wrack.

Sie hatten keine andere Wahl, als noch einmal von vorne anzufangen.

Gleichzeitig kam der Schnee.

In der Nacht zum Samstag, den 27. Januar, trieb ein gewaltiger Schneesturm aus Südwest heran. Nach wenigen Stunden war die E 14 blockiert. Sechs Stunden lang schneite es ununterbrochen. Der starke Wind sorgte dafür, daß der Einsatz von Schneepflügen völlig sinnlos war. Genauso schnell, wie sie die Straßen vom Schnee befreiten, sammelte sich der Schnee wieder in neuen Schneewehen.

Vierundzwanzig Stunden lang war die Polizei vollauf damit beschäftigt zu verhindern, daß das Durcheinander sich zum

Chaos entwickelte. Dann zog das Unwetter ab, genauso schnell, wie es gekommen war.

Am 30. Januar wurde Kurt Wallander 43 Jahre alt. Er feierte seinen Geburtstag, indem er sich vornahm, endlich seine Eßgewohnheiten zu ändern und wieder mit dem Rauchen anzufangen. Zu seiner großen Freude rief ihn Linda abends an. Sie war gerade in Malmö und hatte sich entschlossen, auf eine Volkshochschule in der Nähe von Stockholm zu gehen. Sie versprach, ihn zu besuchen, bevor sie fuhr.

Kurt Wallander richtete sich seine Tage so ein, daß er seinen Vater mindestens dreimal in der Woche besuchen konnte. Seiner Schwester in Stockholm konnte er in einem Brief mitteilen, daß die neue Haushaltshilfe Wunder bei ihrem Vater bewirkt hatte. Die Verwirrung, die ihn auf seine einsame Nachtwanderung in Richtung Italien geführt hatte, war offenbar abgeklungen. Eine Frau, die regelmäßig zu ihm ins Haus kam, war zu seiner Rettung geworden.

Eines Abends, wenige Tage nach seinem Geburtstag, rief Kurt Wallander Anette Brolin an und schlug vor, ihr Schonen im Winter zu zeigen. Er bat sie nochmals um Entschuldigung für den Abend in ihrer Wohnung. Sie war einverstanden, und am nächsten Sonntag, dem 4. Februar, zeigte er ihr die große Schiffssetzung Ale Stenar und das Schloß Glimmingehus. In einem Restaurant in Hammenhög aßen sie gemeinsam zu Abend, und Kurt Wallander begann zu glauben, daß sie tatsächlich zu der Ansicht gelangt war, daß er in Wirklichkeit ein anderer war als der Mann, der sie auf seinen Schoß gezogen hatte.

Die Wochen vergingen, ohne daß ihnen ein neuer Durchbruch in ihren Ermittlungen gelang. Martinsson und Näslund wurden mit neuen Aufgaben betraut. Kurt Wallander und Rydberg konnten sich allerdings bis auf weiteres voll und ganz auf den Doppelmord konzentrieren.

Eines Tages, Mitte Februar, an einem klaren und kalten Tag, der völlig windstill war, wurde Wallander in seinem Dienstzimmer von Johannes und Maria Lövgrens Tochter, die in Göteborg wohnte und arbeitete, besucht.

Sie war nach Schonen zurückgekehrt, um dabeizusein, wenn der Grabstein auf dem Grab ihrer Eltern auf dem Friedhof von Villie aufgestellt wurde. Wallander sagte ihr, wie die Dinge lagen. Daß die Polizei weiterhin auf der Suche nach einer heißen Spur im dunkeln tappte. Am Tag nach ihrem Besuch fuhr er zum Friedhof hinaus und stand eine Weile nachdenklich vor dem schwarzen Grabstein mit der goldenen Inschrift.

Den gesamten Monat Februar verbrachten sie damit, die Basis der Untersuchung zu verbreitern und zu vertiefen.

Rydberg, der schweigsam und verschlossen war und schwer an seinem schmerzenden Bein litt, benutzte vorwiegend das Telefon, um seine Arbeit zu verrichten, während Kurt Wallander meistens draußen an Ort und Stelle arbeitete. Sie untersuchten jede Bankfiliale in Schonen, fanden aber kein weiteres Bankfach. Wallander sprach mit mehr als zweihundert Personen, die entweder mit Johannes und Maria Lövgren verwandt waren oder sie kannten. Er versuchte es mit mehreren Rückgriffen auf das anschwellende Ermittlungsmaterial, kehrte zu Punkten zurück, die er längst hinter sich gelassen hatte, zog alte, schon nicht mehr aktuelle Berichte wieder hervor und prüfte sie noch einmal genauestens. Aber nirgendwo sah er einen Silberstreif am Horizont.

An einem eiskalten und windigen Februartag holte er Sten Widen auf seinem Hof ab und besuchte Lenarp. Gemeinsam betrachteten sie das Tier, das möglicherweise ein Geheimnis mit sich herumtrug, sahen die Stute eine Fuhre Heu fressen, und der alte Nyström hing an ihren Fersen, wohin sie auch gingen. Nyström hatte die Stute von den beiden Töchtern geschenkt bekommen.

Aber das Haus, das still und vernagelt dastand, war einem Immobilienmakler in Skurup zum Verkauf übergeben worden. Kurt Wallander blieb im Wind stehen und betrachtete das eingeschlagene Küchenfenster, das nie repariert, sondern nur mit einer Masonitplatte vernagelt worden war. Er versuchte den Kontakt mit Sten Widen, der seit zehn Jahren nicht mehr bestand, wieder aufzuwärmen, aber der Galopptrainer und Freund schien nicht interessiert. Als Kurt Wallander ihn nach Hause gefahren hatte, sah er ein, daß ihr Verhältnis ein für allemal beendet war.

Die Vorermittlungen für den Mord an dem somalischen Flüchtling wurden abgeschlossen, und Rune Bergman wurde in Ystad vor Gericht gestellt. Das Gerichtsgebäude war gefüllt von einem großen Aufgebot der Presse. Es war mittlerweile gelungen nachzuweisen, daß es Valfrid Ström gewesen war, der die tödlichen Schüsse abgefeuert hatte. Aber Rune Bergman wurde wegen Beihilfe zum Mord verurteilt, das rechtspsychiatrische Gutachten erklärte ihn für voll zurechnungsfähig.

Kurt Wallander trat als Zeuge vor Gericht auf und war mehrere Male anwesend, als Anette Brolin die Verhöre leitete und ihr Plädoyer hielt. Rune Bergman sagte nicht viel, auch wenn er nicht mehr ganz so beharrlich schwieg. Die Gerichtsverhandlungen deckten ein verborgenes rassistisches Netzwerk auf, in dem politische Vorstellungen, die denen des Ku-Klux-Klan ähnelten, vorherrschend waren. Rune Bergman und Valfrid Ström hatten auf der einen Seite unabhängig gehandelt, während sie gleichzeitig verschiedenen rassistischen Organisationen angeschlossen waren.

Kurt Wallander kam immer wieder der Gedanke, daß etwas Entscheidendes in Schweden geschah. Während kurzer Momente konnte er auch bei sich selbst widersprüchliche Sympathien für einen Teil der ausländerfeindlichen Argumente feststellen, die während des Prozesses in Diskussionen und in der Presse zur Sprache kamen. Hatten Regierung und Einwanderungsbehörde überhaupt noch eine Kontrolle darüber, was das für Menschen waren, die nach Schweden kamen? Wer war ein Flüchtling, und wer ein Glücksritter? Konnte man die Unterschiede überhaupt noch feststellen?

Wie lange konnte das Prinzip einer großzügigen Asylpolitik noch gelten, ohne daß das Chaos ausbrach? Gab es dafür überhaupt so etwas wie eine Obergrenze?

Kurt Wallander machte halbherzige Versuche, sich gründlich in diese Fragen zu vertiefen. Er begriff, daß er in sich die gleiche vage und mißmutige Unruhe trug wie so viele andere Menschen. Unruhe angesichts des Unbekannten, des Fremden.

Ende Februar wurde das Urteil verkündet, das für Rune Bergman eine lange Gefängnisstrafe bedeutete. Zur Überraschung aller Beteiligten beantragte er keine Revision gegen das Urteil, das somit unmittelbar rechtskräftig wurde.

Mehr Schnee fiel in diesem Winter nicht in Schonen. An einem frühen Morgen Anfang März machten Anette Brolin und Kurt Wallander einen langen Spaziergang am Meer bei Falsterbonäs. Gemeinsam sahen sie die ersten Zugvögel aus weit entfernten Ländern unter dem Kreuz des Südens zurückkehren. Wallander nahm unvermittelt ihre Hand in die seine, und sie entzog sie ihm nicht, jedenfalls nicht sofort.

Es gelang ihm, vier Kilo abzunehmen. Aber er mußte sich eingestehen, daß er niemals wieder auf das Gewicht kommen würde, das er gehabt hatte, als Mona ihn so plötzlich verlassen hatte.

Das eine oder andere Mal trafen sich ihre Stimmen am Telefon. Kurt Wallander merkte, daß seine Eifersucht langsam dabei war, sich in nichts aufzulösen. Die farbige Frau, die ihn früher in seinen Träumen besucht hatte, zeigte sich auch nicht mehr.

Der Monat März begann damit, daß Svedberg seinen Wunsch wiederholte, nach Stockholm zurückzukehren. Gleichzeitig wurde Rydberg zwei Wochen krankgeschrieben. Alle glaubten zunächst, daß es wegen seines kranken Beins wäre. Aber eines Tages erzählte Ebba Kurt Wallander im Vertrauen, daß Rydberg wahrscheinlich Krebs hatte. Woher sie das wußte, um welche Art von Krebs es sich handelte, das erwähnte sie nicht. Als Wallander Rydberg im Krankenhaus besuchte, sagte er nur, daß es sich um eine Routinekontrolle des Magens handelte. Ein Fleck auf einem Röntgenbild habe ein mögliches Geschwür am Dickdarm aufgezeigt.

Kurt Wallander wurde bei dem Gedanken, daß Rydberg vielleicht schwer krank war, von einem brennenden Schmerz ergriffen. Begleitet von einem wachsenden Gefühl der Hoffnungslosigkeit, kämpfte er sich weiter durch seine Ermittlung. In einem Wutanfall schleuderte er eines Tages die dicken Ordner an die Wand. Der Boden lag voller Blätter. Dann saß er lange da und betrachtete die Verwüstung. Danach kroch er umher, sortierte das Material von neuem und fing wieder von vorne an.

Irgendwo gibt es etwas, das ich nicht sehe, dachte er.

Einen Zusammenhang, ein Detail, das in sich den Schlüssel birgt, den ich umdrehen muß. Aber ob ich nach rechts oder nach links drehen muß?

Oft rief er Göran Boman in Kristianstad an und klagte ihm sein Leid.

Göran Boman hatte auf eigene Initiative intensive Nachforschungen zu Nils Velander und anderen denkbaren Kandidaten angestellt. Nirgendwo brach die Mauer. Zwei ganze Tage saß Kurt Wallander bei Lars Herdin, ohne einen einzigen Schritt weiterzukommen.

Er wollte einfach nicht glauben, daß das Verbrechen für immer ein Geheimnis bleiben würde.

Mitte März gelang es ihm, Anette Brolin mit auf eine Opernreise nach Kopenhagen zu locken. Während der darauffolgenden Nacht nahm sie sich dann seiner Einsamkeit an. Aber als er sagte, daß er sie liebe, wich sie aus.

Was geschehen war, war geschehen. Nicht mehr.

Samstag, den 17., und Sonntag, den 18. März, besuchte ihn seine Tochter. Sie kam allein, ohne den kenianischen Medizinstudenten, und Kurt Wallander holte sie am Bahnhof ab. Ebba hatte am Tag zuvor eine Freundin in seine Wohnung in der Mariastraße geschickt, um dort einen gründlichen Hausputz

vorzunehmen. Und endlich schien er seine Tochter wiederzu-
finden. Sie machten einen großen Ausflug zu den Stränden des
Österlens, aßen bei Lilla Vik zu Mittag und saßen dann bis fünf
Uhr am nächsten Morgen zusammen und redeten. Sie besuchten seinen Vater und ihren Großvater, und dieser überraschte
sie beide damit, lustige Geschichten aus der Zeit zu erzählen,
als Kurt Wallander ein Kind gewesen war.

Am Montagmorgen begleitete er sie zum Zug.

Einen Teil ihres Vertrauens glaubte er sich zurückerobert zu
haben.

Als er wieder in seinem Büro saß, tief über das Ermittlungsmaterial gebeugt, kam Rydberg unerwartet in sein Zimmer. Er setzte sich auf den Stuhl am Fenster und erzählte
ohne Umschweife, daß man bei ihm Prostatakrebs diagnosti-
ziert hatte. Er würde jetzt zur Strahlen- und Chemotherapie
eingewiesen werden, was sowohl eine langwierige als auch
mißglückende Angelegenheit werden konnte. Er ließ kein
Mitleid zu. Er war nur gekommen, um Kurt Wallander an die
letzten Worte der verstorbenen Maria Lövgren zu erinnern.
Und an die Schlinge. Dann erhob er sich, gab Kurt Wallander
die Hand und ging.

Kurt Wallander war allein mit seinem Schmerz und seinen
Ermittlungen. Björk war der Meinung, daß er die nächste Zeit
ruhig allein arbeiten sollte, weil die Polizei sowieso mit Arbeit
überlastet war.

Den restlichen März über geschah nichts. Auch nicht im
April.

Die Berichte über Rydbergs Gesundheitszustand waren
wechselhaft. Ebba war die regelmäßige Botin.

An einem der ersten Maitage ging Kurt Wallander zu Björk
hinein und schlug vor, daß ein anderer die Ermittlungen übernehmen sollte. Aber Björk weigerte sich. Kurt Wallander sollte
mindestens noch bis zum Sommer und zu den Ferien weitermachen. Dann konnte man eine Neubewertung der Situation
vornehmen.

Er fing immer wieder von vorne an. Machte seine Rückzüge, drehte und wendete das Material in alle Richtungen, versuchte es zum Leben zu erwecken. Aber die Steine unter seinen Füßen blieben kalt.

Anfang Juni tauschte er den Peugeot gegen einen Nissan ein. Am 8. Juni ging er in Urlaub und fuhr nach Stockholm, um seine Tochter zu besuchen. Zusammen fuhren sie dann bis zum Nordkap hinauf. Herman Mboya war zu Hause in Kenia, würde aber im August zurückkehren.

Montag, den 9. Juli, war Kurt Wallander wieder im Dienst. In einer Anweisung Björks konnte er lesen, daß er mit seiner Ermittlung weitermachen sollte, bis Björk Anfang August wieder aus dem Urlaub zurück war. Dann würden sie entscheiden, was zu tun war.

Von Ebba wurde er mit der Botschaft begrüßt, daß es Rydberg bedeutend besser ging. Vielleicht würde es den Ärzten trotz allem gelingen, seinen Krebs zu besiegen.

Dienstag, der 10. Juli, war ein schöner Tag in Ystad. Zum Mittagessen ging Kurt Wallander ins Zentrum und schlenderte herum. Er ging in das Geschäft am Marktplatz und entschied sich fast für eine neue Stereoanlage.

Dann erinnerte er sich daran, daß er noch ein paar norwegische Geldscheine im Portemonnaie hatte. Sie waren von der Reise ans Nordkap übriggeblieben. Er ging zur Raiffeisenbank und stellte sich in die Schlange vor der einzigen Kasse, die geöffnet war.

Die Frau am Schalter erkannte er nicht wieder. Es war weder Britta-Lena Bodén, das Mädchen mit dem guten Gedächtnis, noch eine von den anderen Kassiererinnen, die er früher schon getroffen hatte. Er dachte, daß es sich um eine Urlaubsvertretung handeln mußte.

Der Mann, der vor ihm stand, hob eine große Summe Bargeld ab. Zerstreut dachte Kurt Wallander darüber nach, wozu soviel Bargeld wohl gebraucht wurde. Während der Mann seine Geldscheine noch einmal durchzählte, las Kurt Wallander seinen Namen auf dem Führerschein, den er neben sich auf den Schalter gelegt hatte.

Dann war er an der Reihe und tauschte sein Geld. Hinter sich hörte er in der Schlange einen Touristen, der Italienisch oder Spanisch sprach.

Erst als er wieder auf die Straße trat, kam ihm schlagartig ein Gedanke.

Er blieb völlig regungslos stehen, so als wäre er im Moment der Eingebung erstarrt.

Dann ging er wieder in die Bank zurück. Er wartete, bis die Touristen ihr Geld getauscht hatten.

Er zeigte der Kassiererin seinen Dienstausweis.

»Britta-Lena Bodén«, fragte er und lächelte. »Hat sie Urlaub?«

»Sie ist wohl bei ihren Eltern in Simrishamn«, antwortete die Kassiererin. »Sie hat noch zwei Wochen Urlaub.«

»Bodén«, sagte er. »Heißen ihre Eltern so?«

»Der Vater ist Besitzer einer Tankstelle in Simrishamn. Ich glaube, sie heißt heute Statoil.«

»Danke«, sagte Kurt Wallander. »Es geht nur um ein paar Routinefragen, die ich ihr stellen möchte.«

»Ich kann mich an Sie erinnern«, meinte die Kassiererin. »Daß es Ihnen noch immer nicht gelungen ist, diese entsetzliche Geschichte aufzuklären?«

»Ja«, erwiderte Kurt Wallander. »Das ist wirklich entsetzlich.«

Er lief fast zurück zum Polizeipräsidium, setzte sich ins Auto und fuhr nach Simrishamn. Von Britta-Lena Bodéns Vater erfuhr er, daß sie den Tag mit ein paar Freunden am Strand von Sandhammar verbrachte. Er mußte lange suchen, bevor er sie fand, gut versteckt hinter einer Düne. Sie spielte Backgammon mit ihren Freunden, und alle betrachteten erstaunt Kurt Wallander, als der durch den Sand heranstapfte.

»Ich würde nicht stören, wenn es nicht wichtig wäre«, sagte er.

Britta-Lena Bodén schien seinen Eifer zu verstehen und erhob sich. Sie war mit einem minimalen Bikini bekleidet, und Kurt Wallander wandte den Blick zur Seite. Sie setzten sich ein wenig abseits von den anderen, um ungestört reden zu können.

»Dieser Tag im Januar«, begann Kurt Wallander. »Ich würde gerne noch einmal mit Ihnen darüber reden. Ich hätte gerne, daß Sie noch einmal an diesen Tag zurückdenken. Und ich will, daß Sie sich erinnern, ob noch jemand in der Bank war, als Johannes Lövgren seine große Abhebung machte.«

Ihr Gedächtnis war immer noch sehr gut.

»Nein«, sagte sie. »Er war allein.«

Er wußte genau, daß sie die Wahrheit sagte.

»Denken Sie daran, wie es weiterging«, fuhr er fort. »Johannes Lövgren ging zur Tür hinaus. Sie schlug zu. Was geschah dann?«

Ihre Antwort kam schnell und bestimmt.

»Die Tür schlug niemals zu.«

»Es kam ein neuer Kunde?«

»Zwei.«

»Kannten Sie sie?«

»Nein.«

Die nächste Frage war entscheidend.

»Weil es Ausländer waren?«

Sie sah ihn erstaunt an.

»Ja. Woher wissen Sie das?«

»Ich wußte es bisher nicht. Denken Sie weiter nach.«

»Es waren zwei Männer. Recht junge.«

»Was wollten sie?«

»Sie wollten Geld tauschen.«

»Können Sie sich an die Währung erinnern?«

»Dollar.«

»Sprachen sie Englisch? Waren es Amerikaner?«

Sie schüttelte den Kopf.

»Kein Englisch. Ich weiß nicht, was sie für eine Sprache sprachen.«

»Was geschah dann? Versuchen Sie, es sich vor Augen zu führen.«

»Sie kamen zum Schalter.«

»Beide?«

Sie dachte gründlich nach, bevor sie antwortete. Der warme Wind zerzauste ihr das Haar.

»Der eine kam und legte das Geld auf den Schalter. Ich glaube, es waren hundert Dollar. Ich fragte ihn, ob er sie tauschen wolle. Er antwortete mit einem Nicken.«

»Was machte der andere Mann?«

Sie dachte nach.

»Er ließ etwas auf den Boden fallen, nach dem er sich bückte, um es wieder aufzuheben. Einen Handschuh, glaube ich.«

Er ging einen Schritt zurück in seinen Fragen.

»Johannes Lövgren war gerade gegangen«, sagte er. »Er hatte eine große Summe Bargeld bekommen, die er in seine Aktentasche gestopft hatte. Hat er noch etwas bekommen?«

»Er bekam eine Quittung über das Geld.«

»Die er auch in die Aktentasche stopfte?«

Zum ersten Mal war sie unsicher.

»Ich glaube schon.«

»Und wenn er sie nicht in die Aktentasche gestopft hat. Was hätte dann damit geschehen können?«

»Es lag nichts auf dem Schalter. Da bin ich mir sicher. Das hätte ich weggeräumt.«

»Hätte sie auf den Boden fallen können?«

»Vielleicht.«

»Und der Mann, der sich nach dem Handschuh gebückt hat, hätte sie aufheben können?«

»Vielleicht.«

»Was stand auf der Quittung?«

»Der Betrag. Sein Name. Die Adresse.«

Kurt Wallander blieb der Atem weg.

»Das stand alles da drauf? Sind Sie sicher?«

»Er hat seinen Auszahlungsschein mit zittrigen Buchstaben

ausgefüllt. Ich weiß, daß er auch seine Adresse aufschrieb, obwohl das gar nicht nötig war.«

Kurt Wallander ging wieder zurück.

»Lövgren hat sein Geld bekommen und geht. Am Eingang trifft er zwei unbekannte Männer. Einer von ihnen bückt sich und hebt einen Handschuh und vielleicht auch die Auszahlungsquittung vom Boden auf. Auf dieser steht, daß Johannes Lövgren soeben 27.000 Kronen abgehoben hat. Stimmt das?«

Plötzlich begriff sie. »Waren es die, die das getan haben?«

»Ich weiß es nicht. Sie können jetzt wieder zurückgehen.«

»Ich tauschte das Geld um. Er stopfte die Scheine in die Tasche. Sie gingen.«

»Wie lange dauerte das Ganze?«

»Drei oder vier Minuten. Nicht länger.«

»Ihr Tauschbeleg muß doch auf der Bank zu finden sein?«

Sie nickte.

»Ich habe heute auf der Bank Geld getauscht. Ich mußte meinen Namen angeben. Gaben sie auch eine Adresse an?«

»Vielleicht. Ich erinnere mich nicht.«

Kurt Wallander nickte. Jetzt brannte etwas.

»Ihr Gedächtnis ist phänomenal«, sagte er. »Haben Sie diese beiden Männer jemals wiedergesehen?«

»Nein. Niemals.«

»Würden Sie sie wiedererkennen?«

»Ich glaube schon. Vielleicht.«

Kurt Wallander dachte eine Weile nach.

»Sie werden vielleicht gezwungen sein, Ihre Ferien ein paar Tage zu unterbrechen«, sagte er dann.

»Wir wollen morgen nach Öland fahren!«

Kurt Wallander entschloß sich unmittelbar.

»Das geht nicht«, erwiderte er. »Vielleicht übermorgen. Aber bitte nicht vorher.«

Er erhob sich und klopfte den Sand von seiner Hose.

»Informieren Sie bitte Ihre Eltern immer darüber, wo man Sie finden kann«, sagte er.

Sie stand auf und wollte zu ihren Freunden zurückgehen.

»Kann ich es ihnen erzählen?« fragte sie.

»Lassen Sie sich etwas anderes einfallen«, antwortete er. »Das kriegen Sie schon hin.«

Kurz nach vier am selben Nachmittag wurde die Quittung über das getauschte Geld im Archiv der Bank wiedergefunden.

Der Namenszug war unleserlich. Eine Adresse war nicht angegeben.

Zu seiner Verwunderung war Kurt Wallander nicht enttäuscht. Er dachte, daß es daran liegen mußte, jetzt trotz allem herausgefunden zu haben, wie das Ganze abgelaufen sein konnte.

Direkt von der Bank aus fuhr er zu Rydberg nach Hause, der sich dort erholte.

Er saß auf seinem Balkon, als Kurt Wallander klingelte. Er war abgemagert und sehr bleich.

Gemeinsam setzten sie sich auf den Balkon, und Kurt Wallander berichtete von seiner Entdeckung.

Rydberg nickte nachdenklich.

»Ich denke, du hast recht«, sagte er, als Kurt Wallander schließlich schwieg. »So ist es bestimmt gewesen.«

»Die Frage ist jetzt nur noch, wie wir sie finden sollen«, meinte Kurt Wallander. »Ein paar Touristen auf einem zufälligen Besuch in Schweden, vor mehr als einem halben Jahr.«

»Vielleicht sind sie noch hier«, meinte Rydberg. »Als Flüchtlinge, Asylsuchende, Gastarbeiter.«

»Wo soll man da anfangen?« fragte Kurt Wallander.

»Ich weiß es nicht«, antwortete Rydberg. »Aber dir fällt bestimmt noch etwas ein.«

Sie saßen noch ein paar Stunden auf Rydbergs Balkon.

Kurz vor sieben ging Kurt Wallander zu seinem Auto zurück.

Die Steine unter seinen Füßen waren nicht mehr ganz so kalt wie zuvor.

15

Die folgenden Tage würde Kurt Wallander immer als die Zeit in Erinnerung behalten, in der die Puzzleteile sich zu einem vollständigen Bild zusammensetzen ließen. Seine Ausgangspunkte waren Britta-Lena Bodéns Erinnerungsvermögen und eine unleserliche Unterschrift. Jetzt gab es ein vorstellbares Szenario, und Maria Lövgrens letztes Wort im Leben war ein Puzzleteil, welches endlich seinen richtigen Platz gefunden hatte. Außerdem paßte jetzt auch die Schlinge mit dem ungewöhnlichen Knoten ins Bild. Aus diesen Teilen fügte er das Bild zusammen. Noch am selben Tag, als er mit Britta-Lena Bodén zwischen Sandhammars warmen Dünen geredet hatte, war er zu Björk nach Hause gefahren, hatte ihn vom Essen hochgezerrt und ihm sofort das Versprechen abverlangt, Hansson und Martinsson wieder voll in die Ermittlung einbeziehen zu können, die nun aufs neue Priorität genoß und vorwärtsgetrieben werden sollte.

Am Mittwoch, den 11. Juli, wurde auf der Bank eine Rekonstruktion des Geschehens durchgespielt, bevor sie für die Kunden öffnete. Britta-Lena Bodén nahm hinter dem Schalter Platz, Hansson übernahm Johannes Lövgrens Rolle, und Martinsson und Björk spielten die beiden Männer, die gekommen waren, um ihre Dollarnoten einzutauschen. Kurt Wallander bestand darauf, daß alles exakt so sein sollte, wie vor einem halben Jahr. Letztendlich ließ der Filialleiter bekümmert zu, daß Britta-Lena Bodén Hansson tatsächlich 27.000 Kronen in gemischten, aber großen Scheinen übergab, die er in eine alte Aktentasche steckte, die Ebba ihm geliehen hatte.

Kurt Wallander stand abseits vom Geschehen und betrachtete das Ganze. Er ließ alles zweimal wiederholen, nachdem Britta-Lena Bodén sich an ein Detail erinnert hatte, das nicht richtig paßte.

Kurt Wallander ließ diese Rekonstruktion vor allem auch deshalb durchführen, um ihr Gedächtnis anzuregen. Er hoffte, daß sie sich mit ihrem selten scharfen Gedächtnis an noch mehr erinnern würde.

Danach schüttelte sie den Kopf. Sie hatte alles gesagt, woran sie sich erinnerte. Sie hatte nichts hinzuzufügen. Kurt Wallander bat sie, ihre Ölandreise noch ein paar Tage aufzuschieben und ließ sie dann in einem Zimmer allein, in dem sie sich Photographien ausländischer Straftäter ansehen sollte, die aus unterschiedlichen Gründen in die Fänge der schwedischen Polizei geraten waren. Nachdem auch das ohne Resultat geblieben war, wurde sie in ein Flugzeug nach Norrköping gesetzt, um das umfassende Photoarchiv der Einwanderungsbehörde durchzusehen. Nachdem sie achtzehn Stunden lang auf unendlich viele Photos gestarrt hatte, kehrte sie zum Flughafen Sturup zurück, wo Kurt Wallander sie persönlich abholte. Das Resultat war auch in diesem Fall negativ.

Als nächstes schaltete er Interpol ein. Das Szenario des vermutlichen Tathergangs wurde in Computer eingegeben, die daraufhin vergleichende Analysen in der europäischen Zentrale anstellten. Aber es geschah nach wie vor nichts, was die Situation ernsthaft veränderte.

Während Britta-Lena Bodén über der unendlichen Reihe von Photographien schwitzte, führte Kurt Wallander mit dem Schornsteinfegermeister Artur Lundin aus Slimminge drei lange Verhöre. Die Fahrten zwischen Lenarp und Ystad wurden rekonstruiert, abgestoppt und wiederholt. Kurt Wallander fuhr fort, sein Puzzle zu legen. Ab und zu besuchte er Rydberg, der krank und blaß auf seinem Balkon saß, und ging die Ermittlung mit ihm durch. Rydberg behauptete, daß es ihn nicht störe oder ermüde. Aber Kurt Wallander verließ seinen Balkon jedes Mal mit einem schlechten Gewissen.

Anette Brolin kehrte aus ihrem Urlaub zurück, den sie zusammen mit Mann und Kindern in einem Ferienhaus in Grebbestad an der Westküste verbracht hatte. Sie hatte ihre Familie nach Ystad mitgebracht, und Kurt Wallander schlug den formellsten Ton an, der ihm möglich war, als er sie anrief und ihr von seinem Durchbruch in der halbtoten Ermittlung erzählte.

Nach der ersten intensiven Woche kam wieder alles ins Stocken.

Kurt Wallander starrte auf sein Puzzle. Wieder hatten sie sich festgefahren.

»Wir müssen eben abwarten«, sagte Björk. »Interpols Teige gehen langsam.«

Kurt Wallander grinste innerlich über dieses fragwürdige Gleichnis.

Trotzdem wußte er, daß Björk recht hatte.

Als Britta-Lena Bodén von Öland zurückkam und ihre Arbeit in der Bank wieder antreten sollte, bat Kurt Wallander bei der Bankleitung um ein paar Tage Sonderurlaub für sie. Dann nahm er sie zu den umliegenden Unterkünften für Asylbewerber mit. Sie fuhren auch zu den in Malmös Ölhafen liegenden Unterkünften, die auf Schiffen untergebracht waren. Aber nirgendwo erkannte sie die Gesichter wieder.

Kurt Wallander erwirkte, daß ein Zeichner aus Stockholm eingeflogen wurde.

Trotz zahlreicher gemeinsamer Versuche gelang es Britta-Lena Bodén und dem Zeichner nicht, Phantombilder zu entwerfen, mit denen sie zufrieden war.

Kurt Wallander verlor langsam den Mut. Björk zwang ihn, Martinsson abzugeben und mit Hansson als engstem und einzigem Mitarbeiter in der Ermittlungsarbeit zurechtzukommen.

Freitag, den 20. Juli, war Kurt Wallander wieder einmal nahe daran aufzugeben.

Spät abends setzte er sich hin und schrieb eine kurze Erklärung, in der er vorschlug, die Ermittlung aus Mangel an stichhaltigem Material, das die Polizei auf eine entscheidende Art weiterbringen konnte, vorläufig niederzulegen.

Er legte den Zettel auf seinen Schreibtisch und beschloß, ihn Björk und Anette Brolin am Montag zu übergeben.

Samstag und Sonntag verbrachte er auf Bornholm. Es war windig und regnerisch, und außerdem verdarb er sich den Magen an etwas, das er auf der Fähre gegessen hatte. Den Samstagabend verbrachte er im Bett. Er mußte in regelmäßigen Abständen aufstehen und sich übergeben.

Als er am Montagmorgen aufwachte, fühlte er sich besser. Trotzdem zögerte er und überlegte, ob er im Bett bleiben sollte oder nicht.

Zum Schluß stand er doch auf und fuhr los. Kurz vor neun war er in seinem Büro. Da Ebba Geburtstag hatte, lud sie in der Kantine zu Kuchen ein. Es war fast zehn Uhr, als Kurt Wallander endlich seine kurze Erklärung für Björk durchlesen konnte. Er wollte gerade aufstehen, um sie abzuliefern, als das Telefon klingelte.

Es war Britta-Lena Bodén.

Ihre Stimme klang, als würde sie flüstern.

»Sie sind zurückgekommen. Kommen Sie schnell!«

»Wer ist zurückgekommen?« fragte Kurt Wallander.

»Die, die das Geld getauscht haben. Begreifen Sie denn nicht?«

Im Flur stieß er auf Noren, der gerade von einer Verkehrskontrolle zurückgekommen war.

»Komm mit!« rief Kurt Wallander.

»Was in aller Welt ist denn los?« fragte Noren, der gerade ein Butterbrot aß.

»Frag nicht. Komm!«

Als sie bei der Bank ankamen, hielt Noren immer noch das halbaufgegessene Butterbrot in der Hand. Kurt Wallander hatte auf dem Weg dorthin eine rote Ampel überfahren und eine Abkürzung über eine Grünanlage genommen. Er stellte den Wagen zwischen ein paar Marktständen vor dem Rathaus ab. Aber sie kamen trotzdem zu spät. Die Männer waren bereits verschwunden. Britta-Lena Bodén war so schockiert, daß sie überhaupt nicht auf die Idee gekommen war, jemanden zu bitten, ihnen zu folgen.

Dagegen war sie geistesgegenwärtig genug gewesen, um auf den Knopf, der die Videokamera in Gang setzte, zu drücken.

Kurt Wallander studierte die Unterschrift. Auch dieses Mal war keine Adresse angegeben.

»Gut«, sagte Kurt Wallander zu Britta-Lena Bodén, die zitternd im Zimmer des Filialleiters stand. »Was haben Sie gesagt, als Sie weggingen, um zu telefonieren?«

»Daß ich einen Stempel holen müßte.«

»Haben Sie das Gefühl, daß die beiden Männer dadurch mißtrauisch geworden sind?«

Sie schüttelte den Kopf.

»Gut«, sagte Kurt Wallander noch einmal. »Sie haben genau das Richtige getan.«

»Glauben Sie, daß Sie sie nun erwischen?«

»Ja«, antwortete Kurt Wallander. »Diesmal schnappen wir sie.«

Das Videoband der Bankkamera zeigte zwei Männer, die nicht gerade wie Südländer aussahen. Der eine hatte kurzes blondes Haar, der andere eine Glatze. Im Polizeijargon wurden sie sofort auf die Namen Lucia und der Glatzkopf getauft.

Britta-Lena Bodén hörte sich unterschiedliche Sprachproben an und kam zu dem Ergebnis, daß die Männer untereinander ein paar Worte auf tschechisch oder bulgarisch gewechselt hatten. Der Fünfzigdollarschein, den sie getauscht hatten, wurde unmittelbar zur kriminaltechnischen Abteilung geschickt.

Björk setzte eine Besprechung in seinem Zimmer an.

»Nach einem halben Jahr tauchen sie wieder auf«, sagte Kurt Wallander. »Warum gehen sie zu derselben kleinen Bank? Erstens wohnen sie natürlich hier in der Nähe. Zweitens haben sie schon einmal nach einem ihrer Bankbesuche einen guten Fang gemacht. Diesmal hatten sie Pech. Der Mann, der vor ihnen an der Reihe war, wollte Geld einzahlen und nicht abheben. Aber es war ein älterer Mann, genau wie Johannes Lövgren. Vielleicht glauben sie, daß ältere Männer, die wie Landwirte aussehen, immer hohe Beträge abheben?«

»Tschechen«, meinte Björk. »Oder Bulgaren.«

»Das ist nicht hundertprozentig sicher«, erwiderte Kurt Wallander. »Das Mädchen kann sich geirrt haben. Aber dem Aussehen nach könnte es stimmen.«

Sie sahen sich das Videoband noch viermal an und entschieden, welche Bilder kopiert und vergrößert werden sollten.

»Jeder Osteuropäer, der sich in der Stadt oder der Umgebung aufhält, muß untersucht werden«, ordnete Björk an. »Das ist unangenehm und wird als unangebrachte Diskriminierung aufgefaßt werden. Aber darauf müssen wir eben scheißen. Irgendwo müssen sie ja stecken. Ich werde mit den Bezirkspolizeichefs in Malmö und Kristianstad reden und sie fragen, was wir auf Bezirksebene unternehmen sollen.«

»Laß sämtliche Streifen das Videoband angucken«, fügte Hansson hinzu. »Sie können ja auf offener Straße auftauchen.«

Kurt Wallander erinnerte sich an das Schlachthaus.

»Nach dem, was sie in Lenarp getan haben, müssen sie als äußerst gefährlich eingestuft werden«, sagte er.

»Wenn sie es waren«, meinte Björk. »Das wissen wir noch nicht.«

»Das ist wahr«, antwortete Kurt Wallander. »Aber trotzdem.«

»Jetzt arbeiten wir auf Hochtouren«, sagte Björk. »Kurt leitet und verteilt, wie er es für das beste hält. Alles, was nicht sofort erledigt werden muß, wird zur Seite gelegt. Ich werde die Staatsanwältin anrufen. Sie wird sich bestimmt darüber freuen, daß die Dinge endlich ins Rollen kommen.«

Aber es geschah nichts.

Trotz massiver Polizeieinsätze und der nur geringen Einwohnerzahl blieben die Männer verschwunden.

Dienstag und Mittwoch verstrichen ohne Resultate. Die

zwei Bezirkspolizeichefs hatten zu Sondereinsätzen in ihren beiden Regionen ihre Zustimmung gegeben. Das Videoband wurde kopiert und verbreitet. Kurt Wallander zögerte bis zum letzten Augenblick, die Bilder für die Presse freizugeben. Er befürchtete, daß die Männer sich noch unsichtbarer machen könnten, wenn nach ihnen gefahndet wurde. Er fragte Rydberg um Rat, der seine Meinung nicht teilte.

»Füchse muß man aus ihrem Bau treiben«, meinte er. »Warte noch ein paar Tage. Aber dann gib die Bilder heraus.«

Er saß lange da und betrachtete die Bilder, die Kurt Wallander mitgebracht hatte.

»Es gibt hier nichts, das man als das Gesicht eines Mörders bezeichnen könnte«, sagte er. »Man stellt sich etwas vor, ein bestimmtes Profil, einen Haaransatz, eine Zahnstellung. Aber es stimmt nie.«

Dienstag, der 24. Juli, war in Schonen ein windiger Tag. Zerrissene Wolken jagten über den Himmel, und die Windböen erreichten Sturmstärke. Kurt Wallander lag lange da und lauschte dem Wind, als er im Morgengrauen aufwachte. Als er sich auf die Waage im Bad stellte, sah er, daß er noch ein Kilo abgenommen hatte. Das spornte ihn dermaßen an, daß er gar nicht erst die Unlust verspürte, die ihn in letzter Zeit immer überkommen hatte, wenn er auf den Parkplatz des Polizeipräsidiums eingebogen war.

Dieses Ermittlungsverfahren ist dabei, sich zu einer persönlichen Niederlage zu entwickeln, hatte er gedacht. Ich hetze meine Mitarbeiter, aber zum Schluß befinden wir uns immer wieder in einem Vakuum.

Aber irgendwo müssen sie ja sein, dachte er jetzt wütend, als er die Autotür zuschlug. Irgendwo, aber wo?

In der Zentrale blieb er stehen und wechselte ein paar Worte mit Ebba. Er entdeckte eine altmodische Spieldose, die neben dem Telefon stand.

»Gibt es die immer noch?« fragte er. »Wo hast du die denn aufgetrieben?«

»Ich habe sie an einem Stand auf dem Jahrmarkt in Sjöbo gekauft«, antwortete sie. »Manchmal kann man zwischen dem ganzen nutzlosen Krimskrams wirklich etwas Spannendes entdecken.«

Kurt Wallander lächelte und ging weiter. Auf dem Weg in sein Zimmer schaute er kurz bei Hansson und Martinsson rein und bat sie, zu ihm zu kommen.

Sie hatten noch immer keine Spur, die sie zu dem Glatzkopf und Lucia führte.

»Zwei Tage noch«, meinte Kurt Wallander. »Wenn wir bis Donnerstag nichts haben, berufen wir eine Pressekonferenz ein und geben die Bilder frei.«

»Das hätten wir sofort machen sollen«, sagte Hansson.

Kurt Wallander antwortete nicht.

Sie betrachteten noch einmal das Bild, das sie bisher aus den Teilen zusammengesetzt hatten. Martinsson sollte als nächstes eine Untersuchung verschiedener Campingplätze organisieren, auf denen die zwei Männer sich versteckt haben konnten.

»Die Jugendherbergen«, sagte Kurt Wallander. »Und alle Privatzimmer, die während des Sommers vermietet werden.«

»Früher war es einfacher«, meinte Martinsson. »Da waren die Menschen im Sommer an ein und demselben Ort. Heute besteht der Urlaub nur noch aus einer verdammten Herumfahrerei.«

Hansson sollte mit der Untersuchung einiger Bauunternehmen weitermachen, die sich nicht unbedingt an die Vorschriften hielten und dafür bekannt waren, Schwarzarbeiter aus verschiedenen osteuropäischen Ländern zu beschäftigen.

Kurt Wallander selbst wollte sich auf die Erdbeerfelder begeben. Die Möglichkeit, daß die beiden Männer sich bei einem der großen Beerenzüchter versteckten, konnte auch nicht ausgeschlossen werden.

Aber selbst diese Bemühungen verliefen ergebnislos.

Als sie sich am späten Nachmittag wieder trafen, waren alle Bemühungen umsonst gewesen.

»Ich habe einen algerischen Rohrleger gefunden«, erzählte Hansson. »Zwei kurdische Maurer und unzählige polnische Hilfsarbeiter. Ich habe wirklich Lust, Björk ein paar Zeilen darüber zu schreiben. Wenn wir nicht diesen verdammten Doppelmord am Hals hätten, könnten wir in diesem Morast einmal etwas Ordnung schaffen. Sie bekommen dieselben Löhne wie Schulkinder, die im Sommer jobben. Sie sind nicht versichert. Wenn ein Unfall passiert, werden die Baumeister behaupten, daß sie sich ohne Erlaubnis auf den Arbeitsplätzen aufgehalten haben.«

Auch Martinsson konnte keine guten Nachrichten beisteuern.

»Ich habe einen glatzköpfigen Bulgaren gefunden«, sagte er. »Mit etwas gutem Willen hätte es der Glatzkopf sein können. Aber er war Arzt im Krankenhaus von Mariestad und hätte jederzeit ein Alibi nachweisen können.«

Im Zimmer war es stickig. Kurt Wallander stand auf und öffnete das Fenster.

Plötzlich fiel ihm Ebbas Spieldose ein. Obwohl er deren Melodie nie gehört hatte, hatte sie die ganze Zeit in seinem Unterbewußtsein gespielt.

»Die Jahrmärkte«, sagte er und drehte sich um. »Die sollten wir untersuchen. Welcher Markt ist gerade dran?«

Sowohl Hansson als auch Martinsson wußten die Antwort. Der Markt von Kivik.

»Er beginnt heute«, sagte Hansson. »Und geht bis morgen.«

»Dann fahre ich da morgen hin«, antwortete Kurt Wallander.

»Er ist groß«, wandte Hansson ein. »Du solltest jemanden mitnehmen.«

»Ich kann mitkommen«, meinte Martinsson.

Hansson schien mit dieser Lösung zufrieden zu sein. Kurt Wallander vermutete, daß am Mittwochabend Trabrennen stattfinden würden.

Sie beendeten die Besprechung, verabschiedeten sich und gingen. Kurt Wallander blieb an seinem Schreibtisch zurück und sortierte einen Stapel Telefonzettel. Er sortierte sie für den nächsten Tag vor und machte sich bereit zu gehen. Plötzlich entdeckte er einen Zettel, der unter den Tisch gerutscht war. Er beugte sich hinunter und sah, daß der Leiter einer Unterkunft für Asylbewerber angerufen hatte.

Er wählte die Nummer. Er ließ es zehnmal klingeln und wollte gerade wieder auflegen, als am anderen Ende jemand abhob.

»Hier ist Wallander von der Polizei in Ystad. Ich suche jemanden, der Modin heißt.«

»Das bin ich.«

»Sie hatten angerufen?«

»Ich glaube, daß ich etwas Wichtiges mitzuteilen habe.«

Kurt Wallander hielt den Atem an.

»Es geht um die zwei Männer, nach denen Sie fahnden. Ich bin heute aus dem Urlaub zurückgekommen. Die Photos, die die Polizei verschickt hat, lagen auf meinem Schreibtisch. Ich erkenne diese beiden Männer wieder. Sie haben sich eine Zeitlang hier in dieser Unterkunft aufgehalten.«

»Ich komme«, sagte Kurt Wallander. »Warten Sie in Ihrem Büro, bis ich da bin.«

Die Unterkunft lag außerhalb von Skurup. Kurt Wallander brauchte neunzehn Minuten für die Fahrt. Die Unterkunft war in einem alten Pfarrhaus untergebracht und wurde nur als Provisorium für den Fall genutzt, daß alle ständigen Unterkünfte belegt waren.

Modin, der Leiter, war klein und um die sechzig Jahre alt. Er stand auf dem Hof und wartete, als Kurt Wallander in seinem Auto angerast kam.

»Im Moment ist hier alles leer«, sagte Modin. »Aber wir erwarten mehrere Rumänen in der nächsten Woche.«

Sie gingen in sein kleines Büro.

»Erzählen Sie von Anfang an«, bat Kurt Wallander.

»Sie wohnten hier von Dezember letzten Jahres bis Mitte Februar«, sagte Modin und blätterte in einigen Unterlagen.

»Danach wurden sie nach Malmö verlegt. Genauer gesagt zum ›Celsiusgård‹.«

Modin zeigte auf das Photo des Glatzkopfes.

»Er heißt Lothar Kraftzcyk. Er ist tschechischer Staatsangehörigkeit und hat politisches Asyl beantragt, da er sich aufgrund seiner Zugehörigkeit zu einer ethnischen Minderheit verfolgt fühlt.«

»Gibt es ethnische Minderheiten in der Tschechoslowakei?« fragte Kurt Wallander.

»Ich glaube, daß er von sich behauptet, Zigeuner zu sein.«

»Er behauptet?«

Modin zuckte mit den Schultern.

»Ich glaube nicht daran«, meinte er. »Asylbewerber, die wissen, daß sie schlechte Argumente haben, um in Schweden bleiben zu dürfen, lernen schnell, daß die Behauptung, sie seien Zigeuner, eine ausgezeichnete Möglichkeit ist, ihre Chancen zu verbessern.«

Modin nahm das Photo von Lucia in die Hand.

»Andreas Haas«, sagte er. »Auch Tscheche. Seine Gründe für den Antrag auf Asyl kenne ich leider nicht. Die Papiere wurden ebenfalls zum ›Celsiusgård‹ weitergeleitet.«

»Und Sie sind sich absolut sicher, daß es sich bei den beiden Photos um diese Männer handelt?«

»Ja. Ganz sicher.«

»Erzählen Sie weiter«, bat Kurt Wallander.

»Was?«

»Wie waren sie? Ist hier während ihres Aufenthaltes etwas Besonderes passiert? Hatten sie viel Geld? Sagen Sie alles, an das Sie sich erinnern können.«

»Ich habe versucht, mich zu erinnern«, antwortete Modin. »Sie hielten sich oft etwas abseits. Sie sollten wissen, daß das Leben in einer Unterkunft für Asylbewerber wohl das Nervenaufreibendste ist, dem ein Mensch ausgesetzt werden kann. Sie spielten Schach. Tagein und tagaus.«

»Hatten sie Geld?«

»Soweit ich mich erinnern kann, nicht.«

»Wie waren sie?«

»Sehr reserviert. Aber nicht unfreundlich.«

»Fällt Ihnen sonst noch etwas ein?«

Kurt Wallander sah, daß Modin mit der Antwort zögerte.

»Woran denken Sie?«

»Das hier ist nur ein kleines Übergangslager«, erklärte Modin. »Weder ich noch ein anderer ist hier nachts. An manchen Tagen war überhaupt niemand hier. Abgesehen von der Köchin, die das Essen gemacht hat. Normalerweise haben wir draußen ein Auto stehen. Die Schlüssel sind hier im Büro unter Verschluß. Aber an manchen Morgen, wenn ich herkam, hatte ich das Gefühl, als ob jemand das Auto benutzt hätte. Als ob jemand in das Büro eingebrochen wäre, die Schlüssel geholt hätte und dann mit dem Auto weggefahren wäre.«

»Und Sie hatten diese beiden Männer in Verdacht?«

Modin nickte.

»Ich weiß nicht, warum«, sagte er. »Es war nur so ein Gefühl.«

Kurt Wallander dachte nach.

»Die Nächte«, wiederholte er. »Da war niemand hier. Und sogar an manchen Tagen. War es so?«

»Ja.«

»Freitag, den 5. Januar«, sagte Kurt Wallander. »Das ist über ein halbes Jahr her. Können Sie sich erinnern, ob hier an diesem Tag jemand gewesen ist?«

Modin blätterte in seinem Tischkalender.

»Da war ich auf einer Krisensitzung in Malmö«, antwortete er. »Wir hatten es mit einer solchen Flut von Asylbewerbern zu tun, daß wir nach provisorischen Unterkünften Ausschau halten mußten.«

Die Steine unter Kurt Wallanders Füßen begannen zu brennen.

Das Bild hatte angefangen zu leben. Jetzt sprach es zu ihm.

»An dem Tag war also niemand hier?«

»Nur die Köchin. Aber die Küche liegt auf der Rückseite des Gebäudes. Sie muß nicht unbedingt bemerkt haben, ob jemand das Auto benutzt hat.«

»Keiner der Asylbewerber hat Ihnen etwas erzählt?«

»Asylbewerber verpfeifen niemanden. Sie haben Angst. Auch untereinander.«

Kurt Wallander stand auf.

Plötzlich hatte er es eilig.

»Rufen Sie Ihren Kollegen im ›Celsiusgård‹ an, und teilen Sie ihm mit, daß ich zu ihm unterwegs bin«, sagte er. »Aber erwähnen Sie nichts Spezielles über diese beiden Männer. Sorgen Sie nur dafür, daß der Leiter da ist.«

Modin sah ihn an.

»Warum wollen Sie sie haben?« fragte er.

»Sie können ein Verbrechen begangen haben. Ein schweres Verbrechen.«

»Diesen Mord von Lenarp? Meinen Sie den?«

Kurt Wallander sah plötzlich keinen Grund mehr, die Antwort noch länger zu verheimlichen.

»Ja«, antwortete er. »Wir glauben, daß sie es waren.«

Er kam kurz nach sieben Uhr am »Celsiusgård« mitten in Malmö an. Er parkte auf einer Querstraße und ging zum Haupteingang, der von einem Pförtner bewacht wurde. Nach ein paar Minuten kam ein Mann und holte ihn ab. Er hieß Larson, war früher Seemann gewesen und verbreitete unverkennbar einen Biergeruch um sich herum.

»Haas und Kraftzcyk«, sagte Kurt Wallander, als sie sich in Larsons Zimmer gesetzt hatten. »Zwei tschechische Asylbewerber.«

Die Antwort des Mannes mit der Bierfahne kam unmittelbar.

»Die Schachspieler«, antwortete er. »Sie wohnen hier.«

Jetzt endlich habe ich sie, dachte Kurt Wallander. Jetzt endlich.

»Sie sind also hier im Haus?«

»Ja«, erwiderte Larson. »Das heißt, nein.«

»Nein?«

»Sie wohnen hier. Aber sie sind nicht hier.«

»Was meinen Sie damit?«

»Daß sie nicht hier sind.«

»Wo zum Teufel sind sie dann?«

»Das weiß ich nicht.«

»Aber sie wohnen doch hier?«

»Sie sind abgehauen.«

»Abgehauen?«

»Es passiert relativ oft, daß Leute von hier abhauen.«

»Aber sie haben doch Asyl beantragt?«

»Sie hauen trotzdem ab.«

»Was machen Sie in solchen Fällen?«

»Wir leiten das natürlich weiter.«

»Und was geschieht daraufhin?«

»Meistens nichts.«

»Nichts? Leute, die auf eine Antwort warten, ob sie in diesem Land bleiben dürfen oder ausgewiesen werden, hauen ab. Und keiner kümmert sich darum?«

»Die Polizei wird wohl versuchen müssen, sie zu finden.«

»Das ist ja total verrückt. Wann sind sie verschwunden?«

»Sie sind seit Mai weg. Sie hatten wohl beide den Verdacht, daß ihr Antrag auf Asyl abgelehnt werden würde.«

»Wohin können sie gegangen sein?«

Larson breitete resigniert die Arme aus.

»Wenn Sie wüßten, wie viele Menschen ohne Aufenthaltsgenehmigung in diesem Land leben«, meinte er. »Davon gibt es so unendlich viele. Sie wohnen zusammen, fälschen ihre Papiere, tauschen die Namen untereinander und arbeiten schwarz. Sie können ein ganzes Leben lang in Schweden wohnen, ohne daß jemand nach Ihnen fragt. Das glaubt zwar keiner, aber so ist es.«

Kurt Wallander war sprachlos.

»Das ist doch nicht normal«, sagte er. »Das ist doch verdammt noch mal nicht normal.«

»Ich bin ganz Ihrer Meinung. Aber es ist, wie es ist.«

Kurt Wallander seufzte.

»Ich brauche sämtliche Unterlagen, die Sie über diese beiden Männer haben.«

»Die kann ich doch nicht einfach so aushändigen.«

Kurt Wallander explodierte.

»Diese beiden Männer haben einen Mord begangen«, brüllte er. »Einen Doppelmord.«

»Ich kann die Papiere trotzdem nicht herausgeben.«

Kurt Wallander stand auf.

»Morgen werden die Unterlagen ausgehändigt. Und wenn der Reichspolizeichef sie persönlich abholen muß.«

»So ist das eben. Ich kann die Vorschriften nicht ändern.«

Kurt Wallander fuhr nach Ystad zurück. Viertel vor neun klingelte er an Björks Haustür. Er erzählte schnell, was passiert war.

»Ab morgen fahnden wir und geben die Photos frei«, sagte er.

Björk nickte zustimmend.

»Ich werde um halb zwei eine Pressekonferenz einberufen«, meinte er. »Am Vormittag habe ich eine Besprechung mit den Polizeichefs. Aber ich werde dafür sorgen, daß wir die Unterlagen aus diesem Lager herausbekommen.«

Kurt Wallander fuhr zu Rydberg. Er saß im Dunkeln auf seinem Balkon.

Plötzlich war er sicher, daß Rydberg Schmerzen hatte.

Rydberg, der seine Gedanken zu lesen schien, sagte plötzlich, wie es war:

»Ich werde das hier wohl nicht überstehen. Vielleicht lebe ich noch bis Weihnachten, vielleicht auch nicht.«

Kurt Wallander wußte nicht, was er sagen sollte.

»Damit muß man sich eben abfinden«, fuhr Rydberg fort. »Aber erzähl lieber, warum du gekommen bist.«

Kurt Wallander berichtete. In der Dunkelheit konnte er Rydbergs Gesicht nur schwach erkennen.

Danach saßen sie da, ohne ein Wort zu sagen.

Der Abend war kühl. Aber Rydberg, der in Pantoffeln und seinen alten Morgenrock gekleidet dasaß, schien es nicht zu bemerken.

»Vielleicht sind sie schon außer Landes geflohen«, sagte Kurt Wallander. »Vielleicht schnappen wir sie nie?«

»In dem Fall müssen wir damit leben, daß wir die Wahrheit kennen«, antwortete Rydberg. »Rechtssicherheit bedeutet nicht nur, daß Menschen, die Verbrechen begehen, bestraft werden. Sie begründet sich genauso dadurch, daß wir niemals aufgeben.«

Rydberg erhob sich mühsam und holte eine Flasche Kognak. Mit zitternder Hand füllte er zwei Gläser.

»Es gibt alte Polizisten, die über ungelöste Rätsel nachgrübelnd sterben«, meinte er. »Ich bin wohl einer von ihnen.«

»Hast du irgendwann einmal bereut, daß du Polizist geworden bist?« fragte Kurt Wallander.

»Niemals. Nicht einen Tag lang.«

Sie tranken Kognak. Unterhielten sich oder schwiegen. Erst gegen Mitternacht stand Kurt Wallander auf und ging. Er hatte versprochen, am nächsten Abend wiederzukommen. Als er ging, blieb Rydberg in der Dunkelheit des Balkons zurück.

Am Mittwochmorgen, den 25. Juli, berichtete Kurt Wallander Hansson und Martinsson, was am Tag zuvor nach ihrer Besprechung geschehen war. Da die Pressekonferenz erst am Nachmittag stattfinden sollte, beschlossen sie trotz allem, dem Jahrmarkt von Kivik einen Besuch abzustatten. Hansson übernahm die Aufgabe, zusammen mit Björk eine Pressemitteilung zu schreiben. Wallander rechnete damit, daß er und Martinsson spätestens gegen zwölf Uhr wieder zurück sein würden.

Sie fuhren über Tomelilla und landeten in einer langen Autoschlange südlich von Kivik. Sie bogen ab und parkten auf einem Feld, wo ein gerissener Landbesitzer zwanzig Kronen Parkgebühr von ihnen verlangte.

Gerade als sie auf dem Markt ankamen, der so lag, daß man einen Blick auf das Meer hatte, begann es zu regnen. Unschlüssig betrachteten sie das Gewimmel von Ständen und Menschen. Lautsprecher plärrten, betrunkene Jugendliche grölten, und in dem Gedränge wurden sie vor- und zurückgeschubst.

»Wir versuchen, uns in der Mitte wiederzutreffen«, sagte Kurt Wallander.

»Wir hätten Walkie-talkies mitnehmen sollen, für den Fall, daß etwas passiert«, erwiderte Martinsson.

»Es passiert schon nichts«, antwortete Kurt Wallander. »Wir treffen uns in einer Stunde.«

Er sah, wie Martinsson lostrottete und im Gedränge verschwand. Er schlug den Jackenkragen hoch und ging in die entgegengesetzte Richtung.

Nach einer guten Stunde trafen sie sich wieder. Beide waren durchnäßt und hatten von dem Gedrängel und Geschubse die Nase voll.

»Jetzt scheißen wir auf das hier«, meinte Martinsson. »Wir fahren irgendwohin und trinken Kaffee.«

Kurt Wallander zeigte auf ein großes Zelt vor ihnen.

»Warst du da drin?« fragte er.

Martinsson grinste.

»Da drin war ein Fleischkloß, der sich ausgezogen hat«, sagte er. »Das Publikum hat gebrüllt, als würde es sich um die Sexorgie irgendeiner Sekte handeln. Zum Kotzen.«

»Wir gehen jetzt noch einmal um das Zelt herum«, meinte Kurt Wallander. »Ich glaube, daß dort auch noch ein paar Stände sind. Danach fahren wir.«

Sie stapften durch den Lehm und zwängten sich zwischen einem Wohnwagen und rostigen Zeltstangen hindurch.

Hinter dem Zelt waren einige wenige Verkaufsstände. Sie sahen alle gleich aus, Planen, die von rotbemalten Eisenstangen gehalten wurden.

Kurt Wallander und Martinsson entdeckten die beiden Männer gleichzeitig.

Sie standen hinter einem Stand, dessen Tisch voller Lederjacken war. Auf einem Schild stand ein Preis, und Kurt Wallander kam noch dazu, zu denken, daß die Jacken unwahrscheinlich billig waren.

Hinter dem Tisch standen die beiden Männer.

Sie starrten die zwei Polizisten an.

Viel zu spät wurde Kurt Wallander klar, daß sie ihn wiedererkannt hatten. Sein Gesicht war ja so oft in der Zeitung oder im Fernsehen abgebildet worden. Die Personenbeschreibung des Polizeibeamten Kurt Wallander war im ganzen Land verbreitet worden.

Dann ging alles sehr schnell.

Einer der Männer, der, den sie Lucia genannt hatten, streckte die Hand unter die auf dem Tisch liegenden Lederjacken und zog eine Waffe hervor. Sowohl Martinsson als auch Wallander warfen sich schnell zur Seite. Martinsson verhedderte sich in ein paar Zeltleinen, während Kurt Wallander mit dem Kopf gegen die Rückseite eines Wohnwagens stieß. Der Mann hinter dem Tisch schoß auf Wallander. Den Schuß konnte man in dem Getöse, das von einem benachbarten Zelt herüberschallte, in dem »Todesreiter« auf ihren heulenden Motorrädern herumfuhren, kaum hören. Die Kugel schlug nur wenige Zentimeter von Kurt Wallanders Kopf entfernt in den Wohnwagen ein. Im nächsten Moment entdeckte er, daß Martinsson eine Pistole in der Hand hielt. Während Kurt Wallander unbewaffnet war, hatte Martinsson also seine Dienstwaffe dabei.

Martinsson schoß. Kurt Wallander sah, daß Lucia zusammenzuckte und sich an die Schulter faßte. Die Waffe flog aus seiner Hand und landete auf der äußersten Kante des Tisches. Mit einem Aufschrei riß Martinsson sich von den Zeltleinen los und warf sich über den Tisch, dem verwundeten Mann direkt entgegen. Der Tisch brach zusammen, und Martinsson landete in einem Wirrwarr von Lederjacken. Währenddessen war Wallander losgerannt und hatte sich die im Lehm liegende Waffe geschnappt. Gleichzeitig sah er, wie der Glatzkopf sich in Bewegung setzte und im Menschengewühl verschwand. Niemand schien den Schußwechsel bemerkt zu haben. Die Verkäufer an den umliegenden Ständen schauten verwundert zu, als Martinsson seinen gewaltigen Tigersprung machte.

»Schnapp dir den anderen«, schrie Martinsson. »Mit dem hier werde ich schon allein fertig.«

Kurt Wallander lief mit der Pistole in der Hand los. Irgendwo in dem Gedränge war der Glatzkopf. Erschreckte Menschen sprangen zur Seite, als er mit gezogener Pistole und lehmverschmiertem Gesicht angerannt kam. Er glaubte schon, den Mann aus den Augen verloren zu haben, als er ihn plötzlich auf seiner wilden und rücksichtslosen Flucht durch die Marktbesucher wiederentdeckte. Eine ältere Frau, die ihm im Weg stand, stieß er weg, so daß sie in einen Stand fiel, an dem Baumkuchen verkauft wurde. Kurt Wallander stolperte in dem Durcheinander, stieß einen Bonbonwagen um und verfolgte ihn weiter.

Plötzlich war der Mann verschwunden.

Scheiße, dachte Kurt Wallander. Scheiße.

Doch schon entdeckte er ihn wieder. Er lief zum Rande des Marktgeländes auf das steile Ufer zu. Kurt Wallander folgte ihm. Ein paar Wächter rannten ihm entgegen, aber als er mit der Waffe herumfuchtelte und sie anbrüllte, sich da herauszuhalten, sprangen sie zur Seite. Einer der Wächter fiel in ein Bierzelt, während der andere einen Stand voller selbstgemachter Kerzenständer mit sich riß.

Kurt Wallander lief. Das Herz schlug wie ein Kolben in seiner Brust.

Plötzlich verschwand der Mann hinter der steilen Uferkante. Kurt Wallander war ungefähr dreißig Meter hinter ihm. Als er die Kante erreichte, stolperte er und fiel haltlos den Abhang hinunter. Er ließ die Waffe, die er in der Hand hielt, los. Einen Augenblick zögerte er und überlegte, ob er anhalten und sie suchen sollte. Dann sah er den Glatzkopf am Strand entlanglaufen und nahm die Verfolgung wieder auf.

Die Jagd endete erst, als keiner der beiden mehr konnte. Der Glatzkopf lehnte sich gegen einen schwarzgeteerten Kahn, der umgedreht am Strand lag. Kurt Wallander stand zehn Meter von ihm entfernt und war so außer Atem, daß er glaubte, im nächsten Moment zusammenzubrechen.

Da sah er, daß der Glatzkopf ein Messer zog und damit auf ihn zukam.

Mit diesem Messer hat er Johannes Lövgren die Nase abgeschnitten, dachte er. Mit diesem Messer hat er ihn gezwungen zu verraten, wo er das Geld versteckt hat.

Er sah sich nach einer Verteidigungswaffe um. Ein kaputtes Ruder war das einzige, was er hatte.

Der Glatzkopf holte mit dem Messer aus; Kurt Wallander parierte mit dem schweren Ruder.

Als der Mann das nächste Mal mit dem Messer zustieß, schlug er zu. Das Ruder traf den Mann am Schlüsselbein. Kurt Wallander konnte hören, wie es brach. Der Mann stolperte, Kurt Wallander ließ das Ruder fallen und verpaßte ihm mit der rechten Faust einen Kinnhaken. Er fühlte einen stechenden Schmerz in seinen Knöcheln.

Aber der Mann sank zu Boden.

Kurt Wallander fiel in den nassen Sand.

Kurz danach kam Martinsson angerannt.

Es regnete jetzt in Strömen.

»Wir haben sie«, sagte Martinsson.

»Ja«, erwiderte Kurt Wallander. »Sieht ganz so aus.«

Er ging zum Strand hinunter und spülte sich das Gesicht ab. Weit draußen sah er einen Frachter, der Richtung Süden steuerte.

Er freute sich, Rydberg mitten in seinem Elend eine gute Nachricht überbringen zu können.

Zwei Tage später gestand der Mann namens Andreas Haas, daß sie den Mord verübt hatten. Er gestand zwar, schob aber die Hauptschuld dem anderen zu. Als Lothar Kraftzcyk mit diesem Geständnis konfrontiert wurde, gab auch der auf. Aber er schob Andreas Haas die Brutalität zu.

Alles war genauso abgelaufen, wie Kurt Wallander es sich vorgestellt hatte. Die beiden Männer hatten bei mehreren Gelegenheiten unterschiedliche Banken aufgesucht, um Geld zu wechseln und hatten dabei versucht, einen Kunden zu finden, der einen hohen Geldbetrag abhob. Sie waren Johannes Lövgren bei seiner Fahrt mit dem Schornsteinfeger Lundin gefolgt. Sie hatten ihn auf dem Trampelpfad beobachtet und waren zwei Nächte später mit dem Auto aus dem Übergangslager zurückgekommen.

»Da ist eine Sache, die ich nicht verstehe«, sagte Kurt Wallander, der das Verhör von Lothar Kraftzcyk leitete. »Warum haben Sie dem Pferd Heu gegeben?«

Der Mann sah ihn erstaunt an.

»Das Geld war im Heu versteckt«, antwortete er. »Vielleicht hat das Pferd Heu abbekommen, als wir nach der Aktentasche gesucht haben.«

Kurt Wallander nickte. So einfach war das also mit dem satten Pferd.

»Noch eine Sache«, sagte Kurt Wallander. »Die Schlinge?«

Er bekam keine Antwort. Keiner der beiden Männer wollte zugeben, daß er für diese besinnungslose Gewalt verantwortlich war. Er wiederholte seine Frage, bekam aber niemals eine Antwort darauf.

Die tschechische Polizei teilte ihm jedoch mit, daß sowohl Haas als auch Kraftzcyk in ihrem Heimatland schon früher wegen Gewaltverbrechen verurteilt worden waren.

Nachdem sie aus der Unterkunft für Asylbewerber verschwunden waren, hatten sie außerhalb von Höör ein kleines verfallenes Haus gemietet. Die Lederjacken, die sie verkauften, hatten sie bei einem Einbruch in ein Lederwarengeschäft in Tranås erbeutet.

Die Beweisaufnahme dauerte nur ein paar Minuten.

Keiner zweifelte an der sicheren Beweisführung, auch wenn die beiden sich gegenseitig die Schuld zuschoben.

Kurt Wallander saß im Gerichtssaal und betrachtete die beiden Männer, die er so lange gejagt hatte. Er erinnerte sich an den frühen Morgen im Januar, an dem er das Haus in Lenarp betreten hatte. Obwohl der Doppelmord nun gelöst war und die Verbrecher ihre Strafe bekommen würden, war er nicht zufrieden. Warum hatten sie eine Schlinge um Maria Lövgrens Hals gelegt? Warum diese Gewalt nur um ihrer selbst willen?

Ihm lief ein Schauer über den Rücken. Er fand darauf keine Antwort. Und das beunruhigte ihn.

Am späten Samstagabend, den 4. August, fuhr Kurt Wallander mit einer Flasche Whisky zu Rydberg nach Hause. Am nächsten Tag wollte Anette Brolin ihn zu seinem Vater begleiten.

Kurt Wallander dachte an die Frage, die er ihr gestellt hatte.

Ob sie sich vorstellen könnte, sich wegen ihm scheiden zu lassen.

Sie hatte natürlich mit Nein geantwortet.

Aber er wußte, daß sie ihm die Frage nicht übelgenommen hatte.

Auf dem Weg zu Rydberg spielte er eine Kassette mit Maria Callas in seinem Kassettenrecorder. Die kommende Woche hatte er sich wegen all seiner Überstunden freigenommen. Er wollte nach Lund fahren, um Herman Mboya zu besuchen, der aus Kenia zurückgekommen war. Den Rest der Zeit wollte er mit der Renovierung seiner Wohnung verbringen.

Vielleicht würde er sich nun doch eine neue Stereoanlage kaufen.

Er parkte vor dem Haus, in dem Rydberg wohnte.

Er spürte, daß es Herbst zu werden begann. Der gelbe Mond war über seinem Kopf nur schemenhaft erkennbar.

Rydberg saß wie gewöhnlich im Dunkeln auf dem Balkon.

Kurt Wallander füllte zwei Gläser mit Whisky.

»Erinnerst du dich daran, als wir uns wegen des letzten

Wortes, das Maria Lövgren in ihrem Leben von sich gegeben hat, Sorgen gemacht haben?« fragte Rydberg. »Weil wir gezwungen sein würden, nach Ausländern zu suchen? Als dann Erik Magnusson auf der Bildfläche auftauchte, war er der ersehnteste Mörder, den man sich nur denken konnte. Aber er war es nicht. Nun haben wir doch ein paar Ausländer geschnappt. Und ein armer Somalier starb völlig unnötig.«

»Du hast es die ganze Zeit über gewußt«, meinte Kurt Wallander. »War es nicht so? Daß du die ganze Zeit sicher warst, daß es sich um Ausländer handelte?«

»Ich habe es natürlich nicht hundertprozentig gewußt«, antwortete Rydberg ausweichend. »Aber ich habe daran geglaubt.«

Langsam sprachen sie die Ermittlung noch einmal durch, als ob sie bereits eine ferne Erinnerung wäre.

»Wir haben viele Fehler gemacht«, sagte Kurt Wallander nachdenklich. »Ich habe viele Fehler gemacht.«

»Du bist ein guter Polizist«, erwiderte Rydberg mit Nachdruck. »Ich habe es dir vielleicht nie gesagt. Aber ich halte dich für einen verdammt guten Polizisten.«

»Ich habe zu viele Fehler gemacht«, meinte Kurt Wallander.

»Du warst der Antrieb«, sagte Rydberg. »Du hast nicht aufgegeben. Du wolltest diejenigen haben, die die Morde von Lenarp begangen hatten. Das ist das Wichtigste.«

Die Unterhaltung versiegte langsam.

Ich sitze mit einem sterbenden Mann zusammen, dachte Kurt Wallander düster. Ich habe wohl immer noch nicht begriffen, daß Rydberg tatsächlich sterben wird.

Er erinnerte sich daran, daß er als Jugendlicher einmal mit einem Messer niedergestochen worden war.

Ihm fiel auch wieder ein, daß er vor einem knappen halben Jahr betrunken Auto gefahren war. Eigentlich hätte er jetzt ein abgesetzter Polizeibeamter sein müssen.

Warum erzähle ich Rydberg die Geschichte nicht? dachte er. Warum halte ich den Mund? Oder weiß er es schon?

Seine Beschwörungsformel fuhr ihm durch den Kopf.

Leben hat seine Zeit, und Sterben hat seine Zeit.

»Wie geht es dir?« fragte er vorsichtig.

»Im Moment habe ich keine Schmerzen«, antwortete er. »Aber morgen werden sie kommen. Oder übermorgen.«

Es war fast zwei Uhr nachts, als Kurt Wallander Rydberg verließ, der darauf bestand, auf seinem Balkon sitzen zu bleiben.

Kurt Wallander ließ den Wagen stehen und ging zu Fuß nach Hause.

Der Mond war hinter den Wolken verschwunden.

In seinem Kopf hörte er die Stimme der Callas.

In seiner Wohnung lag er noch eine Weile mit offenen Augen da, bevor er einschlief.

Wieder dachte er an die besinnungslose Gewalt. An die neue Zeit, die vielleicht eine andere Art Polizisten erforderte.

Wir leben in der Zeit der Schlingen, dachte er. Die Angst in der Welt wird größer werden.

Danach zwang er sich, diese Gedanken zu verdrängen, und begann, nach der farbigen Frau in seinen Träumen zu suchen.

Die Ermittlung war abgeschlossen.

Nun konnte er sich endlich ausruhen.